AF398330

Brianna Gray ist das Pseudonym einer Autorin, die 1990 im Herzen des Ruhrgebiets geboren wurde. Als Jugendliche hat sie regelmäßig Fanfictions geschrieben, dieses Hobby aber später neben ihrem Studium aufgegeben. Nach ihrem dreißigsten Geburtstag hat sie das Schreiben wieder für sich entdeckt und kann seitdem nicht mehr damit aufhören, sich neue erotische Liebesgeschichten auszudenken. Brianna Gray schreibt hauptsächlich New Adult und Dark Romance Romane und mag es nicht, wenn bei einem guten Buch entscheidende Szenen ausgelassen werden.

Forbidden DESIRE

ZWISCHEN LIEBE UND VERNUNFT

BRIANNA
GRAY

Erstausgabe August 2021

© 2021 dp Verlag, ein Imprint der dp DIGITAL PUBLISHERS GmbH

Made in Stuttgart with ♥
Alle Rechte vorbehalten

Forbidden Desire

ISBN 978-3-96817-743-4
E-Book-ISBN 978-3-96817-727-4

Covergestaltung: Buchgewand
Umschlaggestaltung: ARTC.ore Design
Unter Verwendung von Abbildungen von
stock.adobe.com: © zigres, © ASjack
shutterstock.com: © conrado
depositphotos.com: © Alexpi
Lektorat: SL Lektorat
Satz: dp DIGITAL PUBLISHERS GmbH
Druck und Bindung: Books on Demand GmbH, Norderstedt

Kapitel Eins

Grace

Noch fünf Minuten durchhalten, dann habe ich meine tägliche Trainingseinheit auf dem Laufband geschafft. Ich liebe Laufen, alle anderen Arten von Sport hasse ich. Am schlimmsten sind Mannschaftssportarten. Sich anderen in Tempo oder Intensität anzupassen oder gar die totale Versagerin sein, weil die Mannschaft verliert, sind für mich Horrorszenarien. Schon Schulsport war damals ein Graus. Das vermisse ich wohl am wenigsten an meiner Schulzeit, und bin froh, mit meinen achtundzwanzig Jahren nie wieder eine Turnhalle betreten zu müssen. Nach unsportlichen Blamagen folgte regelmäßig die Fleischbeschau in den Gruppenduschen, wo ich für meinen Hintern kritisch beäugt wurde.

Noch vier Minuten durchhalten. Ich glaube, ich würde auch dann laufen, wenn ich meine weiblichen Rundungen nicht ständig unter Kontrolle bringen müsste und einfach schlank wäre, wie manch andere Frauen – ohne etwas dafür tun zu müssen. Aber mit solchen Genen bin ich leider nicht gesegnet. Außerdem muss ich meinen viel zu hohen Zuckerkonsum irgendwie kompensieren. Ein zu langer Blick auf eines meiner Törtchen, und an meinem Po klebt ein weiteres Pfund Speck. Darüber hinaus hält das Laufen nicht nur meine Kurven in Schach, sondern macht auch den Kopf frei und hinterlässt da ein gutes Gefühl, wo vorher Zweifel und Sorgen waren.

Noch drei Minuten durchhalten. *Beautiful Day* von U2 dröhnt aus meinen kabellosen Kopfhörern. Die Guten-Morgen-Playlist hat sich mit dem Wetter abgesprochen. Heute ist wirklich ein schöner Tag. Eigentlich perfekt, um ihn draußen zu verbringen und die Steilklippen der Jurassic Coast zu bewundern. Besonders im Sommer kommen Touristen aus aller Welt hierher nach Little Kings Bay – jene, die über das nötige Kleingeld verfügen, steigen im Kings Crown ab, dem Hotel meines Mannes Kevin.

Noch zwei Minuten durchhalten. Mein Gesicht im Spiegel ist gerötet, und meine langen braunen Haare, die ich mir wie immer, wenn ich laufe, zu einem hohen Zopf gebunden habe, fallen wild durcheinander über meine Schulter. Eine Schweißperle läuft mir den Hals hinab über mein Dekolleté. Sie verschwindet in dem engen Tal, das sich durch den Sport-BH zwischen meinen Brüsten bildet. Ob Kevin das gefallen würde? Ich könnte ihn gleich vor der Arbeit überraschen. Vielleicht unter der Dusche. Unser letztes Mal liegt schon wieder Wochen zurück. Es ist nicht so, als hätte er ein körperliches Problem. Für ihn sind einfach andere Dinge wichtiger. Viele Frauen wären wahrscheinlich glücklich, wenn ihr Mann sie nach sechs Jahren Beziehung – davon drei Jahren Ehe – in Ruhe lassen würde. Wenn ich mich mit den Frauen aus dem Ort treffe, tauschen sie sich über ihre neuesten Ideen aus, um dem Sex mit ihren Partnern zu entgehen. Ich dagegen wünschte mir, Kevin würde öfters in Wallung geraten oder zumindest Zeit für mich erübrigen.

Noch eine Minute durchhalten, dann kann ich mich auf die Suche nach ihm begeben. Vielleicht denkt er auch genau jetzt an mich und lässt sich nachher doch noch auf meine Verführungskünste ein.

Das Piepen des Laufbands lässt mich aus meinen Tagträumen hochschrecken. Meine tägliche Einheit Schwitzen ist damit endlich beendet.

Ich schließe die Tür des Trainingsraums leise hinter mir und mache mich barfuß auf Zehenspitzen auf den Weg durch das Haus. Helles Licht fällt durch die hohen Fenster im Flur und trifft mein Gesicht. Automatisch schließe ich die Augen und genieße die Wärme auf meiner Haut. Ich liebe dieses Haus dafür, dass es so lichtdurchflutet ist und diese unglaubliche Lage am Meer hat. Ansonsten ist es mir oft zu groß, und noch öfter fühle ich mich ziemlich verloren und einsam hier. Im Gegensatz zu Kevin, der diesen Lebensstandard von Kindesbeinen an gewohnt ist, komme ich aus einfachen Verhältnissen. Oder wie meine Schwiegereltern es gerne betiteln: aus der Arbeiterklasse. Kevin ist als Sohn vermögender Hoteliers Luxus sein Leben lang gewöhnt, während meine Eltern die örtliche Kfz-Werkstatt betreiben und meine Mutter nebenbei freischaffende Künstlerin ist. Wir waren nie arm, aber eben auch nicht vermögend.

Langsam schlendere ich den Flur entlang und streife dabei mit den Fingern die Wand unterhalb all der Bilderrahmen, die auf jeder Party ein echter Hingucker sind. Kinderfotos von uns, Familienporträts und allerlei Schnappschüsse reihen sich an offizielle Fotos von unserem Schulabschluss an der Little Kings School und aus der Folgezeit an der Universität. Urlaubsbilder am

Strand oder beim Wandern in den Bergen erinnern an gemeinsame Erlebnisse. Bilder von mir auf der Arbeit, wie ich im Hotel feinste Desserts und Torten dekoriere. Das Cover meines ersten Dessertbuches, gefolgt von Kevin, wie er an seinem Schreibtisch sitzt und den Vertrag für das Hotel unterschreibt. Zuletzt die schönsten Fotos unserer Hochzeit, die uns als strahlendes Brautpaar in exquisiter Kulisse zeigen. Die Wand ist ein Zeitstrahl unseres Lebens. Und natürlich ziert auch *sie* einige der Fotos.

Meine Ehe ist nicht das Ergebnis einer großen Liebesgeschichte. Kevin und ich kennen uns zwar bereits unser ganzes Leben, allerdings waren wir die meiste Zeit davon alles andere als Freunde. Seine Zwillingsschwester war dagegen von frühster Kindheit an meine beste Freundin. Sarah war das genaue Gegenteil von Kevin. Während er sich stets im Glanz seines Familiennamens sonnte und von seinen Eltern darauf abgerichtet wurde, diesem alle Ehre zu machen, war Sarah eher verrückt, experimentierfreudig und offen, obwohl auch sie zu ihren Wurzeln stand. Kevin, der in unserer gemeinsamen Schulzeit eher dadurch glänzte, sich wie der letzte Arsch zu verhalten und aufgrund seines Nachnamens zum selbsternannten Anführer unserer Stufe wurde, stand im Kontrast zu Sarah, die tatsächlich bei allen wegen ihrer offenen und freundlichen Art beliebt war.

Natürlich hatte ich daher zwangsläufig auch immer mit Kevin zu tun, den ich damals als übles Anhängsel empfunden habe. Nachdem wir unseren Schulabschluss in der Tasche hatten, zog ich mit ihm und Sarah in eine kleine Wohnung am Campus. Obwohl Kevin genügend Freunde hatte, mit denen er hätte zusammenziehen können, wollte er dennoch bei seiner Zwillingsschwester bleiben, und Sarah hat mich bekniet, dem zuzustimmen. Auch dort wurde das Verhältnis zwischen mir, der ruhigen Studentin, und Kevin nicht unbedingt besser.

Doch alles änderte sich in dieser einen, schrecklichen Nacht, in der er Sarah für eines seiner unzähligen Dates versetzte und sie alleine auf die Party einiger Typen aus ihrem Studiengang ging. Sarah war Alkohol und Drogen gegenüber nie abgeneigt gewesen und hatte auch in dieser Nacht etwas genommen, um Partystimmung zu bekommen. Obwohl alle getrunken hatten und high waren, stiegen sie in ein Auto, um sich etwas zu Essen zu holen. Der Fahrer nahm einem anderen Wagen die Vorfahrt, der ihm mit hoher Geschwindigkeit in die Seite krachte. Während die beiden Typen vorne fast unverletzt davonkamen, zahlte Sarah auf der Rückbank mit dem Leben.

Nachdem meine beste Freundin gestorben war, lebte ich mit Kevin in einer Blase aus Schmerz, Selbstvorwürfen und Trauer. Irgendwo zwischen diesen desaströsen Gemütszuständen bemerkten wir, dass wir all die Jahre doch eine Gemeinsamkeit gehabt hatten.

Sarah.

Während wir in Erinnerungen und Gefühlen erstickten und Kevins Eltern – geschäftsmäßig, wie sie eben sind – sich selbst und auch Kevin nicht die Zeit gaben, alles zu verarbeiten, fingen Kevin und ich an, miteinander ins Bett zu gehen. Eins führte zum anderen, und ohne, dass wir je darüber gesprochen hätten, wurde aus uns ein Paar, das gemeinsam nach Little Kings Bay zurückkehrte.

Der Rest ist Geschichte.

Ich sehe wieder auf das Foto, das Sarah und mich bei einem unserer Selfie-Versuche zeigt, während Kevin hinter uns steht und das Bild durch Hasenohren und ein dümmliches Gesichtskino crasht. In der ersten Zeit nach dem schrecklichen Unfall konnte ich mir Bilder von uns kaum ansehen, so unerträglich war der Schmerz. Heute betrachte ich sie gern und erinnere mich an die Momente voller Glück und jugendlicher Unbeschwertheit. Mittlerweile zählen die Schnappschüsse, auf denen Sarah zu sehen ist, für mich zu den allerschönsten an der Wand. Alles, was nach ihr kommt, ist ein Abklatsch gegen meine Jugend.

Ich horche an der Badezimmertür. Das Prasseln des Wassers ist deutlich zu hören. Leise schleiche ich mich hinein. Kevin steht mit dem Rücken zu mir. Heißer Dampf steigt aus der Dusche; der Duft von Minze erfüllt den Raum. Langsam streife ich mir mein Top mitsamt dem Sport-BH über den Kopf. Ich halte kurz inne und genieße den Anblick des heißen Wassers, das mit Schaum vermischt über das breite Kreuz meines Mannes läuft. Er ist wirklich schön anzusehen, das ist er schon damals gewesen. An Schönheit mangelte es den Zwillingen nie.

Mit einer fließenden Bewegung befreie ich mich von meiner Lauftight und meinem Slip. Langsam betrete ich die Dusche und stelle mich neben meinen Mann unter das heiße Wasser. Die dicken Tropfen benetzen meinen Körper und spülen den Schweiß hinunter. Meine Fingerspitzen nähern sich seiner Haut. Langsam lasse ich sie an seinem Rückgrat hinuntergleiten und benutze dabei bewusst provokant meine Fingernägel, worauf ihm ein wohliges Seufzen entfährt. Mit seinen Händen stützt er sich an der dunklen Wand ab. Ich schmiege meinen Körper eng von hinten an ihn, sodass kein Hauch Luft mehr zwischen uns passt, und lasse meine Hände langsam über seine Hüften nach vorne wandern, wo mich bereits sein mit Vorfreude zuckender Schwanz erwartet. Vorsichtig beginne ich, ihn mit meinen geschickten Händen zu bearbeiten. Stöhnend dreht Kevin sich zu mir um. Seine nassen, hellbraunen Haare sind ein Chaos, und seine blauen Augen sind forschend auf mich gerichtet. Er drückt mich sanft gegen die Glaswand der Duschkabine. Eine Hand legt er auf meine Brust, während er mich mit der anderen fester gegen das Glas drückt. Seine Lippen finden die meinen und arbeiten sich nach einem Kuss zu meinem Ohr hoch.

„Hast du die Pille endlich abgesetzt?", flüstert er mir zu.

Meine Hände lasse ich langsam zu seinem halbsteifen Schwanz wandern, um der Frage aus dem Weg zu gehen, denn ich weiß sowieso, dass dieser Moment gleich ein jähes Ende finden wird. Es ist so selten geworden, dass wir uns nahekommen. Zwischen uns waren andere Dinge einfach viel wichtiger als endloser Sex, aber mittlerweile bin ich wirklich ausgehungert.

„Und?", stöhnt er gequält und fährt mit seinen Fingerspitzen meine Seite hinauf. Kurz überlege ich zu lügen und seine willige Stimmung einfach auszunutzen. Ich gehe unangenehmen Themen nur zu gerne aus dem Weg. Aber irgendwann muss er akzeptieren, dass nicht alles nach seinem Zeitplan läuft und ich auch noch Mitspracherecht bei unseren Entscheidungen habe.

„Nein, habe ich nicht." Schon weiß ich, dass es das für heute mit uns gewesen ist.

„Verdammt, Grace!" Er ballt die Hand, mit der er mich gerade noch so sanft berührt hat, zur Faust und schlägt sie gegen die Duschwand, sodass das Glas in der Verankerung vibriert. Ich hasse seine Launen – er ist meist viel zu ruhig und wird dann, wenn er sich vor den Kopf gestoßen fühlt, oft ungehalten. Das Cholerische liegt in den Genen der Roberts. Oft ist es mit Kevin, als würde ich russisches Roulette spielen. Ich weiß nie, wann die Kugel noch haarscharf an mir vorbeifliegt oder mich mit voller Wucht trifft.

Später am Mittag gehe ich gedankenverloren meiner Arbeit in der Hotelküche nach. Schokolade war schon immer meine besondere Leidenschaft, aber eher privat als beruflich. Während andere sich im Restaurant auf das deftige Steak oder den besonders feinen Fisch freuen, war für mich das Dessert schon immer das absolute Highlight. Während der Schulzeit habe ich mich gerne zuhause ausprobiert und kleine Kuchen gebacken oder aus Schokoladenresten Pralinen hergestellt. Weniger rühmlich war es, dass ich für Sarah und Kevin Haschischkekse gebacken habe, von denen ich nur ein einziges Mal ein Stück probiert habe. Eine Jugendsünde, an die ich mich allerdings aus anderen Gründen nur ungerne erinnere. Neben meinem Literaturstudium habe ich Patisserie- und Konditoreikurse besucht, um meine Fertigkeiten weiter auszubauen. Nie hätte ich gedacht, tatsächlich einmal in diesem Bereich zu arbeiten und mir einen Namen als Konditorin zu machen. Als dann mein erstes Buch mit meinen Rezepten und kleinen Geschichten dazu erschien und recht erfolgreich gewesen ist, stand für mich fest, dass ich in dem Bereich bleiben wollte. Ich erhielt das Angebot, ein weiteres Buch zu veröffentlichen, aber das Leben kam dazwischen.

Damals war ich frisch mit Kevin zusammen, der im Begriff war, das Hotel seiner Eltern zu übernehmen. Obwohl ich Little Kings Bay liebe und nach dem Studium auch direkt wieder hatte herziehen wollen, dachte ich nach Sarahs Unfall anders. Zu viele Erinnerungen – das war es, wegen dem ich die meisten Bedenken hatte. Die Chance auf sein eigenes Hotel wollte ich Kevin aber auch nicht verwehren. Darüber hinaus läuft das Kings Crown fantastisch, und das dazugehörige Restaurant ist überregional bekannt für seine Neuinterpretation der alten englischen Küche – und seit ich hier tätig bin, auch für meine Desserts und Naschereien. Obwohl sich Kevin ausschließlich um die wirtschaftlichen Aspekte kümmert, hängt sein Herz daran.

Für ihn ist von Anfang an klar gewesen, dass er mich mit dabeihaben will, immerhin hätte Sarah eigentlich nach dem Studium zusammen mit ihm das Hotel übernehmen sollen. Und da ich ungerne nein sage und mich tatsächlich kulinarisch einbringen kann, habe ich zugesagt. Auch wenn sich die Arbeit an meinem zweiten Buch dadurch verzögert. Während er sich also darum kümmert, dass der Laden läuft, habe ich in der Küche meinen Platz gefunden. Es wäre ihm lieber gewesen, wenn ich einen repräsentativen Part übernommen hätte, so wie seine Mutter es jahrelang getan hat, aber ich fühle mich jenseits des Rampenlichts einfach wohler und kann mit den wohlhabenden Gästen ohnehin wenig anfangen. Kevin bezeichnet mich gerne als *Mädchen für alles*, denn obwohl ich mich eigentlich ausschließlich den Desserts widme und gewisse kreative Freiheiten genieße, kommandiert er mich zu gerne auch für andere Tätigkeiten aus meiner sicheren Nische in der Küche ab und zerrt mich auf diverse Veranstaltungen und Meetings, bei denen ich lächeln und nicken muss.

„Vorsicht – Schwiegermonster im Anflug!" Molly, die mit mir in der Küche arbeitet, reißt mich aus meinen Gedanken. Sie ist hier mein absoluter Lichtblick. Wie keine andere versteht sie es, mich bei meinen zum Teil mutigen Kompositionen zu unterstützen. Während Kevin und meine Schwiegereltern mich für die Kombination von dunkler Schokolade, Avocado und Chili zunächst ausgelacht haben, hat Molly die Idee dahinter sofort verstanden, was einfach daran liegt, dass sie als Konditorin brillant ist. Darüber hinaus bereichert sie auch privat mein Leben. Seit Sarah habe ich keine solche Freundin mehr gehabt. Kevin würde mich zwar deutlich lieber in Begleitung einer ruhigeren und weniger auffälligeren Freundin sehen, denn er war schon immer ein Snob, der viel Wert auf Oberflächlichkeiten gelegt hat. Molly ist mit ihren vielen Tattoos und ihren Haaren, die in den Farben des Regenbogens getönt sind, alles andere als eine graue Maus. Wäre ich nicht von Beginn an von ihren Fähigkeiten überzeugt gewesen und hätte auf ihre Einstellung gepocht, hätte er sich für eine andere Bewerberin entschieden. Aber genau wie bei ihrer Einstellung habe ich mir bei unserer Freundschaft nicht von ihm reinreden lassen.

„Danke für die Warnung", flüstere ich ihr zu.

Kevins Eltern spuken täglich wie zwei rastlose Seelen im Hotel herum und treiben mich und die anderen Mitarbeiter regelmäßig in den Wahnsinn, obwohl die beiden eigentlich längst im Ruhestand sind und das Leben genießen sollten. Leider ist das Privatleben ihres nun einzigen Kindes für sie ebenso interessant wie das Geschehen im Hotel, und es scheint ihnen ein größerer Genuss zu sein, sich ständig in beides einzumischen, als es sich in ihrer Villa bequem zu machen, was mir regelmäßig zusätzlichen Frust beschert.

„Ladys, wie sieht das hier aus? So kann niemand arbeiten!" Trishs Stimme schrillt durch den Raum. Sie muss es wissen, wo sie in ihrem Leben bisher nicht mal einen Rührkuchen hinbekommen hat. Wenn meine Schwiegermutter eines kann, dann ist es, andere herumzukommandieren und sie verbal anzugehen. Diese wirklich schlechten Charakterzüge in Kombination mit ihrer extrem hohen Stimme – ähnlich der eines Kanarienvogels kurz vor dem Ableben – haben schon manchen Mitarbeiter in die Flucht geschlagen. Besonders die untersten Glieder der Nahrungskette im Kings Crown leiden unter ihren Auftritten als Furie. Anscheinend macht es ihr gerade dann ganz besonderen Spaß, wenn sie weiß, dass ihr Gegenüber nicht in der Position für Widerworte ist, ohne dabei den Job zu riskieren.

Das Geklacker ihrer Stöckelschuhe nähert sich uns. Ich spüre ihre Präsenz hinter mir und wie sie mir förmlich über die Schultern blickt. Gänsehaut breitet sich in meinem Nacken aus, als mir ihr süßliches Parfum in die Nase steigt. „Grace, Schätzchen“, surrt sie , sodass sich meine Härchen noch stärker aufrichten und meine Haut beinahe schmerzt. Langsam drehe ich mich zu ihr um.

„Patricia – Trish.“ Ich muss mich immer daran erinnern, sie bei ihrem Spitznamen zu nennen, worauf sie vehement besteht. „Was kann ich für dich tun?“ Sie verirrt sich eigentlich nur dann in die Küche, wenn sie etwas Bestimmtes will. Ein weiterer Grund, warum ich mich am liebsten hier verschanze und mich schon das ein oder andere Mal wie ein kleines Kind hinten im Lager versteckt habe, was für eine Frau Ende Zwanzig mit Sicherheit weniger rühmlich ist. Auf ihrem Gesicht macht sich ein falsches Grinsen breit, so als hätte ich ihr gerade einen wunderbaren Köder geboten, um für den nächsten Schlag auszuholen.

„Nun ja, da du mir höchstwahrscheinlich immer noch nicht den lang ersehnten Enkel schenkst und auch nicht aus dieser Küche raus willst, fällt mir gerade nicht viel ein.“ Sie sagt es süffisant und so laut, dass die gesamte Küchenbesatzung mithören kann.

Ich verdrehe die Augen und widme mich wieder meiner Arbeit. Diese Gespräche bringen in der Regel nichts, genau wie das Aufregen darüber. Ignorieren und aussitzen ist meist die beste Lösung in solchen Situationen. Eigentlich ist das natürlich etwas, worum sich Kevin kümmern müsste – immerhin ist sie seine Mutter. Allerdings sträubt er sich mit Händen und Füßen gegen alles, was die Harmonie innerhalb der Familie stören könnte, und lässt den Dingen lieber ihren Lauf.

„Im Übrigen bin ich hier, um dich für unseren Familienrat abzuholen. Sofern du überhaupt Interesse daran hast. Es ist ja so traurig, dass du offenkundig so wenig Wert auf die Meinung deiner eigenen Familie legst, wo wir dich doch wie eine zweite Tochter willkommen geheißen haben!"

Bevor ich der Frau gleich vor versammelter Mannschaft meinen Schneebesen um die Ohren haue, lege ich lieber alles nieder und folge ihr missmutig in Kevins Büro. Hier warten er und mein Schwiegervater George auch schon auf uns.

„Grace."

„George." Ich erwidere sein Nicken.

George kann man am ehesten als stattlichen Mann bezeichnen. Genau wie Kevin ist er groß gewachsen – mit zunehmendem Alter allerdings auch leider in die Breite. Wie immer trägt er einen Anzug aus feinem Tweed in Kombination mit einem dieser unmöglichen, bunt gemusterten Hemden. Ziemlich auffällig und irgendwie protzig. Protzig ist ohnehin eines der Attribute, mit denen man die Roberts am besten beschreiben kann. Sie gehören seit Generationen zu den wohlhabenden Familien von Little Kings Bay und haben auch keine Scheu, das zu zeigen.

Kevin begegnet der eisigen Stimmung zwischen mir und seinen Eltern mit der üblichen Ignoranz. Dabei weiß er, dass es als Neuankömmling in der Familie unglaublich schwierig ist. Wobei man nach drei Jahren Ehe und insgesamt sechs Jahren Beziehung – ganz abgesehen von unserer Kindheit – kaum noch von einem Neuankömmling sprechen kann. Aber auch hier hat sich nach Sarahs Tod einiges geändert. Als beste Freundin wurde ich noch akzeptiert, als feste Freundin des einzigen Sohnes und mittlerweile Ehefrau haben die beiden sich das noch mal anders überlegt.

Kevin räuspert sich und durchbricht die unangenehme Stille. „Nun gut. Der Grund für den heutigen Familienrat ist ein neuer Großauftrag, der uns ein enormes Sümmchen einbringen wird. Es geht um Hochzeitsfeierlichkeiten mit gut einhundertfünfzig Personen. Empfang der Gäste, Probeessen, Hochzeitsfeier, Abschiedsfeierlichkeit – das volle Programm, und zwar in der First-Class-Variante. Und das an einem verlängerten Wochenende, Donnerstag bis Sonntag. Wir werden jede Hand und jeden Kopf brauchen, um die Feierlichkeiten auszurichten. Und nun kommt das Sahnebonbon: Der Bräutigam ist kein Geringerer als Brandon Scott. *Der* Brandon Scott!" Kevin lässt es sich nicht nehmen, die letzten Worte besonders theatralisch zu betonen.

Brandon Scott? Da schrillen allerdings auch die Alarmglocken in meinem Kopf. Ich kenne diesen Namen irgendwoher.

Trish zieht scharf die Luft ein, während in Georges Augen förmlich die Dollarzeichen blinken. Jetzt fällt auch endlich bei mir der Groschen. „Brandon Scott, der Restaurant- und Hotelkritiker?"

„Ich kann es auch kaum glauben, aber ja! Anscheinend hat seine Zukünftige vor einigen Jahren hier gelebt und darauf bestanden, dass sämtliche Feierlichkeiten in Little Kings Bay stattfinden müssen", sagt Kevin.

„Und ich wette, es kommen alle, die in der Gastro-Welt Rang und Namen haben. Jede halbwegs renommierte Fachzeitschrift wird über die Hochzeit berichten, das Kings Crown wird danach in aller Munde sein.

Bessere PR gibt es gar nicht. Eine einmalige Gelegenheit, uns von der besten Seite zu präsentieren. Gut gemacht, Junge!" George tätschelt mit seiner speckigen Pranke Kevins Schulter. Wenn Mr Scott privat das Kings Crown für seine Hochzeitsfeierlichkeiten auswählt, ist das schon etwas Besonderes und neben den vielen guten Kritiken ziemlich löblich.

„Wann findet das Spektakel denn statt?", frage ich.

„Schon am ersten Juni-Wochenende!" Das ist in einem guten Monat. Kurzfristig, aber mit der richtigen Planung und den passenden Kontakten zu schaffen. „Blitzhochzeiten sind jetzt wohl im Trend."

„Vater, ich würde dich bitten, dich während der Vorbereitungen um den Papierkram zu kümmern. Mutter, du übernimmst das Tagesgeschäft. Und Grace wird mit mir das Brautpaar während der Planung unterstützten und die Hochzeitsgesellschaft an den Tagen der Feierlichkeiten betreuen. Mr Scott und seine Angebetete verbringen die Wochen vor der Hochzeit bereits als verlängerte Flitterwochen bei uns und wollen aktiv mitplanen."

In meinem Kopf hallt sein letzter Satz wider. Die Hochzeitsgesellschaft betreuen? Ganz unmöglich! „Ich sag es nur ungerne, aber das schaffe ich nicht. An diesem Wochenende kommt mein zuständiger Lektor aus London, um mein zweites Buch zu besprechen, und das Shooting für die Promotion findet statt. Das ist schon so lange in Planung. Für mich kaum machbar, dann auch noch am Rockzipfel von Mr Scott und seiner Herzdame zu hängen und deren Wünsche zu erfüllen."

Es ist wirklich selten, dass ich Kevins Sonderaufträge nicht erledige, und ich habe immerhin genau für diese

Art von Zwischenfällen jahrelang mein zweites Buch verschoben. Jetzt, wo schon alle Verträge unterschrieben sind, kann ich unmöglich einen Rückzieher machen und meinen neuen Verlagslektor verärgern. Natürlich würde zeitlich schon irgendwie beides gehen, aber auf zwei Hochzeiten tanzen ist nicht nur sprichwörtlich schwierig. Ich hasse Situationen wie diese, aber nun muss ich da durch.

Georges Gesicht färbt sich rot, wechselt dann zu Blau und dann zu einem gefährlichen Lila. In einem Cartoon würde jetzt Dampf aus seinen Ohren strömen. „Da haben wir es wieder! Hab ich es dir nicht gesagt, Kevin? Hab ich es dir nicht vor der Hochzeit gesagt? Egoistin! Eine Egoistin, die sich auf Kosten des Kings Crown einen Namen mit ihren Häppchen gemacht hat, und jetzt, wo du sie brauchst, steht sie wo? Na, wo? Richtig! Nicht hinter dir!"

Das kann ich nicht so auf mir sitzen lassen. „Das ist eine bodenlose Unverschämtheit! Mein erstes Buch erschien bereits, bevor Kevin hier überhaupt Geschäftsführer war und ich hier gearbeitet habe. Also kann wohl kaum die Rede davon sein, dass ich mir auf eure Kosten einen Namen gemacht habe!" Es war so klar, dass das wieder eskalieren musste. Das tut es immer, spätestens dann, wenn meine Projekte die Belange des Hotels oder die privaten Pläne der Roberts durchkreuzen.

„Beruhigt euch, verdammt nochmal!", sagt Kevin. „Grace, kannst du dein Hobby nicht einfach ein bisschen verschieben?"

Seine Worte machen mich sprachlos vor lauter Wut. Mein Mund klappt unschön auf, während sich die Roberts weiter in Rage reden.

„Beruhigen? Wenn deine Frau nicht ständig ihr Buch im Kopf hätte, könnte sie sich wichtigeren Dingen im Crown widmen. Aber sie will sich hier einfach nicht unterordnen. Ich habe mich damals schon immer gefragt, was Sarah an diesem schlichten Mädchen findet." Trish bringt mich wirklich zum Platzen. Die Unverfrorenheit, immer wieder Sarah zu benutzen, um mich unter Druck setzen zu wollen, ist einfach ekelerregend.

„Mutter! Du gehst zu weit!" Kevin schlägt mit der Faust auf die Tischplatte. Offensichtlich hat er irgendwo unter dem Schreibtisch seine Eier wiedergefunden, um diese unmögliche Situation zu beenden.

George greift seine Frau am Arm und schiebt sie vor sich aus dem Büro. „Wir vertagen dieses Gespräch", verabschiedet er sich von uns und schlägt die Tür hinter sich und seiner Krähe von Ehefrau zu.

Kevin hat sich währenddessen mit dem Schreibtischstuhl umgedreht und starrt die kahle Wand hinter sich an. Ich weiß, dass ihn diese Situationen unheimlich nerven und es ihm am liebsten wäre, wenn ich die Spitzen seiner Eltern einfach über mich ergehen lassen würde. Zu meinem Bedauern muss ich zugeben, dass ich das auch oft genug tue, um Diskussionen aus dem Weg zu gehen. Prinzipiell ist es einfach so, dass niemand es schafft, die Roberts konstant zufriedenzustellen.

Kevins Liebesleben vor meiner Zeit bestätigt diese Tatsache leider. Keine seiner Freundinnen oder Betthäschen war je gut genug. Wer will sich auch schon freiwillig permanentem Terror aussetzen? Scheinbar ich. Allerdings kenne ich die Familie schon ziemlich lange und bin daher einiges gewohnt. Mit der Zeit lernt man die Marotten seiner Mitmenschen kennen und lebt damit. Vielleicht war das neben Sarahs Unfall der Grund, weswegen ich mich trotzdem auf Kevin eingelassen habe.

Vorsichtig dreht er sich mit dem Stuhl wieder zu mir. „Grace, ich weiß, meine Mutter geht zu weit. Wieder mal. Aber natürlich meint sie es nicht so. Die beiden sind eben schwierig. Lass uns später in Ruhe über alles reden." Er atmet tief ein. „Nicht nur über die beiden, sondern auch über uns und das heute Morgen. Ich wollte dich nicht wegstoßen, aber das Thema lässt mich einfach nicht los. Und du bist in letzter Zeit wirklich unkooperativ."

Tja, blöderweise lässt mich einiges hier auch nicht mehr los.

Der Druck, den Kevin mir in Sachen Familienplanung macht.

Die Gleichgültigkeit, mit denen die Roberts mein Buchprojekt behandeln. Die Kontrolle, die man immer wieder über mich ausüben will.

All das braut sich seit einiger Zeit zu einer riesigen Gewitterzelle in mir zusammen und droht von Tag zu Tag mehr, in einem gigantischen Unwetter aus mir herauszubrechen. Aber nicht heute.

„Ich mache Feierabend", lasse ich ihn wissen, als ich die Tür hinter mir schließe.

Kapitel Zwei

Grace

Das gleichmäße Rauschen der Wellen wird immer lauter, als ich den schmalen Trampelpfad von unserer Villa in Richtung Strand hinunterlaufe. Für mich ist es das absolute Glück, direkt am Meer zu wohnen. Es ist für mich schon immer ein Ort der totalen Entspannung gewesen. Die kühle Brise peitscht durch mein offenes Haar. Ich schließe die Augen und atme tief die herrlich raue Luft ein.

Ich gebe mich wieder meinem täglichen Gedankenkarussel hin und überlege, wo ich im Leben stehe und wie ich die Situation verbessern – oder wie Molly zu sagen pflegt: *verschlimmbessern* – kann. Wie einfach war noch die Zeit, als ich diese ganzen Verpflichtungen nicht hatte. Nie hätte ich gedacht, irgendwann die Schule oder gar die Universität zu vermissen. Aber oft weiß man erst im Nachhinein, wie gut man es mal hatte. Vielleicht vermisse ich diese Zeit aber auch einfach, weil ich damals noch nicht verheiratet war und jederzeit hätte gehen können.

Es ist nicht so, dass ich es jeden Tag meines Lebens bereue, mit Kevin zusammengekommen zu sein. Auch wenn uns nicht die große Leidenschaft verbindet, wissen wir, dass wir auf den anderen zählen können. Aber genau das ist es, was an mir nagt. Kevin verlässt sich auf mich und zählt auf meine Hilfe, genau wie ich mich nach Sarahs Tod auf seine Hilfe verlassen habe. Aber was diesen Auftrag angeht, werden wir Kompromisse eingehen müssen. Ich werde mich, sofern es mir möglich ist, bei den Vorgesprächen blicken lassen. Die Ausrichtung der Feierlichkeiten kann Kevin aber gut und gerne mit seiner Mutter übernehmen.

Und dann ist da noch diese andere Sache. Kevin hegt, seit ich wieder an meiner Karriere und dem Buch arbeite, einen Kinderwunsch. Es ist nicht so, dass Kinder für mich ein rotes Tuch sind. Aber genau jetzt, wo ich gerade wieder anfange, etwas für mich zu tun, ist einfach der denkbar schlechteste Zeitpunkt. Obwohl ich ihn ungerne vor den Kopf stoße, weiß ich tief in meinem Inneren, dass er nur mit dem Babythema angefangen hat, um mich von meinem Buch abzuhalten. Die Tatsache, dass er ohnehin keine Zeit für eine Familie hat, macht die Vorstellung eines Babys für mich eher noch unerträglicher.

Ich wünschte, ich wäre eine dieser selbstbewussten Powerfrauen, die alles und jedem die Stirn bieten und ihr eigenes Ding durchziehen. Ganz ungeachtet dessen, was ihr Umfeld dazu zu sagen hat und ob jemand ihnen eine Grenze aufzeigt. Leider ist *tough* so ziemlich das letzte Attribut, mit dem man mich beschreiben könnte.

Ich lasse mich in den weichen Sand fallen und mache es mir bequem. Hier oben, in der Nähe der Dünen, hat man einen guten Blick auf das Strandpanorama und das Meer. Der perfekte Platz auf dieser Welt, um seinen Träumen nachzuhängen oder zu entspannen – oder um sich für einen Moment vor der Welt zu verstecken. Zumindest im Träumen und Verstecken bin ich ziemlich gut. Gedankenverloren lasse ich meinen Blick über den Strand schweifen. Die dunklen Wellen des Ozeans brechen sich in weißen, schaumigen Formationen und hinterlassen Spuren im hellen Sand.

In der Ferne erkenne ich eine Person, die sich langsam aus dem Wasser erhebt. Den Umrissen nach zu urteilen ein Mann.

Er fährt sich mit seinen Händen durch sein dunkles Haar, und als er ganz aus dem Wasser tritt, erkenne ich seine überdurchschnittlich breite Statur. Fast wie einer dieser Boxer aus Kevins Sportmagazinen – nicht übertrieben muskulös, eher sexy. Sein schwarzer Neoprenanzug spannt sich bei jeder Bewegung um seinen breiten Brustkorb.

Sein Blick schweift über die malerische Landschaft, die der Strand mit den Dünen vor den Steilklippen im Hintergrund abgibt, bis er auf meiner Höhe hängen bleibt. Ich starre ihn nach wie vor an. Und er starrt zurück. Schnell sehe ich zu Boden. Ungerne will ich mich erwischt fühlen, wobei ich genau genommen auch ihn beim Starren erwischt habe.

Vorsichtig blinzle ich wieder in seine Richtung. Allem Anschein nach sieht er immer noch zu mir. Wie unverschämt! Freche Menschen mag ich ganz besonders … nicht. Allein aus Höflichkeit hätte er seinen Kopf ebenfalls senken sollen. Wenigstens tue ich so, als würde ich ihn nicht beobachten. Dem Verhalten nach ist er kein Brite, und falls doch, dann jedenfalls kein Gentleman. Jetzt öffnet er den Reißverschluss seines Neoprenanzugs.

Wenn ich jetzt aufstehe und gehe, weiß er ganz genau, dass ich ihn weiterhin beobachtet habe und nur abhaue, weil er sich auszieht. Ich beschließe, noch einige Minuten sitzen zu bleiben und das Blau des

Himmels zu betrachten, denn wenn ich noch mal zu ihm rüberlinse, fällt mir wahrscheinlich die Kinnlade runter und ich kann mir den Sabber aus dem Mundwinkel wischen.

„Fokus, Grace", sage ich leise zu mir selbst.

Ich stütze mich auf meine Ellenbogen und hebe den Kopf – so ist es schon viel besser. Ob er schon weg ist? Ich muss noch einen Blick riskieren.

Er ist noch da und steht mit dem Rücken zu mir – allerdings in aller Pracht, wie Gott ihn schuf. Und Gott hatte, gemessen an dem, was ich erkennen kann, einen verdammt guten Tag, als er diesen Mann auf den Weg gebracht hat. Mit einem lächerlich kleinen Handtuch rubbelt er sich trocken.

Das ist die Gelegenheit zu gehen. Ich springe auf, nehme meine Handtasche und eile Richtung Trampelpfad. Eilig stapfe ich durch den weichen Sand, der unter jedem Schritt nachgibt und mich vermutlich wie eine besoffene Ente aussehen lässt. Damenhaftigkeit ist keine meiner Stärken. Nach einer Weile kann ich nicht widerstehen und sehe noch einmal zu ihm hinüber.

Nein, er stammt definitiv nicht aus Little Kings Bay. So jemand wäre schon viel eher aufgefallen, wenn nicht mir, dann ganz bestimmt Molly. In Gedanken verabschiede ich mich von dem heißen Touristen und laufe den schmalen Weg in Richtung Villa.

Am Nachmittag bleibe ich zu Hause, obwohl ich meine Freizeit oft im Hotel verbringe. Für eine weitere Begegnung mit meiner Schwiegermutter bin ich heute aber nicht mehr zu haben. Stattdessen bringe ich das Haus in Schuss, mache die Wäsche und räume einiges auf. Für manche Dinge hat man einfach nie die nötige Zeit oder nimmt sie sich nicht. Da ich prinzipiell ein ordnungsliebender Mensch bin, während sich Kevin außerhalb seines Geschäftes eher dem Chaos hingibt, stören mich solche Kleinigkeiten schon sehr.

Nachdem das Haus vorzeigbar ist, beschließe ich, eine Kleinigkeit zu kochen. Ich entscheide mich für eine leckere, klassische Lasagne. Dazu passt ein leichter, gut gekühlter Weißwein, denn Alkohol brauche ich bei der bevorstehenden Unterhaltung. Als Kevin gute zwei Stunden später immer noch nicht zuhause ist, schreibe ich ihm eine Nachricht.

Ich warte zuhause auf dich.
Lasagne ist im Ofen und Wein steht kalt.
Ich bin bereit zum Reden! Ich liebe dich, Grace

Keine Antwort. Ob er vielleicht doch sauer ist? Ich beschließe, mir die Wartezeit mit einem Gläschen Wein zu versüßen.

Eine Stunde später vibriert mein Handy.

Sorry Grace, ich habe es jetzt erst geschafft, deine Nachricht zu lesen.
Hier ist die Hölle los! Es wird später heute.
Kevin

Danke. Bitte. Gern geschehen. Ausgerechnet heute!

Nicht, dass ich mich überschwänglich auf den Abend gefreut hätte. Ein klärendes Gespräch hätte uns trotzdem gutgetan. Manchmal ist er ein richtiger Idiot, so wie damals in der Schule. Natürlich ist das Hotel unglaublich wichtig, aber eben nicht ausschließlich. Zudem gibt es immer genug zu tun. Rein theoretisch könnte man morgens anfangen zu arbeiten und vor dem Schlafengehen aufhören – wenn überhaupt. Aber das ist eben nicht der Sinn des Lebens, zumindest für mich nicht.

Ich schenke mir das dritte Glas Wein ein und drehe die Musik lauter. Von der leisen Chill-Out-Musik im Hintergrund habe ich langsam genug und wechsle zu einer dieser vorgefertigten Gute-Laune-Playlists, um meine Stimmung zu heben. Ich tänzle mit meinem Glas in der Hand durch das Wohnzimmer, so als wäre es ein angesagter Nachtclub und ich süße achtzehn. Mit Sarah war ich oft auf Partys oder in Clubs. Sie hat es immer geschafft, mich mit ihrer guten Laune und Partystimmung anzustecken. Sie fehlt mir noch immer so sehr.

Ich stelle die Musik noch lauter und fülle mein Glas erneut. Irgendwann vergesse ich beinahe, dass Kevin mich heute Abend versetzt hat. Nicht zum ersten und bestimmt auch nicht zum letzten Mal. Leider auch dann, wenn wir etwas Wichtiges zu bereden hatten oder aber zu einem besonderen Anlass, wie zum Beispiel unserem Hochzeitstag. Als die Weinflasche leer ist und sich langsam, aber sicher ein schwebendes Gefühl in meinem Kopf breit macht, ziehe ich die Jeans aus und taumle langsam, aber siegessicher Richtung Bett. Dabei proste ich meinem jüngeren Ich auf den Fotos im Flur zu. Den letzten Schlummertrunk gönne ich mir eingekuschelt in meine Decke. Die Stille unseres Schlafzimmers wird nur durch das leise und gleichmäßige Rauschen des Meeres unterbrochen, das durch das halb geöffnete Fenster dringt. Während ich vor mich hindämmere und der Wein seine restliche Wirkung zeigt, überkommt mich wieder dieser Gedanke, bei dem ich mich nur ungern erwische.

Was wäre wenn?

Wenn einfach alles ganz anders gekommen wäre und ich eben jetzt nicht alleine und wartend in unserem Bett liegen würde?

Vor meinem inneren Auge sehe ich mich ohne den Ring am Finger, der von Tag zu Tag an Gewicht zunimmt und mich davon abhält, mich aus dem tiefen Wasser und auf das rettende Land zu ziehen.

Mit letzter Kraft schiebe ich den Gedanken zur Seite und drifte langsam ab in einen tiefen Schlaf, wie ihn nur kleine Kinder oder Betrunkene haben. Das sanfte Meeresrauschen begleitet mich in die dunkle Welt des Unterbewussten.

Ich sitze im feinen Sand und beobachte das Spiel der Wellen. Wie sie Woge für Woge an das Ufer brechen und Sand sowie Muscheln zurück ins Meer tragen. Das herrliche, gleichmäßige Rauschen beruhigt all meine Sinne, und ich fühle mich unglaublich frei und ausgeglichen.

Aus dem weißen Schaum der Wellen erhebt sich eine dunkle, breite Gestalt. Es ist wieder dieser Typ, der gestern schon hier geschwommen ist. Er kommt auf mich zu. Langsam wandert sein Blick die Küste entlang und bleibt an mir hängen. Es ist, als würde er tief in mich hineinsehen können. Jedes Geheimnis, jeder Wunsch und meine dunkelsten Gedanken – nichts davon ist mehr sicher. Zielstrebig marschiert er auf mich zu.

Eine Gänsehaut überzieht meinen ganzen Körper. Ich sollte weglaufen. Ich drehe mich um, renne los und suche den Trampelpfad, der hoch zu unserem Strandhaus führt. Aber hier ist kein Trampelpfad. Nur die felsigen Klippen der Steilküste. Ich bin gefangen. Es gibt kein Entkommen. Langsam drehe ich mich um. Er steht nur gute zwei Meter von mir entfernt. Sein dunkles Haar ist nass und wirr. Langsam hebt er den Kopf und sieht in meine Augen. Ich sehe sein Gesicht vor mir und kann es zugleich nicht erkennen. Alles makellos, attraktiv, aber auch verschwommen. Das sollte mir noch mehr Angst machen. Mein ganzer Körper kribbelt vor Panik, aber auch vor Begierde. Ich will ihn!

Wie in Zeitlupe und mit der Eleganz eines Raubtieres nähert er sich mir. Die Luft zwischen uns pulsiert, und mein Herzschlag hämmert wie wild. Zwischen uns ist nur noch eine Armlänge Abstand. Je näher er kommt, umso mehr weicht die Furcht etwas anderem. Das Kribbeln wird zu einer wohligen Erwartung, die Gänsehaut zu einem erregenden Ziehen auf meiner Haut. Da ist nur noch Lust, obwohl das total falsch ist.

Er kommt noch näher, und aus Reflex trete ich einen weiteren Schritt zurück. In meinem Rücken spüre ich den harten, kalten Stein der Felswand und wie sich die raue Struktur durch den dünnen Stoff meines Kleides bohrt. Ich stehe mit dem Rücken an der Klippe, und keine Handbreit vor mir steht ein Fremder.

Das Pochen meines Herzens wird durch das Ziehen in meiner Körpermitte ergänzt. Unsere Gesichter trennen nur noch Zentimeter voneinander. Gleich wird es passieren. Er wird mich berühren, wird mich küssen. Und ich will es so sehr. Ich bin bereit, ihm alles zu geben.

Alles andere verblasst gegen dieses unsichtbare Band, das uns zueinander hinzieht. Sein maskuliner Duft aus Holznoten und einem Morgen im taufrischen Wald umhüllt mich und verdrängt mein letztes bisschen Verstand. Jetzt kann ich nur noch fühlen.

Seine starke Brust presst sich an meinen Körper, kesselt mich noch mehr ein. Die Lippen berühren sachte mein Kinn und fahren mit einer unglaublichen Leichtigkeit, die ich diesem Bild von einem Mann nie zugetraut hätte, über meine Wange hinauf Richtung Ohr. Ganz leicht streift seine Zunge mein Ohrläppchen, als er mir leise in mein Ohr haucht.

„Grace ...“ Beim Klang seiner tiefen, rauen Stimme stöhne ich auf, denn darin liegt ein Vorgeschmack auf das, was kommen wird.

„Grace.“ Seine Stimme klingt nicht mehr ganz so rau, sondern eher besorgt. Irgendjemand rüttelt mich.

„Grace, du träumst schlecht!“

„Was?“

„... nur ein Alptraum! Ist schon gut!“

Was? Nein! Wo ist er? Wo bin ich? Das darf noch nicht zu Ende sein!

Ich atme geräuschvoll aus, als ich frustriert realisiere, dass ich im heimischen Bett liege. Es ist bereits hell draußen, und das weiche Licht der Morgenröte dringt durch die Gardinen. Neben mir liegt Kevin. Mein Kopf dröhnt leicht, aber beständig, und als ich das leere Weinglas auf dem Nachttisch sehe, wird mir ein wenig flau im Magen.

„Du hast nur schlecht geträumt. Wahrscheinlich war das ein Glas Wein zu viel“, scherzt er neben mir.

„Ja, ganz bestimmt", erwidere ich, immer noch verwirrt wegen des ziemlich realen Traumes, der gerne noch hätte weitergehen dürfen.

Heute ist Montag, diese Woche steht das Sommerfest in unserer alten Schule an. Wie im vergangenen Jahr spendet das Kings Crown neben einer Geldsumme täglich eine Auswahl an Leckereien, die die Schüler zum Verkauf anbieten können. Der Erlös kommt dem Erhalt des alten Schulgebäudes zugute, was auch dringend notwendig ist. Auch dieses Jahr lasse ich es mir nicht nehmen, mindestens einmal eine Lieferung auszufahren. Auf meine Schulzeit blicke ich mit gemischten Gefühlen zurück. Die meisten sind glücklicherweise positiv, obwohl ich mich im Gegensatz zu Kevin nicht immer wohlgefühlt habe. In der Pubertät hat sich ziemlich früh abgezeichnet, dass mein Körperbau nicht ganz dem zierlichen Ideal der heutigen Zeit entsprechen wird. Während meine Freundinnen relativ elfenhaft durch die Schule tänzelten, zeigten sich bei mir deutliche Kurven am Po und an den Brüsten. Dafür bekam ich zu vielen Gelegenheiten den passenden Spruch, der die eine oder andere Narbe in meinem Selbstbewusstsein hinterlassen hat. Dass mein heutiger Ehemann einer derer war, die mich besonders gerne als *Speckbarbie* bezeichnet haben, macht es nicht gerade besser, auch wenn er mir später zigmal versichert hat, es nie wirklich so gemeint zu haben.

Die Ampel vor mir schaltet von Rot auf Grün. Ich trete vorsichtig aufs Gaspedal und biege in die Einfahrt ein. Ich bin seit Sarahs Unfall grundsätzlich darauf bedacht, mich an jede Verkehrsregel zu halten, und fahre lieber zu langsam als zu schnell. Der Schulhof ist bereits festlich geschmückt, und viele Schüler, Lehrer und Besucher tummeln sich zwischen den bunten Ständen. In der hinteren Ecke, neben dem Bierwagen, entdecke ich einen Stand, der mit einer riesigen, knallbunten Torte aus Pappmaschee geschmückt ist. Zwei Schüler steuern zielstrebig auf mein Auto zu, während ich über den Schulhof fahre. Ich lasse mein Fenster runter, damit sie mir einen Platz zum Ausladen zuweisen können.

„Guten Morgen, Mrs Roberts", sagt der größere Junge zu mir. „Wir sind zu Fuß schneller als Sie mit dem Auto!"

Innerlich setze ich einen weiteren Strich auf die Liste all derer Menschen, die sich schon über meinen Fahrstil lustig gemacht haben.

„Wir helfen Ihnen beim Abladen", sagt der andere und boxt seinem Freund spielerisch in die Seite.

„Danke, ihr beiden." Auch wenn die Bemerkung über mein Schneckentempo nicht so nett war, gibt es noch Höflichkeit bei den jungen Leuten. Obwohl mir diese beiden Exemplare den Eindruck machen, als würden sie zu späterer Stunde das Privileg der Oberstufenschüler ausnutzen und den Zapfhahn des Bierwagens hauptsächlich für ihre eigenen Gläser betätigen.

Am Kuchenstand angekommen, beginne ich sofort damit, beim Auspacken und Verladen der Törtchen zu helfen. Als ich einer Siebtklässlerin zeige, wie man die Törtchen auf die Teller befördert, ohne dass die kleinen Kunstwerke kippen, passiert es: Mein Blick schweift über den sich immer weiter füllenden Schulhof, und mitten in der bunten Masse, etwa fünf Meter von mir entfernt, steht er und sieht mir direkt in die Augen.

Ein Blitz durchfährt meinen Körper. Das ist definitiv einer dieser Momente im Leben, bei denen man sich nicht sicher ist, ob man wach ist oder träumt. Meine Handflächen werden feucht, und ein Kloß scheint mir in der Kehle zu stecken. Liebend gern würde ich mir die Torte aus Pappmaschee über das geschockte Gesicht ziehen, um ihn nicht wie der letzte Depp anzuglotzen.

Nicht nur, dass das Schmachtobjekt meines Traumes und des gesamten Wochenendes jetzt einfach so vor mir steht. Nein, jetzt sehe ich auch sein Gesicht. Ich bin mir sicher, diesen Mann zu kennen. Obwohl er sich über die Jahre unglaublich verändert hat und eigentlich gar nicht mehr dem Jungen von damals ähnelt, werde ich diese stahlblauen Augen wohl niemals vergessen können.

Kapitel Drei

Jackson

Ich bin ohne jede Erwartung zurück nach Little Kings Bay gekommen und habe vorher keinerlei Nachforschungen betrieben, ob sie überhaupt noch hier lebt. Eine meiner selbstauferlegten Regeln. Es wäre eine glatte Lüge zu behaupten, dass ich in den vergangenen Jahren nie an sie gedacht hätte. Trotzdem habe ich sie zusammen mit meiner Schulzeit in eine Kiste gesteckt, diese sorgsam verschlossen und in eine der hintersten Ecken meines Hirns verfrachtet. Das Kapitel über Little Kings Bay habe ich in den letzten zehn Jahren mehr als erfolgreich verdrängt.

Ich bin kein Kind von Traurigkeit mehr gewesen, seit ich damals zurück in die Staaten gegangen bin und mir dort ein neues Leben aufgebaut habe. Es hat sich seit meiner Zeit in Little Kings Bay drastisch verändert. Ich wollte es so. Den Jackson von damals gibt es nicht mehr. Von dem wütenden Jungen, dem das Herz gebrochen wurde, ist nicht mehr viel übriggeblieben. Jetzt bin ich zum ersten Mal wieder hier. Ich wollte diesen Aufenthalt so unbefangen wie möglich gestalten und weder an alten Schauplätzen meiner Jugend in zumeist negativen Erinnerungen schwelgen noch feuchten Träumen meiner Teenagerzeit hinterherjagen. Dennoch stehe ich hier und tue genau all das, was ich so zwanghaft zu vermeiden versucht habe.

Sobald ich den Boden dieser gottverdammten Insel unter den Füßen hatte, wurde mir klar, dass mein Plan, alles von damals gekonnt zu ignorieren, gescheitert ist. Spätestens letzte Woche am Strand ist mir bewusst geworden, dass ich diesen Ort nicht würde besuchen können, ohne auch nur einen einzigen Tag an sie zu denken. Gerade, als ich aus den Wellen gestiegen bin, sah ich sie dort sitzen. Die langen, kastanienbraunen Haare wehten um ihr Gesicht. Ja, sie hatte sich verändert, aber mein Grace-York-Radar funktioniert nach zehn Jahren immer noch exzellent, und tief in mir wusste ich sofort, dass sie es ist.

Trotzdem habe ich der Versuchung widerstanden, sie zu googeln oder Einheimische nach ihr zu fragen. Immerhin bin ich die letzten Jahre sehr gut ohne Fantasien von Grace gefahren. Meine männlichen Jagdinstinkte haben mich dann aber doch zum Sommerfest unserer alten Schule geführt. Denn wenn man einer Droge nach langer Abstinenz nur einmal nachgibt, dann will man sie immer wieder kosten. Grace ist meine alte Droge. Und siehe da, hier steht sie und sortiert mit diesen nervigen Kindern irgendwelche Schokotörtchen. Ihre Vorliebe für Süßes hat sich anscheinend über die Jahre gehalten.

Sie ist noch viel schöner, als ich sie in Erinnerung habe. Ihr langes Haar trägt sie in einem undefinierbaren Gebilde auf dem Kopf – wahrscheinlich, damit ihre langen Strähnen nicht auf den Törtchen landen. Es ist ein einziges Desaster, aber es passt zu ihr. Sie trägt Jeans und eine leichte, cremefarbene Bluse, die ihre Kurven nur erahnen lässt. Eine Schande, diesen Körper zu verdecken. Auch das hat sie offenbar beibehalten.

Auf übermäßiges Make-up scheint sie nach wie vor zu verzichten, was keinesfalls heißt, dass sie es auch nur ansatzweise nötig hätte. Grace York war schon immer atemberaubend schön, auf ihre eigene, ganz spezielle Weise. Und die letzten Jahre haben nichts daran geändert.

Es ist weiß Gott nicht so, dass ich ihr seit der Schulzeit und dem desaströsen Ende unserer Freundschaft hinterhergeschmachtet hätte. Okay – damals war es so. Und das, obwohl sie mir die Abfuhr meines Lebens erteilt hat und ich ihr eigentlich bis in alle Ewigkeiten böse sein sollte. Es hat wirklich lange gedauert, um über Grace hinwegzukommen. Aber obwohl ich dieser Frau eigentlich nie, nie wieder verfallen wollte, sind die Würfel spätestens jetzt gefallen. Und dazu reichte ein einziger Augenblick aus: Ich werde Little Kings Bay nicht verlassen, ohne Grace gevögelt zu haben.

Hier stehe ich nun und blicke ihr direkt in die großen, grasgrünen Augen. Sie sieht mich an, als wäre ich ein verdammter Geist. Betreten wendet sie sich ab und mustert die Törtchen. Klar, das mit uns ist nicht gut ausgegangen, und vermutlich ist ihr ihre Charakterlosigkeit von damals heute sogar unangenehm.

Grace und Jackson – das ging einen ganzen Sommer lang. Angefangen damit, dass meine Mutter mich nach der Scheidung von meinem Erzeuger aus den Staaten in diesen gottverdammten Küstenort verschleppt hat. Nachdem meine Eltern Jahre damit verbracht haben, sich gegenseitig zu terrorisieren, war ich einfach nur verflucht wütend. So wütend, dass ich mich mit Händen und Füßen gegen alles und jeden gewehrt habe. Ich habe mich tätowieren und mir die Lippe piercen lassen. Meine bevorzugte Kleidungsfarbe war schwarz. Meine Lieblingsbeschäftigung bestand darin, mich mit jedem zu prügeln, der sich mir in den Weg gestellt hat. Ich war ein verdammter Punk. Alles K.o.-Kriterien, wenn man in einem idyllischen Küstenstädtchen dazugehören will. Aber genau das war der Knackpunkt, denn ich wollte nie hierhergehören.

Die Schule war ein einziges Desaster. Jeder hat mich damals angepisst. Als ich an einem ganz beschissenen Tag dem größten Vollidioten und seiner kleinen Privatarmee aus Clowns in die Arme lief, war es Grace, die für mich Partei ergriff und mich aus der Situation rettete.

Es war das erste Mal, dass ich sie überhaupt wahrnahm. Einerseits war sie beliebig und unscheinbar, als wäre sie darauf bedacht, sich in der grauen Masse unsichtbar zu machen. Aber als ich mir einen Moment lang Zeit nahm und sie genauer ansah, wusste ich, dass sie das Schönste war, was diese ganze Stadt zu bieten hatte. Ab da war klar, dass ich sie für mich haben musste.

Über das E-Mail-System der Schule schrieb ich ihr Nachrichten, und sie antwortete. Das ging eine ganze Weile so. Da sie mich nicht treffen wollte, entführte ich sie. Natürlich nicht wirklich, aber ich passte sie nach der Schule ab, überredete sie, mit mir zu schwänzen und die Nachmittage am Strand zu verbringen, oder holte sie nachts mit kleinen Steinen gegen ihr Fenster aus dem Bett.

Der Sommer war perfekt und Grace gab mir etwas, das diesen Ort erträglich machte. Mehr als erträglich.

Ich war ihr dermaßen verfallen, dass ich in ihrer Gegenwart nie wütend wurde und meine Pläne, so schnell wie möglich zurück in die Staaten zu kommen, immer und immer wieder verwarf.

Aber dann wurde all das zerstört, und Grace war daran alles andere als unbeteiligt.

Ich habe immer gedacht, wir würden uns nie mehr treffen, und bin jedes Mal wütend geworden, wenn ich mir ein Wiedersehen ausgemalt habe. Jetzt, wo sie vor mir steht und genauso nervös wirkt wie vor zehn Jahren, ist davon nichts mehr übrig.

Sie fährt einmal mit der Zunge über ihre volle Unterlippe, nur ganz kurz, atmet tief ein, und ihre Brust hebt sich deutlich.

Jetzt ist es an mir, den nächsten Schritt zu wagen. Ich überwinde den Abstand zwischen mir und dem Stand und stütze mich vor ihr auf der Theke ab. Die Kleine neben ihr, die soeben noch Törtchen sortiert hat, blickt verlegen zu mir auf. Sie sieht aus, als würde sie gleich in Panik ausbrechen, weil sie mir eines dieser Schokoladenmonster verkaufen muss. Grace flüstert ihr etwas zu, woraufhin sie sich sichtlich dankbar und erleichtert den Kisten im Hintergrund zuwendet.

Ich muss mich zusammenreißen. Nicht nur, weil mein Schwanz in freudiger Erwartung zuckt, wenn ich ihr so nah bin. Nein, tief in mir macht sich eine kleine Welle der Unsicherheit breit. Und ich war in den vergangenen Jahren vieles, aber ganz bestimmt nicht mehr unsicher.

„Es ist verdammt lang her, Grace."

„Das ist es, Jackson."

Kapitel Vier

Grace

Atmen nicht vergessen.

Konzentriere dich. Einatmen. Ausatmen.

Und von vorne. Einatmen. Ausatmen.

Mein Hirn ist damit beschäftigt, die einzelnen Puzzleteile zusammenzusetzen. Der Hüne vom Strand, der dann Lustobjekt meines Traumes wurde – eines sehr lebhaften Traumes, der mich seither begleitet und mir den einen oder anderen Tagtraum beschert hat – ist niemand anderes als Jackson Hide, der Junge, dem ich vor zehn Jahren den übelsten Laufpass schlechthin gegeben habe.

Der Jackson, der mit mir zur Schule gegangen ist. Der Jackson, der als Außenseiter behandelt und gemobbt wurde, und das oft von Kevin. Der Jackson, den ich in Schutz genommen habe. Der Jackson, mit dem ich mich heimlich getroffen habe und der den Sommer meines Abschlussjahres so besonders gemacht hat.

Er sieht jetzt ganz anders aus. Natürlich überragt er mich immer noch, aber er ist ungefähr dreimal so breit wie früher. Aus dem definierten, aber schlaksigen Jungen ist ein unglaublich muskulöser Mann geworden.

Seine dunklen Haare trägt er nun deutlich kürzer als früher. Sein Gesicht ist markanter geworden, aber die vollen Lippen und die gerade Nase verleihen ihm an genau den richtigen Stellen weiche Züge. Das Piercing in der Unterlippe ist verschwunden, aber ich könnte wetten, dass er das Tattoo am Oberarm noch hat. Jackson ist schon immer attraktiv gewesen, damals allerdings für die meisten nicht erkennbar. Er war zu verschroben und andersartig für Little Kings Bay, als dass sich jemand die Mühe gemacht hätte, genau hinzusehen. Heute könnte Jacks als Model für Herrenunterwäsche oder feuchter Frauentraum durchgehen.

Natürlich hätte ich ihn überall wiedererkannt. Obwohl unsere Freundschaft von kurzer Dauer war, hatte ich sein Gesicht nicht vergessen. Seine stahlblauen Augen, die einen mit unglaublicher Intensität fixieren können, so als würden sie geradewegs bis in den letzten Winkel der Seele blicken, sind unverwechselbar. Einerseits so blau wie der Ozean, aber mit diesem Grauanteil, der ihnen eine gewisse Wehmut verleiht. Jetzt steht er in hochwertigen, dunklen Jeans, graphitgrauem Hemd und Lederboots vor mir. Zumindest die Vorliebe für dunkle Farben ist offenbar geblieben. Jackson war noch nie bunt, auch von innen nicht.

Immer noch total verunsichert beschließe ich, so souverän wie möglich aus der Nummer rauszukommen. Erstens: Er kann mich kaum am Strand erkannt haben. Aus der Entfernung hätte ich jede x-beliebige Frau sein können. Er weiß also lediglich, dass in Little Kings Bay eine Spannerin herumläuft. Außerdem hätte er sich ja nicht entblößen brauchen.

Zweitens: Wir sind einfach alte Freunde, die sich zufällig auf dem Sommerfest ihrer ehemaligen Schule wiedertreffen. Das zwischen uns liegt zehn Jahre zurück, und so, wie er mich ansieht, hat meine Abfuhr seinem Ego auf Dauer nicht sonderlich geschadet.

Drittens: Natürlich kann er nicht ahnen, dass mein lüsternes Unterbewusstsein sich, aus welchen Gründen auch immer, ausgerechnet ihn als Sexobjekt ausgesucht hat. Allerdings wusste ich auch bis eben nicht, dass der nackte Hüne und Jackson Hide ein und dieselbe Person sind. Ich wusste nicht einmal, dass er überhaupt wieder hier ist. Dementsprechend wird meine Tagträumerei ab jetzt aufhören.

Jetzt. Sofort.

„Arbeitest du etwa für unsere alte Schule?", reißt er mich aus meinen Gedanken.

„Ich? Was?" Diese Augen! Es liegt an diesen Augen, dass ich immer noch träume.

Erwartungsvoll sieht er zwischen mir und dem gigantischen Pappmaschee-Törtchen hin und her. „Bist du hier Lehrerin?"

„Nein, nein! Ich bin nach der Uni unter die Konditorinnen gegangen und habe ein Buch rausgebracht." Das entspricht natürlich nur der halben Wahrheit. Hört sich aber besser an als *Ich arbeite für meinen Mann*. Dabei weiß ich gerade nicht genau, was schlimmer ist: dass ich für Kevin arbeite oder mit ihm verheiratet bin. „Ich spende nur den Kuchen."

„Wow, Grace. Das hört sich super an!" Vermutlich erinnert er sich an die Haschischkekse, die wir an diesem einen Nachmittag am Strand zusammen gegessen haben. Gott – ich darf nicht an diesen Tag zurückdenken!

„Warte kurz!", rufe ich ihm zu, während ich meine Tasche zusammenpacke.

Ich trete aus dem kleinen Stand heraus und zu ihm. Durch seinen breiten Oberkörper fühlt er sich neben mir noch größer an als früher. Ich habe regelrecht das

Gefühl, direkt vor ihm im Boden zu versinken – vielleicht auch, weil ich mich damals so fürchterlich benommen habe. Ich lege meinen Kopf in den Nacken und sehe in seine Augen, die heute ziemlich hell wirken. Er ist mindestens eins neunzig groß.

„Und wie geht es dir? Was führt dich zurück nach Little Kings Bay?", frage ich ihn ganz unverfänglich.

„Genau genommen bin ich nicht zurück. Nur zu Besuch." Erleichterung macht sich in mir breit. Little Kings Bay ist keine große Stadt. Man läuft sich ständig über den Weg. Und eben das möchte ich lieber vermeiden. Jackson macht mich fürchterlich nervös, und zwar auf eine unheimliche Weise. Aber zu Besuch? Sofern ich weiß, ist seine Mutter kurz nach seiner Abreise ebenfalls weggezogen.

„Grace, ich weiß, das ist jetzt spontan. Aber nach all den Jahren oder vielmehr trotz all der Jahre haben wir uns bestimmt einiges zu erzählen. Lass uns doch rüber ins Tanner's gehen und eine Tasse Tee zusammen trinken – oder ein Bier, so wie früher!"

Mir wird plötzlich ganz mulmig im Bauch. Ich habe keine Angst vor ihm, aber mir behagt der Gedanke nicht, mit ihm ein Tässchen englischen Tee zu trinken, so als wären wir alte Freunde, die im Guten auseinander gegangen sind. In mir macht sich der Wunsch breit, diese unerwartete Zusammenkunft möglichst schnell zu beenden, den Striptease am Strand und diesen dämlichen Traum zu vergessen und zum Tagesgeschäft zurückzukehren.

„Nun weißt du, prinzipiell ja sehr gerne, aber ich muss schrecklich viel arbeiten und auch direkt weiter."

„Kein Problem! Ich werde einige Wochen hierbleiben. Wir finden schon noch die passende Gelegenheit, um in alten Geschichten zu schwelgen." In seinen Augen blitzt etwas auf. Er streckt mir ein Kärtchen entgegen, auf dem in dicken Lettern *Hide Real Estate* steht. „Ich habe eine der Villen direkt unten am Strand gemietet. Ruf an, wenn du magst. Du spazierst doch bestimmt immer noch gerne alleine am Strand entlang", sagt er und sieht mich dabei auf diese Weise an, die mir verrät, dass er mich sehr wohl erkannt hat. Und nun macht er sich darüber lustig, was einfach nur unverschämt ist. Immerhin war er derjenige, der sich mitten in der Öffentlichkeit entblößt hat.

Ich ignoriere seine Anspielung und greife zögerlich nach dem Kärtchen. Penibel achte ich darauf, dabei ja nicht seine gepflegten Fingerspitzen zu berühren. Er ist mir schon bereits jetzt viel nähergekommen, als mir lieb ist.

„Machs gut, Jacks!", verabschiede ich mich von ihm und eile, ohne mich noch mal umzudrehen, zu meinem Auto. Gott sei Dank fahre ich nie mit hohen Absätzen, sonst würde ich bei dem Stechschritt, den ich soeben an den Tag lege, vermutlich stolpern und mich bis auf die Knochen blamieren.

Das darf alles nicht wahr sein. Immer noch total durch den Wind von dieser Wucht, mit der sich Jackson Hide erneut in mein Leben gedrängt hat, mache ich mich auf den Weg zurück zum Hotel.

Ich versuche, mich wieder auf die wichtigen Dinge zu fokussieren. Morgen steht das Kennenlernen mit Mr Scott und seiner Verlobten an, bei dem wir die ersten

Pläne für die Hochzeitsfeierlichkeiten durchgehen. Natürlich habe ich mich am Wochenende doch dazu breitschlagen lassen, mich so oft es geht bei den Vorbereitungen blicken zu lassen. Ich hoffe zumindest, dass mein Plan aufgeht und ich durch mein freundliches Lächeln, ein gut gemeintes Nicken an den richtigen Stellen und regelmäßige Anwesenheit am Hochzeitswochenende genug Zeit für meinen Lektor finden werde und mich gekonnt raushalten kann. Den meisten reichen oder prominenten Gästen des Hotels ist es meist ohnehin egal, wer ihre Ärsche küsst. Hauptsache jemand tut es.

Da heute wirklich nicht viel los ist, kommen Molly und ich pünktlich raus und beschließen, uns noch einen Wein auf der Terrasse vom Tanner's zu gönnen. Kevin hat mir vor Feierabend mitgeteilt, dass er noch einiges im Büro zu erledigen hat, damit er sich morgen komplett auf Brandon Scott und seine Zukünftige konzentrieren kann.

Das Wetter lädt heute dazu ein, sich im Freien aufzuhalten, und so tummelt sich im Tanner's ein buntes Gemisch aus Einheimischen und Touristen. Tatsächlich musste der alte Jeff Tanner sogar einige Tische auf der breiten Terrasse mit Sonnenschirmen bestücken. Als er auch uns einen Schirm bringen will, winken Molly und ich ab. Wir haben fast den ganzen Tag in der Küche über den Rührschüsseln gehangen und die Sonne nur durch das kleine Fenster beobachtet. Da wird es jetzt dringend Zeit, einige der letzten Vitamin-D-Strahlen des Tages abzubekommen. Der Kellner serviert uns zwei Gläser eines fruchtig-lieblichen Rieslings aus Deutschland, einer meiner absoluten Lieblingsweine.

„Hast du bemerkt, wie er dich angesehen hat?", frage ich Molly und spiele auf den hübschen Kellner an, der uns bereits des Öfteren auffällig übermotiviert bedient hat.

„Der ist mir viel zu jung!" Molly kichert, riskiert aber einen Blick in Richtung des Jünglings.

„Ich glaube, das ist der Enkel von der alten Mrs Morrison aus dem Souvenirshop unten an der Promenade." Ich halte kurz inne und rechne nach. „Er dürfte vielleicht Anfang zwanzig sein."

Molly ist etwas älter als ich – genau gesagt einunddreißig Jahre alt. Trotzdem geht sie mit ihrer offenen und ausgeflippten Art sowie ihrem jugendlichen Style und der Vorliebe für Knallfarben locker für Anfang zwanzig durch.

„Siehst du! Junges Gemüse! Der wäre eher was für dich!"

Ich halte meine Hand mit dem Ehering hoch und erinnere sie daran, dass ich nicht auf der Suche nach einem Abenteuer bin.

„Wo ein Wille, da ein Weg, Liebes!" Sie lacht. „Du vertrocknest sonst noch!"

Im Gegensatz zu mir hält Molly es nicht ganz so genau, wenn es um Monogamie geht. Allerdings probiert sie sich auch selten in Sachen Beziehung aus und hat lieber unverfängliche Geschichten. „Na erzähl schon, habt ihr es am Wochenende endlich getrieben? Oder musste der unbekannte Kerl vom Strand dir wieder in deinen Träumen aushelfen?"

Dass Kevin Mollys Chef ist, steht unserer Freundschaft kein Stück im Wege. Ich vertraue ihr zu hundert Prozent. „Nein, nicht mal Versöhnungssex." Wir haben uns dieses Wochenende zwar ausgesprochen, aber als ich es darauf anlegen wollte, mit Kevin zu schlafen, war er müde vom Spaziergang und der frischen Meeresluft, so als wäre er die nach neunundzwanzig Jahren Little Kings Bay nicht gewohnt.

Mollys Kinnlade klappt nach unten, bevor sie sich die Hände vor ihr hübsches Gesicht schlägt. „Grace, das Wort *Gatte* kommt von *begatten* oder hat zumindest irgendetwas damit zu tun. Und da er das eben nur dann tut, wenn es unumgänglich ist …" Sie zieht scharf die Luft ein. „Deswegen spinnt sich dein Hirn jetzt auch diesen Unbekannten zusammen. Du hast Bedürfnisse, Liebes!"

„Er ist kein Unbekannter mehr." Augenblicklich bereue ich, ihr diese Information gegeben zu haben.

„Was?" Überrascht und plötzlich viel, viel wacher, heftet sich ihr Blick auf mein Gesicht.

„Ich habe ihn getroffen. Heute früh, auf dem Schulfest. Es war ohne jeden Zweifel der Muskelprotz vom Strand, das kann ich dir versichern."

Ihr Gesicht verzieht sich zu einem breiten Grinsen. „Na und? Hast du ihn kennengelernt?" Molly lebt genau für solche Geschichten und blüht gerade regelrecht auf.

„Nein, das war nicht nötig. Ich kannte ihn bereits."

„Grace Roberts, wenn du nicht sofort weitererzählst, trete ich dir gleich in deinen süßen, runden Apfelpopo!"

Sie signalisiert dem schnuckeligen Kellner, uns noch zwei Gläser zu bringen, was er mit einem dämlichen Grinsen quittiert und ihr zuzwinkert.

Ich hole tief Luft und fange an zu erzählen. „Jackson Hide – wir sind alte Schulfreunde, wobei Freunde vielleicht sogar noch übertrieben ist. Es war in meinem

Abschlussjahr. Er ist mitten im Schuljahr mit seiner Mutter aus den USA hierhergezogen. Ein totaler Sonderling, der durch sein gewöhnungsbedürftiges Verhalten total polarisiert hat. So einer, über den man nicht hinwegsehen konnte, obwohl er damals alles andere als ein Adonis war. Er war ständig schwarz gekleidet und hatte Tattoos und Piercings, laute Musik auf den Ohren und immer jede Menge Ärger im Gepäck. Du verstehst.“ Molly nickt. Ich glaube kaum, dass sie in ihrer Schulzeit ein Mauerblümchen war.

„Und du? Du warst Kevins kleine, beliebte Abschlussballkönigin?“

„O Gott, Molly, du kanntest mich noch nicht! Kevin und ich haben uns mehr oder weniger gehasst, und ich war bestimmt nicht *Everybody's Darling.* Ich hab immer so gut es ging versucht, dazuzugehören. Allseits beliebt war ich bestimmt nicht. Dafür war ich meistens zu still, meine Noten zu gut und mein Hintern zu groß!“ Nun lachen wir beide. „Auf jeden Fall wurde Jackson gemobbt. Und ich wusste – nein, ich weiß heute noch –, wie sich das anfühlt. Ich habe mir in den Momenten, in denen ich mit anderen Schülern aneinandergeraten bin, immer jemanden gewünscht, der aufsteht und mich in Schutz nimmt. Zumindest dann, wenn ich das nicht selbst tun konnte. Als es zu schlimm für ihn wurde, habe ich diesen Part übernommen.“

Molly klebt gebannt an meinen Lippen. „Und dann?“

„Und dann nichts! Mehr gibt es da nicht zu erzählen. Ich wollte dir einfach nur nicht vorenthalten, dass wir uns bereits kennen. Natürlich wusste ich das bis vor Kurzem noch nicht. In meinem Traum war er ein Unbekannter ohne Gesicht. Und mehr ist da auch nicht dran! Meine Libido hat einfach mein Unterbewusstsein ausgetrickst und aus dieser Peepshow am Strand einen feuchten Traum gemacht."

„Komm schon! Grace Roberts, ich sehe es dir an. Du verschweigst mir etwas."

Ich rolle mit den Augen und nehme einen großen Schluck Wein. „Ich wollte dazugehören und er nicht. Das hat mich total gehemmt. Natürlich weiß ich heute, dass ich einfach ein kleines, oberflächliches Mädchen war. Damals jedoch war es wirklich ein Problem für mich, dass er sich hier einfach nicht anpassen wollte."

„Also hast du ihn direkt abgeschossen?"

„Nicht ganz. Ich habe mich heimlich mit ihm getroffen. Einen ganzen Sommer lang, bevor er Hals über Kopf abgereist ist."

Ich hasse es, darüber zu reden, wie dumm ich mich damals benommen habe. Ich verdränge diesen Part meines Lebens gerne, da ich mir sonst eingestehen muss, dass ich wirklich so ein Biest gewesen bin.

„Und bevor er abgereist ist, hattet ihr Sex!" Molly ist eindeutig auf der Suche nach einer guten Geschichte, die sie mit dem Wein runterspülen kann.

„Hatten wir nicht."

„Grace!"

„Okay, fast." Ich muss mir das Lachen über mich selbst und meine unglaubliche Dummheit wirklich verkneifen. „Ich wollte mit ihm schlafen." Ich erröte, als ich daran zurückdenke, wie ich mich ihm an jenem Nachmittag am Strand angeboten habe.

Molly sieht mich völlig entgeistert an. „Und warum habt ihr es dann nicht getan?"

„Weil wir Haschischkekse gegessen haben, ich total high und angetrunken war und er kein Arsch sein und mich ausnutzen wollte." Ich atme tief durch. „Reicht es jetzt?"

„Ja", sagt Molly, hebt ihr Glas und lacht.

Wir belassen es für heute dabei. Natürlich weiß ich, dass Molly den Traum bei jeder sich ihr bietenden Gelegenheit aufbringen und mich damit aufziehen wird. Aber für heute ist das Thema beendet, und wir trinken gemütlich unseren Wein aus.

Später falle ich in einen unruhigen Schlaf und drifte erneut in meine Traumwelt ab. Gleichmäßig hallen meine Schritte auf dem Laufband durch den Raum. Ich stelle die Geschwindigkeit eine Stufe höher als sonst und gebe Gas. Ein Blick in den Spiegel verrät mir wenig später, dass ich nicht mehr allein bin. Kevin setzt sich auf den Barren, der mittig im Raum platziert ist, und sieht mir zu. Aus seiner Perspektive bleibt nicht viel der Fantasie überlassen, da meine Hose wie eine zweite Haut sitzt und sich eng an meinen Po schmiegt. Zusätzlich bekommt er durch den Spiegel auch meine Frontansicht geboten.

Aber auch ich beobachte ihn im Spiegel, wie er seine Jeans Knopf für Knopf öffnet, das Bündchen seiner Boxershorts herunterzieht und seinen Schwanz in die Hand nimmt. Ohne den Blickkontakt abzubrechen, fährt er langsam seine komplette Länge hoch und runter. Seine andere Hand streckt er aus und winkt mich zu sich.

Ich stelle das Laufband ab und gehe zu ihm. Prompt treffen seine Lippen die meinen, und unsere Zungen verschlingen sich zu einem wilden Tanz miteinander. Ich hebe meine Arme, und er streift mir mein Sportbustier über den Kopf, sodass meine harten Nippel endlich aus dem engen Gefängnis befreit werden. Seine Lippen lassen von mir ab, und er bedeutet mir, mich bäuchlings auf den Barren zu legen.

Mit einer fließenden Bewegung streift er meine Lauftight samt Slip bis zu meinen Fußgelenken herunter und drückt meine Beine ein Stück auseinander. Im Spiegel sehe ich, wie er hinter mich tritt. Er übersät meine Schulterpartie mit Küssen, neckt mich, bis sich eine Gänsehaut auf meinem gesamten Körper breit macht, während seine Finger sanft meine Schamlippen teilen und meine Feuchtigkeit verreiben.

„Ich will dich so sehr, Grace", flüstert er mir ins Ohr.

Seine Finger haben meinen Kitzler gefunden und stimulieren ihn mit feinen Bewegungen. Es fühlt sich an, als würde ein kleiner Schmetterling mit seinen hauchdünnen Flügelchen gegen meine Klitoris schlagen. Gleichzeitig spüre ich seine Erektion, die sich vor meinem Eingang positioniert und zaghaft anklopft. Immer wieder streichelt seine Eichel die Pforte in mein Paradies. Vorsichtig dringt er Stück für Stück in mich ein und gibt mir genügend Zeit, sich an die Dehnung zu gewöhnen.

Quälend langsam bewegt er sich in mir, raunt mir ins Ohr, wie sehr er mich liebt. So gut es sich anfühlt, es reicht noch nicht aus. Die ersten Wogen meines Orgasmus rollen an, aber schaffen es nicht, mich mit sich zu reißen.

„Bitte, mehr", flehe ich ihn an.

Er steigert sein Tempo, stößt schneller in mich. Ich trete näher an den Abgrund, aber doch gelingt mir der Sprung nicht. Ich sehe Kevin durch den Spiegel in die Augen.

„Mehr", fordere ich ihn noch mal auf.

Grob packt er meinen Zopf, drückt mich tiefer auf den Barren, sodass ich nur noch den dunklen Marmorboden sehe. Seine Stöße werden fester, tiefer, schneller. Er zieht sich komplett aus mir zurück, nur um sich direkt darauf mit voller Wucht bis zum Anschlag in mir zu versenken. Sein harter Schwanz füllt mich aus wie noch nie und stülpt mein Innerstes nach außen. Er lässt mir gerade genügend Platz zum Atmen. Er bäumt sich in mir auf, nur um mich noch näher an meine Erlösung zu treiben.

„Ist es gut so Grace? Wirst du gerne so gefickt?" Ich bin nicht in der Lage, zu antworten. Ich bin zu nah dran. Es fehlt nicht mehr viel.

Er zieht mich an meinen Haaren nach oben und will den Anblick meines Sprunges gemeinsam mit mir im Spiegel sehen. Da sind wir. Mein Gesicht errötet vor Erregung und mein Blick verschleiert. Ich stöhne zwischen dem süßen Schmerz seiner harten Stöße und dem herrlichen Prickeln des bevorstehenden Orgasmus. Ich sehe alles. Und plötzlich ist es Jackson, der hinter mir steht und mich an den Rand des Wahnsinns fickt.

Unser Blickkontakt im Spiegel gibt mir den Rest und treibt mich weit über den Rand hinaus, sodass ich mit einer unglaublichen Intensität komme, als wäre in diesem Moment ein Knoten in mir geplatzt, der vorher meine gesamten Emotionen zurückgehalten hat. Dann wache ich auf.

Wenn der Sex, den man im Traum erlebt, besser ist als alles, was man je in der Realität zu spüren bekommen hat, ist das ein handfestes Problem. Ich gehöre nach diesem zweiten Sextraum wohl offiziell zu den Therapiebedürftigen. Mit Schamesröte im Gesicht rolle ich mich aus dem Bett. Erst jetzt bemerke ich, dass die Laken neben mir unberührt sind. Es ist sechs Uhr morgens, und Kevin ist heute Nacht wohl nicht zuhause gewesen. Oder hat er auf dem Sofa geschlafen, um mich nicht zu wecken? Im Wohnzimmer ist auch keine Spur von ihm zu sehen. Gerade als ich ihn anrufen will, entdecke ich eine Nachricht von ihm auf meinem Handy.

Ich bleibe heute Nacht im Hotel.
Es ist wahnsinnig spät geworden.
Wir sehen uns morgen früh.
Und bitte: Zieh dich angemessen an!
Kev

Das gab es tatsächlich noch nie. Allerdings gab es im Kings Crown auch noch nie eine riesige Hochzeitsfeier eines der weltweit bekanntesten Hotelkritikers, und natürlich will Kevin dem guten Ruf des Hotels bei dieser Gelegenheit alle Ehre machen. Wahrscheinlich hat er die ganze Nacht durchgeackert und über dem Papierkram für kommenden Monat gehangen, damit er sich ab heute auf die Großveranstaltung konzentrieren kann.

Ich beschließe, ihm kurz zu antworten. Es fühlt sich nach wie vor verkrampft zwischen uns an. Das fälschliche Gefühl, dass ich sauer auf ihn wäre, braucht er da wohl kaum auch noch. Außerdem habe ich ein schrecklich schlechtes Gewissen wegen des Traumes. Natürlich habe ich meinen Mann nicht wirklich betrogen. Was das Ganze aber immens verschärft, ist die Tatsache, dass ich tatsächlich einen Wahnsinnsorgasmus hatte, und zwar nicht nur im Traum. Ohne eine einzige Berührung von mir selbst oder einer anderen Person bin ich so stark gekommen, als gäbe es kein Morgen mehr. Schnell tippe ich die Nachricht in mein Smartphone.

Guten Morgen.
Ich habe schon geschlafen und habe dich nur heute Morgen vermisst.
Bis gleich, Grace

Ich gehe direkt ins Bad und beschließe, mein Sportprogramm auf heute Abend zu verlegen. Oder ganz ausfallen zu lassen. Im Spiegel betrachte ich mein Gesicht. Meine Wangen sind noch immer leicht gerötet, die Haut sieht straff aus. So ein ordentlicher Orgasmus wirkt wahre Wunder. Umso trauriger, dass ich so selten einen habe.

Nach einer herrlich erfrischenden Dusche, meiner morgendlichen Gesichtsroutine inklusive dezentem Make-up und dem Frisieren meiner Haare, die ich für den Termin zu einem strengen Dutt stecke, schleiche ich, eingewickelt in ein kuscheliges Frotteetuch, in unser Ankleidezimmer. Da heute ein offizieller Termin ansteht, entscheide ich mich zur Abwechslung für eines meiner wenigen Businessoutfits. Wie Kevin mich bereits in seiner Nachricht erinnert hat, ist es kein Tag wie jeder andere, auch wenn er es definitiv charmanter hätte verpacken können.

Im Kings Crown herrscht bereits reges Treiben. Die Zimmer sind nicht restlos belegt, aber es sind genug Touristen und Tagesgäste da, um die große Terrasse vor dem Hotel zu füllen. In der Lobby steht George hinter der Rezeption und redet mit Luke, dem Rezeptionisten. Als er mich entdeckt, nickt er mir mit einem eisigen Blick zu.

Bevor ich mich ins Büro aufmache, gehe ich in die Küche, um Molly und unsere Crew zu begrüßen.

Molly pfeift laut, als ich die Kücheninsel umrunde und mich demonstrativ einmal um die eigene Achse drehe, um ihr das Etuikleid mit dem langen, über den Po laufenden Reißverschluss zu zeigen. Da sie mir so oft sagt, ich solle mich ruhig mal extravaganter kleiden, will ich ihr mein Outfit auf keinen Fall vorenthalten.

„Du siehst bombastisch aus! Und dieser Reißverschluss ist der absolute Hammer. Wüsste ich es nicht besser, dann würde ich tatsächlich glatt denken, du wärst das Vorzeigefrauchen unseres Chefs!"

„Ich bin die Frau unseres Chefs", erinnere ich sie.

„Du bist verdammt sexy und vor allem deine eigene Herrin! Verkauf dich nicht unter Wert, Mrs Bestsellerautorin!"

„Heute bin ich einfach nur Mrs Roberts junior und halte mich *damenhaft* zurück. Wie sieht es eigentlich heute Abend bei dir aus? Lust auf einen kleinen Feierabenddrink im Tanner's?"

„Ich? Immer doch! Lass dich zwischendurch mal bei uns blicken! Nicht, dass du nachher noch Geschmack an den schicken Fummeln auf der Arbeit findest."

Zur Antwort wedele ich schwungvoll mit der Hand, bevor ich mich in Richtung Büro aufmache.

Kevin ist bereits hochmotiviert, weil jeden Moment das zukünftige Brautpaar eintreffen wird. Bevor ich es mir im Büro bequem machen kann, führt er mich zu einem der kleinen Kaminzimmer des Hauses, in dem wir die beiden empfangen werden.

„Also, wir gehen es noch mal durch: Meine Eltern treffen Scott und seine Zukünftige an der Rezeption und begleiten sie zur Suite, damit sie sich von der Anreise frischmachen können. Dann treffen sich die vier in der Lobby, und meine Eltern begleiten die beiden hierher." Er breitet seine Arme aus. „Wir gehen heute nur ganz grob ihre Vorstellungen durch und führen sie im Haus und auf dem Gelände rum."

„Ja, wir machen das schon."

„Sie kommen gleich."

Na, dann kann das Affentheater ja gleich losgehen. Während Kevin mit seinem Smartphone beschäftigt ist, wende ich mich dem bodentiefen Fenster zu, von dem man eine atemberaubende Aussicht auf die grüne Landschaft vor den Klippen und auf das Meer im Hintergrund hat. Hinter mir öffnen sich die Türen, und der Raum füllt sich mit Stimmen.

Ich drehe mich um, um unsere Gäste zu begrüßen, und mein Lächeln gefriert augenblicklich. In dem hell durchfluteten Kaminzimmer stehen mir sechs Personen gegenüber: meine Schwiegereltern, Kevin, ein kleinerer Mann mit leichtem Bauch, der auf gewisse Weise attraktiv ist und einen unglaublich sympathischen, fast väterlichen Eindruck macht. Neben ihm eine nur minimal kleinere, zierliche Frau mittleren Alters, die freundlich in die Runde blickt ... und Jackson, der mich aus seiner Position im Hintergrund so wütend anstarrt, als hätte ich soeben einen Wurf Hundewelpen im Meer versenkt.

„Es freut mich, endlich Ihre Bekanntschaft machen zu dürfen, Mr Scott", sagt Kevin.

„Die Freude ist ganz meinerseits. Ich habe schon so viel Positives über Ihr Haus gehört und bin mir ganz sicher, dass Sie diesem exzellenten Ruf auch bei unserer Hochzeit gerecht werden."

„Und darf ich Ihnen auch meine Frau Grace vorstellen." Kevin legt seinen Arm um meine Schultern.

Kapitel Fünf

Jackson

Scheiße!

Ich wusste, dass es eine wirklich üble Idee war, als meine Mutter mir eröffnete, ihre Hochzeit würde in *seinem* scheiß Hotel stattfinden. Natürlich wollte ich ihr die Freude nicht nehmen. Es ist immerhin ihre Hochzeit, und sie hat es sich mehr als jeder Mensch verdient, glücklich zu sein. Obwohl sie bereits vor acht Jahren zu Brandon nach London gezogen ist, konnte sie diesen Ort nie richtig loslassen. Welchen Narren sie auch immer an diesen dämlichen Klippen gefressen hat. Überall gibt es passende Locations wie Sand am Meer, nur eben hier nicht. Ich weiß das genau, weil ich wie ein Verrückter nach Alternativen gesucht habe, um sie von der fixen Idee abzubringen, hier zu feiern. Da aber weder meine Mutter noch Brandon mit einer alten Scheune zufrieden gewesen wären, blieb nur dieses Hotel. Zugegeben, es ist super gelegen in dieser malerischen Landschaft, die von Frauen garantiert Romantikfaktor eintausend verliehen bekommen würde. Trotzdem ... Wenn ich einen Menschen auf diesem Planeten – neben meinem Erzeuger – wirklich abgrundtief verabscheue, dann ist das Kevin Arschgesicht Roberts.

Vor meinem inneren Auge laufen Szenen aus meiner Schulzeit ab. Ich weiß noch genau, wie sich die Idioten nacheinander auf mich gestürzt haben. Am deutlichsten ist aber das Bild des Tages, an dem ich Grace

kennenlernte und Kevin mir seinen scheiß Schwanz
ins Gesicht halten wollte und laut rumgeschrien hat,
ich solle ihm einen blasen, um mich vor den anderen
zu erniedrigen. Das war der Moment, in dem Grace auf-
gestanden ist und ihm eine geschmiert hat.

Es ist egal, dass er jetzt in einem teuren Maßanzug
durch sein luxuriöses Hotel stolziert und all die feinen
und gut betuchten Gäste grüßt. Es ist egal, wie kulti-
viert und weltgewandt er sich vor meiner Mutter und
Brandon präsentiert. Ich weiß genau, dass das nur Fassade ist und er unter all dem Protz und Prunk derselbe
Vollarsch ist wie früher. Ein Kevin bleibt eben immer
ein Kevin, und dieser Kevin hier macht seinem Namen
wirklich alle Ehre.

Umso schlimmer ist es, dass *sie* seine Frau ist.

Schon als ich den Raum betreten habe, wusste ich,
dass Grace vor mir steht: dieses Wahnsinnsfahrgestell
in dem engen Kleid mit diesem verdammten Reißverschluss am Hintern. Aber als dieser Idiot sie uns als
seine Frau vorstellt, kommt mir die Galle hoch, und ich
habe das Gefühl, mich gleich übergeben zu müssen.

Wie konnte das passieren? Wie kann so eine Frau, das
Mädchen von damals, diesen Vollidioten heiraten? Sie
mochte ihn noch nicht mal – nein, sie hat den Typen
verabscheut. Und jetzt, zehn Jahre später, ist sie sein
kleines, süßes Frauchen?

Am liebsten würde ich sie über meine Schulter werfen, in meine Villa schleppen, ihr gehörig den Arsch
versohlen und danach an mein Bett ketten und vögeln.

Und Kevin, dieser Wurm von einem Mann, erkennt
mich nicht. Oder er schauspielert in Perfektion. Er
checkt nicht mal, dass seine Frau und ich praktisch

ununterbrochen Blickkontakt haben, seit sie sich umgedreht hat. Wie kann man so eine Frau haben und ihr einfach null Beachtung schenken?

Ich erkenne genau, dass Grace' Lächeln nur eine Maske ist, seitdem sie mich entdeckt hat. Jetzt wird mir zumindest klar, warum sie gestern alles darangesetzt hat, mich mit Ausreden abzuwimmeln. Warum gucke ich bei Frauen auch nicht sofort auf den Ringfinger? Vermutlich, weil es mich meist nicht interessiert, ob sie verheiratet sind oder nicht. Bei ihr hätte sich ein Blick jedenfalls gelohnt, und ich hätte mich zumindest ansatzweise darauf einstellen können, sie während meines Aufenthaltes mit ihrem Mann zu sehen. Aber doch nicht mit ihm!

„Freut mich, Ihre Bekanntschaft zu machen", antwortet sie brav in die Runde und fängt sich offenbar, da ihr Lächeln wieder entspannter wirkt. Sie vermittelt das Bild der perfekten Frau an der Seite ihres Mannes. Nein, eher im Hintergrund. Hatte sie nicht gesagt, sie wäre Autorin und backt irgendwelche Torten?

Ich habe sie mir nackt vorgestellt, zwischen Sahnehäubchen und geschmolzener Schokolade, wie sie allerlei Köstlichkeiten probiert und sich die Reste vom Zeigefinger leckt, bevor sie meinen Schwanz zwischen ihre vollen Lippen nimmt und ... fuck! *Herrgott, Jacks!* Wie ein pubertärer Volltrottel muss ich mich selbst ermahnen.

Die gesellige Runde versinkt in unsinnigem Small Talk über die Anreise und das Wetter, während ich mich auf nichts anderes mehr konzentrieren kann als sie. Grace spricht nur, wenn sie angesprochen wird, und versucht die meiste Zeit, meinem Blick auszuweichen, was ihr nicht so recht gelingt. Sie konnte mir noch nie ausweichen. Damals nicht. Heute nicht. Niemals.

„Und Sie sind dann direkt in das Unternehmen Ihres Mannes eingestiegen?", fragt meine Mutter sie.

„Nein." Sie zögert. „Während des Studiums habe ich mein Hobby zum Beruf gemacht und bin seither in der Konditorei und Patisserie tätig. Dieses Jahr erscheint mein zweites Buch über Desserts und kleine Köstlichkeiten. Nach und nach habe ich mich hier in der Küche eingebracht." Aha. Ich lese zwischen den Zeilen, dass sie eigentlich gar nicht vorgehabt hat, hier zu arbeiten. Grace war nie gut darin, nein zu sagen. Manche Dinge ändern sich wohl nie.

Jetzt mischt sich Brandon ein. Wenn es ums Essen geht, kann er stundenlang sprechen. „Das Kings Crown ist bekannt für seine Desserts. Ich kann es kaum erwarten, davon zu kosten. Rosalind, du solltest ihre Torten sehen. Die Dekorationen sind bemerkenswert. Die junge Mrs Roberts hat einen ausgezeichneten Geschmack, was stilvolle Verzierungen angeht."

„Meine Güte, das hört sich ganz großartig an", sagt meine Mutter.

Grace blickt zu Boden und räuspert sich. „Danke, Mrs Hide. Mr Scott." Keine Arschkriecherei, nur ein einfaches, aber ehrliches Danke – das ist die Grace, die ich kenne und in die ich als Teenie unsterblich verliebt gewesen bin. Natürlich habe ich das komplett überwunden. Mit dem Thema Verlieben habe ich seitdem allerdings abgeschlossen. Mein Lebensstil in New York lässt kaum Wünsche offen, und für eine richtige Beziehung habe ich neben meinem Unternehmen, das Immobilien aufkauft, ihnen zu neuem Glanz verhilft und gewinnbringend weitervertreibt, ohnehin keine Zeit. Damit das so bleibt, halte ich mich an eine selbstauferlegte Regel: Ich ficke eine Frau höchstens zweimal. Der Erfahrung nach werden Damen nämlich ab dann anhänglich und lästig. Bisher fahre ich damit gut. Die eine oder andere bleibt zwar hartnäckig und bettelt, aber meist nicht aus Verliebtheit, sondern weil sie mehr von mir im Bett will.

Was ich aber ganz eindeutig nicht überwunden habe, ist die beinahe zwanghafte Notwendigkeit, Grace vögeln zu wollen. Die Tatsache, dass sie *seine* Frau ist, schmälert dieses Verlangen kein bisschen. Ganz im Gegenteil. Der liebe Gott serviert mir heute die perfekte Vorlage, um meine zehn Jahre lang aufgestaute Wut auf Kevin Roberts endlich loszuwerden und mich an ihm zu rächen – und zwar auf die süßeste Weise, die ich mir nur vorstellen kann. Ich werde Grace York – jetzt Roberts – während dieses Aufenthaltes bis zur Ohnmacht vögeln, und das im Idealfall nicht nur einmal. Koste es, was es wolle.

Und wenn diese Hochzeit gelaufen ist, werde ich es Kevin vielleicht sogar stecken. Zu gerne würde ich sein dümmliches Gesicht sehen, wenn ihm bewusst wird, wer ich bin und was ich mit seiner kleinen, süßen Ehefrau getan habe. Ich habe auch schon die perfekte Idee, wie ich sie da hinbekomme, wo ich sie haben will. Ich werde mich wohl doch als guter Sohn erweisen und dem Wunsch meiner Mutter nachkommen, mich aktiv an den Hochzeitsvorbereitungen zu beteiligen. Das wohlige Gefühl eines Plans für die kommenden Wochen flutet meinen Bauch.

Als diese bescheuerte Kennenlernrunde endlich vorbei ist, stürme ich aus dem Hotel, steige in meinen Wagen und trete aufs Gaspedal, um Dampf abzulassen. Zuletzt bin ich so über diese Landstraßen gebrettert, als ich Grace eines nachts aus dem Tiefschlaf geweckt und mit dem geliehenen Porsche des Tätowierers aus dem Nachbarort entführt habe. Okay, Tätowierer und mein damaliger Dealer, sonst hätte er sich so einen Wagen niemals leisten können. Ich weiß noch genau, dass ich sie in dieser Nacht unbedingt hatte küssen wollen und wie sie dann, als ich endlich all meinen Mut zusammengekratzt hatte, einfach neben mir eingeschlafen war.

Ich wühle nach meinen Zigaretten. Das Auto ist gemietet, und eigentlich ist es streng untersagt, hier zu rauchen, aber ich brauche jetzt etwas Nikotin, um mich halbwegs zu beruhigen. Zur Not kaufe ich der Firma den Wagen einfach ab. Brandon wird sich über ein neues Spielzeug freuen.

Es wäre mit Sicherheit das Beste, wenn ich in die nächste Maschine nach New York steige und erst zur Hochzeit wieder anreise. Keine Rache an Kevin, kein heißer Sex mit Grace – aber auch keine Gefahr, dass sie sich wieder in meinen Kopf schleicht und alles an sich reißt, was ich mir in den letzten Jahren zurückerobert habe. Wenigstens um mein Herz brauche ich mir mittlerweile keine Sorgen mehr machen. Grace hat es damals in einem so desaströsen Zustand zurückgelassen, dass es sich nie wieder erholt hat und seither außer Betrieb ist.

Immer und immer wieder denke ich an Grace, wie sie in diesem Kleid auf dem Sofa gesessen und krampfhaft versucht hat, nicht auf mich zu reagieren. Wie sie verlegen auf ihrer Unterlippe herumgekaut hat und doch immer wieder kurze Blicke in meine Richtung werfen musste. Gott – die Frau bringt mich um den Verstand!

Nein, abhauen ist definitiv keine Option. Ich muss sie haben. Und wenn ich dabei einigen alten, vielleicht längst totgeglaubten Dämonen den Kampf ansagen kann und meine Rache an Kevin bekomme, dann lohnt es sich erst recht, zu bleiben.

Ich schmeiße die Zigarette aus dem Fenster, mitten auf die Landstraße, die durch dieses Niemandsland hier führt. Dann wende ich den Wagen. Als ich wieder in Richtung Little Kings Bay fahre, drücke ich das Gaspedal noch etwas mehr durch und habe plötzlich das Gefühl, wieder neunzehn zu sein.

Kapitel Sechs

Grace

War mein Leben bis gestern Morgen noch vollkommen in Ordnung, gleicht es jetzt einem schlechten Film mit mir in einer der Hauptrollen. Brandon Scott heiratet Jacksons Mutter, Rosalind Hide. Das bedeutet nichts anderes, als dass ich Jacks noch das ein oder andere Mal in meiner Nähe ertragen muss, was meinem verkorksten Unterbewusstsein Zündstoff für noch mehr versaute Fantasien geben wird.

Was mich ebenfalls verunsichert ist, dass Kevin Jacks anscheinend nicht erkennt und ihm auch sein Name nichts sagt. Es war natürlich nicht so, als hätten die beiden sonderlich viel Zeit miteinander verbracht, und Kurse hatten wir auch keine zusammen. Vielleicht verdrängt mein Mann seine idiotischen Ausschweifungen als Jugendlicher auch einfach, denn seine einzige Verbindung zu Jackson bestand darin, ihn zu tyrannisieren. Andererseits hat sich Jacks optisch auch extrem verändert und selbst ich musste dreimal hinsehen, bis ich wirklich realisiert habe, dass er es ist und mein Hirn mir nicht einfach nur einen Streich spielt. Aktuell besteht jedenfalls keine Notwendigkeit, Kevin auf die Sprünge zu helfen.

„Und wer von Ihnen wird uns bei der ganzen Planung als Ansprechpartner unterstützen?", fragt Mr Scott in die Runde und reißt mich aus meinen Gedanken.

Wir sitzen heute mit meinen Schwiegereltern sowie Brandon, Rosalind und – o Wunder – Jackson beim Tee im Wintergarten und plaudern im Detail über die nächsten Wochen.

„Selbstverständlich nehme ein Event dieser Größenordnung nur ich persönlich in die Hand", sagt Kevin. „Die Betreuung solch einer wichtigen Veranstaltung überlassen wir nur jemandem aus der Familie"

Brandon Scotts Gesichtsausdruck wechselt von neutral zu unzufrieden, was mir ein unheilvolles Gefühl in der Magengegend beschert. Und dann fällt es mir wie Schuppen von den Augen: Mr Scott kann Kevin nicht ausstehen. Dass ich das noch erleben darf, grenzt an ein Wunder. Normalerweise sind die meisten Menschen – insbesondere jene mit dem nötigen Kleingeld – direkt fasziniert von Kevin, seinem sicheren Auftreten und seiner Redegewandtheit.

„Nichts für ungut, aber Sie machen mir nicht den Eindruck, als hätten Sie so eine kreative Ader!", witzelt Brandon, kann jedoch nicht verbergen, dass er es ernst meint.

„Außerdem hatten wir uns eine weibliche Hochzeitsplanerin vorgestellt. Ich bin, was das angeht, keinesfalls von der alten Schule, allerdings haben Frauen gerade bei solch romantischen Anlässen einfach ein besseres Gespür", fährt Brandon fort.

Das unheilvolle Gefühl in meinem Bauch breitet sich aus und wird zu einem Kribbeln – allerdings eher Ameisen als Schmetterlinge. Ich rutsche auf dem Sofa hin und her, was Kevin mit einem Klaps auf meine Hüfte zu unterbinden versucht. Er hasst es, wenn ich zappelig werde und *mich winde wie ein Tier kurz vor der*

Notschlachtung. Trish wirft mir einen bösen Blick zu und reckt ihr Kinn.

„Ich versichere Ihnen, mein Sohn ist ein exzellenter Eventplaner und hat bisher jeden unserer Kunden zufrieden gestellt!", versucht George, die Situation zu retten.

„Sagen Sie mir mein Kind, wer hat Ihre Hochzeit organisiert?", fragt Brandon plötzlich mich. Normalerweise verabscheue ich es, wenn mich jemand so nennt, aber bei ihm ist es gar nicht so schlimm. Er ist einfach einer jener Menschen, mit denen man sich auf Anhieb wohlfühlt.

Ich starre in die Runde und wage kaum zu antworten, da ich ahne, dass das nichts Gutes bringen wird. „Ich habe damals alles alleine geplant", sage ich leise. „Wir haben mitten in der Hauptsaison geheiratet, und ich wollte niemandem mit unserer Hochzeit zur Last fallen."

„Na dann werden Sie die Hochzeit mit uns planen", sagt Rosalind entzückt.

O nein. Das Gespräch geht in die völlig falsche Richtung. Mit meiner damenhaften Zurückhaltung wollte ich das genaue Gegenteil bewirken, um mich in den nächsten Wochen wie gewohnt in die Küche zurückziehen zu können. Jetzt, wo ich weiß, dass Jacks der Brautsohn ist, würde ich am liebsten im Keller Weinflaschen entstauben, einfach nur, um ihn nicht sehen zu müssen.

„Das wäre mir natürlich eine Ehre, aber bitte unterschätzen Sie meinen Mann nicht. Er ist ein wahres Organisationstalent und in Sachen Stil auf dem neusten Stand. Nicht zu vergessen, dass er wirklich über viel,

viel mehr Erfahrung verfügt als ich." Kevin lächelt mir zu. Natürlich denkt er, ich will ihm den Arsch retten. Dabei rette ich nur meinen eigenen.

„Jetzt buttern Sie sich mal nicht so runter, Grace! Wenn Sie Ihre eigene Hochzeit geplant haben, dann wissen Sie mit Sicherheit ganz genau, was Sie tun. So jemand wie Sie wird doch mehr als qualifiziert sein, eine Feierlichkeit dieser Art zu organisieren. Außerdem liegen diese Hochzeitsgeschichten euch Frauen doch im Blut, und Rosalind hat nun mal keine Tochter, die ihr dabei zur Seite stehen kann." Erwartungsvoll blicken mich alle Anwesenden an. In Jacks' Augen liegt ein Funkeln, das ich nicht zuordnen kann und mich noch mehr verwirrt. Ich fühle mich, als hätte jemand mein Gehirn in Watte gepackt.

Kevin wechselt einen Blick mit seinen Eltern. Trish zuckt mit den Achseln. Anscheinend merkt der Roberts-Clan, dass er mit seiner geplanten Taktik nicht weiterkommt und sich selbst ins Aus geschossen hat. Kevin nickt. „Selbstverständlich wird meine Frau Sie zu Ihrer vollsten Zufriedenheit unterstützen."

Das war es dann also für mich! So sehr ich mich auch bemüht habe, dass genau das nicht passiert, stecke ich jetzt mittendrin. Wie so oft heute, lächle ich meine wahren Gedanken einfach weg. Ich hoffe nur, dass Jacks sich aus dieser ganzen Planungskiste heraushält. Als er mir beim Verabschieden zuzwinkert, bin ich mir da allerdings nicht so sicher.

Am frühen Abend sitze ich mit Molly im Tanner's, und wir genießen ein Feierabendbier. Im Vergleich zu den milden Tagestemperaturen ist es zu frisch geworden, um draußen zu sitzen. Deshalb haben wir es uns in einer der kleinen, urigen Nischen des Pubs bequem gemacht.

„Heilige Scheiße, jetzt bist du echt mittendrin", sagt Molly. Ich habe ihr alles erzählt, was heute passiert ist, den Teil mit dem zweiten Traum aber bewusst ausgelassen.

„Kannst du das Ganze nicht als Chance betrachten? Scott scheint dich zu mögen, und er ist eine ziemlich große Nummer. Wenn die Sache gut läuft, wird er dich bestimmt in einem seiner Artikel erwähnen, was super Werbung für dein neues Buch wäre!", muntert Molly mich auf.

„Daran habe ich auch schon gedacht. Allerdings wird er, sofern er mich überhaupt erwähnt, alles auf das Kings Crown beziehen. Außerdem hat mein Einsatz als unfreiwillige Hochzeitsplanerin, abgesehen von der Torte, rein gar nichts mit meinem Buch zu tun. Die beiden wollten mich glaube ich nur, weil sie Kevin nicht sonderlich mögen."

„Und ich kann es ihnen nicht verübeln!" Molly schlägt die Hände vor ihr hübsches Gesicht. „Welch eine Ironie des Schicksals, dass Kevin ausgerechnet bei den beiden alles mit seiner Schleimerei versaut hat. Und nun bist du einen Monat unterwegs mit den glücklichen Turteltäubchen und Mr Fick-Mich!"

„Molly!", rufe ich etwas zu laut und verdrehe entnervt die Augen. Mr Fick-Mich – wenn sie wüsste!

„Na komm schon. Er wollte sich mit dir treffen. Abneigung sieht anders aus. Und da der gute Kevin seinen Pimmel immer noch nicht aus der Hose geholt hat, wäre das die perfekte Rettung für dich. Hast du eigentlich schon Spinnenweben zwischen den Beinen?"

Ihre Frage ist beinahe berechtigt. „Ich nehme diese Ehe schon ernst." Auf gar keinen Fall werde ich Kevin betrügen. „Weißt du Molly, es gibt Menschen, die Dinge reparieren und nicht sofort wegwerfen."

„Es gibt auch Menschen, die sich schöne Schuhe in der falschen Größe kaufen und dann erst Jahre später bei einer längeren Wanderung bemerken, dass sie in Wahrheit nie gepasst haben!" Das hat gesessen.

Ohne dass ich es verhindern kann, schießen mir Tränen in die Augen. Peinlicher kann der Tag kaum enden.

„Meine Güte Grace, ich wollte dich nicht verletzten!" Molly kommt um den kleinen Tisch herum und setzt sich neben mich auf das niedrige Zweiersofa. Sie zieht mich fest in die Arme. „Hätte ich gewusst, dass dir die ganze Sache mit diesem Traum so nah geht, hätte ich das nie so gesagt. Es tut mir wirklich leid!"

„Träume!" Ich vergrabe mein Gesicht in den Händen. „Plural – letzte Nacht hatte ich wieder einen. Und diesmal war er es und kein Fremder mehr."

„Ach Süße, das sind aber trotzdem nur Träume. Du hast rein gar nichts falsch gemacht. Das suchst du dir doch nicht aus", tröstet mich Molly.

„Natürlich ist das keine Absicht. Aber es fühlt sich einfach grundverkehrt an und trotzdem viel zu gut. Ich bin gekommen, nicht nur im Traum."

Molly zuckt mit den Schultern. „Dein Geist holt sich das, was dein Körper braucht. Du darfst dem nicht so viel Wert beimessen. Ich sehe da kein großes Problem."

„Das Problem ist, dass ich sonst nicht *so* komme."

Kurz herrscht Stille. Molly denkt angestrengt nach, so als müsse sie das eben Gesagte analysieren und verarbeiten. „Wie meinst du das? Nicht *so?*"

„Wenn wir miteinander schlafen, empfinde ich natürlich etwas dabei. Und es gibt auch einen Höhepunkt und das Gefühl von Befriedigung. Aber eben keine wahre Erlösung. Keine Explosion oder ein Nachbeben. In dem Traum schon."

„Du bist verheiratet mit einem Mann, der dich nicht richtig zum Orgasmus bringen kann?"

„Münz das nicht so auf Kevin. So wie in dem Traum bin ich bisher noch nie gekommen, nicht mit Kevins Vorgängern und auch nicht mit mir selbst. Und das ist der springende Punkt, wegen dem ich mich elend fühle."

Sie überlegt. „Ich sehe aktuell nur eine Möglichkeit, wie du das alles loswirst. Du musst deinen Mann vögeln, und zwar richtig!"

Ich nippe an meinem Bier. Natürlich hat sie recht. Egal, wie ich es drehe und wende, am Ende gelange auch ich immer wieder zu der Flaute in unserem Ehebett. Anscheinend muss ich Kevin gegenüber bestimmter auftreten und ihn zu seinem Glück zwingen.

Zuhause angekommen, nehme ich ein schönes Bad und erkundige mich bei Kevin, wann er voraussichtlich nach Hause kommen wird. Während ich mir die Beine rasiere, vibriert mein Smartphone auf dem Wannenrand.

Ich komme gegen 21 Uhr.
Kevin

Und wie du kommen wirst.

Ein Blick auf die Uhr verrät mir wenig später, dass wir bereits viertel nach neun haben. Es kann also nicht mehr lange dauern, bis er nach Hause kommt. Ich setze mich auf unser Sofa zwischen die vielen Dekokissen und lege die Beine hoch. Die Wartezeit versüße ich mir mit meiner neuesten Pralinenkreation, die ich bei Bedarf schnell unter dem Sofakissen verschwinden lassen kann. Kevin meckert ständig, weil ich auch außerhalb meiner Arbeitszeit Schokolade konsumiere. Er hat mir zwar tausendmal geschworen, dass seine dummen Sprüche zu Schulzeiten bezüglich meiner Kurven eben nur dumme Sprüche waren und er mich heiß findet, trotzdem achtet er penibel darauf, was ich in meiner Freizeit esse und ob ich mich zum Ausgleich regelmäßig bewege.

Die Zeiger auf unserer großen Wanduhr ticken, und um viertel vor zehn höre ich Autoreifen auf dem Kies unserer Einfahrt. Einige Minuten später betritt ein breit grinsender Kevin das Wohnzimmer.

„Na wenn das mal nicht die Frau der Stunde ist! Du hast bei Scott und seiner Verlobten eingeschlagen wie eine Bombe. Ich wusste immer, dass du irgendwo tief in dir doch die nötigen Qualitäten hast, um im Crown zu glänzen."

Natürlich kann er nicht einfach sagen, dass ich etwas gut gemacht habe. Trotzdem hätte mit einigem gerechnet, aber nicht damit. Normalerweise gibt Kevin ungerne das Zepter aus der Hand, und gerade bei diesem Auftrag ist er versessen darauf gewesen, sein Können zur Schau zu stellen und sich damit zu profilieren.

„Ich hätte ehrlich gesagt nicht gedacht, dass du einverstanden bist. Aber es scheint dich ja sogar zu freuen, dass Scott darauf bestanden hat, mich als Ansprechpartnerin zu bekommen."

„Es bleibt ja in der Familie. Ich bin äußerst froh, dass er dich so sympathisch findet. Das wird sich mit Sicherheit mehr als nur positiv auf unseren Ruf auswirken. Und jetzt sollten wir feiern!" Er geht zum Kühlschrank und nimmt eine Flasche Champagner heraus.

„Natürlich, du hast recht. Lass uns feiern!" Den Frust über seine Bemerkung schlucke ich genauso herunter wie die Tatsache, dass er wieder nur an sein Hotel denkt. Immerhin habe ich heute eine Mission. Ich hoffe, der Champagner macht ihn etwas lockerer, damit die Party schnell anderweitig weitergehen kann.

„Und damit hätte ich, um ehrlich zu sein, nicht gerechnet. Ich hätte gedacht, du bist fuchsteufelswild, weil die Hochzeit genau auf das Wochenende mit deinem Lektor fällt."

Einerseits war ich das. Dass ich mich nun um die Vorbereitungen kümmern muss, beschert mir viele zusätzliche Arbeitsstunden. Was mich aber noch um ein Vielfaches mehr verunsichert, ist Jackson in meiner Nähe zu haben.

„Ich versuche es trotz des Mehraufwands als Chance zu betrachten. Vielleicht äußert sich Scott positiv zu meinem Buch." Ich denke an Mollys Worte und mache mir meinen Mehraufwand so schmackhaft. Im Endeffekt habe ich natürlich wieder mal versäumt, einfach nein zu sagen und die Roberts auflaufen zu lassen.

Wir stoßen an und trinken von dem Champagner. Jetzt ist der Moment gekommen, um die Situation in eine andere Richtung zu lenken. Ich rücke näher an Kevin heran und senke meine Lippen auf die seinen. Bereitwillig öffnet er den Mund und empfängt meine Zunge für einen innigen Kuss. Er ist im Belohnungsmodus, ganz eindeutig.

„Ich möchte richtig feiern", hauche ich ihm ins Ohr. Dabei lasse ich meine Hand von seinem Hals über seine Brust wandern und fummle an den Knöpfen seines Hemds.

„Grace, ich weiß nicht, es war ein langer Tag."

Diesmal lasse ich mich nicht so einfach abwimmeln. Ich küsse langsam seinen Hals abwärts, über den Teil seiner Brust, den das geöffnete Hemd hergibt. Meine Hände machen sich an seinem Reißverschluss zu schaffen. Kevin erwacht langsam zum Leben, als er mich mit einem Ruck auf seinen Schoß zieht und seine Hände seitlich an meinem Körper hinaufwandern lässt. Ich wusste es. Wenn wir erst einmal den Anfang finden würden und ich ihn mitreißen kann, dann wäre der Rest ein Kinderspiel. Ich spüre bereits eine deutliche Erektion. Endlich!

„Lass uns ins Bett gehen", flüstert er mir ins Ohr. Ich stehe widerstandlos mit ihm auf und folge ihm die Treppen hinauf ins Schlafzimmer. Kevin ist, was das angeht, ein Gewohnheitstier und war nie offen für andere Orte – nicht mal für andere Zimmer im eigenen Haus. Er zerrt mir mein Kleid über den Kopf und zieht scharf die Luft ein, als er mich in der hauchdünnen Spitzenwäsche sieht, die nicht sonderlich viel verdeckt. Als ich ihn von seinem Hemd und der Hose befreit habe, wirft er sich vor mir aufs Bett. Bereitwillig lasse ich mich auf die Knie sinken und befreie seinen harten

Schwanz aus seiner Shorts. Seine Spitze ist bereits von den ersten Lusttropfen bedeckt, die ich mit der Zungenspitze ablecke, um ihn direkt darauf in meinen Mund zu nehmen. Mit der Hand bearbeite ich währenddessen die Wurzel seines festen Schaftes.

„Du machst mich wahnsinnig, Grace", stöhnt er mit seiner rauen, tiefen Stimme. Ich will ihm in die Augen sehen, will ihn noch schärfer machen, damit er das hier nicht vergisst, wenn er das nächste Mal erschöpft von der Arbeit kommt. Aber Kevin hält die Augen geschlossen, als wäre er gar nicht daran interessiert, wer hier sein hartes Glied bearbeitet. Es zuckt bereits auf meiner Zunge und kündigt den nahenden Orgasmus an. Ich entlasse ihn aus meinem Mund, und prompt zieht Kevin mich zu sich auf das Bett.

Zärtlich küsst er mich und lässt seine Hände zwischen meine Beine wandern. Vorsichtig zieht er den dünnen Spitzenstoff herunter und fährt mit zwei Fingern in meine pochende Mitte, sodass ich, unvorbereitet auf die plötzliche Dehnung, laut aufstöhne. Hallo, ich bin Grace und stolze Besitzerin einer Klitoris, denke ich mir. Allerdings will ich ihn nicht zu irgendetwas auffordern, bevor nachher wieder gar nichts läuft. Also nehme ich lieber stillschweigend das, was er mir gibt. Langsam fängt er an, seine Finger in mir zu bewegen, und küsst mich dabei behutsam weiter, so als könnten meine Lippen bei zu viel Druck unter ihm nachgeben.

„O fuck, Grace, ich kann nicht mehr", stöhnt er zwischen den Küssen, ersetzt seine Finger durch seinen hart geschwollenen Schwanz und nimmt augenblicklich ein hohes Tempo auf.

Mir geht das eine ganze Spur zu schnell. Mein erhitzter Körper schreit nach Erlösung, aber es fehlt noch was. Es darf noch nicht enden. Nicht jetzt, wo ich ihn endlich so weit habe. Kevin beschleunigt nochmal sein Tempo, aber schafft es nicht, mich mitzunehmen. Er reitet auf der Welle der Ekstase davon, während ich alleine zurückbleibe mit meinem Gefühl, kurz davor gewesen zu sein. Er bemerkt nicht mal, dass ich ihm diesmal keinen monumentalen Orgasmus vortäusche, so wie sonst.

Vielleicht ging alles zu schnell.

Vielleicht war Kevin zu sehr auf sich fixiert.

Vielleicht brauchte ich es aber auch einfach ganz anders.

In meinem Traum ging es problemlos, mich über diese magische, unsichtbare Schwelle hinwegzutragen. Und nun macht es mich unglaublich traurig, dass es in der Realität einfach nicht sein soll. Schon wieder.

Ich schaffe es nicht, die Tränen zu unterdrücken.

„Hey warum weinst du denn?" Kevin erwacht aus seinem orgasmischen Koma. Natürlich lüge ich. Es kriselt im Moment sowieso zwischen uns, und ich habe jetzt keine Nerven für eine Diskussion. Dankbar, dass wir es nach einer gefühlten Ewigkeit endlich wieder ins Bett geschafft haben, liefere ich die einzig plausible Erklärung.

„Ich habe es so vermisst.".

Er zieht mich fest in seine Arme und küsst meine Stirn. Damit ist das Thema für ihn erledigt, und zufrieden schläft er neben mir ein, während ich mich in Gedanken den Träumen von mir und Jacks widme.

Kapitel Sieben

Jackson

Eins muss man diesem gottverdammten Kaff lassen: Morgens bei der ersten Tasse Kaffee den Ausblick auf den Ozean zu genießen ist gigantisch. Natürlich haben nicht alle Einheimischen dieses Privileg. In Little Kings Bay gibt es die Snobs, die sich eine Villa am Strand leisten können. Oder eines der alten Herrenhäuser mit riesigem Garten. Leute wie die Roberts können Little Kings Bay in all seinen charmanten und idyllischen Facetten genießen. Ich habe nicht immer so ein Glück gehabt. Als ich mit meiner Mutter hergezogen bin, haben wir eines der kleineren Cottages im Randbezirk gemietet. Zum Strand musste man ein ganzes Stück laufen oder man fuhr mit dem Rad. Wir waren nicht arm, aber als Alleinerziehende hatte meine Mutter es nicht leicht, und das Geld von meinem Erzeuger hat sie bis heute nicht angerührt.

Nach dem College habe ich mit einigen geschickten Immobiliendeals meine erste Million gemacht und mir so den Traum von einer eigenen Firma verwirklicht. Ich wollte reich und erfolgreich sein und meinem Vater, der in mir nie mehr als einen Nichtsnutz gesehen hat, den Mittelfinger zeigen. Er selbst ist in der Branche tätig und weiß genau, was ich mir erarbeitet habe.

Allerdings habe ich kaum mit Immobilien wie diesen hier zu tun. Ich wähle Objekte oder Grundstücke aus, die niemand will, weil ihr Zustand nicht der beste ist.

Dann bauen wir die Häuser um und lassen sie in neuem Glanz erstrahlen, um sie gewinnbringend weiterzuverkaufen. Hier in Little Kings Bay fühlt es sich anders an, in einem Gebäude wie diesem zu wohnen. Vielleicht weil ich es hier anders gewohnt war.

Ich treffe mich gleich mit meiner Mutter und Brandon zum Frühstück im Kings Crown. Die beiden wollten unbedingt die gesamte Zeit in diesem beschissenen Hotel verbringen und kommen aus dem Schwärmen gar nicht mehr raus. Für mich war das alleine schon wegen Kevin, diesem schmierigen Wurm, nie eine Option. Außerdem schätze ich meine Privatsphäre und kann auf Nachbarn im Nebenzimmer gut verzichten.

Wenn alles so läuft, wie meine Mutter und Brandon es sich wünschen, werde ich heute erneut auf Grace treffen. Meiner Mutter wird es eine Freude sein, dass ich sie bei ihren ganzen Vorbereitungen begleite. Im letzten Jahr haben wir uns nur ein einziges Mal gesehen, als die beiden auf der Durchreise waren. Auch deswegen habe ich mich anlässlich ihrer Hochzeit dazu überreden lassen, einen so langen Aufenthalt einzuplanen. Meine Geschäfte kann ich größtenteils auch von hier aus koordinieren. Mein bester Freund und stellvertretender Geschäftsführer Hayden Lawrence kümmert sich in New York um alles, was vor Ort anfällt. Außerdem ist es tatsächlich das erste Mal, dass ich mir eine so lange Auszeit gönne.

Doch bevor ich mich ins Hotel aufmache, brauche ich meine tägliche Sporteinheit. Der Strand direkt vor der Haustür bietet so viele Möglichkeiten. Heute entscheide ich mich für eine einfache Laufrunde. Bei Meeresrauschen und Möwen brauche ich nicht einmal

Musik, um körperlich richtig in Fahrt zu kommen und mental abzuschalten.

Ungefähr an dieser Stelle habe ich Grace letzte Woche zum ersten Mal wiedergesehen. Bei dem Gedanken an sie regt sich direkt mein Schwanz. Diese Frau macht mich wahnsinnig. Ich muss sie mir nicht mal nackt oder in expliziten Posen vorstellen – nein, alleine die Erinnerung, wie sie in Jeans auf dem Schulfest vor mir stand, versetzt meinen Schwanz in absolute Ficklaune.

Meine Latte presst sich gegen meine Sportshorts und schmerzt bei jedem meiner großen, schnellen Schritte. Ich mache kehrt und laufe zurück zum Haus. Ich kann schon kaum noch mitzählen, wie oft ich mir seit der Begegnung letzter Woche einen runterholen musste. Als ich unter der heißen Dusche stehe, lege ich direkt wieder Hand an, um meine Eier zu entleeren. Dabei stelle ich mir Grace vor, wie sie mit ihren vollen, unschuldigen Lippen meinen dicken Schaft umschließt und bis zum Anschlag in sich aufnimmt. Wie sie ihre Hände dabei auf dem Rücken gefaltet hält, weil sie genau weiß, was ihr blüht, wenn sie ihre zarten Finger zur Hilfe nimmt. Wie ihre grünen Augen zu mir aufsehen und ich ihr mit meinem Blick zeige, was auf sie zukommen wird. Mit einem lauten Schrei komme ich und ein Rinnsal aus Sperma wird durch das warme Wasser der Dusche weggewischt.

Es war einfach ein Riesenfehler, hierher zurückzukommen. Tag für Tag fühle ich mich mehr wie ein pubertärer Schuljunge, der diesem einen unerreichbaren Mädchen hinterherläuft, während ihm die Kontrolle über sich und sein Leben abhandenkommt. Es wird dringend Zeit, dass ich Grace flachlege, damit sie endlich und endgültig aus meinem Kopf verschwindet.

Meine Eltern sitzen bereits auf der reich mit Geranien geschmückten Terrasse und warten an einem üppig gedeckten Tisch mit Kaffee, frisch gepresstem Orangensaft, Champagner, Backwaren und zahlreichen Aufschnittvarianten. Die Auswahl wird durch exotische Obstsorten und frisch gebackenen Waffeln abgerundet. Eins muss man dieser Absteige lassen: Kevin weiß, wie man ordentlich auffährt.

Meine Mutter winkt mir zu, und ich begrüße sie mit einer herzlichen Umarmung und einem Kuss auf die Wange. Brandon gebe ich die Hand. Ich mag ihn und beglückwünsche die Wahl meiner Mum. Er macht sie unglaublich glücklich, und sie liebt ihn über alles. Sie hat nicht weniger verdient.

„Die Auswahl ist exquisit." Brandon bedeutet uns, mit dem Frühstück zu beginnen. Er legt sich eine Waffel auf den Teller, die dick mit Puderzucker bestäubt ist. Ich stehe nicht allzu sehr auf diesen ganzen Süßkram und lade mir eine große Portion Rührei mit Speck auf den Teller.

„Weiht mich doch bitte ein. Welche Termine stehen diese Woche für die Hochzeit an?"

„Jackson, du begleitest uns?" Irritiert sehen meine Mutter und Brandon sich an. Damit haben sie nicht gerechnet und sind damit nicht alleine. Mir ging es ebenso, bevor ich wusste, wer die Rolle der Hochzeitsplanerin übernimmt.

„Na ja, du heiratest bestimmt nicht noch mal. Und mir bedeutet dein – nein, euer – Glück unglaublich viel", sage ich wahrheitsgetreu. Jetzt, wo ich darüber nachdenke, hätte ich sie von Anfang an mehr unterstützen sollen. Meine Mutter hat ihr Leben lang so viel für mich gegeben und hatte es mit mir nicht sonderlich leicht. Die Feier ist ihr unglaublich wichtig, also sollte ich ihr die Freude machen und einen kleinen Teil zurückgeben. Ich werde also nicht nur von purem Egoismus angetrieben.

„Das ist ja ganz wunderbar!" Brandon klatscht in die Hände.

„Ja, nicht wahr? So verbringen wir noch mehr Zeit mit Jackson und als Familie", pflichtet meine Mutter ihm bei.

„Was? Ach nein! Natürlich ist das wunderbar, dass Jackson so viel Zeit für uns hat. Aber ich meine diese Waffeln! Probiert diese Waffeln!"

Verrückter, alter Zausel! Brandon ist ein herzlicher Mann, der seinen Beruf als Restaurant- und Hotelkritiker mit Leib und Seele lebt. Dazu gehört es natürlich auch, eine Menge Speisen zu probieren. Ich könnte mir niemanden sonst vorstellen, der sich wie ein kleines Kind über eine Waffel freut.

„Ah, Mrs Roberts! Grace, Liebes, da sind Sie ja!", begrüßt meine Mutter Grace, die sich hinter mir dem Tisch genähert hat. Sie trägt ihr langes Haar heute offen, nur einige Strähnen hat sie nach hinten gesteckt, damit sie ihr nicht ins Gesicht fallen. Anstelle eines Businessoutfits trägt sie ein beige geblümtes Sommerkleid, das leicht ihre Knie umspielt. Die High Heels hat sie gegen flache Riemchensandalen eingetauscht. Ich finde sie auf diesen Mörderheels zwar unglaublich sexy, aber die Grace, die mir gerade bis zu meiner Brust reicht, mag ich noch viel mehr.

„Sie sehen umwerfend aus!", sagt Brandon.

Umwerfend ist für meinen Geschmack lange nicht genug, um Grace auch nur ansatzweise zu beschreiben. Diese Frau geht mit so einer natürlichen Leichtigkeit durchs Leben, dass sie die Blicke der anderen Gäste, die an ihr haften, nicht mal bemerkt. Selbst jetzt sieht sie beschämt zu Boden und wird tatsächlich rot. Wie früher. Einerseits macht genau dieses Verhalten sie noch anziehender. Andererseits sollte sie sich ihrer Schönheit viel bewusster sein. Ob Kevin ihr nie sagt, wie schön sie ist? Und noch schlimmer: Ob er es ihr wohl nie zeigt?

„Danke", sagt sie immer noch mit dem Blick Richtung Boden, beinahe so, als könne sie mit diesem Kompliment nicht umgehen.

„Sagen Sie, Grace, was hat es mit diesen köstlichen Waffeln auf sich?", fragt Brandon und fordert sie auf, sich zu setzen.

„Das sind Zitronenwaffeln. Der Teig wird mit einem speziellen Limoncello zubereitet, der mit Zitronen aus den Zitronenhainen am Gardasee in Italien hergestellt wird. Der Puderzucker wird außerdem mit dem Abrieb aus eben diesen Zitronen versehen. Schmecken sie Ihnen?"

„Sie sind fantastisch!", stimmt meine Mutter nun mit in die Lobeshymnen ein.

„Ganz fantastisch, Grace! Woher nehmen sie die Inspiration für Ihre Rezepte?", fragt Brandon. Eines kann ich nach nur zwei Tagen sagen: Meine Mutter und mein zukünftiger Stiefvater haben einen Narren an ihr gefressen. Verübeln kann ich es den beiden nicht.

„Nun, wissen Sie, dass ist ganz unterschiedlich. Die Idee zu diesen Waffeln kam mir auf einer Reise mit meinem Mann, als wir relativ frisch zusammen waren. Damals waren wir für einige Tage in Italien und auch am Gardasee. Diese Kulisse und die wunderschönen Zitronenhaine haben mich unglaublich beeindruckt. Ich wollte etwas davon mit nach Hause nehmen, damit ich mich immer daran erinnern kann. Und Waffeln – wer liebt denn keine Waffeln?“

„Und so eine wunderschöne Geschichte, die hinter dem Rezept steckt! Herrlich“, sagt Mum.

„Vielen Dank. Hinter fast allen Rezepten gibt es eine Geschichte. Genau darum geht es in meinen Büchern. Es sind nicht nur Rezeptsammlungen. Meine Leser sollen das schmecken, was ich schmecke, wenn ich eine meiner Speisen koste.“

Wenn sie nur wüsste, was ich gerade gerne alles von ihr kosten würde.

„Sie müssen mir bei Gelegenheit mehr von Ihren Büchern erzählen. Nicht wahr, Schatz?“, fragt Brandon meine Mutter, die nickt.

„Nun gut“, sagt Grace. „Wir haben heute Nachmittag einen Termin bei dem Floristen drüben in Harpers Town. In Little Kings Bay gibt es schon seit Jahren keinen Blumenladen mehr. Das Hotel bezieht alle Pflanzen und Dekorationen aus Harpers Town. Sie werden mit Sicherheit begeistert sein. Wir treffen uns um fünfzehn Uhr in der Lobby. Bis dahin entschuldigen Sie mich bitte.“

Sie verabschiedet sich von uns und schwingt mit ihrem lockeren Blumenkleid davon. Und auch wir trennen uns bis zum Nachmittag voneinander.

„Jackson, du hast gar keine Waffel probiert“, stellt meine Mutter fest, als wir aufstehen.

„Ich hasse Süßkram.“ Mit einem Schulterzucken mache ich mich auf dem Weg zu meinem Auto. Dabei denke ich an das einzig Süße zurück, das ich wirklich jemals genossen habe und von dem ich wirklich nie hätte genug bekommen können: Grace’ Lippen auf meinen, als ich sie unten am Hafen geküsst habe. Von mir aus hätte dieser Moment nie enden müssen, aber nachdem Grace erst mit vollem Körpereinsatz dabei war und sich offenbar genau so sehr darin verlor wie ich, unterbrach sie den Kuss und flüchtete sich nach Hause.

Obwohl dieser Kuss nicht mein erster gewesen ist, hat er sich für immer in mein Hirn eingebrannt. Ich kann nicht einmal sagen, wieso genau mit Grace alles so anders gewesen ist. Sie und ich hätten uns eigentlich sogar abstoßen müssen. Sie war eher eine kleine Streberin, die immer darauf bedacht war, pünktlich zu sein und nicht negativ aufzufallen, während ich, der tätowierte Typ, in den Pausen gekifft, sich geprügelt und lieber geschwänzt hat, um alleine am Strand abzuhängen und sich selbstzerstörerischen Gedanken hinzugeben. Und dennoch gab es einen ganzen Sommer diese Verbindung zwischen uns. Mit Grace ist einfach alles anders gewesen.

Leider ist nie mehr als dieser eine Kuss zwischen uns gewesen, und am nächsten Tag kam es zu dem riesigen Knall.

Kapitel Acht

Grace

Bevor ich heute Nachmittag mit Rosalind und Brandon in das benachbarte Harpers Town rüberfahre, möchte ich noch schnell den Kuchenstand auf dem Schulfest besuchen. Molly hat mir vorhin Bescheid gegeben, dass die Kinder nach einer weiteren Kiste mit Scones gefragt haben.

Dort angekommen, beschließe ich, noch einen Ausflug in mein altes Klassenzimmer zu machen. Wir wurden damals mit anderen Klassen in eines der maroden Nebengebäude ausgelagert. Heute sind diese Räumlichkeiten zu einer Bibliothek zusammengelegt worden. Nur unsere alten Spinde auf dem Flur erinnern noch an damalige Zeiten.

Spind fünfunddreißig. Das war mein Fach. Ein schwarz gekritzeltes *G.Y.* auf der Vorderseite ist noch zu erkennen. Spind sechsunddreißig, siebenunddreißig, achtunddreißig. Spind neununddreißig. Die Tür lässt sich problemlos öffnen. Auf der Innenseite sind einige pinke Herzen gemalt und Namen von Boyband-Mitgliedern verewigt, auf die Sarah damals stand. Ich denke immer noch oft an sie. Jetzt schließe ich die Augen und atme tief ein. Ich könnte schwören, dass der Duft ihres Lieblingsparfums noch in ihrem Spind hängt. Als ich den kleinen Schrank wieder schließe, kann ich nicht gehen, ohne mich zu verabschieden, indem ich über ihren Namen streiche, den sie ebenfalls in knalligem Pink außen aufgebracht hat. Dicke Tränen kullern mir aus den Augen. Meistens komme ich mittlerweile wirklich gut damit zurecht und habe meine Gefühle im Griff. In Momenten wie diesem, wo ich unmittelbar mit Erinnerungen konfrontiert werde, kann ich mich allerdings nicht gut zurückhalten. Ich vermisse sie sie einfach so sehr. Wir waren immer zusammen, jeden Tag unserer Kindheit, bis zu dieser einen Nacht. Was wäre, wenn Sarah vor sechs Jahren nicht gestorben wäre? Wenn sie noch leben und gemeinsam mit Kevin das Crown leiten würde? Aber das Einzige, was mir von ihr geblieben ist, sind die Erinnerungen und ihr Bruder.

Später warte ich wie besprochen in der Lobby auf Rosalind und Brandon.

„Grace, meine Liebe. Kommen Sie, kommen Sie", ruft Rosalind mir freudig zu. Von Brandon ist keine Spur zu sehen. „Brandon holt den Wagen. Wir dachten, wir fahren bei dem wundervollen Wetter die Strecke mit unserem Cabriolet."

Eigentlich fahre ich nur ungerne als Beifahrerin mit, bei Fremden schon gar nicht. Seit Sarahs Unfall fühle ich mich schnell unwohl. Allerdings entpuppt sich Brandons Fahrstil als unglaublich ruhig und ausgeglichen, weswegen ich mich direkt wohlfühle. Die Fahrt nach Harpers Town dauert eine gute halbe Stunde und führt größtenteils den malerischen Küstenabschnitt entlang. Ich fahre die Strecke öfter, aber in diesem Auto mit dem Ausblick und der frischen Luft ist es etwas ganz Besonderes.

„Danke", sage ich zu den beiden, die vorne im Wagen auf der Mittelkonsole Händchen halten. Wie schön es sein muss, wenn man in dem Alter noch jemanden hat, mit dem man so innig sein kann.

„Wofür, Liebes?", fragt Rosalind.

„Dafür, dass Sie mir wieder vor Augen führen, dass dieses Leben keineswegs selbstverständlich ist." Wenn man jeden Tag hier lebt, nimmt man die Umgebung irgendwann als gegeben hin.

Rosalind nickt mir lächelnd zu und blickt dann wieder auf die Straße. „Wir sollten jeden Moment da sein!"

Fünf Minuten später erreichen wir Josephinas Flower Boutique in Harpers Town. Neben allerlei saisonalen Pflanzen, die sie in einem kleinen Außenbereich ausstellt, fertigt Josephina wunderschöne florale Arrangements an – von Tischdeko bis zum Brautstrauß. Ganz besonders liebe ich ihre Kreationen im angesagten Boho-Stil, den Kevin leider total scheußlich findet. Er sagt immer, die Sachen sehen aus wie getrocknetes Unkraut.

„Gehen Sie ruhig schon vor, Grace, wir warten noch kurz auf Jackson." Jackson? Ich habe mich eindeutig nicht verhört. Was hat Jackson hier zu suchen? „Da kommt er auch schon."

Im selben Moment biegt ein dermaßen protziger Wagen auf den Hof, dass mir fast schlecht wird. Er hat ja bereits erwähnt, dass er eine der Villen am Strand gemietet hat. Also muss er natürlich über das nötige Kleingeld verfügen. Aber dieser Wagen schreit förmlich nach Penisverlängerung.

Mit einer schnellen, fließenden Bewegung steigt er aus und sieht wieder mal unverschämt gut aus. Zu seiner Jeans trägt er ein einfaches, weißes Shirt. Es verrät leider mehr von seinem Körper, als ich ertragen kann. Seine definierten Brustmuskeln zeichnen sich deutlich ab, und der Stoff um seine Oberarme spannt so sehr, dass er jeden Moment zu reißen droht. Automatisch muss ich hart schlucken. Um in so einem schlichten Outfit so auszusehen, muss man einfach schön sein. Und genau das ist er, auf seine eigene, extrem maskuline Art und Weise. Lässig zieht er die Pilotensonnenbrille von der Nase. „Wartet ihr auf mich?"

„Jackson, was machst du denn hier?" Das ist das erste Mal seit dieser ganzen Hochzeitsgeschichte, dass ich das Wort direkt an ihn richte. Wobei er mich im Beisein seiner Eltern bisher auch nicht angesprochen hat.

„Ihr duzt euch?", fragt Rosalind erstaunt.

„Wir kennen uns von früher", erklärt Jackson knapp. Seine Mutter scheint sich, ihrem Gesichtsausdruck nach zu urteilen, deutlich dafür zu interessieren, woher wir uns kennen, fragt aber nicht nach. „Und natürlich unterstütze ich meine Mutter bei allen Hochzeitsvorbereitungen. Wir nutzen die gemeinsame Zeit hier voll aus", fährt Jackson fort.

Natürlich! Wie schön! Genau das brauche ich jetzt – einen ganzen Monat, Tag für Tag mit Jackson. Um nicht unhöflich zu wirken, belasse ich es dabei.

Josephina empfängt uns in ihrem kleinen Laden, und Rosalind findet schnell gefallen an ihren Arbeiten. Rosalind und Brandon sind beide total nett und bodenständig und überhaupt nicht abgehoben. Das macht die Planung deutlich einfacher und angenehmer für mich – wäre da nicht der Sohn der Braut.

Jackson und Brandon warten schon an den Autos, als Rosalind mir und Josephina Fotos von ihrem Kleid zeigt, damit wir den Brautstrauß besprechen können. Da es schlicht gehalten ist, darf es laut Josephina bei den Blumen gerne etwas mehr sein, weswegen sich Rosalind für ein üppiges Bouquet im Bogenstil entscheidet. Wir verabschieden uns von Josephina und machen einen Termin aus, an dem sie uns Probearrangements präsentiert.

Ich will gerade in Brandons Auto steigen, als sich jemand hinter mir räuspert. „Du fährst mit mir." Jacks' Stimme sorgt für eine Gänsehaut auf meinem Rücken. Sein Tonfall ist so bestimmend, als würde nichts anderes zur Debatte stehen.

„Ich fand die Fahrt im Cabriolet sehr angenehm", sage ich.

Er kommt zwei Schritte auf mich zu und weicht meinem Blick dabei keine Sekunde aus. In seinen Augen blitzt es regelrecht. „Dann kaufe ich eines und wir fahren nächste Woche zusammen Cabriolet, so lange du willst. Aber jetzt wirst du mit mir zurückfahren."

„Jackson, ich mag es nicht, wenn du mit Grace in diesem Tonfall sprichst", sagt Rosalind.

„Natürlich, du hast recht. Ich wollte nur mit Grace in Erinnerungen an unsere gemeinsame Schulzeit schwelgen." Er wendet sich wieder mir zu. „Also Grace, würdest du bitte mit mir zurückfahren?", fragt er mich nun beinahe zuckersüß.

Stumm nicke ich und winke Rosalind und Brandon zum Abschied. „Wir sehen uns morgen im Hotel!"

Dann steige ich in Jacksons protzigen Wagen ein. Ich hoffe, dass er immer noch ein guter Autofahrer ist und seine Obsession, einfach nur das Gaspedal durchzutreten, mittlerweile abgelegt hat. Wenn ich allerdings von dem Automodell ausgehe, dann zweifle ich doch beides an. Solche Autos werden normalerweise nicht von Menschen bevorzugt, die einfach nur sicher von A nach B kommen wollen. Ohne ein Wort zu sagen gibt er Gas und biegt auf die Landstraße ab. Das einzige Geräusch, das die Stille zwischen uns unterbricht, ist das Surren dieses monströsen Motors. Jacks fährt natürlich etwas zu schnell, aber trotzdem sicher, und ich bin überrascht von mir selbst, dass ich nicht, wie sonst üblich, direkt in Panik ausbreche. Ein kleiner Teil in mir, der zehn Jahre lang friedlich geschlummert hat, erinnert sich offenbar wieder an das Vertrauen Jackson gegenüber. Ich denke an die vielen Situationen, in denen ich neben ihm eingeschlafen bin, während er uns ziellos durch die lauen Sommernächte entlang der Jurassic Coast gefahren hat.

„Du hast nicht gesagt, dass du für die Hochzeit deiner Mutter hergekommen bist", unterbreche ich die unangenehme Stille. Er sieht weiter ohne jede Regung auf die Fahrbahn. Das Schweigen wird zunehmend unangenehmer, und mir fällt es mit jeder Minute schwerer, einfach nur aus dem Fenster zu starren. Selbst in der Scheibe der Beifahrertür spiegeln sich seine starken Arme. Die körperliche Nähe und dieses verfluchte Schweigen machen mich wahnsinnig. „Zum Hotel hätten wir aber hier abbiegen müssen", sage ich.

„Ich fahre dich nach Hause." Endlich spricht er.

„Du weißt doch gar nicht, wo ich wohne."

Sein Blick ist nach wie vor auf die Straße fokussiert, so als würde niemand außer ihm im Wagen sitzen. „Du wohnst neben mir."

„Was?"

„Du bewohnst die Villa neben der, die ich gemietet habe. Natürlich liegen zwischen den Häusern einige hundert Meter Abstand. Aber strenggenommen sind wir Nachbarn." Natürlich ist das sehr gut möglich. Viele Besitzer der Strandvillen wohnen nur saisonal hier und vermieteten sie für die restliche Zeit des Jahres.

„Wieso hast du ihn geheiratet?", fragt er ganz unverblümt.

Das ist ja jetzt wohl nicht sein Ernst! Auch wenn wir früher Freunde waren, finde ich die Frage unpassend. Mir ist natürlich klar, wieso er das tut. Als Jacks zuletzt hier gewesen ist, habe ich Kevin angesehen, als wäre er eine Kakerlake, die ich am liebsten mit meinem Schuh zerdrücken wollte. Aber das war eben vor Sarahs Tod und bevor Kevin der Einzige war, der mich auffangen konnte. „Wie kannst du die Frechheit besitzen, mich so etwas zu fragen? Nach all den Jahren kommst du aus dem Nichts zurück nach Little Kings Bay und besitzt die Unverschämtheit, hier alles durcheinanderzubringen."

Ein Lächeln umspielt seine perfekten Lippen, und ich frage mich unweigerlich, ob sie wohl noch so schmecken wie früher. „Ich glaube, ich bringe nur dich durcheinander, und das erträgst du heute genau so wenig wie damals."

„Und ich glaube, dir ist die Luft in den Staaten nicht gut bekommen. Ich weiß nicht, was du von mir willst."

Der Wagen wird langsamer und kommt auf dem Kies vor dem Tor unseres Hauses zum Stehen. Jacksons stahlblaue Augen durchbohren mich. Er durchschaut mich, erkennt jeden Funken Unsicherheit in mir. Es kommt mir vor, als hätte sich der Abstand zwischen uns verringert. Das unangenehme Gefühl, ertappt worden zu sein, breitet sich in meinem Bauch aus, und ich hasse es. Alles in mir schreit, dass ich sofort aussteigen und ins Haus laufen sollte. Dass ich den Auftrag an Kevin oder sogar Trish weiterreichen sollte, egal welche Konsequenzen das hätte oder ob es dem Ruf des Kings Crown schaden würde. Aber mein Körper gehorcht keiner Logik mehr. Noch schlimmer, er schreit instinktiv danach, die Distanz zwischen uns völlig zu überwinden und Jacks endlich noch näher zu sein. Elender Verräter!

„Obwohl deine Nummer damals grottig war, will ich das, was ich schon immer gewollt habe, Grace."

Plötzlich spüre ich seine Hand, die sich in meinen Nacken legt, und wie sich seine Finger in meinem Haaransatz vergraben. Seine bloße Berührung setzt meine gesamte Haut in Flammen, die sich vom Nacken aus bis in meine Zehenspitzen ausbreiten. Mit einer einzigen, fließenden Bewegung, die genug Kraft hat, um jeden Fluchtversuch meinerseits zu vereiteln, zieht er mich näher an sich heran, während er sich über die Mittelkonsole des Wagens beugt. Dann presst er seine Lippen auf meine.

Und es ist genau wie früher. Rein gar nichts hat sich geändert. Vielleicht ist es extremer geworden, als würden Abermillionen Blitze durch meinen Körper fahren. In diesem Kuss liegt nichts Leichtes, nichts Zartes. In diesem Kuss liegt eine unaufhaltsame Urgewalt, als ob wir für nichts anderes auf dieser Welt gemacht wären, als in diesem Moment den anderen zu küssen. Und gleichzeitig ist es der allergrößte Fehler. Es ist fürchterlich falsch und grandios richtig zugleich.

Plötzlich werde ich wieder Herrin meiner selbst – das hier bin nicht ich. Ich bin keine Betrügerin. Ich bin keine dieser Frauen, die das Verbotene lieben. Ich bin niemand, der etwas vor anderen verborgen hält. Mit dem letzten bisschen Selbstbeherrschung drücke ich Jacks von mir weg und verpasse ihm eine saftige Ohrfeige.

„Wofür war die?"

„Die war dafür, dass du beim nächsten Mal darüber nachdenkst, wen du küsst und ob die Person geküsst werden möchte!" Ich suche hektisch den Türgriff.

Jackson lacht. Mein Schlag scheint ihm in keiner Weise die Laune verdorben zu haben. „Komisch, ich hatte das Gefühl, du wolltest sehr wohl geküsst werden. Aber bei dir war es ja schon immer so eine Sache mit dem, was du wirklich willst und dem, was du sagst."

Hatte ich es gewollt? Ja, natürlich ja! Durfte ich das? Ganz klar nein! Mein verräterischer, nur allzu williger Körper hat ihm wahrscheinlich genau die Signale geschickt, die in komplettem Widerspruch zu meinem Verstand stehen. Trotzdem weiß er, dass ich verheiratet bin, und alleine diese Tatsache sollte einem halbwegs moralisch handelnden Menschen sagen, was er nicht tun sollte. Auch wenn ich vermute, dass Kevins Gefühlsleben Jacks aus vielerlei Gründen vollkommen egal sein wird.

„Jackson, ich diskutiere jetzt nicht mit dir! Halt dich einfach von mir fern!" Endlich finde ich den Hebel der fahrenden Penisverlängerung und ziehe ihn mehrfach zu mir. Diese verfluchte Tür lässt sich einfach nicht öffnen. Jackson lehnt sich über die Mittelkonsole und mich hinweg und öffnet mit einem einfachen Handgriff die Tür, wobei mir sein Duft noch intensiver in die Nase steigt.

„Danke", werfe ich ihm schnippisch zu, als ich aus dem Wagen steige.

„Bis morgen, Grace!", ruft er mir hinterher, als ich bereits die Tür hinter mir zugeschlagen habe.

Gott sei Dank ist Kevin um diese Zeit eigentlich nie zuhause, und auch heute macht er keine Ausnahme. Ich schließe die Eingangstür und atme tief ein und aus. Meine Lungen fühlen sich an, als würden sie gleich platzen, während sich meine Kehle unangenehm zusammenzieht. Mein Herz schlägt so schnell, als wäre ich gerade einen Marathon gelaufen, und meine Körpermitte kribbelt, als hätte jemand ein ganzes Paket Brausepulver auf mir ausgeleert. Das ist alles eine riesige Katastrophe!

„Ich will das, was ich schon immer gewollt habe, Grace!", äffe ich ihn wütend nach.

Welch ein anmaßender Typ!

Als ich am nächsten Morgen aufwache, spüre ich Jacksons Lippen immer noch auf meinen. Es ist, als hätten sie sich dort eingebrannt und würden mich verhöhnen. Kevin scheint glücklicherweise keinerlei Veränderungen an mir festgestellt zu haben, zumindest nach außen bin ich wohl noch ganz die Alte. Innerlich sieht es komplett anders aus. Aus einer kleinen, surrealen Schwärmerei, die mich in meinen Gedanken verfolgt, ist binnen weniger Tage eine sehr reale Geschichte geworden. So real, dass gestern die Grenze des Verbotenen überschritten wurde. Ich brauche später dringend ein Krisentreffen mit Molly, sonst drehe ich noch total durch.

„Ob du noch Kaffee möchtest, habe ich dich gefragt", dringt eine Stimme durch das Chaos in meinem Kopf. „Sag mal, hörst du mir überhaupt zu?"

„Entschuldige, ich war in Gedanken schon auf der Arbeit. Rosalind hatte mich gebeten, dass ich mit ihr in einen Skulpturenpark fahre, um einige Stücke aussuchen. Als Leihgabe, versteht sich."

Meine Lüge scheint Kevin zufriedenzustellen. Er schiebt sich einen meiner kleinen Scones komplett in den Mund und kaut eilig darauf rum. Ich hasse es, wenn er völlig ohne Genuss isst – ganz besonders, wenn es Teile sind, die ich mit Mühe und Liebe hergestellt habe. „Freut mich, dass der Auftrag dich doch erfüllt", sagt er schmatzend, bevor er den Bissen mit einer halben Tasse Kaffee runterspült.

Der *Auftrag* erfüllt mich tatsächlich, leider nicht nur auf die Art, die Kevin meint. Den Sohn der Auftraggeber in Gedanken auszuziehen, gehört für ihn wohl nicht dazu. „Ja, ich habe es mir wirklich schlimmer vorgestellt. Rosalind und Brandon sind recht bodenständige Menschen. Sie machen es mir sehr einfach, sie zu mögen."

„Was hat es eigentlich mit diesem Schrank von Sohn auf sich, der den beiden auf Schritt und Tritt folgt? Macht der Security?" Kevin blättert zum Sportteil der

Zeitung, während er sich noch einen dick mit Creme und Marmelade bestrichenen Scone nimmt. Er erinnert mich an den Goldhamster, den Sarah mit sieben hatte.

Ich fühle mich ertappt, als er Jackson erwähnt, mein Puls rast. „Nein, ich glaube, er macht irgendwas mit Immobilien", sage ich bewusst desinteressiert.

Kevin nippt erneut an seinem Kaffee. „Komischer Typ. Er macht auf mich irgendwie einen unseriösen Eindruck."

Jacks war noch nie seriös, und ich bezweifle, dass sich daran irgendetwas geändert hat. „Hm, warum unseriös?"

„Sein ganzes Auftreten. Diese überteuerten Maßanzüge, dann spricht er kaum ein Wort und sieht sich so um, als wäre das hier eine billige Jugendherberge und kein Hotel der Luxusklasse." Darum geht es also. Jacks bewundert Kevin und sein Hotel nicht genug und das stört ihn. Dass Kevin selbst überteuerte Maßanzüge trägt und ihm und seinen Eltern meist nichts gut genug ist, übersieht er dabei total. Jacksons Ablehnung gegenüber dem Crown hat meiner Meinung nach allerdings ganz andere Gründe.

Ich zucke mit den Schultern. „Vielleicht beeindruckt ihn das einfach nicht."

Das war wohl die falsche Antwort. „Eben! Wen würde das Kings Crown nicht beeindrucken? Und dann dieses übermäßig Aufgepumpte, als wären wir hier im Rotlichtmilieu und er der Türsteher oder so jemand. Aber das wird es sein. Anabolika – Drogen." Ich verdrehe genervt die Augen. Das ist so typisch Kevin. Wenn er nicht das Gefühl hat, die Menschen mit seinem Sein und Tun zu beeindrucken und diese einfach über ihn hinwegsehen, dann sucht er grundsätzlich das Haar in der Suppe.

„Das weißt du doch gar nicht. Es gibt Menschen, die machen einfach Sport." Für Kevin undenkbar, dass jemand beruflich erfolgreich sein und nebenbei noch genügend Zeit für sich selbst aufbringen kann. Kevin ist kein großer Freund von Sport, es sei denn, es handelt sich um ein Golfturnier mit potenziellen Geschäftspartnern oder wird im Fernsehen übertragen.

„Findest du einen solchen Körper etwa ansehnlich? Grace, ich habe ein Geschäft zu führen! Wann sollte ich noch Zeit für Sport haben? Einer von uns beiden muss ja schließlich richtig arbeiten."

Ich glaube, ich höre nicht richtig. Kevin schlägt verbal um sich wie ein verwundetes Tier. Offenbar habe ich ihn mal wieder in seiner selten benutzten Männlichkeit gekränkt. „Ich arbeite richtig."

„Ha! Das nennst du arbeiten? Tagebuch schreiben und Rezepte sammeln? Hätte ich dich nicht in die Küche des Crown geholt, dann wärst du allenfalls Künstlerin, so wie deine Mutter. Du hättest mit einer kleinen Zusatzausbildung sogar den Posten des Chefkochs haben können, wie es für die Frau des Inhabers angebracht wäre. Aber nein! Zu zeitintensiv und zu viel Verantwortung – obwohl es auch dein Hotel ist."

Wütend erhebe ich mich vom Frühstückstisch. „Falsch! Es ist ausschließlich dein Hotel! Dein Hotel und mein Buch. Und wenn meine Desserts so belanglos für das Kings Crown sind, dann kann ich mich ab jetzt gerne ganz meinem Buch widmen!"

Kevin faltet seine Zeitung zusammen. „Weißt du Grace, du reagierst wieder mal maßlos über. Die Gäste lieben deine Desserts, aber niemand bestellt sich ein Buch dazu. Du könntest dich entweder mehr für das Crown einsetzen oder aber wenigstens die Familie repräsentieren und endlich erweitern. Wie dem auch sei, ich fahre ins Büro. Ich habe noch einiges zu erledigen. Da du dich ja jetzt um die Betreuung unserer Sondergäste kümmerst, würde ich gerne, so wie es ursprünglich geplant war, am Wochenende mit Dad nach London zur Fachmesse fahren." Wie immer würgt er die Diskussion einfach ab.

Das erstaunt mich. „Ich hätte nicht gedacht, dass das während Scotts Aufenthalt noch zur Debatte steht." Die Roberts überlassen bei solchen Aufträgen nichts dem Zufall. Mich alleine mit der Betreuung zu beauftragen, kommt einem Weltwunder an Vertrauen gleich.

„Grace, du hast diese Leute um deinen kleinen Finger gewickelt. Die fressen dir aus der Hand, selbst wenn du Fish and Chips als Hochzeitsmenü vorschlagen würdest. Außerdem ist die Messe wichtig, und es ist ja nur dieses eine Wochenende. Benimm dich, das sind feine Leute, und versau es nicht!" Dabei klatscht er mir mit der flachen Hand auf meine rechte Pobacke, was einen ziemlich lauten Knall verursacht.

„Huch! Der wird auch immer runder!" Kevin lacht. „Du solltest dir dringend angewöhnen, nicht alles zu probieren, was du zusammenrührst." Innerlich zähle ich langsam bis drei, damit ich bei den wichtigen Dingen bleibe und ihm keine runterhaue.

„Na ja, trotzdem habe ich an dem Wochenende der Hochzeit meinen Verlagslektor hier und werde mich nicht vierundzwanzig Stunden um die Feierlichkeiten kümmern können."

Offensichtlich stand mein Lektor für Kevin nicht mehr auf der Agenda. Sein Gesicht wechselt von kreideweiß zu feuerrot. „Sag mir, dass du das abgesagt hast!" Er springt vom Stuhl auf und kommt auf mich zu. „Grace, du weißt, wessen Hochzeit du da planst? Das ist nicht irgendein beschissener Kunde, sondern Brandon Scott!"

„Und du wusstest ganz genau, dass ich an diesem Wochenende den wichtigen Termin habe und mich nicht ausschließlich auf die Hochzeit konzentrieren kann. Ich werde aber irgendwie beides schaffen."

„Wichtige Termine? Ein Witz ist das! Du arbeitest für mich, ist dir das klar? In erster Linie bist du meine Frau und meine Angestellte. Diese Backbücher sind allenfalls ein kleiner Zeitvertreib. Das führt sowieso zu nichts." Kevins Blick ist geschäftsmäßig. Er meint das Gesagte ernst.

Mir schießen die Tränen in die Augen. Wie kann man jemanden, den man liebt, so behandeln? Er weiß genau, wie glücklich mich meine Arbeit macht und dass ich bloß ihm zuliebe im Hotel mitwirke. Er stellt seine eigenen Ansprüche – wie so oft – komplett über das, was ich will.

„Du wirst das in Ordnung bringen, Grace. Du verschiebst diesen Termin. Von mir aus kannst du ihn sogar komplett absagen." Er verlässt das Haus und knallt die Tür hinter sich zu. Kevin konnte schon immer ein Arsch sein, aber seit Sarahs Tod hatte er sich wirklich besser im Griff. Das eben war der Kevin aus meiner Schulzeit. Der Kevin, der vor Sarahs Tod wie das letzte

Arschloch durch das Leben getrampelt ist. Ein Teil von mir möchte am liebsten meine Sachen packen und einfach abhauen. Soll dieser verdammte Idiot doch selber sehen, wie er klarkommt. Der vernünftige Teil hält mich aber davon ab. Also richte ich meine Krone und beschließe, mich um meine Ehe zu kümmern, wenn Kevin aus London zurückkommt.

Da sich Rosalind für die Wiese hinter dem Hotel tatsächlich einige Skulpturen wünscht, machen wir abermals einen Ausflug. Heute Morgen hat sie mich direkt nach dem Aufstehen angerufen, um sich zu vergewissern, dass ich nicht sauer wegen Jacks' Ton mir gegenüber bin. Sie hat mich noch einmal um Verzeihung gebeten, da sie ihrem Sohn eigentlich beigebracht hätte, wie man sich Frauen gegenüber benimmt. Wahrscheinlich hat sie mich auch einfach nur weiter aushorchen wollen, wie gut wir uns eigentlich kennen. Außerdem bestehen sie und Brandon darauf, dass wir die Vorbereitungen etwas lockerer gestalten, da wir uns ja alle so gut verstehen. Im Klartext heißt das, dass wir heute den Ausflug zum Skulpturenpark machen, gemeinsam essen gehen und uns die idyllische Innenstadt von Queens Church ansehen. Ein kompletter Tagesausflug also. Ich wage es leider zu bezweifeln, dass Jacks meiner Aufforderung von gestern nachkommt und sich von mir fernhalten wird.

Draußen erwarten mich bereits Brandon, Rosalind und – natürlich – Jackson, die sich allesamt um Brandons Cabriolet versammelt haben. Zu meinem Leidwesen hat sich Trish dazugesellt, und ihre schreckliche Stimme dröhnt bereits von Weitem herüber.

„Da bist du ja endlich!", zischt sie, als ich mich dazustelle. „Ich muss mich entschuldigen, meine Schwiegertochter hat es leider nicht so mit Pünktlichkeit! In einigen Punkten hat sie noch viel zu lernen, wenn es darum geht, eine Roberts zu sein." Es klingt, als würde sie mich liebevoll necken, wie es in anderen Familien vorkommt.

„Ich glaube auch, dass Grace sich in einigen ganz gravierenden Punkte von den Roberts unterscheidet", sagt Jackson. Innerlich danke ich ihm und hoffe, dass meiner Schwiegermutter der kleine Dämpfer guttut.

„Jackson", sagt Rosalind warnend.

Trish zieht abschätzig ihre aufgemalten Augenbrauen hoch und nickt der Runde zum Abschied zu, bevor sie zurück ins Hotel schleicht.

„Nun denn! Dann wollen wir mal los", unterbricht Brandon das unangenehme Schweigen.

Irritiert beobachte ich, wie sich Jackson auf die Rückbank des Cabriolets quetscht und auffordernd neben sich auf den Sitz klopft. Dieser Mann wird mich nicht in Ruhe lassen.

„Wo hast du heute deine mobile Penisverlängerung gelassen?", flüstere ich ihm zu, als ich mich neben ihn setze.

Er lacht leise, bevor er sich zu mir beugt. „Du kannst dich gerne heute noch davon überzeugen, dass ich ganz besonders in deiner Nähe nichts dergleichen benötige!"

Ein Kribbeln durchfährt meinen Schoß, als seine Worte genau in meine vernachlässigte Mitte treffen und ihre Wirkung keineswegs verfehlen. „Deine Selbstverherrlichung ist geradezu ekelerregend."

„Deine Fähigkeiten darin, dir selbst etwas vorzumachen, ebenfalls."

Ich fummle nervös an dem Gurt rum. Dieses verdammte Ding klemmt und lässt sich nicht richtig in den Verschluss neben mir stecken. Was habe ich denn in letzter Zeit nur für ein Problem mit Autos? „Ich mache mir gar nichts vor, Jackson! Ich bin verheiratet, das ist alles, was ich wissen muss."

„Anscheinend aber nur auf dem Papier. Du siehst so *hungrig* aus, Grace." Das Wort *hungrig* betont er auf eine ganz besondere Weise, die mich beinahe feucht werden lässt. Dann greift er nach meinem Gurt und steckt ihn zielsicher in den Verschluss, der direkt mit einem lauten Knacken einrastet.

„Ich bin nicht hungrig."

„Dein Mund fühlte sich aber gestern sehr *hungrig* an!" Er zwinkert mir frech zu. „Du hast gesagt, die Fahrt im Cabriolet hätte dir so gut gefallen. Also habe ich mich heute entschlossen, die wunderschöne Landschaft auch so genießen zu wollen. Es ist ja so, so schön hier."

Rosalind und Brandon verfallen auf den Vordersitzen in ein angeregtes Gespräch über diverse Weinsorten und welche wohl am besten auf der Hochzeit gereicht werden könnten. In Gedanken sortiere ich unsere Termine für die kommenden Wochen. Der Blick auf die Liste, die Kevin in den Kalender meines Smartphones übertragen hat, verrät mir, dass wir für das übernächste Wochenende einen Termin zur Weinprobe auf einem der regionalen Weingüter haben. In Little Hampton – gute drei Stunden Autofahrt von Little Kings Bay entfernt. Von Donnerstag bis Sonntag, weil Mr Scott seiner Verlobten unbedingt den Wunsch erfüllen wollte, einige Tage auf einem Weingut zu verbringen. Kevin hat mich ohne zu fragen mit in das Rahmenprogramm eingeplant. Bei dem Gedanken, mehrere Tage mit Jackson zu verbringen, fernab von Kevin und meinem Zuhause, zieht sich mein Magen zusammen. Das Prickeln in meiner Körpermitte verrät mir, dass er allerdings nicht nur Unbehagen in mir auslöst.

Der Skulpturenpark in Queens Church entpuppt sich als wahres Freilichtmuseum. Von antik bis modern, eintönig über bunt und schlicht bis ausgefallen – es ist alles dabei. Unser Grüppchen teilt sich nach einer Weile. Während sich Rosalind und Brandon die modernen Kunstwerke ansehen, folgt Jackson mir in die antik angehauchte Abteilung.

„Ich möchte mich bei dir entschuldigen", unterbricht er die Stille zwischen uns.

„So? Dir tut es also leid, dass du mich einfach so geküsst hast?"

„Nein. Ich bereue den Kuss keine Sekunde, und ich glaube, tief in deinem Inneren tust du das auch nicht."

„Was ist das denn bitte für eine beschissene Entschuldigung?" Meine Stimme klingt zu laut, und will mich schnellstmöglich von ihm entfernen, als er ganz selbstverständlich nach meinem Arm greift und mich wieder zu sich zieht. Er sieht kurz über die Skulpturen hinweg, zu Rosalind und Brandon, ganz so, als wolle er sich vergewissern, dass die beiden nichts von unserer Auseinandersetzung mitbekommen.

„Ich war noch nicht fertig, Grace. Tut es mir leid, dich geküsst zu haben? Nein. Ganz im Gegenteil. Ich würde es jetzt am liebsten an Ort und Stelle wieder tun, und glaube mir, das wäre erst der Anfang." Seine Stimme klingt heiser. „Wofür ich mich aber entschuldigen muss ist, dass ich es dir absolut nicht leicht mache. Auch wenn ich es kein Stück verstehen kann ... irgendetwas muss dich nach unserer Schulzeit dazu veranlasst haben, diesen Vollidioten zu heiraten. Ich befürworte die Ehe als Instanz, sofern sie passt und funktioniert, was ich mir bei euch allerdings kaum vorstellen kann." Er holt tief Luft, lässt mir aber keine Zeit, zu protestieren. „Trotzdem, du bist verheiratet. Während ich unseren Kuss also durch und durch genießen konnte, verstehe ich, dass du Gewissensbisse deinem Mann gegenüber verspürst. Und das tut mir unglaublich leid, weil dieser Kuss wirklich ein wahnsinniger Genuss war."

„Jacks ..."

Er legt mir einen Finger auf die Lippen. „Mir tut außerdem leid, dass ich nicht damit aufhören kann!" Dort, wo gerade noch sein Finger lag, pressen sich jetzt seine Lippen auf meine. Augenblicklich geben meine Knie unter mir nach, und würde er mich nicht halten, wäre ich an Ort und Stelle zusammengesackt. Die Flammen vom Vorabend nehmen wieder Besitz von meinem Körper, und diesmal gebe ich mich diesem Kuss völlig hin. Als seine Zunge um Einlass bittet, gebe ich ihr widerstandlos nach. Seine Hände wandern auf meinen Rücken und ziehen mich fest an ihn. Die Hitze, die er dabei durch meine hauchdünne Satinbluse jagt, strömt von dort aus in meinen ganzen Körper. Verheiratet oder nicht: Ich bin diesem Mann hoffnungslos verfallen – immer noch.

So plötzlich dieser Kuss begann, so abrupt endet er auch. Schlagartig löst sich Jacks von mir und tritt ein Stück zurück. Erst jetzt registriere ich Rosalind, die freudestrahlend hinter einer der Skulpturen um die Ecke sieht. „Grace, Jackson, kommt! Wir können uns ohne euch absolut nicht entscheiden!"

Noch völlig erhitzt und durcheinander von unserem erneuten Kuss trotte ich Mutter und Sohn hinterher.

Kapitel Neun

Jackson

Bei Gott, wäre meine Mutter nicht am Horizont aufgetaucht, ich hätte ihr jeden Moment die Kleider vom Leib gerissen und sie hier, zwischen diesen ganzen Figuren, genommen. Meine Erregung presst sich bei jedem Schritt unangenehm gegen meine Jeans. Diesen Preis bin ich aber mehr als gewillt zu zahlen, jetzt wo Grace anscheinend doch empfänglich für mich wird. Ich verstehe immer noch nicht, wie sie Kevin heiraten konnte. Alleine der Name *Kevin* sollte schon Grund genug sein, jemanden nicht zu heiraten. Ich war bei jedem Punkt meiner Entschuldigung ehrlich zu ihr, und offenbar hat sie genau das gebraucht. Sie schmeckt noch viel besser, fühlt sich noch viel unglaublicher an, wenn sie loslässt und sich nicht mehr sträubt. Ich kann es kaum erwarten, auch endlich ihre anderen Lippen zu kosten.

Ich bin mit falschen Vorstellungen an die ganze Sache rangegangen. Bevor ich ihr wieder begegnet bin, dachte ich, ihre Wirkung auf mich wäre bei weitem nicht mehr so stark wie damals in der Schule. Immerhin bin ich erwachsen und bekomme für gewöhnlich, was ich will. Es wird mir ein Genuss sein, die Ehefrau von Kevin Roberts zu ficken, bis sie ihren Namen nicht mehr weiß. Wirklich alles an dieser Frau schreit danach, endlich vernünftig gebumst zu werden, und ich bete inständig, dass sich das schnellstmöglich umsetzen lässt und sie jetzt nicht wieder einen Rückzieher macht.

Meine Mutter reißt mich in die Gegenwart zurück. „Und das sind die Modelle, bei denen wir uns nicht ganz sicher sind, welche am besten zur Location passen", sagt sie, während sie auf zwei potthässliche Betonklötze zeigt. Brandon neben ihr findet die verunglückten Meteoriten vor uns im Rasen offenbar genauso abscheulich wie Grace und ich, will meiner Mum aber nur ungerne einen Wunsch abschlagen. Dass diese Dinger nicht zum Kings Crown passen, sieht ein Blinder.

Grace errötet leicht – wie immer ist es ihr unangenehm, etwas zu kritisieren, von dem jemand anderes überzeugt ist. Ich an ihrer Stelle würde jetzt einfach sagen, dass die Klötze scheiße aussehen und die ganze Hochzeit versauen. Aber ich bin ja nicht Grace.

„Nun." Sie leckt sich verhalten über die Lippen, die sich gerade noch so perfekt auf meinen angefühlt haben. „Das Kings Crown hat als ehemaliges Herrenhaus einen sehr klassischen Stil. Selbstverständlich hat es auch eine gewisse Wirkung, wenn man Klassik und Moderne vermischt, aber in Anbetracht des Anlasses und Ihrer Auswahl der Blumen würde ich persönlich eher zu klassischen Skulpturen raten." Das kann man sich ja nicht anhören. Soll sie doch einfach ehrlich sein.

„Was sie euch sagen will ist, dass die Dinger scheiße aussehen!" Ich bin kein Freund davon, etwas schön zu reden, das totaler Mist ist. Sowas dulde ich weder bei meinen Mitarbeitern noch privat. Solch netten Umschreibungen sind einfach nur Zeitverschwendung.

„Jackson!" Meine Mutter konnte mit meiner derben Ausdrucksweise noch nie etwas anfangen und hat sich bis heute nicht daran gewöhnt.

„Siehst du, Rosie. Was habe ich vorhin noch gesagt? Die Stücke sind wunderschön, aber passen einfach nicht zum Anlass!" Meine Mutter sieht leicht enttäuscht aus, nickt Brandon aber zu.

„Ich schenke sie euch zur Hochzeit. Ihr könnt die Klötze in euren Garten stellen", schlage ich vor, und das Gesicht meiner Mutter erhellt sich.

Nachdem wir den Pflichtteil des Tages erledigt haben, fahren wir in den malerischen Ortskern von Queens Church und kehren für ein verspätetes Mittagessen in ein Restaurant direkt am Marktplatz ein. Mehr und mehr wird mir bewusst, wie blind ich als Teenager durch die Gegend gelaufen bin. Ich war damals so voller Hass auf die ganze Situation und so erpicht darauf, so schnell wie möglich zurück in die Staaten zu kommen, dass mir die Schönheit dieser Gegend total entgangen ist. Jetzt kann ich sie genießen. Kamen mir die Orte früher alle beengend und trist vor, so erkenne ich heute die Gemütlichkeit und bunte Vielfalt.

Während ich mich umsehe, kommt die Kellnerin und bringt meiner Mutter und Grace den georderten Nachtisch. Während Brandon und ich uns ein typisches Sunday Roast aus Roastbeef, Röstkartoffeln, Gemüse und Yorkshire Pudding gegönnt haben, haben sich meine Mutter und Grace für Bandnudeln in Lachs-Weißweinsoße entschieden. Ein deutlich leichteres Gericht, welches definitiv Platz für ein Dessert lässt.

„Was ist das?" frage ich fast schon angeekelt, als die Kellnerin die großen Teller mit einer Art gigantischem Sahneberg, gekrönt mit Erdbeeren und diversen Soßen, abstellt. Ich bin bestimmt kein Gesundheitsfanatiker oder Kostverächter – ganz im Gegenteil, ich liebe gutes Essen. Ab und an habe ich auch nichts gegen würzige Chips und klebrige Cola zu einem guten Film auf dem Sofa. Aber mit Süßkram kann ich wenig anfangen. Vielleicht, weil einfach so gar nichts an mir süß ist.

„Das ist ein Eton Mess", sagt Grace. „Ein altes, englisches Dessert, dessen Rezept natürlich variiert. Grundzutaten sind Schlagsahne, zerbrochene Baisers und Früchte – traditionell Erdbeeren, so wie hier. Viele verwenden außerdem Schokoladensoße oder einen guten Likör, um es abzurunden. Hier verwenden sie gerne beides."

Meine Mutter macht sich über ihren Teller her und lässt Brandon den ein oder anderen Löffel voller Sahneexplosion probieren. Grace dagegen giert den Teller vor sich an, so als würde sich ihr darauf der Himmel auf Erden darbieten.

Als sie vorsichtig einen Löffel nimmt, ist sie so konzentriert, dass sie kaum mehr ihre Umwelt wahrnimmt. Bevor sie sich den Bissen in den Mund schiebt, schließt sie die Augen. Ihre langen, dunklen Wimpern ruhen auf ihren hohen Wangenknochen, während sich ihr Mund leicht öffnet und den Löffel umschließt. Als sie ihn langsam zwischen ihren Lippen hervorzieht, entfährt ihr vor lauter Wonne ein kehliges Stöhnen. Und ich bin kurz davor, am helllichten Tag und in der Gegenwart meiner Mutter und ihres Verlobten zu kommen, weil das einfach zu viel ist.

„Entschuldigt mich kurz", sage ich und hoffe, dass die Herrentoilette des Restaurants nicht sonderlich gut besucht ist. Das ist einfach nicht mehr auszuhalten. Als würde es nicht schon reichen, dass sie den ganzen Tag mit ihrem prallen Hintern vor mir herwackelt – nein, jetzt auch noch dieser Sahneorgasmus. Ich trete in die erstbeste Kabine und befreie meine bereits schmerzende Latte aus der Jeans. Es braucht nur zwei oder drei Bewegungen und das bloße Wissen, dass *sie* ganz in der Nähe sitzt und diesen Löffel abschleckt, als ich mich auch schon ergieße.

Als ich wieder zum Tisch komme, kratzt Grace zum Glück gerade die Reste der Sahnebombe von ihrem Teller, womit wenigstens diese Show beendet wäre. Die drei unterhalten sich angeregt über traditionell englische Desserts und Backwaren, und es hört sich fast so an, als würde Brandon sie zu einem Buch eigens darüber überreden wollen. In meiner zwanghaften Besessenheit habe ich Grace mittlerweile natürlich gegoogelt. Hätte ich das vor meiner Reise getan, wäre ich halbwegs vorbereitet gewesen. Sie ist keine Unbekannte. Ihr erstes Buch war ziemlich erfolgreich und wird immer noch gut verkauft. Von dem zweiten, so sind sich Fachleute sicher, ist nicht weniger zu erwarten. Für mich ist daher noch rätselhafter, warum sie überhaupt in der Hotelküche arbeitet, und ganz besonders, warum sie sich das hier antut und den Lakai für Kevin und seine Eltern spielt. Ich könnte sie natürlich einfach fragen, bezweifle allerdings, dass die Antwort in Gegenwart meiner Mutter und Brandon so ausfallen wird wie bei einem Gespräch unter vier Augen.

Nach dem Lunch beschließen wir, die Innenstadt zu besichtigen. Während der Marktplatz von Cafés, Pubs und Restaurants umsäumt ist, befinden sich in den Einkaufsgassen tatsächlich fast nur Geschäfte.

„Grace, Liebes, würden Sie mit mir in einige der Boutiquen gehen? Ich benötige noch Accessoires zu meinem Brautkleid.“

„Sehr gerne, Rosalind!“

Als die beiden außer Reichweite sind, dreht sich Brandon zu mir um und zieht lächelnd seine dichten Brauen hoch, als hätte er nur auf diesen Moment gewartet. „Pub?“

Welch eine Frage!

„Und ich nehme dieses milde Craft Beer“, teilt Brandon der Kellnerin mit, bevor er die große Karte des Pubs zuschlägt. Die Auswahl der Briten ist wirklich beträchtlich. Für mich als Bierliebhaber wird sich während meines Aufenthalts noch die ein oder andere Gelegenheit bieten, allerlei Sorten zu probieren.

„Und Jackson, wie ist es für dich, wieder hier zu sein? Deine Mutter hat mir erzählt, dass du dich bei deinem letzten Aufenthalt nicht sonderlich wohlgefühlt hast?“ Meine Mutter hat es entweder sehr nett umschrieben oder ihn schlichtweg angelogen. Mein letzter Aufenthalt war eine komplette Katastrophe.

„Da war ich neunzehn und voller Hass auf meinen Vater, der meine ganze Kindheit versaut, uns sitzengelassen hat und sich anschließend mit seinem scheiß Geld ein reines Gewissen erkaufen wollte. Und auf eine Mutter, die sich und mich soweit es nur ging wegbringen wollte“, sage ich. „Ich wollte nie hier sein.“

„Hmm." Brandon nickt. Hätte meine Mutter ihn damals schon kennengelernt, hätte ich mich hier glaube ich nicht so orientierungslos gefühlt. Er ist wirklich ein Mann, den man sich als Vaterfigur wünschen kann. Traurig, dass er nie eigene Kinder in die Welt gesetzt hat. „Und Grace war deine Klassenkameradin?"

„Nein. Sie war in meiner Stufe. Wir sind mitten im Schuljahr hergezogen, deswegen wurde ich zurückgestuft, obwohl ich gute Noten gehabt habe. Das hat die Schulzeit nicht unbedingt leichter gemacht." Ich hasse dieses Thema.

„Dann war sie also deine Freundin?"

Ich schließe die Augen. So viel Interesse an Grace – von allen Seiten. „Nein. Wir kannten uns nur so." Lüge! Grace war zu der Zeit so ziemlich alles für mich.

Brandon blickt in sein Bierglas, als würde er dort die Antworten auf all seine Fragen finden. Er hat bemerkt, dass ich nicht ganz ehrlich bin, ist aber klug genug, nicht weiter darauf rumzureiten. „Man merkt, dass du sie wirklich gernhast", tastet er sich vorsichtig voran. „Ihr seid sehr ... vertraut miteinander. Ich glaube, sie mag dich auch, Jackson. Aber weißt du, eure Schulzeit ist lange her, und sie hat hier etwas. Sie ist verheiratet."

Natürlich. Daher weht der Wind! Das hier wird ein Lass-die-Finger-von-Grace-Vortrag.

Ich hole tief Luft. Bei dem Thema würde ich am liebsten explodieren. „Brandon, ich weiß, dass sie tabu ist, okay?" Ich versuche, so ungerührt wie möglich zu klingen. Dabei bin ich alles, nur das nicht.

„Gut!" Er klingt noch nicht ganz zufrieden. „Ich meine ja auch nur, ihr Mann – die ganze Familie – ist nicht sonderlich sympathisch. Sie ist ganz anders. Das ist auch der Grund, warum deine Mutter und ich sie für die Hochzeit wollten, aber ich denke, das weißt du."

„Ja, ja", antworte ich geistesabwesend.

Brandon räuspert sich. „Ich weiß, dass ich für irgendwelche Vater-Sohn-Gespräche gute zehn Jahre zu spät komme, aber eins interessiert mich doch wirklich brennend."

Ich mache eine einladende Handbewegung, obwohl ich weiß, dass dieses Gespräch in eine Richtung läuft, die mir vielleicht nicht schmeckt. „Frag schon!"

„Du hast hier gelebt, du hattest offenbar Chancen bei diesem Mädchen. Wieso in aller Welt bist du von jetzt auf gleich zurück in die Staaten gereist, um dort bei deiner Tante zu leben? Deine Mutter hat mir natürlich einiges erzählt", gibt er zu. „Auch das mit dem Klassenzimmer."

Ich wusste, dass das Klassenzimmer irgendwann zur Sprache kommen musste. Mein Abgang aus Little Kings Bay war nicht weniger laut als mein gesamter Aufenthalt und endete damit, dass ich vor lauter Wut Grace' Klassenraum auseinandergenommen habe. Dafür wäre ich so oder so von der Schule suspendiert worden.

Deswegen bin ich aber nicht gegangen.

Ich atme tief durch. „Grace war das komplette Gegenteil von mir. Dennoch haben wir einen Sommer lang fast jeden Tag zusammen verbracht – allerdings heimlich. Diese ganze Stadt hat mich gehasst, und Grace hatte Bedenken, dass das auf sie abfärben könnte."

Brandon sieht mich ungläubig an. „Nicht gerade sehr charakterstark, aber auch nicht ungewöhnlich für das Alter."

„Der ganze Sommer war ein einziger Eiertanz – irgendetwas kam uns immer dazwischen. Nachdem wir uns endlich geküsst hatten, wollte ich sie für mich haben und endlich Nägel mit Köpfen machen. Das ging leider total nach hinten los." Ich denke an die desaströse Szene in ihrem Klassenzimmer zurück. „Ich habe mich damals total in etwas verrannt. Sie stand irgendwie auf mich, aber nicht genug, als dass sie es wirklich mit mir versucht hätte. Ich habe sie nach der Schule in ihrem Klassenzimmer abgepasst und Druck gemacht, dass Schluss mit diesen Spielchen sein muss."

„Und dann hat sie dich abserviert?" Brandon nimmt einen großen Schluck Bier.

„Nicht direkt. Ihr heutiger Ehemann und seine Zwillingsschwester kamen dazu. Kevin zog Grace damit auf, dass sie ein Flittchen sei, weil sie sich heimlich mit mir treffen und Gott weiß was tun würde. Und dann sagte Grace, dass zwischen uns nichts wäre und verpasste mir damit die Abfuhr meines Lebens."

„Deswegen der zerstörte Klassenraum." Brandon nickt. „Und deswegen deine Flucht aus Südengland."

„In erster Linie ja." Ich hasse es, an diesen Tag zurückzudenken. Einerseits bin ich Grace nicht böse, dass sie einfach nicht das Gleiche gefühlt hat wie ich damals. Andererseits hat es mich so schrecklich wütend gemacht, dass dieser Scheißer Roberts ausgerechnet daran beteiligt sein musste. So hat es sich noch mehr nach Verrat angefühlt. Und natürlich war da auch die Tatsache, dass Grace mich über Monate hingehalten hat, nur um mich dann in die Wüste zu schicken.

„Verstehe." Brandon leert sein Glas. „Na ja, wer weiß, wozu es gut ist, dass sie jetzt mit diesem Mann verheiratet ist. Sie ist jedenfalls nicht so wie er."

Ich nicke. Natürlich ist sie nicht *so*. Ich weiß immer noch nicht, wie sie in diese ganze Ehe und Familie reinpasst. Die Schwingungen, die von ihren Schwiegereltern ausgehen, sind einfach zum Kotzen. Wenn meine Mutter mir meine Jugend über mit einer Stimme, wie Kevins Mutter sie hat, die Ohren vollgeheult hätte, wäre ich vermutlich auch so ein Scheißer geworden.

„Jedenfalls, Jackson, ich will mich nicht unnötig einmischen. Aber wir sind noch eine Weile hier und feiern unsere Hochzeit in diesem Hotel. Dein Ruf, was Frauen angeht, ist auch deiner Mutter und mir zu Ohren gekommen, und wir würden deswegen unsere Hochzeit ungern gefährdet sehen. Grace ist ein nettes Mädchen und verheiratet, wenn auch mit einem aufgeblasenen Gockel. Wenn das kein Hindernis für dich sein sollte, dann denk zumindest an deine Mutter und dass sie sich ein unvergessliches Fest wünscht!"

Ich nicke ihm wieder zu und leere mein Bier. So sehr ich meine Mum liebe – auf gar keinen Fall werde ich meinen Schwanz in der Hose lassen können.

Kapitel Zehn

Grace

Gemütlich bummle ich mit Rosalind durch die idyllischen Gassen von Queens Church. Die vielen kleinen Boutiquen bieten alles, was Frauenherzen höherschlagen lässt. Queens Church profitiert, wie die meisten Orte in der Region, vom Tourismus, und hat sich ganz auf gut zahlende Kunden eingestellt.

„Also, ich brauche noch einen schönen Haarschmuck. Ich bin zwar gebürtige Amerikanerin, aber ein kleiner Fascinator würde ganz gut passen!"

In Josephinas Blumenladen hat sie uns ein Foto ihres Brautkleids gezeigt. Sie hat sich für ein langes Modell in elfenbein entschieden. In meiner Vorstellung passte ein Fascinator ideal zu dem Look.

„Ich glaube das ist eine ganz wunderbare Idee, Rosalind!"

„Nennen Sie mich doch bitte Rosie, und wenn es in Ordnung ist, würde ich Ihnen gerne das Du anbieten."

„Sehr gerne, Rosalind – ähm, Rosie, meine ich natürlich. Eine Straße weiter gibt es übrigens eine alte Hutmacherei." Gemeinsam schlendern wir durch die malerischen Gassen.

„Wie lange bist du schon verheiratet?", fragt sie mich.

„Wir sind seit sechs Jahren ein Paar und seit drei Jahren verheiratet. Wir kennen uns aber schon ewig."

„Oh, tatsächlich? Und ihr wart vorher die ganze Zeit ineinander verliebt?"

Selten spreche ich darüber, wie Kevin und ich zusammengekommen sind, beschließe aber, Rosie zumindest den Teil zu erzählen, den alle Bewohner unserer Stadt kennen und der auch Sarahs Tod beinhaltet.

„Meine Güte, Grace, das ist eine furchtbare Geschichte! Es tut mir unendlich leid für euch beide. Komm her, lass dich drücken!" Und schon zieht sie mich mütterlich an sich. Durch und durch eine gute Seele.

In der Hutmacherei angekommen, probieren Rosie und auch ich einige der aufwendigen Kopfbedeckungen. Tatsächlich entscheidet sie sich für einen Fascinator in einem zarten Grünton, der ganz wunderbar mit ihrem Kleid und dem Brautstrauß harmonieren wird.

In einer Boutique für Strumpfwaren und Wäsche kauft sie außerdem hautfarbene Strümpfe, nur zur Sicherheit, falls das Wetter doch nicht mitspielt. Während sie sie anprobiert, beschließe ich, mir ebenfalls neue Wäsche zu kaufen. Während meine Blicke immer wieder zu dem kleinen Körbchen mit meiner Ausbeute huschen, erwische ich mich dabei, wie ich mir vorstelle, Jackson würde mir diese Wäsche vom Leib reißen. Seine *Entschuldigung* im Skulpturenpark, die genau genommen keine war, sondern allenfalls eine Offenlegung seiner Absichten, haben mir und meiner Selbstbeherrschung den Rest gegeben. Jackson ist wie eine Droge. Ich weiß genau, wie falsch es ist, aber vielleicht macht er gerade deshalb umso süchtiger. Ich sehe auf die Uhr und fiebere jetzt schon dem Abend mit Molly entgegen. Der Tag muss definitiv mit einem Glas Wein und meiner besten Freundin enden.

„Du hast was?", fragt Molly schockiert, als ich ihr von den Küssen mit Jackson berichte und dass ich bei dem zweiten mehr als bereitwillig mitgemacht habe.

Ich schlage mir die Hand vor die Stirn. „Ja, ja, ja – ich weiß! Schöne Scheiße."

Wir sitzen, eingemummelt in kuschlige Decken, unter einem Heizpilz auf unserer Terrasse mit Aussicht auf den Ozean. Als ich von unserem Tagesausflug zurückgekommen bin, war Kevin bereits mit seinem Vater abgereist. Einzig ein Post-it auf der Küchenzeile hat er mir hinterlassen.

Ich hoffe, dein Tag war in unserem Sinne erfolgreich!
Wir haben Tickets für den Abendflug bekommen.
Wenn was ist: Handy!
Kevin

Daneben hatte er ein ziemlich ramponiert aussehendes Herzchen gekritzelt, so als wären wir Grundschüler, die sich unter der Schulbank einen Liebesbrief geschrieben haben. In seiner Nachricht erwähnt er mit keiner Silbe unsere Auseinandersetzung. Man könnte jetzt meinen, er will mich beschwichtigen. Aber ich kenne Kevin. Für ihn ist das Thema erledigt. Er hat sein Machtwort gesprochen und denkt jetzt allen Ernstes, dass ich mich seinem Willen fügen werde. Bei vielen Kleinigkeiten hat genau das letztendlich funktioniert. Zu oft habe ich es zugelassen, dass Kevins Bedürfnisse über meinen eigenen standen. Aber gehört das nicht sogar zu einer funktionierenden Beziehung dazu?

„Grace, du spielst mit dem Feuer", sagt Molly, ehe sie einen großen Schluck Wein nimmt. „Aber es musste so kommen! Ich sage es dir immer wieder, auch wenn du es nicht wahrhaben willst: Deine Ehe ist am Ende, Schätzchen!" Sie holt tief Luft. „Weißt du, ich denke ja, diese ganze Beziehung wäre nie zustande gekommen, wenn Sarah nicht den Unfall gehabt hätte. Und ich denke auch, dass dieser plötzliche Kinderwunsch nur daher rührt, weil Kevin sich so erhofft, dich noch mehr unter seiner Fuchtel zu haben. Ihr müsst beide mal aufwachen!"

Vielleicht nicht alles, aber ein Teil davon entspricht definitiv der Wahrheit. Wäre Sarah nicht gestorben, dann wäre aus uns niemals ein Paar geworden, das sehe ich bereits seit einiger Zeit genauso. Und dann das mit meinem Buch. Der erste Band hat ihm damals schon nicht geschmeckt, auch wenn er es nie direkt gesagt hat. Kevin gönnt mir keinen Erfolg, wenn er selbst nicht maßgeblich daran beteiligt ist. Ebenfalls eine Sache, die ich mir eingestehen muss.

„In einigen Punkten muss ich dir leider recht geben." Ich proste ihr zu. „Wenn auch nicht in allen. Trotzdem, was mache ich jetzt? Ich muss zuallererst einen klaren Kopf bekommen, und dazu muss ich Jackson irgendwie aus meinem Hirn löschen!"

Sie stellt sich mit ihrem Weinglas an das Geländer und starrt in die Ferne, so als stände am Horizont die Lösung eines jeden Problems geschrieben. „Du solltest dir darüber klar werden, was du eigentlich willst. Du kannst nicht mit Kevin verheiratet bleiben, wenn du ihn nicht richtig liebst. Ich bin vielleicht keine Expertin in Beziehungsdingen, aber das Feuer sollte zumindest ganz am Anfang lodern. Bei euch hat es nicht mal gequalmt, als ihr zusammengekommen seid."

„Ich liebe Kevin, auch mit seinen Fehlern!“ Nach Sarahs Tod habe ich irgendwann gelernt, ihn trotz unserer Differenzen zu lieben. Wie könnte ich ihn nicht dafür lieben, dass er für mich da war?

„Ja, aber liebst du Kevin so, dass du dich nach ihm verzehrst? Dass du ihm die Kleider vom Leib reißen möchtest, sobald er den Raum betritt? Dass du ihn vermisst, jetzt wo er die nächsten Tage nicht nach Hause kommt?“

Ich schweige, denn die Antwort ist bitter. Ja ich liebe Kevin. Aber nicht so, wie Molly es da gerade beschreibt. Ich liebe Kevin dafür, dass er damals für mich dagewesen ist. Dafür, dass er sich aus dem schwarzen Loch herausgeackert und mich mitgezogen hat. Ehrlich gesagt war ich sogar erleichtert, als ich gelesen habe, dass er schon weg ist.

„Nein, so nicht. Aber du weißt genau, wofür ich ihn liebe. Damals nach ihrem Tod hätte ich ohne ihn wahrscheinlich nicht mehr aufstehen können. Kevin hat mich vor dem Ertrinken gerettet. Wie könnte ich ihn dafür nicht lieben?“

„Ach Grace, weißt du, ich denke, es gibt ganz verschiedene Arten von Liebe. Und jeder entscheidet für sich, welche Art er braucht. Es wird Menschen geben, die mit eurer Beziehung überglücklich sind, und bei denen funktioniert es so ganz wunderbar. Und dann gibt es Menschen, denen das auf Dauer einfach nicht reicht. Für mich hört sich eure Liebe eher nach freundschaftlicher Liebe an. Wenn du für dich sagst, dass dir das auf Dauer genügt, dann – juhu – bist du genau richtig. Aber wenn du jetzt merkst, dass es eben doch nicht ausreicht, dann solltest du es dir nicht so schwer machen.“

Molly kommt zu mir und drückt mir einen Kuss auf die Wange.

„Ich weiß es nicht", gebe ich zu.

„Dann wird es Zeit, dass du es herausfindest!" Sie zwinkert mir zu. „Wir zwei Hübschen werden deine sturmfreie Bude erst mal ausnutzen und morgen Abend auf das Sommerfest der Schule gehen!"

Es ist nicht so, dass Molly mich und meine Probleme abwürgen will, allerdings war meine Ehe schon oft genug Gesprächsthema, sodass sie weiß, wann sie mir genug Input gegeben hat.

Nachdem sie sich ein Taxi gerufen hat und nach Hause aufgebrochen ist, starre ich immer wieder Kevins Zettelbotschaft auf dem Küchentresen an. Diese Nachricht spiegelt ihn perfekt wider und ist genauso lieblos und unpersönlich wie er selbst. Und wenn ich ehrlich bin, ist unsere ganze Beziehung so.

Unpersönlich.

Lieblos.

Leer.

Außer Sarah verbindet uns im Grunde gar nichts, denn jedes Gefühl der Zuneigung ist im Endeffekt aus der gemeinsamen Trauer entstanden. Als Paar sind wir Gift füreinander. Während ich nie das für Kevin werden konnte, was er braucht, ist Kevin nie das für mich gewesen, was ich brauche. Und dieser Streit heute Morgen, bei dem er offen und ehrlich zugegeben hat, was er von meinen Büchern hält, war gefühlt der Todesstoß für diese Ehe.

Ich spreize meine Finger. Direkt über dem Papierfetzen und zwischen meinem Ring- und Mittelfinger blitzt Kevins Kindergartenherzchen hervor. In meinem Kopf hallen seine Worte wider, und ich sehe ihn wütend auf mich zukommen, als er mir befohlen hat, meine Termine abzusagen. In dem Moment ist er mir wieder so bedrohlich vorgekommen wie damals in der Schule. Bedrohlich, verzogen und dumm. Egoistisch, eingebildet und herrisch – all die Dinge, von denen ich gedacht habe, er hätte sie seit Sarahs Tod hinter sich gelassen.

Langsam ziehe ich den viel zu klobigen Ehering von meinem Finger, der mich ohnehin immer gestört hat, und lege ihn auf den Zettel. Nach drei Jahren fällt eine Last von mir ab, und zum ersten Mal fühle ich mich wieder richtig gut. Ich kann endlich tief durchatmen. Ich weiß nicht, wohin mich das hier führt. Aber ich weiß, dass es in diesem Augenblick das Richtige für mich ist und ich soeben entschieden habe, mich von Kevin zu trennen.

Am Freitagmorgen wache ich mit Augenringen und einem kleinen Kater auf. Wir hatten gestern definitiv ein Gläschen Wein zu viel, und der heutige Abend wird mit Sicherheit keine Erholung bieten. Trotzdem freue ich mich schon unheimlich darauf. Für den Tag im Hotel ist tatsächlich nicht viel geplant. Molly und mir kommt dieser Tagesplan sehr gelegen, da wir uns so beide einen frühen Start ins Wochenende genehmigen können.

Der Tag im Hotel geht schnell vorbei, und ich bin froh, heute weder meine Schwiegermutter noch Jackson zu sehen. Rosie und Brandon gebe ich als Abendprogramm das Schulfest als Empfehlung an die Hand. Als Molly nach unserer Schicht aus dem Hintereingang kommt, passe ich sie ab, und wir fahren zu mir. Wir haben gestern schon beschlossen, dass sie heute bei mir übernachten wird. Von der Schule aus ist es zu mir deutlich näher, sodass wir gemeinsam zu Fuß hin- und nachts zurücklaufen können. Außerdem ist so ein kleiner Mädelsabend mit einem Gläschen Sekt heute genau das Richtige.

Das Abendprogramm der Little Kings School richtet sich zu späterer Stunde eher an Oberstufenschüler, Beschäftigte der Schule sowie erwachsene Besucher oder eben Ehemalige. Während ich mit Molly am Tresen des Bierstands warte, höre ich hinter mir Rosies vertraute Stimme. „Grace Liebes, da bist du ja! Wir hatten schon Ausschau gehalten, ob wir dir nicht über den Weg laufen!"

„Rosie, wie schön, dass ihr euch dazu entschieden habt, herzukommen."

„Habt ihr zwei Lust, euch zu uns zu setzen? Brandon und Jackson haben einen der Tische in Beschlag genommen."

Als sie seinen Namen erwähnt, zucke ich innerlich zusammen. Es war natürlich klar, dass sich Jacks diesen Abend nicht entgehen lassen würde, obwohl er früher ganz und gar kein Freund solcher Feiern war und sich zu keinem der örtlichen Events hat blicken lassen, aber jetzt nutzt er natürlich jede Gelegenheit, um mich den süßen Qualen seiner Gegenwart auszusetzen.

„Sehr gerne", sagt Molly, ehe ich etwas erwidern kann. „Grace hat mir schon so viel von Ihnen erzählt. Als ihre beste Freundin ist es mir eine Ehre, Sie beide persönlich kennenzulernen!" Strahlend folgt sie Rosie.

Dieses Strahlen entpuppt sich als Nichts im Vergleich zu dem, was sich auf ihrem Gesicht abspielt, als sie

Jackson sieht. Offenbar kamen meine Beschreibungen nicht nah genug an das Original heran. Das, was sich auf Mollys Antlitz abzeichnet, könnte man am besten als Gesichtskino bezeichnen. Von positivem Erstaunen über tiefe Bewunderung bis hin zu exzessivem Schmachten inklusive rosigen Wangen ist alles dabei.

„Hi", sage ich die Runde. „Ich möchte euch meine beste Freundin und gleichzeitig eine der exzellentesten Konditorinnen vorstellen, die ich jemals kennenlernen durfte – Molly Sullivan."

„Freut uns sehr! Freunde von Grace sind auch unsere Freunde", sagt Brandon herzlich.

„Wollte dein Mann euch nicht begleiten?" Jacks späht an uns vorbei, als könnte Kevin jeden Moment um die Ecke kommen und uns doch noch den Abend verderben.

„Kevin und sein Vater sind über das Wochenende geschäftlich in London", sage ich. Den meisten wäre es verborgen geblieben, aber ich sehe ein Lächeln über Jacksons Lippen huschen.

„Sagen Sie Molly, haben Sie auch die örtliche Schule besucht?" fragt Rosie interessiert, ohne sich weiter über Kevins Verbleib Gedanken zu machen.

„Nein, ich war auf der Schule unten in Harpers Bay. Grace und ich haben uns erst im Kings Crown kennengelernt."

So verläuft der Abend mit geselligen Gesprächen. Brandon erweist sich als waschechter Brite und ist ebenso trinkfreudig wie Molly. Die beiden bescheren unserer Runde stets gut gefüllte Gläser und mindestens ebenso gute Stimmung. Irgendwann sind wir angesäuselt, und während Molly bereits seit einer

Viertelstunde mit Paul Oldman, dem Betreiber des örtlichen Getränkemarktes, tanzt und auch Rosie und Brandon auf der Tanzfläche sind, sitze ich mit Jacks am Tisch.

„Was ist?“

„Nichts. Ich frage mich nur, wie oft du in den letzten anderthalb Tagen an mich gedacht hast.“

Viel zu oft, aber das weiß er bereits.

Ich atme tief durch. „Jackson, ich bin in keiner einfachen Position.“

Er beugt sich näher über den schmalen Tisch. „Und ich werde es dir nicht leichter machen, Grace!“

Was er damit meint, spüre ich prompt, als er unter dem Tisch eine Hand von der Mitte meiner Wade hinauf zum Knie gleiten lässt. Dort verweilt er, während seine Finger kleine Kreise malen. Meine Atmung geht automatisch schneller, und mein Herz hämmert wie verrückt in meiner Brust.

„Tanz mit mir“, fordert er mich auf.

Was denkt er sich eigentlich? Die ganze Stadt ist hier, wenn auch betrunken. „Nein!“

Sein Blick weicht meinem keine Sekunde aus, während er seine Hand mittig auf meinen Oberschenkel schiebt und dort mit seiner kreisenden Folter fortfährt.

„Tanz mit mir, Grace – jetzt.“

„Nein! Jacks, das ganze Dorf ist hier versammelt!“ Ich keuche es beinahe. Seine Hand wandert unter den Saum meines Kleides und ist definitiv in dem Bereich angekommen, der auf gar keinen Fall in der Öffentlichkeit berührt werden sollte, schon gar nicht von jemand anderem als meinem Mann. Ich blicke nervös zur Seite und rutsche auf der Bank herum, als seine Hand ein

Stückchen höher wandert. Seine stahlblauen Augen blitzen, während er hart schluckt. Seine Finger kreisen nun auf der Innenseite meines Oberschenkels, und ich merke, wie ich zunehmend die Kontrolle über die Situation verliere. Kurz vor der Spitze meines Höschens stoppt er.

„Grace, ich kann dich hier auf der Stelle mit meinen Fingern ficken, obwohl ich mir weitaus geeignetere Orte dafür vorstellen kann. Oder du wirst jetzt sofort mit mir tanzen." Seine Stimme ist rau.

Ich muss mich kurz sammeln, bevor ich mich mit butterweichen Beinen erhebe und er mich an der Hand auf die Tanzfläche vor der Bühne führt. Ich bin mir ziemlich sicher, dass die meisten Anwesenden so angeheitert sind, dass kaum jemand großartig Notiz davon nehmen wird, dass ich eng aneinander geschmiegt mit dem Sohn unserer Gäste tanze. In meinen Ohren höre ich nur das laute Pochen meines Herzens und wie mein Blut durch die Adern rauscht. Die tanzende Meute drückt uns noch näher zusammen, und Jacks umschließt mich mit beiden Armen. Ich vergrabe mein Gesicht an seiner Brust, alleine schon deshalb, um dem Drang zu widerstehen, ihn hier und jetzt vor den Augen der ganzen Ortschaft zu küssen. Sein einzigartiger Duft nach Wald und Morgensonne steigt mir in die Nase, und ich atme bewusst tief ein, begierig, nichts von diesem Moment zu verschwenden. An meinem Bauch spüre ich mehr als deutlich seine Erektion, die sich durch den Stoff seiner Jeans drückt.

„Wir müssen gehen", flüstert er rau in mein Ohr.

Ich folge ihm möglichst unauffällig aus der Menge heraus und hinter einen der Bäume auf dem Schulhof.

Jackson zieht mich augenblicklich an sich und küsst mich hart und besitzergreifend. Dieser Kuss lässt keine Fragen offen oder Platz für Zweifel. Seine Hände fahren erneut unter meinen Rock und greifen gierig nach meinen Pobacken, während er mich weiter besinnungslos küsst. Die Küsse in Kombination mit den Getränken zuvor machen mich ganz benommen im Kopf.

„Ich würde jetzt nichts lieber tun, als dich zu mir zu bringen, an mein Bett zu fesseln und dich bis in die Morgenstunden wund zu vögeln!" Bei seinen Worten muss ich mich beherrschen, nicht laut zu stöhnen. So hat noch nie jemand mit mir geredet, und ich hätte auch niemals gedacht, dass es mir gefallen könnte. Aber das tut es. „Leider haben wir heute alle mindestens zwei Drinks zu viel gehabt, und in diesem Zustand will ich dich nicht ficken, zumindest nicht beim ersten Mal. Außerdem ist deine Freundin da drüben ziemlich hinüber, und wenn ich es richtig verstanden habe, schläft sie heute bei dir."

Molly! Vor lauter Gefühlschaos habe ich meine beste Freundin beinahe vergessen. Selbstverständlich wird sie wie besprochen bei mir übernachten. Trotzdem bin ich enttäuscht, dass die Nacht für Jacks und mich beendet ist. „Ich will nicht, dass es vorbei ist", hauche ich ihm ins Ohr.

Er gibt ein gequältes, beinahe animalisches Geräusch von sich, während sich seine Lippen erneut von meinen lösen. „Dann lassen wir es nicht enden! Aber bringen wir zuerst deine Freundin ins Bett."

Als wir uns voneinander trennen, hinterlassen seine fehlenden Hände eine brennende Spur, die nach viel mehr verlangt. Wir machen uns auf den Weg zurück zum Fest. Molly und Paul hocken aneinander gelehnt auf einer der Bierbänke und sehen ziemlich ramponiert aus.

„Komm, Süße! Wir bringen dich ins Bett“, flüstere ich.

„Grace? Meine Güte, Grace! Und dieser heiße Adonis, den du neuerdings mit dir rumschleppst! Ich hoffe, du kommst endlich mal so richtig auf deine Kosten, du verstehst schon!“ Sie zwinkert Jacks zu. Ach du heilige Scheiße! Molly ist stockbesoffen. Eigentlich sollte ich peinlich berührt sein, aber mein eigener kleiner Rausch sorgt dafür, dass ich nur vor mich hin lache. Molly schafft es währenddessen kaum, sich zu erheben, geschweige denn stabil zu stehen oder gar zu laufen.

„Verdammte Briten“, sagt Jacks und wirft sich Molly mit einer einzigen Bewegung über die Schulter. „Lass uns endlich gehen, Grace!“

Kapitel Elf

Jackson

Es hat mich all meine Beherrschung gekostet, sie nicht einfach an den Baum gelehnt zu nehmen. Sie war so willig und bereit, als sie ihren heißen Körper an mich gepresst hat. Ich konnte nicht anders, als ihren herrlich runden Prachtarsch in meinen Händen zu halten und zu kneten. Ich hatte wirklich viele Frauen, aber keine hatte einen so sinnlichen Körper. Grace ist die vollendete Weiblichkeit, und das treibt mich in den Wahnsinn. Natürlich hätte ich sie einfach vögeln können. Aber so betrunken bin ich nicht. Ich will, dass sie vollkommen klar im Kopf ist, damit sie jede meiner Huldigungen ihres Körpers genießen kann. Und ich will nicht jeden Moment mit einer Unterbrechung rechnen müssen. Falscher Ort und falscher Zeitpunkt. Scheiße! Und jetzt schleppe ich diese betrunkene Tortenfrau durch die Straßen von Little Kings Bay, und neben mir plappert eine sichtlich aufgewühlte Grace, die ich eigentlich viel lieber mit weit gespreizten Beinen und lustverzerrtem Gesicht unter mir hätte.

„Hör zu Jacks, ich kann mich nicht oft genug dafür bedanken, dass du uns nach Hause bringst und – äh – ganz besonders Molly natürlich!" Sie deutet auf den reglosen Frauenkörper, der über meiner Schulter hängt. Molly schnarcht und sabbert meinen Kragen an. Wenn sie kotzen muss, setze ich sie am Strand aus, so viel ist sicher.

„Schon okay", sage ich monoton.

Die Villen sind mit gutem Abstand zueinander direkt auf den Landabschnitt vor der Küste gebaut. Grace und ich sind zwar strenggenommen Nachbarn, allerdings läuft man noch gute fünf Minuten zu Fuß die Straße hinunter, bis man mein Haus erreicht.

Wir sind mittlerweile auf ihrem Grundstück angekommen, und Grace öffnet die Tür zum Haus. Es ist nicht ganz so groß wie meines, bietet aber einer Familie und Gästen genügend Platz. Das Wohnzimmer ist in hellen Cremetönen gehalten und sieht viel zu gemütlich aus, als das es von einem Innenarchitekten eingerichtet worden wäre. Der Raum trägt definitiv Grace' Handschrift.

„Das Gästezimmer ist im ersten Stock." Grace deutet mir den Weg Richtung Treppe. Vielleicht ein bisschen zu ruppig lege ich Molly kurz darauf auf dem Gästebett ab. Als Grace anfängt, ihrer Freundin die Schuhe auszuziehen, gehe ich lieber wieder raus. Wer weiß, was sie ihr noch auszieht.

Unten sehe ich mich genauer um. Die lange, komplett weiß gestrichene Wand wird von unglaublich vielen Bilderrahmen gespickt. Die ersten beinhalten Kinderfotos. Deutlich zu erkennen ist die kleine Grace mit ihren kastanienbraunen Haaren und den großen, grünen Augen. Auf einigen Bildern spielt sie zwischen Autoreifen oder ist in Begleitung eines nett aussehenden Ehepaares unterwegs, wahrscheinlich ihre Eltern. Früher zumindest hat ihr Vater die Werkstatt unten am Hafen betrieben. Ich habe ihn und seine Frau damals nur flüchtig gesehen. Grace hat immer darauf geachtet, mich ihnen nicht vorstellen zu müssen, und ich kann es ihr nicht verdenken. Hätte ich eine Tochter wie sie und dann wäre jemand wie ich gekommen – o shit! Auf den anderen Kinderfotos sieht man die Roberts in jüngeren Jahren. Die beiden sehen deutlich losgelöster aus und gar nicht so bissig wie heute. Neben dem kleinen Jungen, der Kevin sein muss, ist auch immer wieder ein blondes, etwa gleichaltes Mädchen abgebildet. Wahrscheinlich seine Schwester, mit der Grace damals immer zusammen war. Es folgen Bilder aus der Schulzeit, dazwischen immer wieder Fotos, die nur Grace und Blondie – so habe ich Sarah früher immer genannt – zeigen. Ein Foto muss in etwa zu der Zeit entstanden sein, in der wir gemeinsam die Schule besucht haben. Darauf posieren Grace und Blondie. Im Hintergrund macht Kevin, der Vollidiot, den beiden Häschenohren und verzieht das Gesicht zu einer dämlichen Fratze. Es folgen Bilder des Dreiergespanns am Campus einer Universität. Danach kommen nur noch Fotos von Grace und Kevin. Ich habe Blondie während des Aufenthaltes hier noch nicht zu Gesicht bekommen, wie mir gerade auffällt. Vielleicht ist sie weggezogen. Little Kings Bay bietet nicht gerade die Karrieremöglichkeiten einer Großstadt. Ich betrachte wieder die Bilder von Grace und diesem Wurm. Die zwei sehen aus wie das perfekte Paar – Urlaubsbilder, ihr Buch und seine Hotelübernahme, dann die Hochzeitsbilder, bei deren Anblick die Wut nur so in mir brodelt. Irgendetwas muss sich in der Zeit zwischen dem Studium und dem Zusammenleben in Little Kings Bay verändert haben, dass sie sich auf diesen Trottel eingelassen hat.

Am oberen Ende der Treppe taucht Grace auf, die ihr Sommerkleid gegen eine bequeme Shorts und ein dünnes Langarmshirt getauscht hat. „Gefällt dir unsere kleine Ausstellung?"

„Das perfekte Paar!"

„Nichts auf dieser Welt ist perfekt, Jackson." Sie geht an mir vorbei in die offene Wohnküche, holt zwei Weingläser und nimmt eine Flasche Weißwein aus dem Kühlschrank. „Bleibst du noch auf ein Glas?"

Ich überlege tatsächlich kurz. Es wird bei ihrem Outfit nicht lange dauern, bis ich diese Frau wieder um den Verstand vögeln will. Und ich wünsche mir eigentlich immer noch eine Grace, die voll bei Verstand ist. „Ich bleibe noch", sage ich trotzdem. Ich kann gar nicht gehen.

Sie bedeutet mir, ihr zu folgen. Wir durchqueren das Wohnzimmer und betreten eine großzügige Terrasse, die bei helleren Lichtverhältnissen wahrscheinlich einen unwahrscheinlichen Ausblick auf das Meer und den Horizont ermöglicht, ähnlich wie es drüben bei mir der Fall ist.

„Hast du das Haus deswegen ausgesucht?", frage ich sie und deute in Richtung des Ozeans. Grace hat das Meer schon immer geliebt.

„Ich habe es gar nicht ausgesucht. Kevin hat die Villa zum Studienabschluss von seinen Eltern geschenkt bekommen. Sie fanden, er müsse eine standesgemäße Unterkunft haben. Ich bin dann bei ihm eingezogen, habe es mir aber nicht nehmen lassen, die Inneneinrichtung nach meinen Vorstellungen umzugestalten. Mir ist es hier ehrlich gesagt zu groß und anonym, aber ich liebe den Standort. Kevin ist es glaube ich relativ egal. Die meiste Zeit verbringt er ohnehin im Hotel. Dort ist eigentlich sein richtiges Zuhause."

Sie nimmt auf der Sitzecke Platz und legt die Beine hoch, während sie am Wein nippt. „Du verkaufst solche Häuser?“

„Ich kaufe Immobilien aller Art und verkaufe sie gewinnbringend weiter. Meist in die Jahre gekommene Gebäude, die ich komplett sanieren lasse.“ Ich setze mich zu ihr. Einen Moment lang lauschen wir dem Rauschen der Wellen. In meinem Kopf brennt nach wie vor nur eine Frage, die wahrscheinlich nicht einfach zu beantworten ist. „Warum hast du ihn geheiratet?“

„Nicht aus den richtigen Gründen“, sagt sie nach einer kleinen Denkpause und leert ihr Weinglas in einem Zug. „Wie du dich mit Sicherheit erinnern kannst, waren Kevin und ich keine Freunde. Es war nicht mal so, dass ich ihn sonderlich gemocht hätte. Vielleicht erinnerst du dich aber noch an meine Freundin Sarah, mit der ich immer zusammen war?“

„Blondie.“

„Seine Zwillingsschwester, ja. Sie und Kevin sind sehr behütet aufgewachsen. George Roberts hat Kevin zur Schulzeit aus jedem Schlamassel befreit. Obwohl Sarah aus demselben Elternhaus stammt, war sie ganz anders. Manchmal werden wir zu Spiegelbildern unserer Eltern, so wie Kevin. Aber manchmal wird aus uns auch das genaue Gegenteil. So war es bei Sarah. Wir waren Sandkastenfreundinnen und haben uns unser Leben geteilt. Die beiden wollten auch während des Studiums zusammenbleiben und obwohl Kevin früher ein noch größerer Arsch war, habe ich diesen Wunsch wegen Sarah akzeptiert.“

Je mehr sie erzählt, umso glasiger wird ihr Blick. Das Gefühl macht sich in mir breit, dass diese Geschichte kein gutes Ende nimmt. „Jedenfalls war es dann so, dass Sarah immer mehr den Kick suchte. Hier in Little Kings Bay musste sie immer strammstehen und das liebe Töchterchen geben. An der Uni, mit dem nötigen Abstand zu ihren Eltern, konnte sie sich endlich ausleben. Eines Abends war sie mit Leuten aus einem ihrer Kurse unterwegs. Sie hatten getrunken und wohl das ein oder andere eingeschmissen, und so ein totaler Idiot kam dann auf die Idee, mit dem Auto Burger zu holen. Sarah saß auf der Rückbank. Den beiden vorne ist kaum etwas passiert, als sie dem anderen Wagen die Vorfahrt genommen haben, aber Sarah hatte keine Chance."

Tränen rollen über ihre Wangen und tropfen auf ihr Shirt. Ich kann nicht anders und rücke näher, um sie an mich zu ziehen. Ihr Kopf lehnt nun an meiner Brust, und ich spüre jeden ihrer Atemzüge. Es dauert einen Moment, bis sie weitererzählt. „Ich war in der Nacht spazieren und sah den Unfallort. Es war grauenvoll! Zu dem Zeitpunkt wusste ich nicht, dass sie im Auto saß und wenige Augenblicke zuvor ums Leben gekommen war." Sie wischt sich die Tränen von den Wangen. „Wir bewohnten zu diesem Zeitpunkt zu dritt eine Wohnung. Da war es mit Kevin und mir schon wie bei einem alten Ehepaar. Wir hatten beide einen unwahrscheinlichen Verlust zu betrauern, und ungefähr nach zwei Monaten, als wir eines Abends Sarahs Sachen in Kisten packten, landeten wir im Bett. Wir haben nie darüber gesprochen. Es ist dann einfach so weitergelaufen. Meistens, wenn wir einen besonders schweren Tag hatten, wie zum Beispiel an den Monatstagen ihres Todes, oder wenn uns etwas besonders schmerzlich an sie erinnert hat. Es war beinahe so, als würden wir ihr

Fehlen durch unsere körperliche Nähe kompensieren wollen – das hört sich vermutlich seltsam an, aber anders kann ich es nicht beschreiben. Als wir zurück nach Little Kings Bay kamen und es so weitergeführt haben, war das für alle eine gute Sache. Es hat sich niemand gefragt, ob das wirklich passt oder wie es dazu kam. Es wurde von allen für gut befunden und als richtig angesehen. Teilweise hatte ich beinahe das Gefühl, dass genau das von uns erwartet wurde – der Zwilling und die beste Freundin in Trauer vereint." Sie lacht bitter. „Von da an waren wir das Vorzeigepaar der Stadt. Ich hatte zu dem Zeitpunkt schon mit der Patisserie begonnen, und das erste Buch war im Handel. Kevin hat das Hotel übernommen. Für die Familien und Anwohner war das ideal. Und auch wenn meine Mutter zwar immer ihre Zweifel hatte, ist sie keine Person, die sich gerne einmischt oder ununterbrochen an Dingen herummäkelt, also ließ sie den Dingen ihren Lauf. Und ich bin allgemein kein Mensch, der sich ständig Rat bei den Eltern holt, und wie gesagt, für alle anderen war das ideal mit uns."

„Aber für dich nicht?" Langsam verstehe ich, warum sich Grace zu dieser Ehe hat hinreißen lassen.

„Bis zu einem gewissen Punkt erstaunlicherweise schon. Mir war immer klar, dass das keine große Liebesgeschichte ist. Wir sind nie leidenschaftlich übereinander hergefallen oder haben uns nacheinander verzehrt. Es war immer nur Trost. Und ich war oft unglücklich, habe das aber so gut es ging ausgeblendet. In dieser Hinsicht bin ich doppelt selber schuld. Ich habe nicht rechtzeitig die Bremse gezogen, um das Ganze zu beenden, bevor es richtig ernst wurde. Und als wir dann verheiratet waren und mir unsere Vernunftsehe in so vielen Punkten bewusstwurde, habe ich nicht den Mut aufgebracht, es mir selbst einzugestehen und zu ändern.“

Mein Blick huscht zu ihrem Ringfinger, an dem kein Ring mehr zu sehen ist. „Also liebst du ihn nicht?“

Sie denkt einen Augenblick nach. „So ist das nicht. Ich empfinde liebevoll für ihn. Aber das hätte niemals ausreichen dürfen, um seine Frau zu werden.“

Ich lasse die Informationen sacken. Obwohl ich nicht die Absicht habe, mit Grace den Rest meines Lebens zu verbringen und ihr auch nicht solche Versprechungen machen will, bin ich doch irgendwie erleichtert, dass dieser Vollidiot sie nie im Sturm erobert hat und sie ihn nicht so liebt, wie sie ihren Mann eigentlich lieben sollte. Mir tut die ganze Geschichte zwar auch für ihn leid, denn niemand hat es verdient, einen nahen Angehörigen zu verlieren, aber das ändert nichts daran, dass Kevin Roberts ein verdammtes Arschloch ist.

„Und wenn du mich siehst, dann willst du leidenschaftlich über mich herfallen?“, frage ich in die Stille der Dunkelheit hinein und will damit die Stimmung auflockern. Normalerweise kontert Grace solche Sprüche immer gut. Sie richtet sich langsam auf, aber nicht so sehr, dass unsere Berührung nicht abbricht.

„Ich glaube nicht mehr an Märchen, Jacks. Du kommst nicht hierher und rettest mich aus meiner verkorksten Ehe, und wir verlieben uns und sind glücklich bis an unser Lebensende. Ich weiß nicht genau, was ich mit Kevin machen soll, obwohl für mich außer Frage steht, dass sich etwas gravierend ändern muss.“ Sie legt die Fingerspitzen auf meinen Mund und zeichnet die

Unterlippe nach. Die Berührung schießt direkt in meinen Unterleib, und mein Schwanz erwacht wieder zum Leben. „Was ich aber ziemlich sicher weiß ist, dass ich von dir seit unserer ersten Begegnung in der Schule angezogen wurde wie eine Motte vom Licht. Und damit meine ich nicht das Schulfest, sondern den Tag vor zehn Jahren.“

Sie ist nun meinem Gesicht ganz nah, ihre Lippen befinden sich direkt vor meinen, sodass sie sich hauchzart berühren, aber noch nicht vereint sind. „Und dass ich, seit du nach Little Kings Bay zurückgekommen bist, das Gefühl habe, ich müsste den Fehler korrigieren, dir damals diese schreckliche Abfuhr erteilt zu haben. Ich war ein unsicheres Mädchen, Jackson. Das bin ich heute nicht mehr – nicht in dieser Hinsicht“, haucht sie direkt vor meinem Mund.

Die Situation turnt mich unglaublich an. Normalerweise bin ich froh, wenn zwischen mir und meinen Eroberungen geschwiegen wird. Die Ausnahme bildet Dirty Talk, den ich gerne beim Sex nutze, um die Frauen und mich so richtig auf Touren zu bringen. Doch diese Geständnisse aus dem Mund meines Teenieschwarms bringen mich beinahe zum Platzen und zerfetzen mich in tausend Einzelteile. Als ob dieses kleine Luder meine Gedanken gelesen hätte, klettert sie nun auf meinen Schoß und setzt sich mit ihrer süßen Pussy auf meinen wild pochenden Schwanz, der gerade die Dehnbarkeit meiner Jeans austestet. Sie wiegt langsam ihr Becken vor und zurück und wird selbst dadurch so sehr stimuliert, dass ihr ein leises Wimmern entfährt.

„Jackson, ich muss auf jeden Fall von dir gevögelt werden“, haucht sie mit zittriger Stimme an mein Ohr.

Fuck! Fuck! Fuck! Das bringt mein Fass sowas von zum Überlaufen, dass ich jeden meiner Vorsätze über Bord werfe.

Kapitel Zwölf

Grace

Immer noch erschrocken über meine Worte, starre ich ihn an und warte auf seine Reaktion. Noch nie habe ich einem Mann so deutlich gesagt, was ich will. Kurz habe ich Angst, eine Abfuhr zu kassieren, so wie ich sie ihm einst gegeben habe, doch dann greift Jacks nach meiner Hüfte und zieht mich enger an sich. Unsere Münder verschmelzen zu einem dieser gierigen Küsse, die meinen ganzen Körper in lodernde Flammen setzen und die nur er mir schenken kann.

Er umfasst den Saum meines Shirts und zieht es mir über den Kopf. Augenblicklich beginnt er, den Ansatz meiner Brüste, die von einem BH aus schwarzer Spitze verhüllt werden, mit Küssen zu bedecken. Seine Erektion reibt gegen meinen Schoß. Schon jetzt wäre ich sicherlich feucht genug, um ihn trotz seiner zu erahnenden Größe sofort in mich aufzunehmen. Er löst mit einem gekonnten Griff den Verschluss meines BHs und lässt ihn zu Boden fallen. Sein Blick heftet sich auf meinen Busen.

„Scheiße", entfährt es ihm. „Hat dir schon mal jemand gesagt, dass du absolut anbetungswürdig bist?"

Ich schüttle fast schon peinlich berührt den Kopf und merke sogar jetzt, obwohl ich halbnackt auf ihm sitze und meine Pussy an ihm reibe, wie mir die Röte ins Gesicht schießt. „Wenn ich dir ein Kompliment mache, schäm dich nicht. Verstanden?", sagt er in rauem

Tonfall. Sein Gesicht nähert sich meinen Brüsten. Seine Lippen legen sich nun sanft um einen meiner Nippel und stimulieren ihn ganz leicht, bevor er seine Zähne so einsetzt, dass die Lust den Schmerz noch überwiegt. Mir entfährt ein lautes Stöhnen, und ich sehe nur noch Sternchen. Er wiederholt die Prozedur immer und immer wieder. Küsst mich. Leckt mich. Beißt mich. Und wieder von vorne. Er pustet leicht über meine gereizten Brustwarzen, sodass sich die Gänsehaut auf meinem Körper verstärkt, und lässt mich dabei keine Sekunde los. Er hält mich genau an Ort und Stelle, ohne jede Möglichkeit, mich ihm zu entwinden. Ich bin kurz vor dem Höhepunkt.

Genau das scheint Jackson auch zu merken, denn plötzlich spüre ich seine Finger am Bündchen meiner Shorts. Er schiebt seine Hand geradewegs in meinen Slip und teilt meine Schamlippen. Als er meine Feuchtigkeit spürt, entfährt seiner Kehle ein rauchiges Knurren.

„Jackson, bitte!", hauche ich ihm ins Ohr. Ich will ihn jetzt sofort in mir spüren, doch offensichtlich hat er es nicht halb so eilig wie ich. Seine Finger gleiten quälend langsam, immer und immer wieder, um meine Klitoris, und ich bin kurz davor, den Verstand zu verlieren. Jacks beobachtet genau mein vor Lust verzerrtes Gesicht. Er muss einfach sehen, dass ich durchdrehe und wie sehr ich ihn jetzt brauche. Aber gerade das scheint ihn fürchterlich anzumachen. Meine inneren Wände ziehen sich immer wieder zusammen. Der Orgasmus überrollt mich mit so einer Wucht, dass ich kaum glaube, jemals mehr gefühlt zu haben. Gerade als die Welle abzuebben beginnt, schiebt Jackson zwei Finger in mich, und aus dem fast erloschenen Orgasmus entsteht direkt ein neuer, der mich mit einer solchen Wucht kommen lässt, dass ich merke, wie die Innenseiten meiner Oberschenkel von meiner eigenen Feuchtigkeit benetzt werden.

„Verdammt, Grace!", stöhnt Jacks gegen meine Kehle, als er seine Finger in mir bewegt und mich für sich vorbereitet. „Du wirst mit jeder Sekunde feuchter für mich!"

Auch er kann dieses Vorspiel nun nicht mehr ertragen. Ruckartig steht er auf und legt mich auf die Sitzecke. Slip und Shorts reißt er mir gleichzeitig vom Leib. Als ich mich aufrichte und nach seinem Gürtel greifen will, packt er mein Handgelenk und drückt mich wieder runter. „Glaub mir, seit ich hier bin, stelle ich mir meinen Schwanz tief in deinem Mund vor", sagt er, während er sich das Shirt abstreift und seinen Hosenbund langsam öffnet. Sein Körper besteht nur aus Muskeln. Das ist kein einfaches Sixpack oder ein Paar gut trainierter Arme. Der Anblick, der sich mir bietet, ist der Inbegriff von Männlichkeit. Extrem trainierte, doch ästhetische Muskeln. „Aber dafür bleibt uns leider keine Zeit, weil ich wirklich an den Grenzen meiner Selbstbeherrschung angelangt bin." Er zieht seine Hose herunter.

Sein Schwanz springt mir förmlich entgegen. Ich muss hart schlucken. Er ist wirklich sehr gut ausgestattet – bisher war kein Mann, den ich nackt gesehen habe, so gebaut. Seine Erektion ragt steil empor, beinahe schon bedrohlich. Adern zeichnen sich deutlich an seinem harten Schaft ab, und seine Eichel glänzt bereits feucht von den ersten Lusttropfen. Aus seiner

Hosentasche kramt er ein Kondom und zieht es sich über. Ohne dass ich mir weitere Gedanken machen kann, ob ich ihm zu unerfahren sein könnte oder anatomisch überhaupt in der Lage bin, ihn in mir aufzunehmen, spreizen sich meine Beine, als er dazwischentritt. Er drückt meine Knie noch ein Stück weiter auseinander, als er vorsichtig Stück für Stück in mich hineingleitet. Im ersten Moment fühlt es sich an, als würde er mich zerreißen. Doch dann vermischt sich das Gefühl von Schmerz mit etwas Gutem, als würden tausend kleine Funken durch meine Vagina springen. Die Dehnung ist enorm, und jedes Mal, wenn ich denke, da kommt nichts mehr, gleitet er noch ein Stück tiefer in mich hinein. „Alles okay?"

Kaum in der Lage, etwas zu sagen, nicke ich nur. Gerade als ich denke, dass sich meine Pussy an seine überragende Größe gewöhnt hat, zieht er sich beinahe komplett zurück, nur um dann mit einem festen Stoß wieder in mich vorzudringen. Mit jedem seiner Stöße schiebt er sich noch tiefer in mich, kostet jeden Millimeter aus. Immer wieder sucht sein Blick den meinen. Es ist eine Gratwanderung zwischen dem Schmerz der extremen Dehnung und den harten Stößen sowie der heftigen Süße, die genau diese in mir auslösen. Immer wenn ich denke, eines der Extreme überwiegt gleich, wird das andere stärker und hält mich auf dem richtigen Level.

„Fuck, Grace! Du bist so unglaublich eng. Lange werde ich das heute nicht mit dir machen können." Meine inneren Muskeln ziehen sich erneut zusammen, was er genau bemerken muss, denn das Stahlblau seiner Augen nimmt eine dunkle, graue Tönung an.

„Scheiße!", knurrt er, senkt den Kopf, und ich spüre, wie sich seine Zähne in das zarte Fleisch meiner linken Schulter bohren. Der scharfe Schmerz durchfährt mich und katapultiert mich mit jedem seiner bohrenden Stöße bis an den Rand des Abgrundes. Und gerade als ich denke, es wäre alles schon zu viel und mich der massiven Explosion meines Orgasmus hingebe, schiebt Jacks seine Hand zwischen uns und stimuliert meinen Kitzler, während er stärker in mich hineinpumpt und mit einer animalischen Urgewalt tief in mir kommt.

Wahrscheinlich sollte ich mich an dem Morgen, nachdem ich meinen Mann betrogen habe, scheiße fühlen. Wie oft habe ich mir in den letzten Tagen vorgestellt, wie ich eine heiße Affäre mit Jackson eingehe und anschließend in Tränen aufgelöst, vollkommen verunsichert und von Schuldgefühlen geplagt in der Ecke sitze und jammere. Tatsächlich bin ich aber ziemlich gefasst. Ich habe es wirklich getan! Noch nie zuvor habe ich etwas so Falsches gemacht. Etwas so dermaßen Verbotenes. Und noch nie zuvor hat sich etwas so gut angefühlt.

Ich bin total am Arsch.

Nachdem ich den monumentalsten Orgasmus meines Lebens gehabt habe, saßen Jacks und ich noch bis in die frühen Morgenstunden beisammen und redeten über Gott und die Welt, so wie wir es früher nächtelang getan haben. Gegen vier am Morgen hat er sich auf den Heimweg gemacht und ich bin direkt ins Bett gefallen.

Gott sei Dank haben Molly und ich uns dieses Wochenende frei genommen. Ich rolle mich langsam aus dem Bett und merke, dass sich meine Gliedmaßen wie

Pudding anfühlen. Der Sex mit Jackson hat mich mehr als geschafft, was auch daran liegt, dass ich in der Hinsicht nichts gewohnt bin. Ich nehme als erstes eine erfrischende Dusche und ziehe mir ein bequemes Heimoutfit an. Da ich den Tag mit Molly verbringen werde, entscheide ich mich für ein weniger stilvolles Set aus rosa Jogginghose und Minnie Mouse Hoodie. Meine Haare stecke ich mir zu einem unordentlichen Dutt auf dem Kopf fest, und auf Make-up verzichte ich heute ganz, denn nach der vergangenen Nacht hilft mir auch kein Concealer mehr.

In der Küche angekommen, lasse ich mir eine große Tasse Kaffee durchlaufen. Nach guten fünfzehn Minuten höre ich ein gequältes Gestöhne aus dem Gästezimmer, während ich gerade ein Blech mit duftenden Scones aus dem Ofen ziehe.

„Mein Gott, dieser verfluchte Paul! Hat mich abgefüllt, als gäbe es ab morgen ein Ausschankverbot in Little Kings Bay", stöhnt Molly und torkelt die Treppe herunter.

„Guten Morgen, Molly!" Ich stelle eine große Tasse für sie unter den Kaffeeautomaten.

„Er dachte wohl, dass er mich abfüllen muss, damit ich mit ihm ins Bett hüpfe!" Sie lacht. „Aber stell dir vor, als ich dann wollte, war er so besoffen, dass er seine Lanze nicht mehr hochbekam." Gemeinsam brechen wir in schallendes Gelächter aus. Molly ist wirklich das geborene Single-Girl.

„Hab gehört, bei dir lief es da deutlich besser?", fragt sie mich, nachdem sie ihre Tasse geleert hat.

Ich verschlucke mich fast an meinem heißen Kaffee. „Was hast du gehört?"

„Oh, ich würde sagen alles, Grace. Weißt du, mitten in der Nacht war mir plötzlich so, als hörte ich einen Braunbären unten auf der Terrasse brummen. Aber dann ist mir eingefallen, dass wir ja in Little Kings Bay sind und nicht in Kanada." Hitze durchströmt meinen Körper von Kopf bis Fuß. Die Frau war komatös, als ich sie ins Bett gebracht und ihr die Schuhe ausgezogen habe. Ich hatte nicht damit gerechnet, dass sie noch irgendetwas wahrnehmen würde. „Also ich würde sagen, ich habe so ziemlich alles gehört. Und da du meine beste Freundin bist und mein Abend nicht befriedigend verlief, wirst du mir jetzt alle Details berichten."

Wir machen uns ein kleines Frühstück mit Scones, Clotted Cream und Erdbeermarmelade zurecht und setzen uns dann an den Küchentisch, wo ich Molly grob über meine perfekte Nacht informiere.

„Ich fühle mich nicht halb so schlecht, wie ich sollte", gebe ich zu.

„Und das untermauert nur meine Theorie von der Scheinehe. Ihr seid allenfalls Freunde."

„Ja. Trotzdem fühlt es sich falsch an, dass es sich eben nicht so falsch anfühlt. Und zwar, obwohl es das ist." Ich bin wirklich total verkorkst.

„Was hast du jetzt vor?"

„Ich werde den Termin für mein Buch und die Hochzeit von Rosie und Brandon über die Bühne bringen. Und dann werde ich reinen Tisch mit Kevin machen."

„Du ziehst es wirklich durch? Scheidung? Aber warum der Aufschub?" Sie hebt skeptisch eine ihrer perfekt gezupften Augenbrauen und mustert mich interessiert, was daran liegen könnte, dass sie meine

Aufschieberitis kennt, wenn es um unangenehme Gespräche geht.

„Weißt du Molly, trotz unserer Fehler sind wir es uns schuldig, diesen sechs gemeinsamen Jahren ein halbwegs gutes Ende zu geben." Diese Erkenntnis hat nichts mit meiner gewohnten Leisetreterei zu tun, sondern ist mir ein wirkliches Bedürfnis.

„Also willst du die Füße erst mal stillhalten?"

„Ich werde mit ihm reden. Bei der ersten sich bietenden Gelegenheit. Der Streit vor seiner Abreise und dann das mit Jackson – ich stecke viel zu tief drin. Wenn die Hochzeit und der Termin mit meinem neuen Lektor gelaufen sind, gehen wir offiziell getrennte Wege." Es sind nur noch drei Wochen bis zu dem Termin, und ich möchte weder meinen Lektor mitten im Trennungschaos empfangen noch Rosies und Brandons Hochzeit gefährden. In einer Sache bin ich mir ziemlich sicher: Sobald meine Noch-Schwiegermutter davon Wind bekommt, fliegen hier die Fetzen.

„Und dann wirst du es mit Mr Fick-Mich versuchen?", fragt Molly.

„Mr Fick-Mich ist nur vorübergehend zu Besuch hier, und ich denke nicht, dass er sich hier mehr erhofft, als mich zu ficken." Wir müssen beide laut lachen. Egal wie beschissen eine Situation ist, mit Mollys lockerer Art fühlt sich alles viel besser an.

Bei der Sache mit mir und Jackson mache ich mir absolut nichts vor. Sollte es überhaupt noch mal zu mehr kommen, dann ist sein Interesse auf seinen Aufenthalt begrenzt. Ihn hat damals schon nichts in Little Kings Bay halten können, und heute wird sich daran kaum etwas geändert haben. Was Kevin und mich betrifft …

auch wenn Jacksons Auftauchen hier einiges in Gang gesetzt hat, ist er keinesfalls der Verursacher der Problematik.

Am Nachmittag macht sich Molly auf den Weg nach Hause und rechnet fest damit, auf ihrem Anrufbeantworter eine Nachricht von Paul zu finden. Ich beschließe, den freien Samstagnachmittag meinem Buch zu widmen und die Texte zu überarbeiten. Mein absolutes Lieblingskapitel inklusive Rezept handelt von den Zitronenwaffeln. Es ist unglaublich simpel, aber es bedeutet mir wahnsinnig viel. Ich muss an unsere Italienreise zurückdenken. *Frisch verliebt* – was wir rückwirkend betrachtet irgendwie nie waren, aber uns zu der Zeit vormachten. Ich war verliebt in jenen Ort. In die Menschen und die vielen italienischen Köstlichkeiten. In die ganze Lebensweise, die man dort in jeder Spezialität herausschmecken konnte, so als wäre sie in Wahrheit die Geheimzutat. Für Kevin war die Reise dagegen ein absoluter Horrortrip. In Gedanken war er nur im Hotel und wurde schon ab dem zweiten Tag dauernervös, hang nur am Telefon und arbeitete. Er hatte Heimweh nach seinem Büro. Ich verdrehe die Augen, wenn ich daran denke, wie oft ich alleine unterwegs war. Zu dem Zeitpunkt fand ich das schrecklich. Heute bin ich froh, dass Kevin nicht mitgekommen ist und ich seinen fiesen Kommentaren über die Hygienezustände in kleinen Straßencafés, gefälschte Handtaschen auf Märkten und den für ihn permanent zu hohen Lautstärkepegel der Italiener entgangen bin. Wahrscheinlich hätte er mich so dermaßen genervt, dass mir jede Lust vergangen wäre.

Es ist nicht einmal so, dass er per se ein schlechter Mann ist. Definitiv ist sein Charakter an einigen Stellen ausbaufähig, aber niemand ist fehlerfrei. Ich denke sogar, dass es Frauen gibt, die mehr als glücklich an Kevins Seite wären. Mit seinen mittelbraunen Haaren, dem Grübchen am Kinn und den markanten Gesichtszügen sieht er aus wie der fleischgewordene Ken. Manche wollen genau das. Aber ich bin nicht diese Frau.

Doch was für eine Frau bin ich eigentlich? Neuerdings anscheinend eine, die Ehebruch begeht. Früher hätte ich mich so etwas niemals getraut. Ich war zu sehr darauf bedacht, eine dieser jungen Hühner ohne Probleme zu sein. So wie Sarah. Sarah war das beliebteste Mädchen der Schule. Sie war einfach cool. Vielleicht war ich damals deshalb zu feige, mich offiziell mit Jacks zu treffen. Seine offensive Art war einerseits zu viel für mich. Auf der anderen Seite hatte ich Angst, dass ich dann ebenfalls ein Sonderling wäre. Heute erkenne ich meine eigene Oberflächlichkeit, die ich als Teenie nicht ablegen konnte. Ich war einfach ein dummer Feigling, der um jeden Preis dazugehören und Teil der Masse sein wollte.

Plötzlich sehne ich mich nach einem Relikt dieser Zeit. Ich öffne den Browser in meinem Notebook und gebe die Adresse des Schulservers ein. Wahrscheinlich wird das hier total ins Leere laufen. Warum sollte mein altes E-Mail-Konto noch bestehen? Andererseits: Warum sollte jemand Zeit investieren, um alte Accounts zu löschen? Einen Versuch ist es wert. Ich gebe meine alten Zugangsdaten ein. Das Passwort *Zicke123* sagt einiges über die Zeit aus. Tatsächlich öffnet sich mein Konto, und ich fange an, unsere alten E-Mails zu lesen.

Mit jeder wird mir deutlicher bewusst, dass ich nicht nur ein Feigling war, sondern eine unglaubliche Voll-
idiotin.

Kapitel Dreizehn

Grace

Wahrscheinlich mache ich mich gerade zum totalen Affen.

Wenn er heute hätte Zeit mit mir verbringen wollen, hätte er sich bestimmt gemeldet. Wobei ich ihm meine Nummer nicht gegeben habe. Aber Rosie hat sie. Er hätte seine Mutter unter irgendeinem Vorwand darum bitten können. Ich dagegen habe seine Nummer seit dem ersten Tag des Schulfestes, aber habe ihn natürlich nicht angerufen. Vielleicht hätte ich das tun sollen, bevor ich hergelaufen bin. Wahrscheinlich will er gar keinen Besuch oder ist auch noch komatös von dem Fest gestern. Scheiße!

Jetzt stehe ich bestimmt seit zehn Minuten total verloren und unschlüssig vor dem Tor seiner Einfahrt und überlege, ob ich wirklich klingeln oder einfach wieder verschwinden soll. Gerade als ich auf dem Absatz kehrtmache, ertönt ein Piepton aus der Gegensprechanlage.

„Und ich habe gewettet, du wirst klingeln.“

Scheiße, Scheiße, Scheiße! Wie bescheuert bin ich eigentlich? Genau wie unser Haus verfügt dieses natürlich über Kameras und einen automatischen Bewegungsalarm. Ich könnte mich steinigen, wenn ich nicht bereits dabei wäre, im Erdboden zu versinken. Als nächstes höre ich das Klicken des

Türöffnungsmechanismus. Natürlich muss ich jetzt reingehen, wenn ich mich nicht weiter blamieren will.

Die Auffahrt ist mit weißem Kies ausgelegt. Das Haus selbst ist ein Flachdachgebäude, anthrazitfarben und mit großen, verdunkelten Fenstern. Als sich die massive Haustür öffnet, muss ich hart schlucken.

Jacks steht nur in einer Joggingshorts im Eingang. In einer Hand hält er eine Wasserflasche, und sein opulenter Oberkörper ist von einem glänzenden Schweißfilm bedeckt. Das hier ist der wahrgewordene Werbespot eines jeden Mineralwasserabfüllers. Im Tageslicht ist sein Körper um einiges imposanter, als ich ihn von unserem Abenteuer auf der Terrasse in Erinnerung habe. Seine leicht gebräunte Haut spannt sich um die hart trainierten Muskeln seiner Oberarme. Seine Tätowierungen hat er seit unserer Schulzeit erweitern lassen. Der Mann ist purer Sex! Auf seinem Gesicht breitet sich der Anflug eines Lachens aus, das er zu unterdrücken versucht. „Ich wollte dich eigentlich schon hereinbitten, als der Alarm losging, aber ich fand das Schauspiel von dir vor der Tür zu unterhaltsam, um es mir entgehen zu lassen", sagt er, während er die schwere Tür hinter uns schließt und verriegelt.

„Nicht gerade die feine englische Art."

„Na ja, ich bin ja auch kein feiner Brite. Ich hoffe, du verzeihst mir."

„Ich wusste nicht, ob ich dich nicht vielleicht störe."

„Würdest du mich stören, dann hätte ich dich kaum hereingebeten." Er bedeutet mir, ihm zu folgen. Ähnlich wie bei uns ist die untere Etage ein riesiger Wohnraum. „Darf ich dir etwas zu trinken anbieten?", fragt er und schlendert zur Kücheninsel.

„Nein, danke. Ich will dich auch gar nicht lange aufhalten."

„Grace, ich springe eben unter die Dusche. Sofern du mich nicht begleiten möchtest, was ich natürlich mehr als begrüßen würde, warte doch kurz hier." Er zeigt auf den großzügigen Sitzbereich im Wohnzimmer, und ich nehme wie empfohlen Platz. Das aufregende Prickeln in meinem Schoß kann ich nicht ignorieren, aber ich bin nicht deswegen hergekommen. „Braves Mädchen. Gib mir zehn Minuten", sagt er, als er sich auf den Weg zur Treppe macht.

Ich nutze die Zeit, um mich umzusehen. Bisher bin ich in keinem der anderen Strandhäuser zu Besuch gewesen. Die Bewohner kenne ich zu flüchtig, als dass sie mich eingeladen hätten. Andere Häuser, so wie dieses, stehen den größten Teil des Jahres leer und werden von mobilen Hausmeistern in Stand gehalten, bis sich die superreichen Besitzer mal wieder dazu herablassen, einige Wochen in Little Kings Bay zu verbringen oder sie es eben zeitweise vermieten.

Nach kurzer Zeit höre ich Geräusche am oberen Ende der Treppe, und Jackson kommt mit nassen Haaren und in einer schwarzen Jogginghose sowie einem grauen Shirt herunter. „Und jetzt, wo dein Mann am Wochenende nicht da ist, kommst du mich also direkt besuchen?" Er grinst breit. Ein Teil von ihm meint das als Scherz, aber in seinen Augen erkenne ich einen Hauch Provokation, die nach der zurückliegenden Nacht durchaus ernst gemeint ist.

„O ja, weißt du, ich bekomme einfach nicht genug", antworte ich in sarkastischem Ton. Noch ehe ich seine Bewegung richtig registrieren kann, steht er direkt vor mir und beugt sich über mich, sodass ich mich fest in die Sofalehne pressen muss, um ihn nicht zu berühren.

„Sag das nicht zu laut, Grace! Sonst könnte ich das als Aufforderung auffassen und dich an Ort und Stelle nehmen!"

Bei dem Gedanken an die vergangene Nacht und dass er es tatsächlich wiederholen wollen würde, zieht sich meine Mitte lustvoll zusammen. Meine Brust hebt und senkt sich sichtbar, und ich spüre seinen Atem bereits auf meinen Lippen, weil er mir so nah ist. Seine Augen blitzen dunkel, und ich erkenne deutlich, dass er mehr als bereit ist, mir das zu geben, was ich so dringend brauche. Bevor ich darüber nachdenken kann, presse ich meine Lippen auf seine.

Bereitwillig zieht er mich in seine Arme und fährt mit den Händen unter meinem Shirt und an den Seiten hoch, so als hätte er nur auf diesen Startschuss gewartet. Ein Knurren entfährt seiner Kehle, als er mich hochhebt und ich ihn mit meinen Beinen umklammere. Er setzt sich und zieht mich an der Hüfte fester auf sich, sodass ich seine pralle Erregung durch den Stoff seiner Jogginghose bemerke.

Obwohl ich von dem Sex heute Nacht leicht wund bin, spüre ich schon wieder die Feuchtigkeit, die sich in meinem Slip ausbreitet. „Bist du körperlich überhaupt schon wieder bereit für mich?", fragt er, als könne er meine Gedanken lesen.

„Ich denke ja", hauche ich, als er auch schon mit einer Hand unter meinen Rock gleitet und den Steg meines Slips zur Seite zieht, um mit seinen Fingern meine Lippen zu teilen. Spätestens jetzt ist ohnehin alles egal.

„Fuck, Grace! Du bist mehr als bereit für mich“, stöhnt er, als er ohne Vorwarnung mit zwei Fingern in mich eindringt und sie rhythmisch bewegt. Er hat definitiv recht. Allein unsere drängenden Küsse haben mich schon so dermaßen angeheizt, dass ich feucht genug für den Hauptakt wäre. Allerdings scheint meine nasse Vagina ihm keinen Anlass zu bieten, das Vorspiel abzukürzen.

„Es macht mich unglaublich an, wenn dein Körper so stark auf mich reagiert“, flüstert er mir ins Ohr und knabbert dabei an meinem Ohrläppchen. Er stößt noch einmal kräftig mit seinen Fingern zu, ehe er sie ruckartig aus mir herauszieht. Ein fast schon diabolisches Lächeln bildet sich auf seinen Lippen, als er seine feucht glänzenden Finger zwischen unsere Gesichter hält. Ohne den Blickkontakt abzubrechen, leckt er genüsslich seinen Zeigefinger ab. „Du schmeckst perfekt!“

O mein Gott! Mein Gehirn weiß gar nicht, was es davon halten soll. Es ist so fürchterlich unanständig, ja schon fast dreckig. Aber andererseits ist es wahnsinnig heiß und jagt mir einen kribbelnden Schauer über den ganzen Körper. Sowas hat noch nie jemand mit mir gemacht. Er platziert seine Finger direkt vor meinem Mund. „Ich will, dass du dich selbst schmeckst, Grace!“

Bevor ich weiter darüber nachdenken kann, dass es sich dabei um die versauteste Situation meines Lebens handelt, gehorche ich und nehme seinen Finger in meinen Mund auf. Der süße Geschmack meiner eigenen Lust breitet sich unmittelbar in meinem Mund aus. „Sieh mich dabei an!“

Ich hebe meinen Blick und sehe ihm direkt in die Augen, als ich genüsslich sauge und lecke. Bei jeder

Bewegung meiner Zunge spüre ich, wie sich sein harter Schwanz drängend gegen meine nasse Mitte presst, so als wäre sein Finger direkt mit seiner Erektion verbunden. Seine freie Hand schiebt mir mein Shirt bis über die Brüste und zerrt meinen BH herunter, sodass meine Nippel für ihn frei liegen, die er sofort abwechselnd zu bearbeiten beginnt.

Er steht mit mir auf und stellt mich auf dem flauschigen Teppich vor dem Sofa ab. Mit einer einzigen Bewegung streift er mir Shirt und BH ab. Dann geht er vor mir in die Knie und zieht mir den Rock mitsamt Slip über die Hüfte. Er nimmt meine Hand, damit ich sicher aus dem Rock heraustreten kann, der nun am Boden liegt. Ich stehe völlig nackt vor ihm, und er kniet vor mir. Er nimmt meinen rechten Fuß und stellt ihn auf dem Sofa ab. Ich bin nun völlig entblößt, er kann von seiner Position aus jeden Millimeter meiner intimsten Stelle sehen. Irgendwie ist das peinlich und verunsichert mich. Es gehört sich einfach nicht.

„Was wird das, Jackson?" So hat mich noch nie zuvor ein Mann betrachtet, der keinen Doktortitel trägt. Automatisch verschränke ich meine die Hände vor dem Schoß. Ich weiß nicht, ob ich für diese Art von Intimität gemacht bin.

„Grace, ich bitte dich! Nimm deine Hände weg!"

Vielleicht bin ich doch zu unsicher für die Art von Sex, die er sich wünscht oder sonst hat. Gegen die New Yorkerinnen, mit denen er sonst verkehrt, bin ich wahrscheinlich eine Dorfpomeranze.

„Ich will dich schmecken!", sagt er, als er meine Handgelenke nimmt und hinter meinen Po drückt. Er gibt mir keine Zeit mehr, um weiter über meine

Befindlichkeiten nachzudenken, denn im nächsten Moment spüre ich auch schon seine Zunge zwischen meinen Schamlippen. Als er das erste Mal hauchzart durch meine feuchte Spalte leckt, sacken mir fast die Beine weg. Ich habe bisher mit zwei Männern Oralverkehr gehabt, aber beide haben das Vorspiel nicht länger ausgeweitet als unbedingt nötig. Und auf so eine verdorbene Art, wie Jackson nun vor mir kniet, mit freier Sicht auf jede noch so kleine Falte meines Körpers, hat es noch nie ein Mann getan.

Seine Blicke fixieren mich, als seine Zunge aus den sanften Bewegungen plötzlich hart gegen meine Klitoris schnellt und ich nur noch Sterne vor Augen sehe. Ich kann nicht anders, als den Kopf in den Nacken zu werfen und lauthals zu stöhnen. Seine Zunge fährt unermüdlich immer wieder über meinen Kitzler. Leckt ihn, saugt an ihm und umkreist ihn, nur um dann wieder mit voller Wucht auf den kleinen Knoten aus Nervenenden zu treffen. Der Orgasmus überrollt mich mit einer solch ungeahnten Wucht, dass es mir kurz den Atem raubt. Ich bin bereits vollkommen überreizt von dieser unglaublichen Welle der Hitze, die durch meinen ganzen Körper strömt. Aber Jacks macht unbeirrt weiter, sodass sich direkt die nächste Welle ankündigt und meinen Körper total übernimmt. Ich kann mich kaum mehr auf den Beinen halten, denn der zweite Orgasmus schmerzt beinahe vor lauter Gefühl. Es ist zu viel, und ich komme mit einer unglaublichen Intensität.

Jackson richtet sich vor mir auf, ohne mich loszulassen. „Alles okay?"

„Ja", antworte ich. „Das war mehr, als ich je gespürt habe."

„Wir sind noch lange nicht fertig", sagt er, und in seinen Augen liegt jetzt wieder so viel mehr Grau als Blau. Er führt mich zu dem massiven Esszimmertisch aus Holz und legt mich bäuchlings über die Tischplatte. Hinter mir höre ich das Briefchen des Kondoms rascheln. „Ich kann nicht mehr warten, Grace!" Und dann dringt er mit einem einzigen Stoß seiner vollen Länge in mich.

„Jackson!", keuche ich laut auf, weil ich das Gefühl habe, dass er mich in zwei Teile spaltet. In dieser Position ist es noch intensiver als gestern Nacht. Es ist überwältigend. Als ich mich an seine Größe gewöhnt habe, stößt er hart zu und lässt mich nur noch ihn spüren.

Die Penetration ist fest und schnell. Er nimmt mich so hart, dass Lust, Schmerz, er und ich zu einer einzigen Masse verschmelzen. Hatte ich bei dem Orgasmus vorhin Sterne vor den Augen, so sehe ich jetzt ganze Sonnensysteme – nein, vielleicht sogar das ganze Weltall. Er erreicht Stellen in mir, die mich erneut auf den Höhepunkt zurasen lassen. Mein Verstand setzt total aus, und ich will gar nicht wissen, wie verdammt laut ich in diesem Moment bin. Ich versuche, meinen Oberkörper etwas aufzurichten, aber Jacks legt mir seine Hand in den Nacken und drückt mich zurück auf die Tischplatte. Eigentlich sollte ich diese dominante Geste hassen, aber ich tue es nicht. Es macht mich an.

Ich. Liebe. Es.

„Sag meinen Namen!", fordert er mich auf, als er hart in mich hineinpumpt.

„Ich …“ Ich bin kaum in der Lage, klare Worte zu formen.

„Sag ihn!“

Seine Hand findet zwischen meinen geschwollenen
Lippen erneut meine Klitoris.

„Jackson!“, schreie ich so laut ich kann. Anscheinend
bringt sein Name aus meinem Mund auch ihn an den
Rand, und er stößt hinter mir einen bestialischen
Schrei aus, als er tief in mir kommt.

Ich bin vollkommen verloren.

Kapitel Vierzehn

Jackson

Grace ist fix und fertig. Ich schlinge meine Arme um ihren Körper und hebe sie hoch. Sie gibt keinen Laut von sich und ist noch total benommen von dem Nachhall des Orgasmus.

Diese Frau ist einfach fantastisch! Wie sie sich geziert hat, als ich sie von Nahem betrachten wollte, und sich mir dann doch komplett ergeben hat. Wie sie sich kaum mehr auf den Beinen halten konnte, als ich sie um den Verstand geleckt habe. Und wie sie sich letzten Endes unter mir auf dem Tisch gewunden hat, als ich von ihrer Muschi Besitz genommen und sie gefickt habe, als gäbe es kein Morgen mehr. Beinahe ist es mir zwischendurch vorgekommen, als hätte sie noch nie zuvor Sex gehabt, was natürlich Schwachsinn ist, weil sie mit diesem Proleten verheiratet ist. Und sie ist deutlich mehr als fickbar. Es ist unser zweites Mal gewesen – normalerweise wäre jetzt spätestens für mich Schluss. Aber ich habe sie immer noch nicht da gehabt, wo ich sie haben will, und bin nicht mal ansatzweise fertig geworden. Ich werde viel mehr von Grace brauchen, um sie restlos aus meinem Gehirn zu bumsen, so viel ist sicher.

Ich trage sie hoch ins Badezimmer und setze sie auf dem Wannenrand ab. Ihr langes Haar ist etwas wirr, ihre Lippen rosig und geschwollen von den vielen drängenden Küssen. Die Knospen ihrer perfekten Titten stehen immer noch gerötet vor, weil ich sie vielleicht zu fest bearbeitet habe, und bilden einen tollen Kontrast zu ihrer leichten Sommerbräune. Wer sie nicht will, muss mehr als blind oder blöd sein.

„Grace, bist du okay?", frage ich sie sicherheitshalber nochmal. Mir kommt es jetzt doch ein wenig komisch vor, dass sie seit dem Orgasmus keinen Mucks mehr von sich gegeben hat. Normalerweise labern Frauen danach ohne Punkt und Komma. Panik überkommt mich. Bin ich vielleicht doch zu weit gegangen? Vielleicht habe ich eine Grenze überschritten, die nicht okay war? Ich habe nicht einmal die Hälfte von dem mit ihr gemacht, was mir noch vorschwebt. Bitte lass es mich nicht versaut haben – schon wieder!

„Grace?", frage ich sie nochmal und nehme ihr hübsches Gesicht zwischen meine Hände.

„Ja, Jacks. Ich bin okay", antwortet sie mir endlich.

Ich betrachte sie skeptisch. „Kannst du stehen?"

Sie richtet sich vorsichtig auf, ist erst noch etwas wackelig auf den Beinen, fängt sich dann aber. „Ich denke ja."

„Ist alles klar zwischen uns?" Ich muss es wissen. Keine Sekunde länger kann ich dieses Gefühl der Unsicherheit ertragen. Ich weiß nicht, wann ich zuletzt bei einer Frau so unsicher war. Ach ja, das war auch bei ihr, liegt aber ungefähr zehn Jahre zurück.

„Ja", antwortet sie klar und deutlich. Ich küsse sie butterzart; viele kleine Küsse auf ihre wunderschönen Lippen.

„Komm, wir duschen und dann bestellen wir uns etwas zu essen!" Ihr Idiot kommt vor morgen nicht zurück nach Little Kings Bay, und bis dahin wird sie dieses Haus auf keinen Fall verlassen – ob sie will oder nicht.

Unter der Dusche seife ich ihren Körper von oben bis unten ein. Das hat sie sich mehr als verdient. Ihre Haut hat keinerlei Makel und ist vollkommen ebenmäßig. Einzig am oberen Drittel der Innenseiten ihrer Oberschenkel hat sie minimale Orangenhaut, was für sie wahrscheinlich eine totale Problemzone und ein riesiges Drama ist, sie für mich aber nur noch vollkommener macht. Sie ist einfach echt und pur, keine abgemagerte Gazelle oder eines dieser Möchtegern-Models aus New York, die sich ständig damit rühmen, ach so perfekt zu sein. Genau an den richtigen Stellen hat Grace die Wahnsinnskurven, die sich insgeheim jede Frau wünscht. Nichts hat mich jemals so scharf gemacht wie ihr weiches Fleisch zu teilen und in sie zu stoßen. Obwohl sich mein Schwanz schon wieder verdächtig regt, muss ich mich jetzt zusammenreißen. Ich will sie keinesfalls überstrapazieren, und ihre starke Reaktion zeigt mir, dass wir uns vielleicht doch unterhalten sollten.

Ich reiche ihr ein Handtuch und suche ihr eines meiner Shirts und eine Jogginghose raus. Danach gönne ich ihr ein bisschen Privatsphäre im Bad und warte unten auf sie. Online finde ich die Nummer des örtlichen Pizzaservices und bestelle zwei Pizzen. Als Grace in meinen Klamotten oben auf dem Treppenabsatz auftaucht, muss ich mir ein Lachen mehr als verkneifen. Sie versinkt total darin und hat sich die Jogginghose gefühlt bis unter die Brüste gezogen, um nicht zu stolpern.

Sie räuspert sich. „Sag bloß kein Wort!“

„Sieht *anders* aus als sonst."

„Ich hätte auch problemlos meine Klamotten wieder anziehen können." Dabei deutet sie auf den Chaoshaufen, der noch neben dem Sofa liegt.

„Von mir aus brauchst du hier gar nichts tragen. Aber ich dachte mir, ein paar gemütliche Sachen von mir wären dir für den restlichen Abend lieber, und ich weiß auch nicht, ob du deinen durchnässten Slip gerne wieder angezogen hättest." Ich ziehe ihr Höschen aus der Tasche meiner Jogginghose und halte sie wie eine Trophäe hoch. Grace starrt das dünne Stück Stoff so entsetzt an, als wäre es eine Handgranate. Sie wird rot und senkt betreten den Kopf. Ich liebe das, wirklich! Nichts turnt mich so sehr an wie ihre Verlegenheit, und ich notiere mir in Gedanken, es noch viel weiter auszureizen.

„Ich habe uns Pizza bestellt", sage ich, um vom Thema abzulenken, und in diesem Moment ertönt die Klingel. Grace hat sich auf das ausladende Sofa gesetzt und die Beine zu sich herangezogen. Genauso hat sie auch am Strand gesessen, als ich sie beobachtet habe. Mich beschleicht das ungute Gefühl, dass sie sich gerade viel zu sehr ihren schönen Kopf zerbricht.

„Trinkst du Rotwein zur Pizza?"

Sie verzieht den Mund. „Wenn du ein kühles Bier hast, würde ich das dem Rotwein vorziehen!"

Lieber Gott, diese Frau ist ein Geschenk an die Männerwelt! Der Gedanke, sie mit irgendwem zu teilen, behagt mir immer weniger.

Kurz darauf gehe ich mit zwei kalten Bieren, Tellern, Besteck und Servietten zum Sofa und schalte den Fernseher ein. Wir stoßen an, und Grace leert ein gutes Drittel der Flasche mit einem Zug. Jetzt sieht sie wieder aus wie die Grace aus der Schulzeit. Der Schlabberlook, der ihre Kurven verdeckt, und ihre Angewohnheit, viel zu schnell zu trinken, machen sie direkt zehn Jahre jünger. Wir essen, und das Schweigen zwischen uns wird langsam unerträglich. Dass sie jetzt gar nichts sagt, ärgert mich ein wenig.

„Warum bist du heute eigentlich hergekommen?", versuche ich, das Schweigen zu beenden.

„Ach du meine Güte", sagt sie, als hätte sie das schon ganz vergessen. „Aus kindischen Gründen. Als ich dann vor deinem Tor stand, kam es mir einfach nur noch dämlich vor."

„Erzähl es mir!"

„Ich habe an meinem Buch gearbeitet, und irgendwie war mir plötzlich danach, noch mal dieses unbeschwerte Gefühl aus Teenagerzeiten zu erleben. Also habe ich mich in den alten E-Mail-Account der Schule eingeloggt und siehe da – er funktioniert noch!" Sie lacht. Sie hat an mich zurückgedacht. Sie muss darüber nachgedacht haben, sonst hätte sie nie dieses alte Postfach geöffnet und wäre dann hergekommen.

„Und dann hast du meine alten Liebesbriefe an dich gelesen?"

„Ja! Wenn es auch keine klassischen Liebesbriefe waren." Es müssen hunderte Mails gewesen sein, die ich ihr in diesem einen Sommer geschrieben habe.

Wir essen gemütlich unsere Pizza auf, und ich hole jedem von uns noch ein Bier aus dem Kühlschrank. Im Fernsehen läuft irgendeine belanglose Serie, was mir im Moment total egal ist.

„Zählt das ab dem zweiten Mal als Affäre?", fragt sie mich plötzlich.

„Für gewöhnlich ist nach dem zweiten Mal mit einer Frau die Sache für mich beendet – unabhängig davon, wie man es betitelt", sage ich, bereue meine Worte aber beinahe sofort. Erst denken, dann sprechen – nach wie vor keine meiner Stärken.

„Oh, verstehe", sagt sie leise. Fuck! Nein, nein, nein – sie versteht es ganz falsch. Ich lege meine Hand unter ihr zartes Kinn und zwinge sie, mich anzusehen.

„Nein, verstehst du nicht! Ich sagte *für gewöhnlich*. Du bist nicht gewöhnlich. Wir sind noch lange nicht fertig!" Sie lächelt mich schwach an. Zwischen uns stehen so viele unausgesprochene Fragen. Nicht zuletzt überlege ich gerade selber, was das hier eigentlich soll. Pizza, Fernsehen und Bier auf dem Sofa? Rumgelaber nach der zweiten Runde, die eigentlich immer mein Abschiedsfick ist? Grace ist wirklich nicht gewöhnlich.

„Bin ich dir zu viel?", frage ich sie direkt. Früher hatte ich oft das Gefühl, ihr zu viel zu werden, allerdings nicht körperlich, sondern eher, weil ich ihr ziemlich hinterhergerannt bin und mich ständig mit ihr treffen wollte.

„Wie meinst du das?", fragt sie leise.

„Dein Körper reagiert unheimlich stark auf mich. Du warst nach dem Sex vorhin beinahe komatös!"

Sie sieht betreten zu Boden. „Es ist nicht, als wäre ich jungfräulich in deinem Bett gelandet. Aber sagen wir es so: Du reihst dich nicht hinter vielen ein. Meine Erfahrungen sind deutlich begrenzter als deine. Und Kevin ist nicht sonderlich aktiv."

Ich weiß nicht, ob ich lachen oder weinen soll. *Kevin ist nicht sonderlich aktiv.* Wie nett sie immer alles ausdrückt. Kevin bumst sie nicht – ganz einfach. Welch ein dämlicher Schlappschwanz. Wie kann man nur neben dieser hocherotischen Frau liegen und schlafen? Vielleicht hat Kevin auch Potenzprobleme? Bei dem Gedanken daran, wie er mit seiner schlaffen Nudel durch sein protziges Hotel marschiert, kann ich mir ein Lachen kaum verkneifen. Auf der anderen Seite muss diese Ehe unglaublich frustrierend für Grace sein. Jede Reaktion ihres Körpers hat mir mehr als deutlich zu verstehen gegeben, dass sie absolut willig ist und sich nach jeder noch so kleinen Berührung sehnt.

„Er fickt dich nicht regelmäßig?", frage ich in aller Deutlichkeit, und sie wird schon wieder rot. Als Antwort schüttelt sie nur mit dem Kopf. Das ganze Thema ist ihr anscheinend schrecklich peinlich. Fast so wie die Situation vorhin, in der ich ihre herrliche Muschi aus der Nähe betrachten wollte. „Grace, sieh mich an!" Sie gehorcht und hebt ihren Blick. „Ich sehe das so: Ich wollte dich schon damals, so wie du mich wolltest. Jetzt sind wir erwachsen, und dummerweise hast du diesen Idioten geheiratet. Was du mit ihm machst, geht mich nichts an. Es ist dein Leben, und ich bin nur vorübergehend hier." Ich atme laut aus und würde mich am liebsten für meine Worte schlagen, ehe ich fortfahre, weil es mir ganz und gar nicht egal ist, was sie mit Kevin macht. Es sollte mir egal sein, ist es aber nicht. Ich will, dass sie ihn loswird. Und dennoch steht es mir nicht zu, das zu wollen.

„Für die Zeit, die ich hier bin, möchte ich aber nichts lieber, als dich noch viele weitere Male um den Verstand zu vögeln. Und ich glaube, das möchtest du auch. Allerdings will ich, dass du dich für nichts schämst, was wir tun. Dafür gibt es keinen Grund, verstehst du?"

Sie wird schon wieder rot. „Einiges von dem, was du gemacht hast, war so *anders*!“

Nicht unbedingt das Lob, was *Mann* sich nach dem Vögeln wünscht. Anders kann so ziemlich alles bedeuten. „Und wie hat sich *anders* angefühlt?“

„Unglaublich gut“, sagt sie und leckt sich über die Unterlippe, was direkt Blitze in meine Hose schickt. Sie genießt es.

„Und das ist alles, was du wissen musst! Schäme dich nie mehr für Dinge, die du genießt, Grace!“

„Okay“, antwortet sie nur. Hinter ihrer Stirn sehe ich die Gedanken brodeln, aber für heute gebe ich mich zufrieden. Ich bin noch gute drei Wochen in Little Kings Bay und mir sicher, dass wir diese Zeit mehr als intensiv nutzen werden.

Sie liegt neben mir und schmiegt sich in die weichen Sofakissen. So eine Situation wie diese ist eine Premiere für mich. Normalerweise geht es nach dem Vögeln ab nach Hause. Fernsehen gucken und Pizza als Nachspiel hatte ich noch nicht. Wahrscheinlich liegt es einfach daran, dass wir uns zu einer Zeit kennengelernt haben, als ich noch keinen sonderlich hohen Frauenverschleiß hatte, und weil wir früher immer zusammen abgehangen haben. Es fühlt sich jedenfalls unheimlich vertraut an. Einerseits liegt diese Göttin neben mir, die ich mit jeder Faser meines Körpers verschlingen könnte. Auf der anderen Seite fühlt es sich ein wenig an wie mit Hayden, meinem besten Freund – ungezwungen eben. Und dann ist da noch etwas anderes, ein altes und vertrautes Ziehen in der Magengrube, das mich dazu zwingt, Grace an mich zu drücken und den restlichen Abend mit ihr im Arm irgendwelche alten Serien zu sehen, bis sie irgendwann mit ihrem Kopf auf meiner Brust einschläft.

Der Wunsch, so mit ihr liegen zu bleiben und ihren regelmäßigen, leisen Atemzügen zu lauschen, ist riesig. So riesig, dass es beinahe unerträglich ist, sie die Treppe hochzutragen und in das Bett des Gästezimmers am anderen Ende des Flures zu legen. Einerseits ist es viel zu verlockend, sie weiter so nah bei mir zu haben, weil Gefühle miese Verräter sind und es sich beinahe wieder so anfühlt wie damals – nur viel, viel besser, weil wir uns jetzt körperlich so nahe waren. Andererseits weiß ich genau, dass Grace mich ziemlich verarscht hat und wie lange ich gebraucht habe, um danach wieder klarzukommen, auch wenn ich ihr deswegen nicht böse bin. Und ich weiß ganz sicher, dass ich einen erneuten Grace-Entzug nicht noch mal gebrauchen kann. Genau deswegen muss ich jetzt den nötigen Sicherheitsabstand zwischen uns bringen und schleiche mich leise aus dem Zimmer.

Kapitel Fünfzehn

Grace

Als ich die Augen aufschlage, bin ich mir kurz unsicher, wo ich mich befinde. Obwohl ich das vertraute Rauschen der Wellen höre und die frische Luft des Ozeans durch das geöffnete Fenster strömt, ist dies nicht mein Schlafzimmer. Schlagartig fällt mir ein, dass ich noch bei Jacks sein muss. Wie peinlich, ich muss auf dem Sofa eingeschlafen sein. Mein Plan war eigentlich, nach der Pizza zu gehen, aber ich war so erschöpft. Und vielleicht hat sich die Umarmung von Jackson auch einfach zu gut angefühlt, als dass ich sie hätte beenden können. Verdammt, jetzt denkt er bestimmt, dass ich eine dieser Frauen bin, die man nicht mehr loswird.

Das Schlafzimmer wird von den ersten Sonnenstrahlen des Tages geflutet, und ich erkenne den klaren Stil, der auch im Wohnbereich zu finden ist. Graunuancen dominieren und sind mit Holzelementen abgesetzt. Ich taste vorsichtig in Richtung der anderen Betthälfte, die – sehr zu meinem Bedauern – leer ist. Offenbar habe ich im Gästezimmer geschlafen. Natürlich wollte er mich nachts nicht bei sich haben. Beim Sex macht er eine Ausnahme von seiner Zweier-Regel, was aber nicht heißt, dass es ansonsten anders laufen könnte. Und eigentlich sollte mich das gerade viel weniger stören, als es das tut. Trotzdem hinterlässt der Gedanke ein ungutes Gefühl in meiner Magengrube.

Ich trage immer noch die Sachen, die er mir gestern geliehen hat, und in diesem Moment fühlen sie sich einfach nur falsch auf meiner Haut an. Mein sonst so geregeltes Leben läuft total aus dem Ruder, und ich habe mich noch nie auf so dünnem Eis befunden wie aktuell. Ich muss dringend wieder Herrin meiner selbst werden und für klare Verhältnisse sorgen. So episch der Sex mit Jackson ist, am Ende des Tages bin ich nicht mehr als eine miese Ehebrecherin. Auch wenn Kevin ein Idiot ist, hat er mein derzeitiges Verhalten nicht verdient. Und so unglaublich prickelnd der Reiz des Verbotenen sich auch anfühlt, ich mag mich so nicht. Es ist dringend nötig, dass ich mein Chaos beseitige, und dafür brauche ich Abstand, um wieder richtig denken zu können. Von Kevin sowieso, aber auch von Jackson und seiner unglaublichen Anziehungskraft, die er immer noch auf mich ausübt. Ich stehe auf und gehe langsam nach unten ins Wohnzimmer. Dort finde ich meine Kleidung. Von Jackson ist keine Spur zu sehen. Ich beschließe, ihn später zu suchen, ziehe mich erst einmal im oberen Bad um und mache eine schnelle Katzenwäsche, sollte ich wider Erwarten auf dem Weg nach Hause doch jemandem begegnen.

Im Untergeschoss höre ich Jacksons Stimme; er scheint sich angeregt mit jemandem zu unterhalten. Offenbar telefoniert er. In New York müsste es jetzt ganz früh am Morgen sein, wenn nicht sogar mitten in der Nacht. Ich trete vorsichtig in den Türrahmen. Jackson steht vor einem größeren Monitor und hält eine Videokonferenz mit einem sehr gutaussehenden Mann in unserem Alter ab. Seine blonden Strähnen stehen kreuz und quer in alle Richtungen, und die oberen

Knöpfe seines Hemdes sind aufgeknöpft, so als hätte er eine lange Partynacht gehabt.

„Jedenfalls waren wir nach dem Essen noch in diesem neuen Club. Ich sag dir Jacks, du hast Laura verpasst! Das was sie getragen hat, war quasi durchsichtig – sie hätte auch direkt nackt kommen können. Aber ich denke, wir haben den Deal am Haken – oh, und du hast auch was am Haken!“ Der Fremde lacht und zeigt nach vorn.

Shit! Jacks dreht sich um.

„Du hast Besuch, und zwar ziemlich hübschen! Ich glaube, ich sollte die Einladung zur Hochzeit deiner Mutter doch noch annehmen!“, höre ich die Stimme aus dem Monitor.

„Hayden, wir sprechen später weiter“, sagt Jackson und drückt ihn einfach weg. Der Monitor wird schwarz, und Jacks wirft die Fernbedienung auf den Schreibtisch. Hungrig lässt er seinen Blick über meinen Körper gleiten. Allein der Ausdruck in seinen Augen jagt mir kribbelige Schauer über die Haut und macht mir mein Vorhaben noch schwerer. „Ich hatte eigentlich gehofft, dich noch im Bett vorzufinden.“

„Sorry, ich bin keine Langschläferin.“

„Das sehe ich. Und zu meinem Bedauern bist du angezogen.“

„Jacks ...“ Ehe ich den Satz beenden kann, kommt er mit zwei großen Schritten zu mir und presst seinen Mund augenblicklich auf meinen. Mein Gott! Dieser Mann ist einfach eine Sünde. Seine weichen Lippen, die sich gegen meine drängen, lassen beinahe jeden Gedanken, den ich mir vorher fein säuberlich zurechtgelegt habe, verpuffen. Ich bin seiner heißen Zunge komplett ergeben und öffne meinen Mund willig. Seine Hände finden wie von allein den Weg an meinen Oberschenkeln entlang und unter meinen Rock. Da er meinen Slip eingesteckt hat, bin ich darunter nackt. „Ich wollte mit dir sprechen, Jacks", bringe ich gerade noch hervor, als seine großen Hände sich fest in meine Pobacken krallen.

„Ich bin ganz Ohr, meine Schöne."

Wie soll ich das beenden, wenn es sich so gut anfühlt? Wenn er, sobald sich unsere Umlaufbahnen kreuzen, mich sofort in seinen Bann zieht? „Wir müssen das beenden", ringe ich mir die Worte ab.

Unbeirrt davon wandert seine rechte Hand von meiner Pobacke über mein Becken und legt sich fest auf mein Geschlecht. „Sprich dich aus, Grace."

Spätestens jetzt ist der Moment gekommen, in dem ich ihn einfach von mir wegschieben sollte. Aber als er mit seinen Fingern meine Spalte teilt und anfängt, meine Klit zu massieren, bin ich außerstande, mich auch nur einen Millimeter von diesem Mann zu entfernen. „Ich brauche klare Verhältnisse!", keuche ich. „Kevin kommt heute Abend zurück. Ich muss mich mit ihm unterhalten."

Er dringt mit zwei Fingern tief in mich ein. Das ist so verdammt gut! Er drückt mich nach hinten auf den großen Schreibtisch und fegt mit einer Bewegung sämtliche Unterlagen auf den Boden. Ehe ich protestieren kann, fixiert er mich mit seinem Gewicht. Ich spüre seine harte Erektion an meinen Oberschenkeln, während seine Finger sich immer noch stoßweise in mir bewegen.

„Du willst also, dass ich damit aufhöre?" Seine Stimme ist ungewohnt kühl.

„Ja", stöhne ich. Sein Daumen legt sich auf meine angeschwollene Perle und reibt mit kräftigem Druck immer und immer wieder daüber.

„Lügnerin", flüstert er mir zu und lässt kurz von mir ab. Ich höre das Rascheln der Kondomverpackung, und in der nächsten Sekunde hat er sich bis zum Anschlag in mir vergraben. Das plötzliche Gefühl des Ausgefülltseins ist so enorm, dass ich aufschreie. Das ist viel zu perfekt, um damit aufzuhören. „Du wirst jetzt keinen Rückzieher mehr machen, Grace! Nicht so wie damals. Ich habe mich bereits bei dir dafür entschuldigt, dass ich damit nicht mehr werde aufhören können."

Seine Stöße sind so langsam, dass sie mich bis aufs Äußerste reizen, aber mir keine finale Erlösung schenken werden. Immer wieder versenkt er sich Stück für Stück, nur um sich dann fast wieder ganz aus mir herauszuziehen. Das ist die süßeste Art von Folter, die ich je erlebt habe. Er will gar nicht, dass ich komme. „Und jetzt, Grace? Was willst du? Soll ich aufhören?"

Ich schüttle wild meinen Kopf. „Nein, bitte!"

„Bitte was?" Bei jedem seiner langsamen Stöße ringe ich nach Luft. Alles in mir zieht sich zusammen, aber er bringt mich einfach bewusst nicht zum Höhepunkt.

„Nein bitte was, aufhören?" Er spielt auf so unmögliche Weise mit mir. Ich will nicht, dass er aufhört. Ich will, dass er richtig loslegt! Und anscheinend muss er es hören.

„Nein! Bitte, lass mich kommen!"

„Und dann? Dann war das unser Abschiedsfick und du lässt es dir wieder von dem Wurm besorgen?"

Ich ringe um jedes meiner Worte, bekomme kaum genügend Luft um Atmung, Worte und seinen Schwanz in mir gleichzeitig zu bewältigen. „Nein", stöhne ich gequält auf. „Kein Abschiedsfick, versprochen!"

„Also lässt du es dir von mir und ihm besorgen?", keucht er nun mindestens ebenso gequält. Ich kann diese Folter nicht länger ertragen!

„Nein! Nur von dir, Jacks!" Offensichtlich waren das die magischen Worte, die er gebraucht hat, um uns beiden endlich die Erfüllung zu schenken, die wir beide so dringend benötigten. Endlich nimmt er mich richtig, stößt heftig in mich und erlöst uns beide.

„Gut, dass wir das endlich geklärt haben", sagt er, als ich mich wenig später zu ihm auf die Dachterrasse setze. Auf dem Tisch stehen Kaffee und ein kleines Frühstück.

„Ich würde das nicht als geklärt bezeichnen. Machst du das immer so, wenn Frauen mit dir Schluss machen wollen?", frage ich leicht gereizt, auch wenn der Schluss bestimmt nur temporär gewesen wäre. Okay – vielleicht eher eine kleine Pause, bis ich alles mit Kevin geklärt habe.

Dieses unverschämt überhebliche Grinsen breitet sich wieder auf seinen Lippen aus. Eigentlich verabscheue ich Überheblichkeit, aber bei ihm ist sie einfach nur unglaublich heiß – genau wie damals. Irgendwie hat Jacks es immer geschafft, aus den schlimmsten Eigenschaften Attribute werden zu lassen, in die man sich zwangsläufig verlieben muss. „Für gewöhnlich machen Frauen nicht mit mir Schluss." Ehrlicherweise glaube ich ihm das sogar. Jackson ist optisch der wahrgewordene, erotische Traum. Und der Sex ist mehr als der Wahnsinn. Beinahe mehr, als ich ertragen kann. „Meine letzte Abfuhr hatte ich tatsächlich, als ich hier zur Schule gegangen bin."

„Du bist schon sehr überzeugt von dir." Ich gehe nicht auf seine Anspielung ein.

„Ich kann sehr überzeugend sein, wie du vorhin bemerkt hast. Wenn das noch nicht gereicht hat, habe ich nichts gegen eine erneute Demonstration", sagt er scharf. Keine Frage, er wird unsere schmutzige Affäre nicht kampflos aufgeben, so lange er noch hier ist.

„Kevin kommt heute Abend wieder. Ich will ihn nicht weiter hintergehen. Ich will aber auch nicht damit aufhören." Ich deute erst auf ich, dann auf mich. „Ich muss diese Ehe beenden, und zwar vollkommen unabhängig von dir. Kevin schnürt mir die Luft zum Atmen ab, und das nicht erst seit deiner Rückkehr. Auf der anderen Seite ist momentan der ungünstigste Zeitpunkt überhaupt."

„Dein Buch?"

„Ja. Die Veröffentlichung und die Hochzeit deiner Mutter. So sehr ich aus dem Hotel raus will – den Auftrag würde ich gerne noch zum Abschluss bringen."

Er fährt sich mit seinen Fingern durch das volle, dunkle Haar. „Ich wüsste auch nicht, wie ich meiner Mutter erklären sollte, dass sie nach dem Wochenende plötzlich keine Hochzeitsplanerin mehr hat."

„Er darf es nicht erfahren."

„Was? Du willst weiter heile Welt spielen?" Sein Ton ist plötzlich wieder eisig.

„Nein! Ich werde die Ehe beenden. Aber von uns beiden muss er nichts erfahren. Du bist nicht der Grund für das Ende dieser Ehe. Unsere Beziehung ist schon lange vorbei. Kevin sieht das allerdings anders. Er hängt an uns, wenn auch aus den falschen Gründen. Wenn er von uns erfährt, mache ich es nur noch schwieriger für ihn. Außerdem wirst du in ein paar Wochen wieder in dein Leben zurückkehren und nimmst unser Geheimnis mit."

Bei dem Gedanken daran, dass Kevin von dem Betrug erfahren und daran zerbrechen könnte, bricht mir das Herz. Egal wie schlecht diese Ehe lief, nichts entschuldigt, was ich getan habe. Es war ein Fehler, mich auf Jackson einzulassen, bevor ich mit Kevin gesprochen habe. Aber ihn zusätzlich zur Trennung mit meiner Sünde zu belasten, halte ich ebenfalls für einen Fehler. Zumal Jackson das Land nach der Hochzeit verlässt und unsere Zeit für die Zukunft sowieso keine Rolle mehr spielen wird. Er wird Little Kings Bay den Rücken kehren, wie er es damals getan hat, und nichts und niemand wird ihn aufhalten können.

Kapitel Sechzehn

Grace

Zuhause erwartet mich das leere Haus mit den Überbleibseln des Wochenendes. Zugegebenermaßen habe ich die kevinfreie Zeit nicht für Haushalt genutzt, was ich sonst immer so gehandhabt habe. Während ich den Wohnbereich wieder halbwegs in Ordnung bringe, bin ich in Gedanken bei dem Gespräch mit Jackson.

Zum Schluss hat er kalt und geschäftsmäßig reagiert, beinahe so, als hätte ich seinen Stolz verletzt, als ich sagte, dass er bald zurück nach New York gehen würde. Der Gedanke an einen Abschied von ihm löst ein mieses Gefühl in meiner Magengegend aus. Egal was passiert, ich darf mich auf keinen Fall zu sehr auf ihn einlassen. Unsere gemeinsame Zeit ist nun mal begrenzt.

Mein Handy holt mich aus meinen Gedanken in die Realität zurück.

„Hey, Molly!" Ich stelle schnell die Freisprechfunktion ein.

„Du hast dich gestern gar nicht mehr gemeldet! Hatten wir etwa Besuch?"

„Nein, aber könnte sein, dass ich zu Besuch war."

„Ich will alles wissen. Das ist ja so aufregend!"

„Vielleicht sollten wir die Details lieber besprechen, wenn wir uns sehen", sage ich. Der Inhalt ist irgendwie zu viel für ein Telefonat.

„Schade! Aber wo wir beim Thema schade sind: Ist dein Göttergatte schon zurück?"

„Nein, ich warte auf ihn."

„Ganz die brave Ehefrau." Man muss ihren Humor wirklich lieben.

„Na ja, gleich vielleicht nicht mehr."

„Du ziehst es wirklich durch?", fragt sie nach einer kurzen Pause.

„Ich denke ja. Aber ich werde ihm nichts von mir und Jacks erzählen." Es wäre unnötig, Molly zu bitten, weiterhin diskret zu bleiben. Es gibt keine Person, der ich mehr vertraue.

„Wahrscheinlich ist das die beste Entscheidung. Sonst schürst du nur unnötig böses Blut, gerade auch weil so viel für das Hotel auf dem Spiel steht. Und solltest du doch mit Mr Fick-Mich zusammenkommen, kannst du es Kevin bei Bedarf immer noch beichten."

„Dazu wird es nicht kommen."

„Meld dich, wenn es vorbei ist. Falls du ein Bett brauchst, kannst du jederzeit vorbeikommen!"

„Danke, Süße! Ich hab dich lieb!"

„Ich dich auch!"

Eine halbe Stunde später kündigt der knirschende Kies in der Einfahrt ein Auto an. Zu glauben, dass Kevin – nachdem wir das ganze Wochenende nicht miteinander gesprochen haben – über unseren Streit nachgedacht und den Wunsch hat, sich auszusprechen, wäre Schwachsinn. Und tatsächlich betritt Kevin Roberts die Spielfläche mit demselben Pokerface wie eh und je.

„Trish hat dich im Hotel vermisst", sagt er. Keine Begrüßung, kein Small Talk – direkt vorwurfsvoll zur Sache kommen, das ist genau sein Ding. Und natürlich war er schon im Hotel, bevor er nach Hause gekommen ist. So läuft das immer.

„Nun, ich habe Trish am Freitag auch im Hotel vermisst. Sonderlich dramatisch kann die Lage aber nicht gewesen sein, sonst hätte man mich wohl angerufen", kontere ich. Es war natürlich klar, dass Trish mein freies Wochenende nutzt, um Feuer zu legen.

„Ich hoffe, du hast die Tage genutzt, um dein Kochbuch fertigzustellen, damit ich am Hochzeitswochenende zu einhundert Prozent auf dich zählen kann!" Kompromisse sind ebenfalls nicht sein Ding, das waren sie noch nie. Das ist wohl so, wenn man von klein auf an mit allem durchkommt und meist bekommt, was man will. Diesmal nicht. „Ich werde jetzt meine Tasche auspacken und dann wieder ins Hotel fahren."

„Halt", rufe ich ihm hinterher. Er dreht sich zu mir um und starrt mich erstaunt an.

„Grace, ich wusste, dass du zur Vernunft kommst! Du musst dich nicht entschuldigen." Wie bitte?

„Ich werde mich auch nicht entschuldigen. Ich verlasse dich", platzt es deutlich angepisster als geplant aus mir heraus. Aber während der fünf Minuten seiner Anwesenheit hat sich schon wieder eine massive Wut in mir aufgestaut, der ich jetzt endlich ein Ventil geben muss.

Sein Gesicht erstarrt. Ein kurzer Anflug von Unsicherheit zeichnet sich ab, bis es sich dann wieder zu der gewohnten Maske verzieht. „Du reagierst mal wieder über."

„Nein. Das ist längst überfällig, Kevin! Ich will diese Ehe nicht mehr. Und tief in deinem Inneren wird es dir ähnlich gehen."

Er lässt sich schwungvoll in einen der Sessel fallen und verschränkt die Arme vor der Brust. „Warum in Gottes Namen sollte ich diese Ehe nicht mehr wollen? Wir kennen uns unser ganzes Leben, wir funktionieren gut miteinander. Es läuft doch, abgesehen von deinen Eskapaden, derzeit wirklich zufriedenstellend."

Allein diese emotionslose Aneinanderreihung von noch viel emotionsloseren Begebenheiten unseres Zusammenlebens ist Trennungsgrund genug. *Zufriedenstellend* ist nicht das, was ich brauche. Es reicht einfach nicht mehr aus. Und jetzt, wo ich Jackson im Vergleich sehe, will ich so viel mehr als bloß zufriedengestellt sein. Auch dann, wenn ich Jackson niemals für mich haben werde.

„Weil der Großteil davon Lügen sind und wir uns etwas vorgemacht haben", antworte ich. „Es reicht einfach nicht aus, Kevin!"

„Du liebst mich also nicht mehr?"

„Ich liebe dich, aber nicht so, wie ich es als deine Frau sollte. Die Liebe, die ich für dich empfinde, ist freundschaftlich. Vielleicht liebe ich dich auch aus Dankbarkeit. Was wir zusammen erlebt haben, lässt sich nicht einfach vergessen. Aber es ist auch keine Grundlage für eine Beziehung."

Er schlägt die Hände vor sein Gesicht. Würde ich ihn nicht besser kennen, würde ich glauben, er wolle Tränen vor mir verstecken. Aber ich kenne Kevin in- und auswendig, und er verbirgt einzig seine Ratlosigkeit. Ich lasse ihm den Moment und setze mich gegenüber auf das Sofa.

„Du liebst mich, Grace. Mehr muss ich nicht wissen." Es war so klar, dass er es nicht verstehen würde.

„Aber nicht so, wie dich deine Frau lieben sollte! Ich sollte mich nach dir verzehren, und das tue ich nicht." Ich kann keine Rücksicht darauf nehmen, ob ich seinen Stolz durch meine Wortwahl kränke.

„Und weil dir das jetzt auffällt, wirfst du alles weg? Alles, was wir uns gemeinsam erarbeitet haben?"

„Was haben wir gemeinsam erarbeitet?"

„Das Hotel!"

Jetzt bin ich es, die lacht. „Das Hotel ist dein Baby, Kevin! Deines und das deiner Eltern, aber nicht das meine. Mein Baby sind meine Bücher – im Übrigen keine einfachen Kochbücher, aber du hast ja keines davon gelesen!" Vorwurfsvoll sein kann ich auch.

„Und würdest du dich mehr einbringen, dann wäre das Hotel auch dein Baby!" Hotel, Hotel, Hotel – immer höre ich nur von dem scheiß Hotel!

„Du verstehst es nicht! Ich will mich gar nicht einbringen. Was ich will, ist intensiver an meinen Büchern schreiben, vielleicht Patisseriekurse für Leser anbieten. Ich will – nein, ich muss – meinen Weg gehen!"

„Aber den gehst du doch! Du bist im Hotel und arbeitest in deiner Freizeit an dem Buch." Er weicht keinen Millimeter von seinem Kurs ab, nimmt kein Stück meine Perspektive ein. Wenn ein Mensch sich blind und taub stellen kann, dann Kevin.

„Und das ist dein Weg! Der Weg, den du für mich aussuchst. Nicht meiner. Genau wie mit dem Baby – du willst jetzt ein Kind, ganz gleich, ob ich dazu bereit bin. Du kannst mir nicht vorgeben, wie ich leben muss. Zu einer Beziehung gehören zwei Menschen."

„Du wolltest auch Kinder!", schreit er aufgebracht.

„Irgendwann ja! Aber nicht jetzt und ganz bestimmt nicht innerhalb einer kaputten Ehe.“

„Hier ist gar nichts kaputt! Du bildest dir das nur ein. Was weiß ich, was in letzter Zeit mit dir los ist. Du drehst total durch!“

Ich atme tief durch und versuche es noch mal mit Vernunft. „Kevin, wach doch auf. Stell dir bitte selbst die Frage, ob wir jemals ein Paar geworden wären, wenn Sarah nicht gestorben wäre.“

Bei der Erwähnung ihres Namens zuckt er zusammen und lässt kurz seine Maskerade fallen. Sarah geht ihm unter die Haut, genau wie mir, und das wird sich für uns beide niemals ändern. „Ehrlich? Ich weiß es nicht! Vermutlich nicht, aber das heißt nicht automatisch, dass wir seit sechs Jahren eine Lüge leben. Frag du dich doch mal, ob Sarah gewollt hätte, dass wir uns trennen?“

Ich bin entsetzt. Entsetzt darüber, dass er ernsthaft die Gewissenskarte ausspielt. „Aus Respekt ihr gegenüber werde ich vergessen, was du soeben gesagt hast. Ich habe sie geliebt, genau wie du!“

Er streicht sich seine hellbraunen Strähnen aus der Stirn und atmet tief durch. „Es tut mir leid“, sagt er ruhig. „Du machst mich manchmal so fürchterlich wütend, dann vergesse ich mich.“

Ich muss es einfach hinter mich bringen. „Kevin, wir sollten uns beide darauf vorbereiten, getrennte Wege zu gehen. Ich werde vorübergehend ins Kings Crown ziehen, zumindest bis die Hochzeit gelaufen ist. Das werde ich noch zu Ende bringen.“

„Nein.“ Er holt tief Luft. „Du kannst im Strandhaus bleiben. Ich gehe ins Hotel. Grace, ich gebe uns nicht kampflos auf. Das ist nur eine Phase. Du bist überlastet mit der Hochzeit und deinem Buch. Bleib hier, bis beides geklärt ist, und wenn die Feier und der Termin mit deinem Lektor gelaufen sind, dann wird sich alles wieder zum Guten wenden."

„Bitte mach dir keine falschen Hoffnungen." Der Zug ist längst abgefahren.

„Du wirst sehen, es kommt alles zum Besten. Für den Moment wollen wir beide keinen Skandal, und das gibt uns genügend Zeit zum Überdenken." Sein Entschluss scheint gefasst. Bei dem Punkt mit dem Skandal stimme ich ihm voll und ganz zu. Damit würden wir uns beiden jetzt nur schaden. Allerdings habe ich, anders als er, meine Entscheidung längst getroffen.

„Ich will dich nicht provozieren. Wie ich schon sagte, bitte ich dich, dass du dich auf eine Scheidung einstellst." Ganz bewusst spreche ich nun das Wort aus, dass bisher im Raum stand. „Aber für den Moment ist es so am besten, wie du sagst. Wir trennen uns räumlich und besprechen nach den Feierlichkeiten in aller Ruhe den Rest."

„Du wirst sehen, es wird zu keiner Trennung kommen", sagt er entschlossen.

Ich stehe auf und möchte ihm die Möglichkeit geben, in Ruhe seine Sachen zusammenzusuchen. Bis zur Hochzeit sind unsere Leben so oder so noch miteinander verknüpft, und wir werden uns nicht gänzlich aus dem Weg gehen können. Allerdings haben wir uns vorher auch nicht unbedingt öfter als nötig gesehen.

„Wir sagen also erst mal nichts?", fragt er mich beim Aufstehen.

„Nein, wir sagen es erst mal keinem." Little Kings Bay wird noch genügend Zeit bekommen, um sich von seinem *Traumpaar* zu verabschieden. Auch wenn ich weiß, dass hinter Kevins Wunsch, es noch niemandem mitzuteilen, viel mehr steckt als die bloße Vermeidungstaktik des Dorfklatsches. Er nimmt mich nicht ernst – wieder einmal. Dennoch belasse ich es jetzt einfach dabei, auch wenn ich weiß, dass mich meine Vermeidungstaktik bisher jedes Mal in noch üblere Lagen gebracht hat und ich dieses Verhalten dringend ändern sollte.

Aber nicht jetzt. Jetzt ist weder der Moment, mich zu ändern, noch der Punkt, an dem Kevin zwingend das endgültige Aus akzeptieren muss.

„Ich lasse dich jetzt alleine, um deine Sachen zu sortieren. Du weißt, dass du jederzeit herkommen kannst. Es ist dein Haus."

„Du kannst ruhig bleiben."

„Nein. Ich gehe runter zum Strand."

Es ist bereits früher Abend und die Sonne steht tief am Horizont. Der Strand ist in das herrlich warme Licht der beginnenden Abendröte gebettet und zeigt mir mal wieder, wie wunderschön dieses Fleckchen Erde ist. Ich mache einen kleinen Spaziergang, um den dringend notwendigen Abstand zwischen mich und Kevin zu bringen. Es lief nicht ganz so, wie ich es mir erhofft hatte.

Mein anderes *Problem* sitzt gute dreihundert Meter zu meiner Rechten in seiner Villa und wird sich vermutlich gerade ein kühles Bier einverleiben. Was mache ich mit Jackson? Oder andersherum: Was macht er mit mir?

Ich bin diesem Mann mit Haut und Haaren verfallen und merke zunehmend, dass er mich Kopf und Kragen oder am Ende sogar mein Herz kosten kann. Je länger ich in meiner Vergangenheit herumwühle, umso mehr wird mir bewusst, dass ich damals in diesen Außenseiter, der alles und jeden gehasst hat und genügend Aggressionspotenzial für eine ganze Horde Wilder in sich trug, bis über beide Ohren verliebt gewesen bin.

„Und, wie hat es sich angefühlt, als er weg war?", fragt Molly mich später am Abend, als wir es uns mit Antipasti und Aperol Spritz auf der Terrasse bequem gemacht haben.

„Ehrlich? Es war wie eine Befreiung, als ich hereinkam und wusste, dass er heute nicht mehr nach Hause kommen würde."

„Dann war es das Richtige!"

„Das sagtest du doch eh immer."

Molly lächelt mich an. „Ob ich es für das Richtige halte oder du es als das Richtige für dich empfindest, sind zwei verschiedene Paar Schuhe, Süße!"

„Es war dringend nötig. Trotzdem ist es für ihn noch nicht das Ende. Er wird es erst verstehen, wenn ich aus dem Haus ausgezogen bin und es überall offiziell mache." *Und dann wird er höchstwahrscheinlich platzen.*

„Hast du schon überlegt, wo du leben wirst?"

„Nach der Veröffentlichung habe ich einige Termine mit dem Buch und bin erst mal wenig zuhause. Aber Little Kings Bay ist und bleibt meine Heimat. Ich werde mich jetzt nach und nach umsehen, ob ich nicht ein schönes, kleines Cottage finde." Ich wollte schon immer in einem der alten, kleinen Fachwerkhäuser wohnen, die über einen bunten Staudengarten verfügen und diese urige Gemütlichkeit verströmen.

„Hört sich nach einem guten Plan an. Zur Not kannst du jederzeit bei mir unterkommen."

„Was ist mit Paul?"

„Paul." Sie zieht den Namen künstlich in die Länge. „Paul hat mich gestern mit einer Flasche Rotwein besucht und mir nachträglich seine Standfestigkeit bewiesen!"

„Erzähl mir alles!"

Die neue Woche beginnt relativ ruhig. Rosie und Brandon berichten mir von ihren Freizeitaktivitäten am Wochenende und sind untröstlich, dass Jackson ihnen am Sonntag abgesagt hat, entschuldigen ihn aber sofort, da er eine große Firma aus der Ferne zu führen hat. Mir ist natürlich klar, dass Jacksons besagte *Arbeit* eher horizontal stattgefunden hat.

Die beiden suchen mit mir Servietten und Vasen für die Tischdekorationen aus. Wir bestellen eine Candy Bar mit personalisierten Süßigkeiten, ordern Luftballons und besprechen mit DJ und Band das Programm. Auch die weitere Woche ist gespickt mit allerlei Terminen, um sämtliche Kleinigkeiten festzulegen.

Kevin kommt am Dienstag mit Vorankündigung vorbei, um weitere Sachen zu holen, und berichtet mir, dass er Trish und George ein Märchen von endlos viel Papierkram aufgetischt hat. Ob die beiden ihm das ernsthaft abgekauft haben, wage ich zu bezweifeln. Aber sie haben sich mit der Ausrede zufriedengegeben, und bisher wurde ich nicht mal von Trish zu dem Thema verhört. Auffällig war nur, dass sie sich die Woche über kein einziges Mal hat in der Küche blicken lassen, wie die anderen Mitarbeiter mir versicherten. Daher hege ich die Vermutung, dass Kevin seine Mutter zurückgepfiffen hat, um mir den versprochenen Freiraum zu gewähren.

Jackson hat sich ebenfalls bedeckt gehalten, zumindest für seine Verhältnisse. Ich habe ihn am Sonntagabend, nachdem Molly gegangen war, via Textnachricht gebeten, mir einige Tage Pause zu gönnen. Zum einen muss ich mit der Trennung von Kevin zurechtkommen. Auch wenn mir Herz und Verstand sagen, dass es das Richtige gewesen ist, brauche ich trotzdem einfach Zeit für mich, um im Jogginganzug mit einer Schachtel Pralinen meine Gedanken zu sortieren. Auf der anderen Seite brauche ich aber auch den Abstand, um wieder Herrin über meine emotionale Lage bezüglich Jacks zu werden. Was ich als frisch getrennte Frau am wenigsten gebrauchen kann, ist ein gebrochenes Herz. Außerdem habe ich die gewonnene Freizeit genutzt, um meine Eltern in ihrer Werkstatt am Hafen zu besuchen und meiner Mutter einige neue Pralinensorten zum Probieren zu bringen.

Morgen früh geht es für mich mit Rosie, Brandon und natürlich Jackson auf eines der Weingüter nach Little Hampton, von dem das Kings Crown viele Weinsorten bezieht. Hat es mir vor nicht allzu langer Zeit noch davor gegraust, Jacks so nah sein zu müssen, kann ich es kaum noch erwarten. So gut mir die letzten drei Tage getan haben, umso mehr sehnt sich mein Körper jetzt jeder einzelnen seiner Berührungen entgegen.

Am nächsten Morgen warte ich darauf, dass Brandon, Rosie und Jacks mich wie besprochen um acht Uhr bei mir zuhause abholen. Vor uns liegen gute drei Stunden Autofahrt. Da wir uns für die Mittagszeit bei dem Weingut angekündigt und eventuelle Staus oder Pausen einkalkuliert haben, fahren wir zeitig los.

Nervös streiche ich den blau-weiß gestreiften Rock meines trägerlosen Kleides glatt. Das Oberteil ist gesmokt; zusammen mit cognacfarbigen Sandalen und einer kleinen Handtasche ist der Look herrlich sommerlich und passt zu meiner leicht gebräunten Haut. Sicherheitshalber habe ich trotzdem einen dünnen Cardigan eingesteckt, falls mir auf der Fahrt im Cabriolet kühl werden sollte.

Pünktlich um acht klingelt es vorne am Tor. Ich ziehe meinen Koffer hinter mir die Einfahrt runter und stelle verwundert fest, dass nicht Brandons Cabriolet auf mich wartet, sondern ein schwarzer SUV, an dem Jacks lehnt und sich lässig die Sonnenbrille von der Nase streift, als er mich sieht. „Hättest du das Tor aufgedrückt, hätte ich dir mit deinem Gepäck geholfen", ruft er mir zu.

„Wo sind Rosie und Brandon?", frage ich ihn, während er meinen Trolley in den Kofferraum des riesigen BMW X8 legt, wo bereits andere Gepäckstücke lagern.

„Die beiden sind vorgefahren. Der Kofferraum von Brandons Spaßwagen ist nicht wirklich geeignet für das Gepäck von vier Personen. Wir waren uns auch nicht sicher, was du und Mum an Kleidern für das Wochenende mitnehmt und wie viele Koffer es werden. Außerdem habe ich lieber einen Wagen vor Ort. Ich dachte, du würdest mir vielleicht Gesellschaft auf der Fahrt leisten."

„Gerne." Irgendwie hatte ich Bedenken, dass es zwischen mir und Jacks nach den drei Tagen Funkstille seltsam sein könnte, aber ihm hat die Pause wohl nichts ausgemacht. Vielleicht auch deshalb nicht, weil unsere kleine Affäre für ihn um einiges unverfänglicher ist als für mich.

„Und? Hast du mich vermisst?", fragt er mich mit einem selbstsicheren Grinsen auf den Lippen, als wir aus Little Kings Bay hinausfahren.

„Vielleicht. Vielleicht war ich aber auch beschäftigt."

Er zieht fragend eine Braue hoch. „Kram für die Hochzeit?"

„Nein. Kram für meinen Umzug." Sein Blick huscht kurz zu mir.

„Das Haus, in dem ich wohne, ist sehr schön. Du könntest dort einziehen." Jacks' Villa ist noch protziger als Kevins und meine.

„Mit meinen Büchern läuft es zwar gut, aber dein Palast ist nicht ganz meine Kragenweite. Außerdem hast du es doch nur gemietet."

„Falsch! Ich hatte es gemietet. Ich habe es gestern gekauft."

Was? Will er etwa länger in Little Kings Bay bleiben? „Wozu?"

„Ich hatte die Stadt ganz anders in Erinnerung, aber so beschissen ist es hier gar nicht. Meine Mutter liebt es. Ich werde die Immobilie entweder als privates Ferienhaus nutzen und zeitweise vermieten oder aber komplett vermieten. Zum Beispiel an dich."

„Wenn ich dort dauerhaft leben würde, wäre dein Feriendomizil vom Tisch."

„Wenn du dort dauerhaft leben würdest, wäre ich mindestens einmal im Monat hier, um dich in den Himmel zu vögeln."

„Jackson! Wir sitzen gerade mal fünf Minuten im Auto!" Und fünf Minuten mit ihm im Auto reichen offenbar schon aus, um meine Hirnmasse in Watte zu verwandeln und meinen Slip zu durchnässen, aber das sage ich ihm jetzt nicht.

„Und du hast die letzten drei Tage kein einziges Mal an mich denken müssen?" Ich schweige, und manchmal ist keine Antwort eben auch eine Antwort. „Wusste ich es doch!" Er klingt selbstsicher. „Wie lief es mit deinem Noch-Ehemann?"

„Wie man es nimmt. Er ist vorübergehend ins Hotel gezogen. Die Hochzeit deiner Mutter ist ein unglaublich wichtiger Auftrag für das Kings Crown. Er erhofft sich natürlich ungemeine mediale Aufmerksamkeit und Lobeshymnen von Brandon. Deswegen will er jetzt nicht zu viel Staub aufwirbeln. Wir haben uns geeinigt, dass wir die Trennung bis nach der Hochzeit für uns behalten."

„Wo ist das Aber?", fragt er kühl.

„Wieso sollte es ein Aber geben?"

„Es gibt immer ein Aber. Außerdem hört sich die Geschichte viel zu nüchtern an." Jackson ist nicht dumm, und für ihn ist Kevin auch kein unbeschriebenes Blatt. Er weiß zu gut, welch ein unglaublicher Hitzkopf mein Mann sein kann.

„Aber Kevin geht davon aus, dass nach der Hochzeit und meinem Termin für das Buch alles wie gehabt weiterläuft und unsere Trennung nur eine Phase ist."

Der Wagen beschleunigt plötzlich stark, wir rasen mit guten hundertachtzig Kilometern pro Stunde über die Landstraße. „Jacks, was soll das?", rufe ich panisch. Er hält die Geschwindigkeit und manövriert den Wagen sicher durch die herrliche Landschaft. „Jackson, verdammt! Jetzt halt den scheiß Wagen an!" In mir keimt Angst auf. Seit Sarah bei dem Unfall ums Leben kam, halte ich mich akribisch an die Verkehrsregeln. Jetzt drückt er sogar noch mehr auf das Gaspedal und beschleunigt. Ich breche beinahe in Tränen aus. „Jacks, ich habe Angst!"

Endlich reagiert er wieder und bremst den Wagen ab. Er fährt links ran und kommt auf dem Seitenstreifen zum Stehen. Mit beiden Händen umklammert er das Lenkrad. „Scheiße, Grace! Es tut mir leid! Ich wollte dir keine Angst machen."

Als sich mein Puls endlich beruhigt hat, schreie ich ihn an wie eine wildgewordene Furie. „Bist du eigentlich total gestört? Wir hätten umkommen können!"

„Ich hatte den Wagen jederzeit unter Kontrolle. Außerdem sagte ich doch schon, dass es mir leidtut!" Jetzt tut er *mir* fast ein bisschen leid, weil ich ihn so anschreie und er eigentlich nichts Schlimmes getan hat, außer ein bisschen zu rasen. Normalerweise flippt niemand deshalb total aus, aber ich bekomme die Bilder von der Unfallstelle einfach nicht aus meinem Kopf.

Ich atme tief ein und aus, und langsam fange ich mich wieder. „Was sollte das?"

„Nichts. Ich hatte mich kurz nicht im Griff, aber das kommt nie wieder vor. Versprochen“, sagt er mit eiskalter Stimme.

„Okay.“

„Können wir weiterfahren oder brauchst du noch eine Minute?“, fragt er jetzt wieder sanfter.

„Lass uns fahren.“ Ich krame aus meiner Handtasche ein Tütchen mit schokolierten Kaffeebohnen heraus. Nach diesem unerwarteten Adrenalinrausch brauche ich dringend Schokolade. Höflicherweise halte ich ihm die Tüte unter die Nase, was er mit einem angeekelten Kopfschütteln verneint. „Du lebst ausschließlich von Zucker.“

„Und du verpasst was!“

Eine Weile schweigen wir uns an. Sein Blick ist starr auf die Straße gerichtet, und ich betrachte die vorbeiziehende Landschaft. Nach einigen Minuten spüre ich seine Hand auf meinem Oberschenkel, die augenblicklich ein unwahrscheinliches Kribbeln in meinem ganzen Körper auslöst. „Ich wollte dir wirklich keine Angst machen. Nur fällt es mir manchmal einfach schwer, mich zu beherrschen.“

„Es ist wieder alles in Ordnung.“

Er verstärkt den Druck seiner Hand. „Ich hoffe es, du wirst noch einige Zeit mit mir in diesem Auto verbringen müssen.“

„Solange du dich an die üblichen Geschwindigkeitsbegrenzungen hältst, bin ich eine pflegeleichte Beifahrerin.“

„Ja? Unterhalte mich!“

Ich mustere ihn irritiert. „Dich unterhalten?“

„Ein bisschen Entertainment, damit ich nicht am Steuer einschlafe. Du weißt schon."

„Ich hoffe, du verlangst nicht, dass ich singe. Keine Ahnung, was du willst."

„Du könntest mir einige Fragen beantworten."

„Was für Fragen?" Ich hasse es, verhört zu werden.

„Wir haben uns zehn Jahre nicht gesehen. Ich habe also einiges aufzuholen." Damals wussten wir so ziemlich alles voneinander.

„Dann stell deine Fragen."

„Was hat es mit dir und den Torten auf sich?"

Das ist einfach. Ich hatte mit viel Intimerem gerechnet, aber was nicht ist, kann ja bekanntlich noch werden. „Ich denke, das habe ich von meinen Eltern. Mein Dad ist der Tüftler und Bastler, er lebt für sein Handwerk und lernt nie aus. Meine Mutter ist die Kreative. Sie ist nach wie vor freischaffende Künstlerin und liebt es, sich von ihrer Umwelt inspirieren zu lassen. Ich hatte immer eine Vorliebe für das Backen, daran erinnerst du dich vielleicht noch. Irgendwann kam dann die Patisserie dazu, und dann hatte ich die Idee für das Buch. Somit habe ich mein Hobby zum Beruf gemacht."

Er nickt zufrieden. „Verstehe. Du tust das, was du liebst."

„Genau."

„Und wie kam es dann zu deiner Tätigkeit als Küchenhilfe?"

Wer mein Buch gegoogelt hat, dem sollte klar sein, dass ich nicht des Geldes wegen im Kings Crown arbeite. „Ich hatte eigentlich direkt im Anschluss mein zweites Buch veröffentlichen und Kurse geben wollen. Kevin hat damals das Kings Crown übernommen und mir seine Küche angeboten. Ich sollte Rezepte entwickeln und parallel die Kreationen im Hotel anbieten. Wäre es so gelaufen, hätte ich einen guten Deal gemacht.“

Jackson schnaubt laut und schüttelt den Kopf. „Er hat dich reingelegt?“

„Nein, so kann man es nicht sagen. Es hat sich einfach so entwickelt, dass ich immer weniger Zeit für meine Projekte hatte und dafür immer mehr für das Hotel gemacht habe. Irgendwie wurde das von allen Seiten von mir erwartet, und da ich all die anderen Erwartungen schon nicht erfüllen konnte und es oft zu Spannungen kam, habe ich mitgespielt.“ Ich seufze. „Genau genommen war es meine eigene Schuld. Ich habe, wie so oft, einfach meine Grenzen nicht aufgezeigt, und so lief es dann einfach immer weiter.“

„Welche Erwartungen?“

„Trish, seine Mutter, hat eigentlich seit der Hochzeit auf einen Stammhalter gepocht. Und seit ich wieder an meiner Autorenkarriere arbeite, will Kevin auch Nachwuchs.“

Er versteift sich kurz, und sein Blick huscht wieder über mein Gesicht. „Und du?“

„Und ich hatte zu keinem Zeitpunkt das Gefühl, dass ein Kind richtig wäre. Ich habe nie die Pille abgesetzt. Das hat mich natürlich bei den Roberts schrecklich in Ungnade gebracht, auch weil es ein offenes Geheimnis war, dass ich mir mehr Zeit für meine beruflichen Projekte gewünscht habe.“

„Das muss sehr belastend gewesen sein.“

„Ja, Kevin hat es ganz schön mitgenommen“, gebe ich zu.

„Ich meinte nicht den Idioten. Ich rede von dir, Grace. Ich stelle es mir sehr belastend vor, wenn alle Druck ausüben und man selbst den Kürzeren zieht." Ich schäme mich beinahe dafür, dass ich sechs Jahre lang so dumm war und mich darauf eingelassen habe. Andererseits hat mir damals die Nähe zu Sarahs Zwillingsbruder unglaublich geholfen, ihren Tod zu verarbeiten. „Und nun ..."

„Nun bin ich dran", unterbreche ich ihn.

„Ich dachte, du beantwortest meine Fragen?" Der Anflug eines Lächelns umspielt seine Mundwinkel.

„Und ich dachte, dass es hier fair zugeht und ich gleichermaßen in deinem Privatleben rumwühlen darf. Außerdem hast du schon zwei Fragen gestellt."

„Also gut, dann wühle bitte rum."

Ich muss nicht lange überlegen. „Warum isst du nichts Süßes?"

„Wie bitte? Das ist die superprivate Frage?"

„Für den Anfang."

„Was ist, wenn ich einfach nichts Süßes mag?"

„Ich kenne niemanden, der nichts Süßes mag. Außerdem weiß ich, dass du früher Kekse mochtest."

Über seine Lippen huscht ein wissendes Grinsen, weil er genau weiß, welche Kekse ich meine. „Das Eine sollte ziemlich offensichtlich sein: Ich achte auf meinen Körper. Natürlich muss ich mir keine großen Gedanken über Kalorien machen, aber ich finde, eine gesunde Ernährung ist angebracht bei meinem Sportpensum."

Ich lasse meinen hungrigen Blick über seinen Körper gleiten. Er bleibt an seinem Bizeps hängen. „Sportpensum?"

„Ja, diverse Kardiosportarten und tägliches Krafttraining."

„Echt? Sieht man gar nicht!" Ich ärgere ihn ganz bewusst, wofür er mich böse anfunkelt.

„Die andere Sache ist … findest du nicht, dass mein restlicher Lebensstil schon sündig genug ist?"

„Du verpasst was", entgegne ich. Ein Leben ohne Schokolade wäre für mich sinnlos. Das lasse ich mir gerne die ein oder andere extra Sporteinheit kosten.

„Jetzt bin ich wieder dran."

„Bitte."

„Was wirst du nach der Hochzeit mit Kevin machen? Er wird dich nicht kampflos aufgeben." Auf die Frage sollte ich mir nicht allzu viel einbilden. Jackson war vor vielen Jahren auch wahnsinnig interessiert und impulsiv mir gegenüber und hat Little Kings Bay trotzdem in einer Nacht-und-Nebel-Aktion verlassen.

„Wie ich schon sagte, für mich ist die Ehe nicht mehr zu retten und hätte von Anfang an nie zustande kommen dürfen. Kevin ist kein schlechter Mann, aber ich bin nicht die richtige Frau für ihn. So wie er nicht der richtige Mann für mich ist."

„Kevin ist ein Arschloch!"

„Du willst nur das Schlechte in ihm sehen. Jackson, du vergisst oft, dass wir alle unsere Fehler haben und unsere Last mit uns herumtragen müssen." Natürlich hat Kevin Fehler, aber die hat Jackson auch. Und ich ebenfalls.

Kapitel Siebzehn

Jackson

Ob ich Fehler habe? Definitiv! Die Liste meiner Laster ist sogar relativ lang.

Sehr lang.

Länger als bei den meisten anderen Menschen.

Jeder Mensch hat Fehler. Grace spielt in ihrem Fall natürlich auf den Ehebruch an, das ist mir nicht entgangen. Obwohl sie es unglaublich genießt, dass ihr endlich ein Mann gerecht wird, ist sie sich trotzdem ihrer Verfehlung bewusst, und sie empfindet Schuld dafür. Was Kevin Roberts angeht, kann man aber nicht von ein paar kleinen Fehlern sprechen. Er ist ein reiches Schnöselsöhnchen, wie es im Buche steht – überheblich, arrogant und unfreundlich zu jedem, der maßgeblich unter seiner Würde ist. So wie ich damals. Will ich nur das Schlechte in ihm sehen? Es ist eher so, dass ich nur das Schlechte sehen kann. Der einzige Grund, weshalb Kevin Ärsche küsst ist, dass er Geld und einen Vorteil für sich wittert. Vielleicht hat er mich sogar erkannt und hält nur die Fresse, damit alles schön nach Plan läuft und Brandon seinem Hotel das ein oder andere öffentliche Lob einbringt. Wobei er Grace dann heute niemals alleine hätte mit mir verreisen lassen, selbst in bestehender Trennung nicht.

Für den Moment will ich aber nicht weiter nachhaken. Sie hat überzeugend gesagt, dass sie ihn abschießen wird, und ich glaube ihr. Grace ist kein Dummkopf und weiß selbst am besten, wer ihr guttut und wer nicht, auch dann, wenn sie bei Kevin vielleicht etwas länger gebraucht hat, um es sich einzugestehen. Eigentlich sollte mir egal sein, was sie hier veranstaltet, wenn ich zurück in New York bin. Ist es aber nicht. Grace ist mir alles andere als egal. Auch wenn aus uns niemals ein Paar wird, will ich sie glücklich wissen. Ich genieße sogar diese lahme Autofahrt mit ihr, obwohl ich es durch meinen kleinen Stunt wieder fast versaut hätte. Früher hat es ihr ganz und gar nichts ausgemacht, mit mir durch die Gegend zu rasen, aber als ich die Panik in ihren Augen erkannt habe, ist mir klargeworden, dass sie Angst hat, weil ihre Freundin bei einem Autounfall ums Leben kam und ich einfach nur ein empathieloser Idiot bin. Allerdings hat mich die Nachricht, dass dieser Wurm Kevin seine ekligen Finger nicht von ihr lassen will, innerlich zum Überkochen gebracht. Ich teile nicht gerne. Und Grace möchte ich ganz und gar nicht teilen, auch wenn mein besitzergreifendes Denken total deplatziert, ungerechtfertigt und egoistisch ist, weil wir einfach nie eine Beziehung haben werden.

„Machen wir weiter." Ich spüre noch immer ihren ausgehungerten Blick auf mir. „Warum bist du damals abgereist, ohne dich zu verabschieden?" Grace taut offenbar auf und stellt intimere Fragen. Aber dass sie gerade diese stellt, die sie sich selbst am besten beantworten können müsste, wundert mich dann doch.

„Das weißt du nicht?"

„Nein", antwortet sie aufrichtig. Vielleicht will sie sich auch nur absichern, ob sie mit ihrer Vermutung richtig liegt. Ich kann mir nicht vorstellen, dass sie in diesem speziellen Fall keine Ahnung hat.

„Ich war ein Teenager voller Hass auf mich selbst und alle anderen."

„Das ist keine Antwort auf meine Frage. Ich will die Wahrheit, Jacks!" Ich überlege kurz, ob es strategisch klug ist, ihr wirklich den Grund ins Gesicht zu sagen. Es liegt zehn Jahre zurück, und wir waren fast noch Kinder. Wenn sie das jetzt in den falschen Hals bekommt, könnte es sein, dass sie mich fallen lässt. Auf der anderen Seite erwarte ich auch ehrliche Antworten von ihr. Scheiß drauf!

„Ich bin gegangen, weil du mir das Herz gebrochen hast." Jetzt habe ich es gesagt. Grace weicht die Farbe aus dem Gesicht, und sie schweigt. Wie ich vermutet habe, muss sie das erst mal sacken lassen. Es Jahre lang zu vermuten, ist doch etwas anderes, als es ins Gesicht gesagt zu bekommen. Trotzdem will ich das nicht so vorwurfsvoll im Raum stehen lassen. Dafür ist mir unser Verhältnis zu wichtig – und das nicht nur in Bezug auf Sex, so ungerne ich mir das eingestehe. „Aber das ist zehn Jahre her. Wir waren Kinder."

„Das hat es nicht weniger schmerzhaft für dich gemacht", stellt sie mit brüchiger Stimme fest.

Fuck! Sie hat es in den falschen Hals bekommen. Hätte ich mal mein Maul gehalten. „Nein, es war schmerzhaft. Aber wie ich bereits sagte, ich war voller Hass. Ich habe mich hier nie wohl gefühlt. Für meine Mutter wurde Little Kings Bay sofort ein Zuhause. Ich dagegen war in Gedanken nur drüben in New Orleans und bei der Scheiße mit meinem Vater. Mein einziger Lichtblick hier warst du, und deshalb habe ich alles von dir abhängig gemacht. Zu dem Zeitpunkt bin ich wegen dir gegangen, aber rückwirkend betrachtet hättest du mich vielleicht auch nicht halten können. Wer weiß. Ich war dir nie böse deswegen. Wie gesagt, wir waren Kinder. Und ohne das alles wäre ich heute nicht der, der ich bin."

Ihr Gesichtsausdruck wird weicher, aber hinter ihrer Stirn sehe ich es brodeln. Das Thema wird sie noch weiterhin beschäftigen. Was mich beschäftigt ist, dass sie mir deswegen hier und jetzt keine Abfuhr erteilt. „Es tut mir unglaublich leid, Jacks."

„Entschuldige dich bitte nicht dafür, dass du damals kein Interesse an mir hattest. Ich war schwierig, niemand könnte dir das verübeln. Du hattest tausend gute Gründe, nicht in mich verliebt zu sein."

„Das ist so nicht ganz richtig", sagt sie vorsichtig. Mein Magen zieht sich zusammen. Habe ich damals etwa die ganze Zeit über Recht damit gehabt, dass sie doch etwas für mich empfunden hat?

„Ich war einfach ein dummes Mädchen. Ich wollte um jeden Preis dazugehören, war voller Vorurteile und geblendet von der Meinung der anderen. Der einfachste Weg war immer der richtige für mich. Selbst als du weg warst und ich unglaublich traurig war, konnte ich mir den wahren Grund dafür nicht eingestehen. Heute ist mir bewusst, dass ich wahrscheinlich genauso verliebt in dich gewesen bin wie du in mich. Und ich war einfach nur zu feige, um dazu zu stehen."

Und genau da sind die Worte, auf die ich damals so sehnlichst gewartet habe. Komischerweise tut es jetzt sogar irgendwie weh, sie zu hören. Ein bittersüßer Schmerz der Gewissheit. Scheiße, ich kann nicht mehr klar denken. Eigentlich müsste ich fürchterlich sauer auf sie sein, dass sie mir damals die Abfuhr meines

Lebens erteilt und mir das Herz gebrochen hat, und das völlig unnötig. Allerdings überwiegt der Teil in mir, der sie sofort spüren muss. Das Hier und Jetzt mit Grace fühlt sich einfach zu gut an, um es durch diese alten Teeniedramen zu gefährden. Ich fahre bei der nächstbesten Gelegenheit links ran. Wir sind irgendwo mitten in der Pampa, aber das ist mir jetzt scheißegal. In mir keimt Panik auf, dass es ab jetzt einfach nur noch seltsam zwischen uns wird. Ich muss mich auf der Stelle vergewissern, dass sie immer noch bei mir ist.

„Warum halten wir?", fragt sie gerade noch, ehe sich meine Lippen hart auf ihre legen. Einen Moment lang ist sie wie erstarrt, doch dann gewährt sie meiner Zunge Einlass. Ich fummle so lange an ihrem Gurt herum, bis ich sie abgeschnallt habe und mit einem Ruck auf mich ziehen kann. Meine Erektion presst sich hart zwischen unsere Körper.

„Ich muss wissen, dass zwischen uns alles okay ist", stöhne ich ihr ins Ohr, während ich den Rock ihres dünnen Sommerkleides hochschiebe.

„Jacks, es ist alles in Ordnung."

Doch das reicht mir nicht. Nicht nach allem, was soeben offengelegt wurde. „Zeig es mir, Grace!" Ich habe sie noch nie so sehr gebraucht wie in diesem Moment.

Sie legt ihre samtigen Lippen sofort wieder auf meine und greift zwischen unsere Körper, um meine Jeans aufzuknöpfen und die Shorts ein Stück herunterzuziehen. Ich zerre ihren Slip zur Seite und zerreiße dabei aus Versehen den dünnen Stoff. Als meine Finger in ihre Spalte gleiten, ist sie bereits feucht für mich und stöhnt laut auf. „Fuck, du bist schon so bereit!" Hier wird es kein langes Vorspiel geben. Ich brauche jetzt sofort den körperlichen Beweis, dass sie keinen Rückzieher machen wird. „Du nimmst immer noch die Pille?"

Sie nickt und lässt sich als Antwort direkt auf meinem prallen Ständer nieder. Stück für Stück nimmt sie mich in ihrer kleinen, engen Pussy auf. Sie Haut an Haut zu spüren, macht unsere Verbindung noch intensiver. Ich will nie wieder etwas anderes fühlen als Grace. Sie beißt sich auf die Unterlippe, ihre Augen sind leicht glasig, als sie meine volle Länge in sich aufgenommen hat. Allein ihr Gesicht ist in diesem Moment das Erotischste, was ich je gesehen habe. Als sie sich an meine Größe gewöhnt hat, fängt sie vorsichtig an, sich zu bewegen. Sie lässt mich immer wieder ein Stück aus sich hinaus und wieder hinein gleiten. Ich ziehe das Top ihres Kleides ein Stück herunter, gerade so, dass ihre vollen Brüste bis zu ihren rosigen Nippeln freigelegt sind. Dann greife ich nach ihrer Hüfte und knete ihren vollkommenen Hintern, kneife fest in ihre sinnlichen Kurven.

„Jacks", stöhnt sie mir ins Ohr. O ja, ich weiß genau, wie sehr sie es genießt, etwas härter berührt zu werden. Sie braucht es mindestens so sehr wie ich. Ich verteile kleine Küsse auf ihren wunderbaren Titten, die einladend vor meinem Gesicht im Takt ihrer Bewegungen schwingen. Das ist so perfekt! Zwischendrin necke ich sie mit den Zähnen, bevor ich mein Gesicht wieder nah an ihres bringe und unsere Münder sich vereinigen.

Normalerweise nehme ich mir von einer Frau gerne das, was ich brauche, und bin der tonangebende Part. Aber Grace, die mich reitet und sich alles von mir nimmt, was sie benötigt, macht mich unglaublich scharf. Es ist fast, als würde sie aufblühen, als sie sich genau so bewegt, wie sie es mag. Als ich meine Finger zwischen uns gleiten lasse und auf ihre geschwollene Klitoris lege, wirft sie den Kopf in den Nacken und schreit laut auf. Sie kommt mit einer unglaublichen Intensität, sodass ich jeden der Muskeln tief in ihrem Inneren spüren kann. „Fuck." Für mich gibt es jetzt auch kein Zurückhalten mehr, und ich lasse meiner Explosion freien Lauf. Schwallartig ergieße ich mich in der wunderschönen Frau auf meinem Schoß.

Kapitel Achtzehn

Grace

Das Weingut der Familie Rossi in Little Hampton erweist sich als wahrer Augenschmaus. Das alte Herrenhaus aus hellen Natursteinen fügt sich malerisch in die hügelige Landschaft ein, die über und über mit Weinreben bepflanzt ist. Durch das herrliche Sommerwetter wirkt das Grün noch viel satter. Ein freundlicher Zimmerjunge hilft mir mit dem Gepäck und begleitet mich bis zu meinem Zimmer, während Jacks noch am Auto steht und telefoniert.

Ich habe ihm gesagt, dass ich mich zunächst frisch machen möchte, bevor wir seine Mutter und Brandon begrüßen. Nach unserem kleinen Abenteuer im Auto ist das auch dringend nötig. Ausgerechnet unterwegs auf Kondome zu verzichten, ist nicht unbedingt die weiseste Entscheidung gewesen, zumal mein Slip ja auch noch dran glauben musste. Nach unserem ziemlich heißen Quickie haben wir unser Frage-Antwort-Spiel nicht fortgeführt. Alles in allem sind die Erkenntnisse ziemlich aufwühlend gewesen. Wir haben uns Dinge aus unserer Jugend offenbart, die mir jetzt nur noch mehr Fragezeichen aufzeigen.

Eigentlich waren es schon damals eher offene Geheimnisse zwischen uns. Bei allem, was passiert ist, hatte ich es verdient, dass Jackson einfach abreiste. Ich würde mit Sicherheit nicht denselben Fehler ein zweites Mal machen, allerdings wird Jackson sich wegen meines Verhaltens damals niemals wieder in mich verlieben können. Und obwohl ich weiß, dass ich nach den sechs Jahren mit Kevin kein Drama gebrauchen kann, macht mich der Gedanke trotzdem traurig.

Frisch geschminkt und gestylt begebe ich mich in die Lobby, wo Jackson auch schon auf mich wartet. Wie immer sieht er fabelhaft aus.

„Können wir?", fragt er mich und wackelt dabei mit den Brauen.

„Ich bin bereit für ein bisschen Theaterspiel", flüstere ich ihm zu. Er hält mir seinen Arm hin und bedeutet mir, mich bei ihm einzuhaken. Gemeinsam laufen wir Richtung Terrasse, wo Rosie und Brandon bereits zusammen mit Mr Rossi, dem Winzer, auf uns warten.

„Ah, Grace, Kindchen!" Rosie zieht mich in ihre Arme. „Wir haben euch schon vermisst! Seid ihr gut hergekommen?"

Wenn ich an die Fahrt denke, treibt es mir die Schamesröte ins Gesicht. „Danke der Nachfrage. Ja, die Fahrt war *interessant*. Wir konnten viel von der umliegenden Landschaft genießen."

„Und wir dachten, ihr wärt mindestens eine Stunde vor uns da. Jackson fährt zum Teil ziemlich schnell", sagt Brandon.

„Und trotzdem fahre ich sicher", mischt sich Jacks ein, als müsse er mir das nach seinem kleinen Totalausfall noch mal bestätigen.

Brandon nickt ihm zu. „Wie dem auch sei. Grace, Jackson, ich möchte euch Stefano Rossi vorstellen. Er ist der Winzer dieses Weingutes und wird unser Ansprechpartner sein."

„Freut mich sehr!“ Mr Rossi begrüßt mich mit einem kräftigen Händedruck, bevor er sich Jacks zuwendet. „Ich verspreche Ihnen, Sie werden den Aufenthalt hier genießen und danach nur noch die Rossi-Weine trinken! Und nun lassen Sie sich doch als Einstieg in das lange Wochenende von den Köstlichkeiten unserer typisch italienischen Küche verwöhnen.“

Das Weingut wirkt tatsächlich fast mediterran, was natürlich beabsichtigt ist. Mr Rossi ist der Sohn italienischer Einwanderer und betreibt das Gut in zweiter Generation. Ich fühle mich vom ersten Moment an unglaublich wohl hier. Wir bestellen leichte Antipasti, Salat und Scaloppina al vino bianco con Spaghetti – ein perfektes Lunch bei diesen Temperaturen. So sehr ich die köstlichen Gerichte genieße, ich habe bereits die Dessertkarte erspäht und verzichte lieber auf einen üppigen Hauptgang zugunsten von Tartufo und Tiramisu.

„Das Tiramisu ist hervorragend!“, sagt Rosie, die sich genau wie ich eine große Portion als Dessert bestellt hat.

„Wir sind wegen de Weine hier! Vergiss das nicht“, scherzt Jacks.

„Es gibt nichts Besseres auf dieser Welt als ein gutes Dessert“, sage ich.

Jackson räuspert sich auffällig. „Wenn du das sagst, Grace!“

„Der Wein ist ebenfalls außerordentlich“, versuche ich, Jacks’ provokantes Benehmen zu überspielen. Wenn er sich hier weiter so gehen lässt, wissen seine Mutter und Brandon bis Sonntag alles über uns.

„Wenn jeder Wein so schmeckt, wird uns die Auswahl bestimmt nicht leicht fallen. Deswegen hat Ihr

Mann uns also zu einem viertägigen Aufenthalt hier geraten, als ich ihm erzählte, dass Rosie schon immer ein Weingut besuchen wollte“, sagt Brandon. „Sagen Sie, Grace, wollte Ihr Mann dieses Wochenende nicht mitkommen? Er verpasst einiges!“

Zum Glück verpasst er all das. „Ursprünglich hätte er mit Ihnen hier gesessen, obwohl er bestimmt keine vier Tage geblieben wäre. Dadurch, dass ich mich der Hochzeit angenommen habe, nutzt er die Zeit natürlich für das Tagesgeschäft des Kings Crown.“

„Also ich finde Grace’ Gesellschaft um einiges angenehmer“, kommt es aus Jacksons Ecke. Ich funkle ihn böse an. Was soll das auf einmal?

„Ich auch“, sagt Rosie. „Nicht, dass ich Mr Roberts nicht schätzen würde, aber ich könnte mir dich hier einfach nicht wegdenken!“

„Ich bin auch sehr glücklich über die Zeit, die ich gemeinsam mit Ihnen verbringen darf“, antworte ich wahrheitsgemäß.

„Wir sollten ab jetzt auch zum Du übergehen, wenn das in Ordnung ist? Ich weiß gar nicht, warum ich damit bis heute gewartet habe.“ Brandon hebt sein Glas.

„Sehr gerne, Brandon!“ Ich proste ihm zu.

„Wie sieht der weitere Tagesplan aus?“, fragt Rosie.

„Die Altstadt von Little Hampton soll einen Besuch wert sein.“

„Also gehen wir shoppen!“ Jacks rollt mit den Augen.

„Ich würde es eher Sightseeing nennen, aber wenn du es gerne shoppen nennen magst, ist das auch in Ordnung.“

„Dann treffen wir uns in einer halben Stunde am Parkplatz“, sagt Brandon.

„Verfolgst du mich?", frage ich Jacks, als er mit mir auf meinem Flur ankommt.

„Nein. *Zufälligerweise* haben wir die Zimmer direkt nebeneinander bekommen."

„Ach, und du hast natürlich nichts mit diesem Zufall zu tun?" Ich verschränke die Arme vor der Brust.

„Natürlich nicht! Es könnte aber schon sein, dass ich vielleicht heute Morgen vor Reiseantritt telefoniert habe."

„Jackson, wir sollten unser Glück nicht überstrapazieren. Wir waren uns einig, dass unser Verhältnis unter uns bleibt." Er legt es heute geradezu darauf an, dass seine Mutter und Brandon das zwischen uns bemerken.

„Wirklich?", fragt er mit weit aufgerissenen Augen. „Jetzt habe ich dem Rezeptionisten am Telefon extra mitgeteilt, dass ich unbedingt das Zimmer neben deinem brauche, damit ich dich nachts so lange ficken kann, dass du am Tag darauf nicht mehr sitzen kannst!"

Seine Worte schießen wie Blitze zwischen meine Beine. Das Schlimme ist, er hat beinahe recht damit. So häufigen Sex wie in der vergangenen Woche haben Kevin und ich nie gehabt. Nicht mal im Urlaub. Selbst nicht in den Flitterwochen. Und tatsächlich muss sich mein Körper erst an diese Intervallsteigerung gewöhnen. Trotzdem ärgert es mich, dass Jacks heute abermals so leichtfertig mit unserer Affäre umgegangen ist. Im Gegensatz zu mir hat er kaum Schwierigkeiten zu befürchten, wenn es auffliegt.

„Ich weiß gar nicht, was das heute soll. Nur weil wir außerhalb der Stadtgrenzen von Little Kings Bay sind, heißt das nicht, dass wir es jetzt offensichtlich miteinander treiben, also halte dich bitte zurück mit deinen Anspielungen." Wütend knalle ich ihm meine Zimmertür vor der Nase zu.

Ich mache mich schnell frisch, pudere mein Gesicht nach und trage einen Hauch Parfum auf. In meine Handtasche stecke ich eine kleine Wasserflasche aus der Minibar sowie meine Sonnenbrille. Als ich die Tür öffne, um etwas verfrüht Richtung Parkplatz zu gehen, drückt Jackson mich augenblicklich zurück in mein Zimmer und presst mich gegen die Wand, ehe er die Tür hinter uns zuschlägt.

„Du wirst mich nicht noch mal so beschissen stehenlassen", sagt er wütend, wirkt dabei aber kein Stück bedrohlich, sondern eher erregt.

Mein Herz pocht wie wild, als er sich mit seinem ganzen Gewicht gegen mich lehnt. Ich habe keine Angst vor Jacks. Er würde mir niemals wehtun, zumindest nicht, ohne mir gleichzeitig Vergnügen zu bereiten. „Wir hatten eine Vereinbarung! Ich verlange nur, dass du dich daran hältst!"

„Keine Panik! Ich werde unser kleines Geheimnis schon niemandem verraten", schnaubt er an meinem Hals, als er den Duft meines Parfums inhaliert. „Ich hätte jetzt große Lust, dich schon wieder zu ficken. Aber nur so, dass du nicht kommst und den ganzen Tag hungrig durch Little Hampton marschieren musst. Einfach nur, weil du dich so benommen hast!" Bei seinen Worten wird mir beinahe schwindelig. „Aber leider werden wir genau jetzt erwartet." Er fährt mit seiner Zunge meinen Hals hinauf bis zu meinem Ohrläppchen und beißt einmal hinein. „Und deswegen müssen wir bedauernswerterweise alles auf später verschieben. Aber du kannst dir gewiss sein, dass ich dir heute Nacht jede Minute Schlaf rauben werde.“

In Little Hampton besichtigen wir die örtliche Kathedrale, schlendern über einen Basar und stöbern in den Geschäften. Die ganze Stadt wirkt wie gemalt. Einige der schmalen Gassen sind beinahe überdacht von Weinreben, und ein Weinhandel reiht sich an den anderen. Wir beschließen, uns den Schwips für die Weinprobe am Abend aufzusparen. Bei der Auswahl, die Rossi zu verkosten hat, wird es mit Sicherheit noch feucht-fröhlich werden. Bei dem Gedanken daran, wie feucht die folgende Nacht wahrscheinlich noch werden könnte, zieht sich mein Unterleib vor Vorfreude zusammen.

Pünktlich um acht klopft es an meine Zimmertür. Jackson lässt es sich natürlich nicht nehmen, mich ins Restaurant zu begleiten. Wie immer sieht er im Anzug aus, als wäre er einer Hugo-Boss-Werbeanzeige entsprungen. Der anthrazitfarbige Stoff seines Sakkos spannt sich leicht um seinen Brustkorb, was selbst jetzt die Vollkommenheit seines Körpers erahnen lässt. Seine dunklen Haare sind gewohnt lässig frisiert und laden dazu ein, sich mit den Fingern in ihnen festzukrallen. Mit seinen stahlblauen Augen, die einen Kontrast zu den dunklen Farben seiner Kleidung bilden, mustert er mich von oben bis unten. Ein Zucken umspielt seine Mundwinkel, als sein Blick an meinen roten Lippen hängenbleibt, und verrät mir, dass ihm gefällt, was er sieht.

„Du siehst wunderschön aus, Grace!"

„Danke", hauche ich und merke augenblicklich, wie ich erröte.

„Allerdings fehlt da noch ein kleines Accessoire." Er drückt mich zurück in mein Zimmer, fixiert mich an der Wand und schließt die Tür hinter uns.

„Ich glaube nicht, dass wir dafür noch Zeit haben."

„Dafür ist immer Zeit!", sagt er mit einem lüsternen Grinsen, das mir verrät, dass er nichts Gutes vorhat – oder vielleicht auch etwas viel zu Gutes. Aus der Innentasche seines Jacketts zieht er ein kleines, ovales Ei, an dem eine Kette befestigt ist. Ohne jemals so etwas benutzt zu haben, weiß ich, worum es sich dabei handelt. Little Kings Bay ist zwar eine kleine Küstenstadt, aber liegt nicht hinter dem Mond.

„Das ist nicht dein Ernst?" Eine rhetorische Frage, denn natürlich ist genau das sein Ernst.

„Und ob!"

„Jackson, wir treffen uns jetzt zu einem mehrstündigen Dinner mit deiner Mutter und ihrem Verlobten, und ich soll dabei eine Liebeskugel tragen?" Jetzt spinnt er total! Trotzdem beschleunigt sich mein Puls unaufhaltsam bei dem Gedanken daran, dieses Ei in mir zu tragen.

„Falsch!", flüstert er nun ganz nah an meinem Gesicht. Während er mir tief in die Augen sieht, spüre ich auch schon seine Hände, die sich an meinen Beinen hocharbeiten.

„Das ist ein Vibrator, der via App mit meinem Smartphone verbunden ist." Als er den Steg meines Strings zur Seite schiebt und mit zwei Fingern meine

Schamlippen teilt, bin ich bereits feucht, was für ein Blitzen in seinen Augen sorgt.

„Und anscheinend gefällt dir der Gedanke!" Er zieht die Finger zurück und führt mir vorsichtig das kleine Ei ein, bis es gerade so tief sitzt, dass die Kette hervorblitzt. Als er sich die beiden Finger ableckt, die eben noch in mir waren, entfährt mir ein leises Stöhnen. Das ist so intim, so verboten, und doch macht es mich unwahrscheinlich an.

Wir treffen uns zum Dinner, und während es die erste Zeit, abgesehen von dem Ei in meiner Vagina, normal zugeht, ändert sich die Situation schlagartig. Irgendwann zwischen Hauptgang und Dessert beginnt das Teil plötzlich, langsam in mir zu surren.

Verdammt, ist das gut!

Mein Blick sucht den von Jackson, der mich interessiert mustert. Rosie und Brandon sind in ein angeregtes Gespräch über Eisweine vertieft, und Mr Rossi kommt gerade mit dem Kellner an unseren Tisch, um das Dessert zu servieren. Profiteroles. Natürlich – auch das noch! Allein das Dessert wäre schon in der Lage, mich zum Höhepunkt zu bringen, und ausgerechnet jetzt muss Jacks dieses Ding benutzen, das trotz seiner geringen Größe zugegebenermaßen wirklich gute Dienste leistet.

„O Grace, das sind Profiteroles, richtig?", fragt Rosie mich.

„Allerdings", antworte ich und bete, dass sie die Veränderung in meiner Stimme nicht wahrnimmt oder zumindest auf den Anblick der Profiteroles schiebt.

„Sie kennen sich aus?", fragt Rossi mich. Der Vibrator surrt immer noch wie wild in mir. Ich werfe Jackson einen hilfesuchenden Blick zu, den er gekonnt ignoriert, sich stattdessen in sein Smartphone vertieft und das Ding in mir noch eine Stufe stärker stellt. Ich fange gerade wirklich ein bisschen an, ihn zu hassen. Auf was habe ich mich nur eingelassen?

„Unsere Grace ist eine Expertin in Sachen Desserts“, sagt Brandon. „Noch diesen Sommer erscheint ihr zweites Buch mit Rezepten!“

„Oh, das ist ja ganz wunderbar! Unser Koch würde sich mit Sicherheit über Ihren Besuch in unserer Küche freuen“, sagt Rossi, als das Ei in mir zu Hochtouren aufläuft. Ich bin wirklich kurz vor dem Platzen und will nichts sehnlicher, als dass es durch Jackson ersetzt wird.

„Danke, Mr Rossi“, sage ich beinahe gequält. Abrupt hört das Vibrieren in mir auf, und ich kann mich endlich entspannen.

Als der Kellner endlich das Dessert und die letzte Runde Wein abräumt, macht sich ein Kribbeln in meiner Magengrube breit. Normalerweise fiebere ich dem Dessert entgegen und koste es so ausgiebig aus, wie es nur geht. Heute aber habe ich die köstlichen Profiteroles mehr oder minder heruntergeschlungen, damit wir endlich auf unsere Zimmer kommen. Rosie und Brandon haben bereits mehrere der edlen Tropfen in die engere Auswahl für ihre Feierlichkeiten genommen, von daher ist der Pflichtteil des Abends von meiner Seite aus erfüllt.

„Was haltet ihr zwei von einem kleinen Absacker an der Bar?“, fragt Brandon. O Gott – bitte nicht das auch noch! Bevor ich einen Ton sagen kann, beginnt das kleine Ei erneut, in mir zu tanzen.

„Also Schatz, ich bin schon schrecklich müde und werde auf unser Zimmer gehen", sagt Rosie.

„Es tut mir leid, aber ich schließe mich an. Der Tag war lang, und das Bett in meinem Zimmer sieht herrlich aus", sage ich und würde am liebsten sofort losrennen.

„Brandon, verschieben wir das auf morgen. Die Damen sind müde." Jacks gibt sich enttäuscht.

Auf der ersten Etage verabschieden wir uns von Rosalind und Brandon und wünschen beiden eine gute Nacht. Unsere Zimmer befinden sich in der zweiten Etage, und das Treppensteigen mit diesem Ding in mir entpuppt sich beinahe als unmöglich. Als die beiden außer Reichweite sind, zieht Jacks mich an sich, um mich stürmisch zu küssen. „Darauf warte ich schon seit heute Nachmittag ..."

„Bitte Jackson, mach dieses Ding aus!", flehe ich ihn an.

„Wir haben doch noch gar nicht richtig angefangen!" Er grinst, und ich weiß jetzt schon, dass ich sowas von verloren bin.

Als ich mit der Chipkarte die Tür zu meinem Zimmer öffne, schiebt er uns sofort hinein und schließt sie hinter uns. Sein Blick gleicht dem eines Raubtiers, das seine Beute in die Enge getrieben hat und kurz vor dem Angriff ist. Ich stehe vor dem großen Bett in der Mitte des Zimmers. Der Vibrator verrichtet weiter seine Dienste in einer solchen Intensität, dass er mich unnachgiebig quält und immer wieder beinahe zum Klimax treibt. Es ist eine Qual, nicht zu kommen, wo ich es doch so sehr brauche.

„Und jetzt zieh dein Kleid aus!", befiehlt er und nimmt in einem der bequemen Sessel Platz, von denen aus er den gesamten Raum überblicken kann. Er will, dass ich für ihn strippe! O Gott – ich habe noch nie für einen Mann strippen müssen. Trotzdem will ich keine prüde Spielverderberin sein. Unsicher hebe ich meinen linken Arm, um den Reißverschluss meines Cocktailkleides zu öffnen.

„Grace, sieh mich an!" Verlegen sehe ich auf und ihm direkt in die Augen. „Du bist wunderschön, und es gibt nichts, das dir unangenehm sein müsste. Also zieh dich aus!" Angefeuert von seinen Worten, öffne ich den Reißverschluss bis zur Hüfte und lasse mein seidenes Kleid langsam an meinem Körper heruntergleiten, bis ich nur noch in dem Set aus roter Spitze und meinen High Heels vor ihm stehe.

„Fuck! Was hast du da an?", zischt er. Egal in welcher Situation wir bisher Sex hatten, Jackson gibt mir immer das Gefühl, die schönste Frau auf der Welt zu sein.

Mit ungewohntem Mut gehe ich zu ihm und knie mich zwischen seine leicht geöffneten Beine. Meine Hände machen sich an seinem Gürtel zu schaffen, während er sein Smartphone zückt und die Vibration des Eis in mir steigert. Als ich seine Hose mitsamt Shorts ein Stück herunterziehe, hat meine kleine Vorführung bereits dafür gesorgt, dass er hart ist. Seine Eichel schimmert von den ersten Tropfen seiner Lust, und er sieht mich erwartungsvoll mit seinen stahlblauen Augen an, in die sich Grau gemischt hat und die voller Begierde lodern. Ich lecke mir über meine rot geschminkten Lippen, bevor ich meinen Kopf senke. Ich spiele mit meiner Zunge an seiner Eichel und fahre die Vertiefung seines Vorhautbändchens nach, was seinen harten Schaft zucken lässt.

„Grace, fuck! Was machst du mit mir?“

Angefeuert von seinen Worten, nehme ich ihn Stück für Stück auf und umgreife seine dicke Wurzel zusätzlich mit einer Hand. Als ich ihn immer wieder in und aus meinem heißen Mund hinausgleiten lasse, entfährt ihm ein kehliges Stöhnen. Dabei presse ich meine Schenkel zusammen, um die Vibrationen des Eis in mir abzufangen. Ich merke, wie die Feuchtigkeit zwischen meinen Schamlippen herausläuft und meinen String durchtränkt. Es feuert mich fürchterlich an, Jackson so viel Lust zu schenken, und langsam begreife ich, wie er mich sehen muss, wenn er all diese Dinge mit mir macht. Als ich meine Hände zurückziehe und stattdessen seine Länge tiefer und tiefer in meinen Mund und meine Kehle aufnehme, kann er sich kaum noch halten. Sein Schwanz drückt bei jedem Stoß tief in meinen Hals, und ich muss mich konzentrieren, den Punkt des Unmöglichen nicht zu verpassen.

„Wenn du jetzt nicht sofort aufhörst, werde ich in deinem Mund kommen!“ Unbeirrt von seinen Worten fahre ich mit der Prozedur fort. Dieser Mann reizt mich bis aufs Äußerste und treibt mich weit über meine Grenzen hinaus. Er genießt es, meinem Körper unglaubliche Lust zu schenken. Jetzt will ich es sein, die ihm ein Stück davon zurückgibt. Als ich ihn tief in meine Kehle aufnehme, explodiert Jackson in meinem Mund und ergießt sich schwallartig in meinen Rachen.

Ein tiefes Knurren entfährt seiner Kehle, als er aufsteht, mich hochhebt und auf die Mitte des Bettes legt. Er steht vor mir und zieht sich langsam aus, sodass ich jeden Zentimeter seiner Haut mit meinen Blicken erkunden kann.

„Wir sind noch nicht fertig, Baby!", sagt er, als er mir den String abstreift. Er packt eines der Kissen, schiebt es mir unter den Po und drückt meine Schenkel auseinander. Es fühlt sich immer noch komisch an, wenn er meine intimste Stelle aus dieser Nähe betrachtet.

„Wage es nicht, jetzt rotzuwerden!", sind die letzten Worte, bevor er seinen warmen Mund auf meine schon seit Stunden um Erlösung bettelnde Pussy legt und ich förmlich explodiere. Als seine Zunge das erste Mal durch meine nasse Spalte leckt und über meinen Kitzler streift, während der Vibrator in mir seinen Tanz aufführt, bäume ich mich unter ihm auf und hebe mein Becken an. Die Geräusche aus meiner Kehle klingen eher nach einer Löwin als einer Frau. Jacks drückt mich fest zurück in das Kissen und fixiert mich mit beiden Händen.

„Ich werde dich jetzt endlich kommen lassen, Grace!", stöhnt er zwischen meinen Beinen, die er sich nun über die Schultern legt. Mit den Fingern spreizt er meine Lippen und legt seinen Mund genau auf meine empfindlichste Stelle, als er sich komplett meiner Klitoris widmet. Immer und immer wieder leckt er über meine Perle, saugt sich an ihr fest und neckt sie mit den Zähnen. Der Orgasmus, der mich überrollt, ist gigantisch. Ich bin kaum mehr in der Lage, meinen Körper zu kontrollieren, und schreie laut Jacksons Namen.

Gerade, als die Welle beinahe abgeebbt ist, zieht er den Vibrator aus mir und ersetzt ihn durch zwei Finger, mit denen er mich hart zu ficken beginnt. Durch die plötzliche Dehnung ziehen sich meine inneren

Muskeln erneut zusammen, und als er dazu sanft an meinem Kitzler knabbert, reißt mich schon die neue Welle mit, obwohl ich die vorherige noch spüre. Dieser Mann fickt mich wortwörtlich um den Verstand! Jackson Hide ist ein fleischgewordener Sexgott, und ich kann einfach nicht genug von ihm bekommen.

Noch bevor ich mich von meinen zwei aufeinanderfolgenden Orgasmen erholen kann, drückt er meine Beine nach oben und zusammen, beinahe so, als würde ich im Gymnastikkurs eine Kerze machen. Mit einem Mal ist er mit seiner vollen Länge in mir und füllt jedes Stückchen aus. Meine Beine lehnt er dabei an seine Schulter, während er sich fast komplett aus mir herauszieht, nur um dann erneut kraftvoll in mich zu stoßen. Mit jedem Mal fühlt es sich an, als würde er mich komplett verschlingen. Ich spüre ihn so tief und intensiv wie noch nie zuvor und kann kaum noch einen klaren Gedanken fassen.

„Grace, komm!", stöhnt Jackson lustvoll, während er immer heftiger in mich pumpt. Ich sehe in seine Augen, während der Höhepunkt uns beide weit davonträgt und er sich tief in mir ergießt.

Immer noch vollkommen benommen von den postkoitalen Schwingungen, die sich den Weg durch meinen Körper bahnen, liege ich auf dem Bett und klammere mich an Jackson, der nach seinem Höhepunkt auf mir zusammengesunken ist. Der Sex mit ihm ist eine wahre Offenbarung. Dachte ich noch bis vor wenigen Tagen, dass meinem Liebesleben vorher einfach nur etwas Pep fehlte, so weiß ich heute, dass ich vor Jackson einfach nie richtigen Sex hatte. Nichts ist vergleichbar mit dem, was er mit mir anstellt. Und dachte ich bis vorhin, dass jeder unserer Quickies meine Vorstellung von Beischlaf erschüttert hat, dann war ich ebenfalls unwissend. Denn das, was er eben mit mir gemacht hat, war nicht nur der monumentalste Sex meines Lebens, nein – ich glaube, noch nie so viel auf einmal gefühlt zu haben.

Als ich mit meinen Fingernägeln die feinen Linien seines Tattoos nachzeichne und sich unter meinen Berührungen eine Gänsehaut ausbreitet, regt sich Jacks langsam. „Alles in Ordnung mit dir?", frage ich ihn mit immer noch zittriger Stimme.

Er rollt sich vorsichtig von mir und lässt sich neben mir in die Kissen fallen. „Ja", antwortet er kurz angebunden, was mich irgendwie verunsichert. Waren wir nicht eben noch in vollkommener Symbiose miteinander verschlungen? Oder habe ich mir das nur eingebildet? Es fühlt sich beinahe so an, als hätten wir heute drei Schritte aufeinander zu gemacht und uns nun wieder fünf voneinander entfernt.

„Ich gehe mich eben frisch machen." Ich gehe in das angrenzende Bad und gebe ihm Zeit für sich. Er hatte sich in dem Moment von mir zurückgezogen, als wir erschöpft waren. Nicht nur körperlich, sondern auch emotional. So ist es mir zumindest vorgekommen. Wahrscheinlich wird er die Gelegenheit nutzen und still und heimlich rüber in sein Zimmer huschen, und ich will ihm genau diese Möglichkeit geben. Als ich die Nacht bei ihm verbracht hatte, hat er auch in einem anderen Zimmer geschlafen. Ich will mir in diesem Punkt nichts vormachen. Jacks hat keine Gefühle mehr für mich. Wahrscheinlich setzt er diese seltsame Zweier-

Regel bei mir auch nur deshalb aus, weil er Little Kings Bay bald ohnehin wieder verlässt.

Ich binde meine Haare zu einem lockeren Dutt und steige in die große Dusche. Während das Wasser auf mich herabprasselt und ich mich von oben bis unten mit einem nach Hibiskus und Minze duftenden Duschschaum einseife, denke ich über die ganze Situation nach, in der sich mein Leben seit Kurzem befindet. Wie sehr ich unklare Lebensumstände verabscheue! Trotzdem fühlt sich die gemeinsame Zeit mit Jackson einfach so unglaublich lebendig an, dass ich nicht in der Lage bin, all das zu stoppen. Das viel größere Problem ist aber eigentlich, dass ich mir eingestehen muss, es gar nicht mehr stoppen zu wollen. Ich muss mich vielmehr der Tatsache stellen, dass ich nach der Hochzeit mit einer gescheiterten Ehe und einem gebrochenen Herzen in Little Kings Bay zurückbleiben werde, und das eine hat rein gar nichts mit dem anderen zu tun.

Denn genau damit wird es zwangsläufig enden. Jacks wird mir das Herz brechen, so wie ich damals seines gebrochen habe, und ich kann ihm es nicht einmal verdenken.

Kapitel Neunzehn

Jackson

Scheiße, was ist eigentlich los mit mir?

Ich hatte gerade einen der besten Sexmomente meines Lebens – wenn nicht sogar den besten. Und das mit dieser hammermäßigen Frau, auf die ich schon als pubertierender Trottel gestanden habe, und auf die ich, wenn ich ganz ehrlich bin, immer noch stehe.

Und was mache ich? Ich versaue es! Natürlich, denn im Versauen bin ich besonders gut. Anstelle mir einfach einzugestehen, dass ich heute genauso hilflos verloren in ihrer Nähe gewesen bin wie damals und mich zur Abwechslung mal von meiner guten Seite zu präsentieren, verkacke ich diesen innigen Moment nach dem Sex und mache komplett dicht. Was stimmt nicht mit mir? Ich könnte es einfach probieren, vielleicht würde sie ja auch in emotionaler Hinsicht auf mich reagieren. Sie hat mir heute erst gestanden, dass sie damals doch in mich verliebt gewesen ist. Nicht zu vergessen, dass sie sich von dem Wurm getrennt hat.

Seit geraumer Zeit höre ich die Dusche. Wahrscheinlich denkt sie darüber nach, wie sie mich am besten abservieren kann, so wie damals. All das hier wäre deutlich einfacher, wenn ich selber wissen würde, was ich eigentlich genau will. Genau da liegt das Problem. Ich bin in diesen zwischenmenschlichen Dingen und Gefühlsduseleien einfach nicht gut. Und hier gibt es einfach viel zu viele Emotionen. Gute und schlechte, und besonders letztere habe ich nur schwer unter Kontrolle.

Das Wasser nebenan läuft immer noch. Es wäre mit Sicherheit leichter, wenn ich jetzt einfach abhauen würde. Dann hätte sie das klare Signal, dass sie nicht zu viel von mir zu erwarten hätte, und ich würde mir selbst auch eine klare Grenze setzen. Aber eben das will ich schon mal nicht. Im Endeffekt ist es beinahe egal, dass ich mir den Kopf zerbreche – ich bin der Frau ohnehin verfallen. Mir bleibt also nur, mich dem hinzugeben, was auch immer sich zwischen uns entwickelt, und herauszufinden, wohin die Reise für uns beide geht.

Jetzt heißt es also sich zusammenreißen und versuchen, sich nicht mehr wie das letzte Arschloch zu benehmen. Ich streiche mir die Haare aus der Stirn. Was würde ich jetzt für ein kleines Gespräch mit Hayden geben! Frauen ins Bett locken ist die eine Sache. Eine Frau halten – das ist totales Neuland für mich.

Das Rauschen des Wassers verstummt. Sie wird also jeden Moment zurück sein. Einige Minuten später steht sie in einem Set aus Seidenshorts und passendem Pyjamahemd im Türrahmen und starrt irritiert zu mir herüber. „Du bist noch da", stellt sie erstaunt fest.

„Wenn du lieber alleine sein möchtest, kann ich rübergehen."

„Nein, schon okay." Sie setzt sich zu mir auf die Bettkante. „Ich habe ehrlich gesagt einfach nicht damit gerechnet."

„Ich war mir auch nicht sicher." Wir starren uns schweigend an.

„Es tut mir leid, dass ich vorhin so abweisend war. Ich bin es nicht gewohnt, mit einer Frau zu schlafen, mit der ich abgesehen davon auch gerne zusammen bin." Ihr Blick ist beinahe ungläubig, so als würde ich hier gerade die größten Märchen auftischen. Trotzdem umspielt ein Lächeln ihre Lippen, was mir den Mut gibt, den Satz auszusprechen, auf den die ein oder andere Bumsnudel aus New York sehnsüchtig gewartet hat. „Du bist keine Affäre für mich, Grace."

Eine unangenehme Stille entsteht. In mir breitet sich das flaue Gefühl aus, gleich abermals eine Abfuhr von dieser wunderschönen Frau zu kassieren. „Du bist auch keine Affäre für mich", gibt sie nach einigen Momenten des Schweigens endlich zu.

Für den Moment reicht dieses Zugeständnis. Alles Weitere wird sich mit der Zeit ergeben. Ich ziehe sie auf meinen Schoß, weil ich das Bedürfnis verspüre, diese Frau mit allem, was ich habe, festzuhalten und nicht mehr loszulassen. Ich habe einmal den beschissenen Fehler begangen, vorzeitig das Spielfeld zu verlassen. Ein zweites Mal wird das sicher nicht passieren. Zwischen meinen Händen wirkt ihr makelloses Gesicht fast wie das einer Puppe. Ihre großen, grünen Augen sehen mich erwartungsvoll an, während ich ihren Mund mit meinen Lippen verschließe. Diese Nacht werde ich hierbleiben.

„Ich denke, für heute hast du genug", flüstere ich ihr ins Ohr, als ich sie langsam von mir herunterschiebe. Der Tag war tatsächlich sehr lang und ereignisreich, zumal ich sie für ihre Verhältnisse sexuell beinahe überreizt habe. Grace' Augen fallen zu. Ich drücke ihr einen Kuss auf die Stirn und beschließe, noch unter die Dusche zu springen.

Als ich zehn Minuten später aus dem Bad zurückkomme, ist Grace bereits tief und fest eingeschlafen. Ihre langen Haare breiten sich wie ein Fächer auf den weißen Kissenbezügen aus, und ihre seidenen Shorts geben den Blick auf ihre herrlichen Beine frei. Sie ist immer wunderschön, aber selten habe ich sie so friedlich erlebt, was ihr Gesicht noch perfekter erscheinen lässt. Die Versuchung ist zu groß, sodass ich nicht widerstehen kann, das Smartphone aus meinem Sakko zu ziehen und ein Foto von ihr zu schießen.

Als ich das Licht ausknipse und mich neben sie lege, höre ich ihren gleichmäßigen Atem und spüre die Wärme, die von ihrem Körper ausgeht. Ich ziehe die Decke über uns beide und rücke dichter an sie heran. Grace schmiegt ihren Kopf an meine Brust und schlingt einen Arm um mich, nur um dann friedlich weiterzuschlafen. So ungewohnt die Situation eigentlich sein müsste, überrascht es mich umso mehr, wie gut sich die schlafende Grace direkt neben mir anfühlt. Tatsächlich so gut, dass ich mich daran gewöhnen könnte.

„Jacks? Jackson? Meine Güte, Jacks!"

Verdammter Mist, wer macht hier so einen Terror an meiner Tür?

„Jackson, jetzt wach endlich auf!" Nun rüttelt derjenige auch noch an meiner Schulter rum. Fuck! Wer ist bei mir eingebrochen? Erschrocken reiße ich die Augen auf.

Ich bin in Grace' Zimmer, und sie veranstaltet einen riesigen Zirkus, um mich aus dem Tiefschlaf zu reißen.

„Was ist denn?", frage ich genervt und müde, obwohl ich in New York disziplinierter Frühaufsteher bin. Der gestrige Tag war aber mindestens so anstrengend wie ein Arbeitstag mit Training und durchzechter Nacht. Das muss an der frischen Landluft und Grace liegen.

„Es ist acht Uhr durch. Deine Mutter und Brandon werden schon beim Frühstück sitzen und auf uns warten, und auf gar keinen Fall können wir zusammen zu spät auftauchen!" Sie klingt panisch.

Das Theater in Little Kings Bay ist mir deutlich leichter gefallen als das Schauspiel hier. Was vielleicht daran liegt, dass seit Grace' Geständnis auf der Fahrt nach zehn Jahren endlich ein Knoten in mir geplatzt ist.

„Komm zurück ins Bett", fordere ich sie auf und ziehe sie zu mir auf die weißen Laken. „Entspann dich endlich! Selbst wenn den beiden verliebten Senioren da unten irgendetwas auffällt, meinst du allen Ernstes, dass meine Mutter ihren Sohn oder sogar dich verraten würde?"

„Ich will einfach nicht, dass alles noch komplizierter wird."

„Wird es nicht."

Bis zur Hochzeit sind es noch zwei Wochen. Diese verhältnismäßig kurze Zeit werden wir unser Versteckspiel noch irgendwie durchhalten, obwohl mir das mittlerweile ein Dorn im Auge ist. Wäre Kevin Roberts nicht im Endeffekt der Mensch, mit dem der schönste Tag meiner Mutter steht oder fällt, hätte ich ihm die Wahrheit schon um die Ohren gehauen, mir Grace geschnappt und mit ihr das Weite gesucht.

„Und jetzt will ich keine Diskussionen mehr, sondern die Vorteile eines gemeinsamen Morgens auskosten!"

Ich drehe uns beide zusammen um, sodass sie unter mir liegt. Es wäre ja wohl ein Witz, wenn ich nach zig Jahren das erste Mal wieder neben einer Frau schlafe und morgens keinen Quickie bekomme. Anscheinend kommt Grace langsam auch dahinter, da ihr angespannter Körper augenblicklich weich wird, als ich meinen Mund auf ihren lege und meine Zunge mit ihrer zu spielen beginnt. Als hätte sich ein Schalter in ihr umgelegt, schlingt sie ihre Beine um meinen Körper, sodass sich meine Erektion fest gegen ihren Schoß presst und uns beide stimuliert.

„Ja, Baby – das wirst du gleich alles spüren“, flüstere ich ihr ins Ohr. Ich schiebe ihr Pyjamahemd über ihre perfekten Titten und reize leicht ihre Knospen, was Grace ein kehliges Seufzen entlockt. Ihre rosigen Nippel strecken sich mir entgegen, als ich sie abwechselnd mit meinem Mund umschließe und leicht an ihnen sauge.

Grace' Hand gleitet zielstrebig in meine Shorts und umschließt meinen hartgeschwollenen Schaft. Sie fährt bis zu meiner Eichel und verreibt meine ersten Lusttropfen auf meiner empfindlichen Spitze. Verdammt – ich muss sofort in dieser Frau sein!

Ich erhebe mich von ihrem anbetungswürdigen Körper und streife ihre Pyjamashorts und den Slip herunter. Ihre Pussy ist bereits einladend feucht für mich, was mich noch rasender macht. Um ganz sicher zu gehen und einfach, weil ihr Geschmack auf meiner Zunge mich zusätzlich anmacht, lasse ich mich zwischen ihre perfekten Schenkel sinken und drücke sie noch ein Stück weiter auseinander, um mit der Zunge durch ihre feuchte Spalte zu lecken. Als ich sanft an ihrem Kitzler knabbere, bäumt sie sich stöhnend unter mir auf.

„Bitte, Jackson!"

O Gott, ich liebe es, wenn sie mich um meinen Schwanz anbettelt. Ich liebe es so sehr, dass ich es noch etwas mehr auskosten muss. „Bitte, was?"

„Bitte, fick mich endlich!"

Normalerweise würde ich dieses kleine Spielchen noch weiter ausreizen, sie mit meiner Zunge, meinen Fingern und meiner prallen Eichel immer wieder necken, bis sie sich bettelnd hin und her wälzt und mich anfleht, sie zu nehmen. Aber dafür ist heute Morgen leider keine Zeit, also gebe ich ihrem Wunsch nur allzu gerne nach.

Ich drücke ihre Beine noch ein Stück auseinander und positioniere mich vor ihrem nassen Eingang. Als ich mich Stück für Stück in sie gleiten lasse und behutsam darauf achte, dass sie sich nach gestern lang genug an meine Größe gewöhnen kann, senke ich meine Lippen auf ihre. Das hier wird tatsächlich Blümchensex. Ich weiß gar nicht, wann ich zuletzt in der schlichten Missionarsstellung in einer Frau war und sie dabei geküsst habe. Eigentlich gar nicht mein Ding, aber selbst das fühlt sich wahnsinnig gut mit Grace an.

Sie hat mich voll in sich aufgenommen, und ich fange langsam an, in sie zu stoßen. Sie hatte gestern gute vier Stunden Dauerreizung durch den Mini-Vibrator, und sie hatte mich – mehrfach. Ich will sie heute nicht zu sehr überfordern, also gehe ich zur Abwechslung behutsam vor. Sie schlingt ihre Beine um mich und zieht mich noch enger an sich heran, tiefer in ihre heiße Muschi. Ich ficke sie mit brennend langsamen Stößen. Ihre

Fingernägel krallen sich in meinen Rücken. Sie will mehr!

„Ich will dich richtig", seufzt sie.

Mit meiner Hand packe ich ihr rechtes Knie und drücke es nach oben, sodass ich noch mehr Zugang zu ihrem Paradies habe. Meine Stöße werden härter, fester, unnachgiebiger. Ihr Stöhnen wird nun flehender. Sie liebt es härter, genau wie ich. Und ich liebe es, ihr genau das zu geben, was sie braucht.

Als sich ihre Hand in meinen Hintern krallt und mich ein dumpfer Schmerz durchfährt, gibt es kein Halten mehr, und ich pumpe noch tiefer in sie hinein. Unsere Münder treffen aufeinander, und während ich an ihrer Unterlippe sauge, kommt sie heftig unter mir. Ihre inneren Muskeln schließen sich wie verrückt um mich, wodurch ihre ohnehin enge Muschi noch ein ganzes Stück enger wird. Ich kann mich ebenfalls nicht mehr halten und spritze tief in ihr ab.

Schwer atmend liegen wir noch einige Momente nebeneinander, bevor Leben in Grace kommt und sie mir eilig meine Sachen zuwirft. „Jetzt aber los!"

„Schon gut, schon gut. Ich gehe drüben duschen und dann direkt runter. Komm du dann nach."

„Bis gleich, Jacks!"

Ich streife mir meine Sachen vom Vortag über, gehe sicher, dass niemand auf dem Flur unterwegs ist, und husche in mein Zimmer. Ein Blick auf die Uhr verrät, dass es in New York noch mitten in der Nacht ist. Hayden wird vor sechs Uhr morgens garantiert nicht aufstehen, aber ich muss ihn heute auf jeden Fall sprechen.

Nach einer schnellen Dusche und einem Blick aus dem Fenster streife ich mir ein schwarzes Hemd über und dazu eine tiefgraue Jeans. Bequeme Freizeitschuhe sind ebenfalls Pflicht. Wir besichtigen heute das komplette Weingut und bekommen den Herstellungsprozess gezeigt, was auf einen ziemlich langen Fußmarsch hinausläuft. Obwohl ich ständige Bewegung brauche und mich das Weingut tatsächlich interessiert, würde ich lieber den Tag in Grace verbringen.

Und so langsam frage ich mich, wer von uns eigentlich wen um den Verstand vögelt.

Kapitel Zwanzig

Grace

Du bist keine Affäre für mich, hat er zu mir gesagt.

Seine Worte haben etwas tief in mir geweckt. Ein Gefühl von Hoffnung. Die Hoffnung darauf, dass ich als dummer Teenager vielleicht doch nicht alles versaut habe und Jacks mir wirklich vergeben kann. Womöglich könnte das mit der Zeit doch etwas mit uns werden. Wenn zwischen Kevin und mir alles geklärt ist und dieses schreckliche Versteckspiel mit Jacks ein Ende hat, wird er sich vielleicht auch in dieser Hinsicht entspannen können und lernen, mir wieder zu vertrauen. Trotzdem will ich mich nicht zu sehr auf eine ernsthafte Beziehung mit ihm versteifen.

Nach dem Frühstück machen wir uns auf den Weg und warten vor dem Haupteingang auf Mr Rossi, der uns auf unserer kleinen Besichtigungstour führen wird. Die Sonne scheint um zehn Uhr morgens bereits herrlich, und zwischen den Weinreben ist es angenehm warm. Wir betrachten die kleinen grünen und roten Knubbel, aus denen im Spätsommer und frühem Herbst herrlich volle Weintrauben heranreifen werden. Die erhöhte Lage bietet einen wunderbaren Panoramablick über die Landschaft und das alte Herrenhaus, das heute Rossis Weingut ist.

Wir marschieren gute zwei Stunden durch die Weinberge und sehen uns die Rebsorten an. Bis auf die Farbe der Träubchen kann ich als Laie kaum einen

Unterschied erkennen, finde es aber alleine für den herrlichen Ausblick schon lohnenswert, den kleinen Kraftmarsch angetreten zu sein. Zum Mittag machen wir ein Picknick, wie Rossi sagt, wobei es das nicht wirklich trifft. Für mich findet ein Picknick auf einer Decke statt. Rossi hat dagegen an einer der Erntehütten zwischen den Weinstöcken einen Tisch für uns eindecken lassen, der mit allerlei italienischen Spezialitäten beladen ist. Natürlich gibt es schon den ersten Wein. Molly wäre hier wahrscheinlich im Himmel – sie ist um einiges trinkfreudiger als ich. Ich befürchte eher, ein Alkoholproblem zu entwickeln, da Rossi offenbar keine Skrupel hat, schon mittags mit der ersten Weinprobe anzufangen.

„Trinkst du etwa Wasser?", fragt Jackson erstaunt, als ich mir das Glas mit der klaren Flüssigkeit an die Lippen setze.

„Nicht jeder hat deine Trinkfestigkeit!"

„Wir Winzer trinken oft schon morgens das erste Glas Wein. In Italien ist der Wein für uns wie Traubensaft", sagt Rossi, sehr wohl wissend, dass in Italien in dieser Hinsicht einfach ein anderes Lebensgefühl herrscht.

„Grace, du bist zwar offiziell im Dienst, aber betrachte dieses Wochenende doch wirklich als Urlaub", sagt Brandon.

Rosie lacht bitter neben ihm auf. „Aber Schatz, wie soll Grace dieses Wochenende richtig genießen können? Es ist bestimmt nur halb so schön für sie, weil sie ihren Mann zuhause lassen musste!"

Jackson verschluckt sich beinahe neben mir an seinem Rotwein und kann gerade noch einen Hustenanfall verhindern. „Alles okay, Junge?", fragt Brandon ihn.

Jacks hebt die Hände und bedeutet ihm, dass kein ernsthafter Erstickungstod droht. Ich versuche, die Situation einfach wegzulächeln. Es fühlt sich von Tag zu Tag beschissener an, die treuliebende Ehefrau zu spielen und so zu tun, als würden Jacks und ich uns nur flüchtig von früher kennen.

„Ich glaube, ich nehme mir doch schon ein Gläschen", sage ich und schenke mir aus der Weißweinflasche ein, die in der Mitte des Tisches in einem Kühler steht. Mit einem großen Schluck leere ich mein Glas. Die bittere Wahrheit ist, dass ich Kevin überhaupt nicht vermisse und sich dieser Aufenthalt viel besser anfühlt als jede Urlaubsreise, die ich mit ihm unternommen habe. Mittlerweile fiebere ich der Hochzeit in zwei Wochen sogar regelrecht entgegen, weil ich Kevin danach endgültig klarmachen kann, dass es zwischen uns aus ist. Auf der anderen Seite macht mich der Gedanke daran unsicher, weil ich einfach nicht weiß, ob und wie die Reise für Jacks und mich dann weitergeht. Selbst wenn er sich noch mal in mich verlieben könnte, findet sein Leben in New York statt, während ich fest in Little Kings Bay verwurzelt bin – der Ort auf der Welt, den er wohl am meisten hasst.

Nach dem Lunch in den Weinbergen machen wir uns auf den Weg zurück zum Weingut, um dort den weiteren Produktionsweg des Weines vorgestellt zu bekommen. Da aktuell keine Erntezeit ist, können wir die Herstellung leider nicht unmittelbar erleben, aber Mr Rossi erklärt alles ausführlich und gut verständlich. Inspiriert von den vielen Eindrücken geistern Bilder von exquisiten Mousse-Kreationen aus Rot- und Weißwein durch meinen Kopf. Ebenso feinste Gebäckvariationen, die man mit diesen Cremes füllen könnte. Ich beschließe, im Herbst für mindestens eine Woche herzukommen, um diesen Ideen weiter nachzugehen.

„Und jetzt kommen wir zum absoluten Herzstück unseres Weingutes", sagt Mr Rossi, als wir die breiten Steintreppen in den Keller unter dem Herrenhaus hinabsteigen. Als sich die hölzerne Flügeltür vor uns öffnet, verschlägt es mir beinahe die Sprache. Der Keller muss weit über die oberflächlichen Grundmauern hinausreichen, da der Raum um einiges größer wirkt als die Fläche des Hauses.

Wir besichtigen die Räume mit den vielen Holzfässern und Flaschen, und während sich Rosie und Brandon von uns entfernen, nutzen Jacks und ich die kurze Zweisamkeit für eine wilde Knutscherei.

Nach der Führung gehe ich auf mein Zimmer. Eigentlich hatte ich damit gerechnet, dass Jacks mir sofort folgen würde, allerdings sagte er, dass er sich noch vor dem Dinner um geschäftliche Dinge kümmern müsse. Der Aufenthalt ist eben auch kein richtiger Urlaub für ihn, und seine Firma muss natürlich irgendwie weiterlaufen.

Ich widme mich derweil den Nachrichten, die im Laufe des Tages auf meinem Smartphone eingetroffen sind. Sowohl in den Weinbergen als auch im Kellergewölbe habe ich kaum Netz gehabt.

Die erste Nachricht ist von Molly.

Na, wie ist die Lage mit Mr Fick-Mich?

Ich hoffe, es geht dir gut und du kannst noch sitzen.

Sobald du zurück bist, müssen wir uns treffen!

Stell dir vor, ich hatte wieder eine Verabredung mit Paul, aber diesmal ein richtiges Date.

XOXO Molly

Ich beschließe, sie später anzurufen und mich erst den anderen Nachrichten zu widmen. Die nächste auf der Mailbox ist von der Maklerin. Sie berichtet, dass eines der kleineren Cottages am oberen Strandabschnitt ab sofort zu vermieten ist und fragt, ob ich Interesse hätte, bevor sie das Inserat offiziell freigibt. Das ist der Vorteil, wenn man in einem Ort lebt, in dem man wirklich alle Leute von klein auf kennt. Der obere Strandabschnitt liegt näher an der Promenade und ist besonders im Sommer deutlich belebter als der an den Strandvillen. Ich schreibe ihr sofort eine Nachricht, dass sie das Haus bitte noch bis Montag zurückhalten soll und ich es mir dann direkt ansehen werde. Die Beschreibung klingt ideal, und ich bete, dass das klappen wird.

Dann habe ich noch eine E-Mail von Mr Weston, meinem Lektor aus London, der mir versichert, wie sehr er sich auf unser Treffen freut und dass er es kaum erwarten kann, dass mein neues Buch endlich in Druck geht.

Die letzte Nachricht ist von Kevin.

Hey Grace,
ich hoffe, es geht dir gut und alles läuft planmäßig?
Mir sind einige Dinge bewusst geworden
und ich wollte dich nur wissen lassen,
dass ich uns noch eine Chance gebe!
Ich liebe dich, Kevin

Wie bitte? Ich lese seine Nachricht immer und immer wieder und warte darauf, dass sich mir der Witz dahinter offenbart, aber nach dem zehnten Mal lesen wird mir klar, dass dieser Vollidiot eines Mannes es tatsächlich ernst meint. Hätte ich mich noch nicht getrennt, wäre spätestens jetzt der Moment dafür gekommen. Ihm ist etwas bewusst geworden und deswegen gibt *er mir* noch eine Chance? Ich bin im falschen Film, aber Gott sei Dank ist in zwei Wochen Schluss damit. Irgendwo zwischen Entrüstung und Wut wähle ich die Nummer meiner besten Freundin. Als ich Mollys fröhliche Stimme höre, fällt mir ein riesiger Stein vom Herzen, und meine Laune bessert sich automatisch.

„Hallo, hallo, hallo, junge Frau! Dass du dich nach fast zwei Tagen Funkstille auch noch bei mir meldest! Hattest du unter Mr Fick-Mich keinen Empfang?"

„Sehr lustig! Ich bin hier zum Arbeiten, schon vergessen?"

„Wenn das Arbeit ist, dann muss ich umschulen! Du sitzt mit einem verdammten Fitnessmodel auf einem gemütlichen Weingut und lässt dich volllaufen. Und wenn du keinen Wein im Mund hast, dann wahrscheinlich ein ganz bestimmtes Körperteil von ihm!"

Ich muss grinsen, denn zum Teil hat sie natürlich Recht damit. „Okay, dann eben leichte Arbeit, aber trotzdem in offizieller Mission. Und nun erzähl mir alles über dich und Paul!"

„O mein Gott, Grace! Er meint es wirklich ernst glaube ich!" Und dann erzählt sie mir die ganze Geschichte. Dass er sie seit Mittwochnachmittag mit Nachrichten überschüttet und ihr sogar Blumen und Pralinen geschickt hat. Dass er sie gestern ins Tanner's ausgeführt und für Samstag ins Kino eingeladen hat.

„Wow, Molly! Das hört sich fantastisch an! Ich freue mich unglaublich für dich." Molly ist so eine außergewöhnliche Frau und einer der liebsten Menschen, die ich je kennengelernt habe. Keiner verdient es mehr als sie, endlich Mr Right zu finden, auch wenn sie ihr Singleleben bestimmt zum Teil vermissen wird.

„Ich kann es auch selbst kaum glauben, dass wirklich mal alles stimmt! Wann gab es das zuletzt?"

„Ähm, ich kann mich nicht erinnern", gebe ich ehrlich zu.

„Eben! Und jetzt will ich wissen, wie es in den Weinbergen läuft."

„Er ist unglaublich! Ich weiß gar nicht mehr, was ich denken soll."

„Oh, oh, schwer verliebt?"

„Ich befürchte es fast."

„Grace, ich gönne es dir von ganzem Herzen. Aber lass dir deins bitte nicht brechen", sagt sie ernst. „Du weißt doch, bricht er dir das Herz, brech ich ihm die Beine und so." Diesen Spruch habe ich eigentlich bisher immer zu Molly gesagt. Aber bisher hätte mir auch eben niemand das Herz brechen können.

„Ich passe schon auf!" Eine Lüge. Ich weiß längst, dass er mir bereits jetzt schon mein Herz brechen könnte. „Was macht Kevin?", frage ich sie, um vom Thema abzulenken.

„Kevin ist wie immer Kevin. Die meiste Zeit sitzt er im Büro und macht irgendwelchen Papierkram. Seine Eltern flanieren auch wieder durch das Hotel, aber die Küche meiden die beiden, seit es zwischen euch geknallt hat. Allein das war die Trennung wert! Trotzdem werde ich deinen knackigen Hintern in der Kombüse vermissen."

„Heute kam eine Nachricht von ihm, in der er mir schreibt, ihm wäre einiges bewusst geworden und er wolle mir nur sagen, dass er uns noch eine Chance gibt!“

„Das ist doch nicht sein Ernst?“ Sie bricht in Gelächter aus.

„Ich befürchte schon. Du kennst ihn.“

„Mein Gott. Er ist echt ein Idiot! Du kannst wirklich drei Kreuze in deinen Kalender machen, wenn du aus der Bande raus bist, Süße. Aber heirate bitte nicht direkt Mr Fick-Mich.“

„Ich bitte dich, Molly! Was auch immer das zwischen uns ist oder was noch daraus werden wird, Jackson wird mit Sicherheit niemals irgendjemanden heiraten. Und ich denke, mir hat die einmalige Erfahrung auch für dieses Leben gereicht.“

„Wenn du das sagst.“

Wir verabschieden uns für heute, und ich mache mich für das Dinner fertig.

Kapitel Einundzwanzig

Grace

Das heutige Dinner gestaltet sich ähnlich dem gestrigen. Mr Rossi spart wieder mal nicht an der Vielfalt von Köstlichkeiten, die er uns servieren lässt, und ebenfalls nicht an der Auswahl der Weinsorten. Heute hat er sich den ganzen Tag und den Abend Zeit für uns genommen.

„Mrs Roberts, erzählen Sie doch bitte von sich und Ihrem Buch", bittet er mich.

Ich berichte vom ersten Band, dem unerwarteten Erfolg und davon, dass ich seit Jahren von einer Fortsetzung geträumt habe, sich aber erst vor gut einem Jahr die Gelegenheit für mich geboten hat, im Kings Crown kürzer zu treten. Dabei enthalte ich ihm keine Details aus dem zweiten Band vor. Ganz besonders nicht, dass es sich bei dem Herzstück des Buches um ein Rezept als Hommage an den Gardasee handelt und wie sehr mich die Reise dorthin inspiriert und berührt hat.

„Belissima! Ganz, ganz herrlich", kommentiert Mr Rossi. „Ich kann es kaum erwarten, Ihr neues Buch zu lesen und einige Ihrer Köstlichkeiten zu probieren. Würden Sie uns morgen die Ehre erweisen und uns eine Kostprobe geben?"

„Sehr gerne!" Ich habe seit der Hochzeitsplanung kaum noch in der Küche gestanden, und da ich sowieso Ideen für Kreationen mit Rossis Wein habe, kommt mir das Angebot natürlich sehr gelegen. Außerdem bereitet jeder seine Desserts anders zu, und man kann nie auslernen.

„Dann werden Sie und Ihr Mann den Urlaub dieses Jahr bestimmt in Italien verbringen?" Man merkt bei jeder Silbe, wie sehr er sein Heimatland liebt und vermisst.

„Nein. Mein Mann reist nicht wirklich gerne. Er hängt zu sehr an seinem Hotel." Dass ich außerdem nirgendwo mehr mit Kevin hinreisen werde – außer zum nächstgelegenen Scheidungsanwalt – sage ich jetzt nicht.

„Das kann ich einerseits verstehen. Auf der anderen Seite kann ich aber auch gut loslassen und verderbe mir das Reisen nicht", sagt Rossi.

„Das hört sich sehr gesund an. Ich werde diesen Sommer trotzdem in den Genuss Italiens kommen. Zur Veröffentlichung des Buches habe ich einige Termine, und da das Hauptrezept meine Zitronenwaffeln sind, findet eine der Veranstaltungen in einem Café am Gardasee statt."

„Grace, das ist ja fantastisch", sagt Brandon.

„Ich freue mich auch riesig!" Mit Kevin an meiner Seite habe ich solche kleinen Meilensteine immer totgeschwiegen, da es im Nachhinein meist für Streit gesorgt hat.

Während die Stimmung an unserem Tisch ziemlich ausgelassen ist und sich alle unterhalten, hält Jacks sich zurück und macht einen relativ nachdenklichen Eindruck. Ich hoffe, das hat nichts mit seinem Geschäftstelefonat zu tun – oder mit mir.

„Alles in Ordnung mit dir?" Ich beuge mich leicht zu ihm hinüber.

„Ja. Alles bestens! Hättest du gleich Lust, einen kleinen Spaziergang zu machen?" Dass ein Mann von alleine einen Spaziergang vorschlägt, habe ich auch noch nicht erlebt.

„Gerne!"

Wir essen eine Mascarponecreme mit kandierten Früchten, wobei Jacks das extrem süße Obst mit einem beinahe angeekelten Blick zur Seite schiebt. Welch eine schreckliche Verschwendung! Wären wir jetzt unter uns, würde ich es mir nicht nehmen lassen, es von seinem Teller zu mopsen. Allerdings möchte ich mich vor Mr Rossi nicht als totaler Zuckerjunkie outen und belasse es bei einem rügenden Blick in Jacks' Richtung.

„Jetzt nimm sie schon endlich!"

„Ich werde jetzt und hier nicht auf deinem Teller rumstochern", flüstere ich.

Bevor er überhaupt etwas sagt, weiß ich schon, dass er mich weiter necken wird. „So, wie du die gezuckerten Dinger ansiehst, kommen sie gleich von alleine zu dir gelaufen."

„Nein, Jacks!"

„Jetzt nimm dieses komische Zeug von meinem Teller!"

„Das ist kein komisches Zeug! Das sind kandierte Früchte."

„Klar ist das komisches Zeug! Warum macht man aus wirklich leckeren und gesunden Produkten so einen gummiartigen Zuckerkram?"

Ich verdrehe die Augen. „Um sie zu konservieren und für den Genuss!"

Er verzieht das Gesicht und nimmt eines der kleinen Obststücke auf die Gabel. „Das nennst du Genuss? Zum

Glück gehen unsere Vorstellungen von Genuss nur beim Essen weit auseinander."

„Du bist unmöglich. Du machst sogar aus einer kandierten Zitrone eine deiner unverschämten Anspielungen." Ich kann es mir nicht verkneifen und rolle noch mal mit den Augen.

„Das habe ich gesehen … und merke es mir für später." Er zwinkert mir auf diese Art und Weise zu, die mir sagt, dass ich es noch bereuen werde, wenn auch auf lustvolle Weise.

„Außerdem", fährt er fort, „stehst du auf Unverschämtes."

Mr Rossi wird auf uns aufmerksam. „Mr Hide, konnte unser Dessert Sie nicht überzeugen?"

„Mr Rossi, mein Jackson war noch nie ein Freund von Süßem. Nicht mal als Kind", sagt Rosie, als wäre es ein Verbrechen, keine Süßigkeiten zu essen.

„Dafür bin ich ein Freund ihrer Weine!" Jackson hebt ihm sein Glas entgegen, was Mr Rossi mit einem Lächeln und Zuprosten quittiert.

Als sich die Runde auflöst und ich ein Völlegefühl als Grund für einen Spaziergang vorschiebe, macht Rosie den Vorschlag, dass Jacks mich begleiten solle. Wir gehen in den Garten über den kleinen Kiesweg um den großen Teich herum.

„Ich wusste gar nicht, dass du *so* erfolgreich bist", sagt Jackson in der Dunkelheit.

„Das kam damals für mich auch sehr unerwartet, aber ja. Besonders im Bereich der Hobby-Patisserie ist das Buch sehr gut angekommen."

„Warum dann die lange Pause?" Jacks fummelt in seinem Sakko herum und zieht eine Schachtel mit Zigaretten raus.

„Kevin brauchte – nein, wollte – mich im Hotel. Ich habe dem ziemlich lange nachgegeben, aber im Stillen für mich irgendwann wieder angefangen zu schreiben."

Jacks hält mir die Schachtel entgegen, und ich nehme mir eine der Zigaretten, ganz so wie früher. „Ich verstehe diesen Wurm nicht! Du kannst wahnsinnig stolz auf dich sein. Sollte er dich als dein Mann nicht eigentlich unterstützen?"

Seine Frage bringt mich fast zum Lachen, weil es eben Kevin ist, von dem wir sprechen, und der seinen ganzen Stolz für sein Ego braucht. „Für ihn sind meine Bücher eine Spinnerei, ein kleiner und unnötiger Zeitvertreib. Das Hotel läuft blendend. Du weißt, die Roberts sind schon immer in Geld geschwommen, aber es kam ihnen nie zugeflogen, sondern es steckt wirkliche Arbeit dahinter. Kevin wurde so erzogen, dass nur das echte Arbeit ist, während meine kreative Tätigkeit für ihn in den Hobbykeller gehört."

„Aber du machst doch Geld damit?", fragt er erstaunt.

„Ja, aber es geht ihm nicht um das Finanzielle. Wie gesagt, es gibt bei den Roberts genug Geld. Es ging ihnen immer um das Prinzip, dass ich hinter meinem Mann stehen muss. Mein Buch war einfach eine zu große Ablenkung. Ich weiß, das hört sich total bescheuert an."

„Das ist bescheuert! Ich bin kein Beziehungsspezialist, aber man sollte sich gegenseitig doch in den Wünschen bestärken."

Ich ziehe nervös an meiner Zigarette. „Ja. Und ich war sechs Jahre so dumm und habe damit gelebt, das Mädchen für alles zu sein!"

Jacks bleibt stehen und versperrt mir den Weg. Seine großen Hände legen sich um mein Gesicht und zwingen mich, ihm in die Augen zu sehen, deren Blau beinahe mystisch im Mondlicht glänzt. Ein tiefes Knurren entfährt seiner Kehle. „Grace, grundsätzlich sollte die Frau fürs Leben niemals das Mädchen für alles sein!"

„Nein, sollte sie nicht. Ich bin aber auch nicht die Frau für sein Leben und hoffe, dass er das bald einsehen wird."

„Zur Not prügle ich es ihm ein!" In seiner Stimme liegt wieder diese unterschwellige Aggressivität.

„Das wird er spätestens verstehen, wenn ich nach dem Hochzeitswochenende ausziehe und mich offiziell von ihm trenne. Allerspätestens mit Einreichen der Scheidung." Ich hoffe, die Aussage genügt, um Jacks' hitziges Gemüt wieder abzukühlen. Beim Thema Kevin sieht er direkt dunkelrot, weswegen ich die Nachricht von heute Mittag gar nicht erst erwähne. Erstens regt mich Kevins maßlose Unverschämtheit immer noch auf und zweitens spielt seine Nachricht im Endeffekt keine Rolle, weil diese Ehe für mich so oder so beendet ist und Kevin damit leben muss – auf die sanfte oder die harte Tour.

„Und nun hör auf, dich wie ein eifersüchtiger Neandertaler zu benehmen! Genieß lieber die laue Nachtluft und das wunderbare Wochenende mit mir, bevor wir ab Montag wieder unter Beobachtung stehen", sage ich.

„Ich weiß. Mein bester Freund sagt, ich bin ein bescheuerter Hitzkopf."

„Da hat er nicht Unrecht. Du warst schon immer impulsiv und bist es heute noch."

Er zieht mich in eine feste Umarmung, greift nach meinem Gesicht und legt seine Lippen hart auf meine. Seine Zunge drängt er tief in meinen Mund. An diesem Kuss ist nichts Zärtliches oder Sanftes; er ist nichts als glühende Leidenschaft. Als Jacks von mir ablässt, lässt er mein Gesicht nicht los. „Möglich. Allerdings bin ich eben so, und gerade das scheint dich ja ganz besonders anzuziehen!" Damit trifft er genau den Punkt. Jacks war damals schon in allem was er tat leidenschaftlich und ist es heute noch. Ob er einen Klassenraum zerlegt oder mich in den Himmel vögelt – beides macht er mit einer wahnsinnigen Intensität, sodass man als Normalsterblicher kaum hinterherkommt.

„Erzähl mir von deinem Freund", fordere ich ihn auf.

„Du hast ihn kurz bei der Videokonferenz in meinem Strandhaus gesehen. Sein Name ist Hayden und er ist mein Stellvertreter." Ich erinnere mich noch sehr gut an den attraktiven Mann, der total durchzecht von einer Party war, und an seine offene, sympathische Art.

„Wie habt ihr euch kennengelernt?"

Auf seinem Gesicht breitet sich ein entspanntes Grinsen aus. Anscheinend bedeutet ihm die Freundschaft mit Hayden sehr viel. „Er ist genau wie ich ein echter Südstaatenjunge. Meine Mutter hatte hier schon Wurzeln geschlagen und wollte auf gar keinen Fall wieder weg, was ich ihr nach der Scheidung damals auch nicht verübeln konnte. Also bin ich erst zurück nach New Orleans, zu Tante Rachel, um dort die Schule zu beenden." Er mustert mich, so als wolle er sich vergewissern, dass durch die Erwähnung seiner Abreise kein Problem zwischen uns entstanden ist. „Ich war fürchterlich. Voller aufgestauter Wut und Liebeskummer. Hayden war unser Nachbarsjunge und in meinem neuen Jahrgang an der High School.“

„Ihr habt euch also angefreundet?“

Er lacht und schüttelt den Kopf. „Nicht so ganz! Ich habe mich mit ihm geprügelt, mehrfach sogar.“

„Warum? Was hat er dir getan?“

„Nichts! Hayden war eine durchtrainierte Kante. Quarterback der Footballmannschaft und der Mädchenschwarm schlechthin. Er schien mir der richtige Gegner für eine Prügelei zu sein. Insgeheim wollte ich einfach nur jemanden, der mir Einhalt gebietet und eine Grenze setzt. Hayden hat das relativ schnell erkannt und nicht lockergelassen, bis ich mit ihm zum Boxtraining gegangen bin. Er war schon immer überdurchschnittlich sportlich. Football, Boxen, Krafttraining, zur Entspannung laufen. Du verstehst?“

„Ja. Ich weiß was du meinst!“

„So habe ich mich in den Griff bekommen. Wahrscheinlich hätte ich ohne ihn nicht mal den Schulabschluss geschafft. Wir waren von da an beste Freunde und sind gemeinsam ans College nach New York gegangen, um Wirtschaft zu studieren. Du weißt noch grob, was mit meinem Dad war?“

„Ja“, antworte ich. Wie könnte ich das jemals vergessen. Jacks hat mir bei unseren Treffen früher ziemlich ausführlich davon erzählt. Die Scheidung von Rosalind und Jacksons Dad ist schmutzig gewesen. Er hat Rosie jahrelang betrogen und belogen und ihr zum krönenden Abschluss eine üble Ohrfeige verpasst, was Jacks mit ansehen musste. Jacksons Dad hat ziemlich gut verdient – soweit ich weiß, auch mit Immobilien.

„Der Wichser hat mir und meiner Mutter ein ganz schönes Sümmchen zahlen müssen, wobei es für seine Verhältnisse noch zu wenig war, aber sie wollte das Geld – sein Geld – nie annehmen. Bis heute nicht. Und lange Zeit wollte ich auch nichts davon. Als ich allerdings auf die erste baufällige Immobilie gestoßen bin, die mir lukrativ erschien, habe ich meinen Anteil doch angerührt und so mein erstes richtiges Geld verdient. Damit habe ich dann das nächste Objekt gekauft. So ging es immer weiter, bis ich meine Firma gegründet habe. Hayden habe ich sofort dazugeholt."

„Du lebst also den American Dream."

„Auf den ersten Blick mag es den meisten so vorkommen, aber nicht alles im Leben dreht sich um Arbeit, Macht und Geld – obwohl ich nichts davon missen möchte. So stolz ich auf meine Metamorphose auch bin, mittlerweile muss ich mir eingestehen, dass ein Teil von mir die ganze Zeit in Little Kings Bay zurückgeblieben ist und zehn Jahre darauf gewartet hat, dass ich ihn mir zurückhole."

Trotz der schlechten Lichtverhältnisse sehe ich genau, wie es in seinen Augen auflodert. Könnte ich dieser Teil sein? Insgeheim hoffe ich es - mittlerweile wahrscheinlich schon viel zu sehr. Mehr, als es für mich gut ist.

„Lass uns ins Bett gehen, Grace", flüstert er mir ins Ohr, als wir den Teich ein zweites Mal umrundet haben.

Es steht außer Frage, dass wir die Nacht wieder miteinander verbringen, und so überrascht es mich nicht, dass Jacks mich direkt in mein Zimmer zieht, als wir auf unserem Flur ankommen.

„Vertraust du mir, Grace?"

Ich weiß, dass sich die Frage auf unser Liebesspiel bezieht, und ein wohliger Schauer fährt durch meine Mitte. „Ja. Ich vertraue dir!"

„Gut!" Sein Gesicht ist nah an meinem, und er schiebt mich vorsichtig in den Raum. Er umkreist mich wie ein Jäger, der seine Beute beäugt, bevor er sie endgültig überwältigt. Behutsam tritt er hinter mich und öffnet langsam den Reißverschluss auf meinem Rücken. Er streift mir das rote Spitzenkleid von den Schultern, bis es raschelnd um meine Knöchel fällt. Dann reicht er mir die Hand, damit ich in meinen High Heels sicher aus dem zusammengebauschten Haufen steigen kann.

„Du bist vollkommen", sagt er leise und betrachtet mich ehrfürchtig. Sofort bemerke ich die Röte, die er mir auf die Wangen treibt. Obwohl Jacks mich mehrfach in Unterwäsche oder komplett nackt gesehen hat, macht er mich immer noch verlegen, wenn er mich so eindringlich betrachtet und dabei Komplimente macht. Natürlich bemerkt er es, obwohl er sich gerade seinen eigenen Kleidern entledigt hat.

„Hatte ich dir nicht gesagt, dass du dich für nichts mehr schämen wirst, was zwischen uns passiert?"

„Hast du." Als ob ich diesen Tag jemals vergessen könnte, als er mich in den Himmel geleckt hat.

Er kniet vor mir und hebt nacheinander meine Füße an, damit ich aus den hohen Schuhen steigen kann. „Beim nächsten Mal darfst du die vielleicht anbehalten, aber heute brauchst du vielleicht noch die Bodenhaftung, bevor du abhebst!“ Was auch immer dieser Mann jetzt schon wieder mit mir vor hat, ich spüre bereits das Prickeln zwischen meinen Beinen.

Als nächstes zieht er meinen schwarzen String nach unten und bietet mir wieder seine Hand an, damit ich auch aus diesem heraussteigen kann. Bevor er den dünnen Stofffetzen wegwirft, hält er ihn kurz vor sein Gesicht und riecht daran. Ich sterbe gleich! Und ich weiß nicht ob aus Scham darüber, dass Jacks diese ganzen verdorbenen Dinge macht, oder weil mich seine rohe, beinahe animalische Art unheimlich anmacht. Er ist so unverfälscht und pur. Und ganz gewiss ist nicht alles nur schön, aber im Gegensatz zu den meisten anderen Menschen trägt Jackson eben nie eine Maske.

„Dann wollen wir es noch mal probieren!“

„Was probieren?“, frage ich ihn, als er auch schon eines meiner Fußgelenke packt und auf der Matratze des Bettes neben mir abstellt. Nein! Nein! Nein! Er tut es wieder! Bringt mich wieder in diese völlig entblößte Position, in der ich ihm jeden Millimeter meiner Vagina präsentiere. Noch bevor ich mich widersetzen kann, hat er bereits seinen Mund auf meine Mitte gelegt und leckt durch meine bereits klatschnasse Spalte.

„Jackson! Bitte“, flehe ich ihn an. Auf gar keinen Fall darf er jemals aufhören, mir diesen Hochgenuss mit seiner Zunge zu schenken. Allerdings sind mir nicht ganz so provokante Positionen dabei deutlich lieber.

„Bitte was?“, fragt er und stellt augenblicklich jede Zungenakrobatik zwischen meinen geschwollenen Lippen ein. „Möchtest du etwa, dass ich aufhöre? Dass ich dich nicht mehr berühre?“

Niemals! Er darf niemals wieder damit aufhören!
„Nein!"

„Nein? Ich soll dich also nicht mehr weiter lecken?", fragt er mich mit einem gemeinen Grinsen auf seinen Lippen.

„Doch! Bitte hör nie wieder auf", flehe ich ihn nun vollkommen ausgehungert an. Ich brauche ihn und jede seiner Berührungen, so viel ist mir klar. Und wenn ich mich ihm dafür komplett hingeben muss, dann nehme ich das lieber in Kauf, als ohne diese Empfindungen weiterleben zu müssen.

Endlich lässt er seine heiße Zunge wieder über meine Klitoris gleiten und umspielt sie, bevor er mir ohne jede Vorsicht zwei Finger in meine Öffnung schiebt. Er kennt meinen Körper mittlerweile so gut, dass er genau weiß, wann er mich wie nehmen kann. „Und wieder so bereit, dass ich dich direkt ficken könnte", stöhnt er mir entgegen. „Aber zunächst wirst du dich selbst besser kennenlernen!"

Seine Worte sind unheilvoll und prickelnd zugleich, denn wenn Jacks in Rätseln spricht, folgt meist etwas … Verruchtes. Ich erinnere mich unweigerlich an den Mini-Vibrator. „Du wirst mir jetzt das Alphabet aufsagen. Buchstaben für Buchstaben, und zwar genau dann, wenn ich dir den richtigen *Anreiz* dafür gebe!"

Um Gottes willen! Seine Finger bewegen sich so hart in mir, dass ich kaum in der Lage bin, meinen Namen zu buchstabieren, und wenn er so weiter macht, werde ich vermutlich in einer Minute ohnehin nicht mehr wissen, wie ich überhaupt heiße.

„Hast du mich verstanden, Grace?"

„Ich denke schon", antworte ich, damit er endlich weiter macht.

„Gut. Und du wirst nicht kommen, bevor ich es dir sage!" Wie soll ich das bitte anstellen? Meistens habe ich das Gefühl, schon kurz vor dem Kommen zu sein, wenn er nur den Raum betritt. Erregt und verwirrt zugleich beiße ich mir auf die Unterlippe.

Als er seine Finger aus mir herauszieht, meine Schamlippen weit spreizt und mit der Zunge durch meine Pussy gleitet, verstehe ich die Bedeutung seiner Worte. Er leckt mich, und nun begreife ich wirklich, was er mit *Alphabet aufsagen* meinte. „Grace, ich warte!", zischt er mir zu. Grundgütiger, wie soll ich das bis Z durchhalten, ohne auch nur mindestens einen Höhepunkt zu erleben?

„A", höre ich mich selbst laut und klar sagen, als er auch schon den nächsten Buchstaben in meine feuchte Spalte leckt. Bei den Rundbögen des B keuche ich laut auf. Ich würde ohne seine vorherige Aufforderung gar nicht wirklich wissen, dass es sich hier um Buchstaben handelt, weil die Berührungen mich total überreizen, aber darum geht es hier ja auch gar nicht. Es geht einzig darum, dass es wahnsinnig heiß ist. Es ist heiß, dass ich mich auf jede seiner Berührungen konzentrieren muss und es ist erstaunlicherweise ebenso heiß, dass ich mich zurückhalten und nicht kommen darf.

„Konzentrier dich, Grace!", befiehlt er mir in strengem Ton.

„B", presse ich hervor.

Irgendwann zwischen dem C und dem F, spätestens aber beim G muss ich mir in die Finger beißen, um diese Prozedur weiter durchzustehen. Der Orgasmus ist so greifbar nah, dass ich mich kaum noch auf den Beinen halten kann. „Jacks! Eine Pause, bitte“, wimmere ich.

„Nein!“, sagt er mit starrem Blick und beißt einmal sanft in meine rechte Schamlippe. „Glaub mir, dabei permanent zu kommen, ist viel unerträglicher!“ Für mich ist es in diesem Moment nur schwer vorstellbar, dass irgendetwas unerträglich schöner sein könnte als das hier.

„H“, stöhne ich, als er weitermacht.

Als er mit seiner flinken Zunge das O direkt um meine Klitoris schreibt, geben meine Knie unter mir nach, und allein Jacksons starke Hände, mit denen er mein Geschlecht spreizt und meinem Körper gleichzeitig Halt gibt, hindern mich daran, einfach zusammenzusacken.

„Ab dem X darfst du kommen!“, haucht er.

Ich kann mich jetzt kaum noch halten. Ich nehme die Buchstaben, die er quälend langsam auf mein überreiztes Fleisch schreibt, nur noch wie in Trance wahr.

„V“, stöhne ich ihm entgegen. Beim W brechen bei mir bereits alle Dämme, und der anrollende Orgasmus drängt sich wieder in mein Bewusstsein. Als Jacks das X schreibt und mit den Fingern seiner anderen Hand hart in mich stößt, überkommt mich eine heiße Welle mit solch einer Wucht, dass sie mich direkt mit sich reißt. Beim Y und Z fühlt es sich an, als würde diese Welle mich kurz ausspucken, nur um mich unmittelbar wieder aufzusammeln und erneut davonzutragen.

„Es tut mir leid, Grace!“

„Wofür entschuldigst du dich?“, frage ich völlig außer Atem.

„Dafür, dass du völlig überreizt bist und ich dich jetzt leider dringend ficken muss!“ Noch ehe ich seine Worte verstehe, hat er mich schon auf das Bett geworfen und drückt meine Knie fast bis zu meiner Brust. Mit einem einzigen Stoß versenkt er seine volle Länge in mir, was selbst bei meiner aktuellen Feuchtigkeit eine unglaubliche Invasion ist. Seine Augen werden glasig, und ich kann genau erkennen, dass Jacks jetzt an dem Ort ist, an dem ich vor wenigen Minuten gewesen bin, als seine Zunge mich quälend süß gefoltert hat.

Seine Stöße sind fest und konsequent. Sie dienen jetzt nicht dazu, mich zu reizen, sondern ihm Befriedigung zu verschaffen, und ich bin bereit, ihm alles von mir zu geben. Jeder Quadratmillimeter seiner Haut fühlt sich perfekt auf meiner an, und selbst seine gröbsten Berührungen, die kurz einen herrlichen Schmerz auslösen, hinterlassen am Ende immer ein samtiges Gefühl der Vollkommenheit.

Als er sein Tempo steigert und meine Oberschenkel grob zusammendrückt, damit ich ihn noch enger umschließe, erkenne ich deutlich, dass er kurz davor ist zu kommen. Die Gewissheit, dass ich ihm diese massive Lust bereite, und seine Härte beflügeln mein Innerstes ebenfalls wieder, so als würde er mir erneut die Hand reichen und darum bitten, dass ich ihn auf seiner Reise begleite. „Jackson!“, schreie ich, als er diesen einen ganz besonderen Punkt in mir erreicht und heftig mit seiner Eichel darüber reibt, während wir zusammen kommen.

Kapitel Zweiundzwanzig

Grace

Noch immer mit mir verschlungen und ohne sich aus mir zurückzuziehen, gibt Jacks mir die Möglichkeit, meine Beine wieder in eine bequemere Position zu bringen. Ich kreuze sie hinter seinem Rücken, weil ich die Leere, die er sonst in mir hinterlassen würde, noch nicht ertragen kann. Sein Blick ruht vom Orgasmus verschleiert auf mir und ist unergründlich, doch ich will diesen Moment zwischen uns nicht mit einem *Was denkst du?* versauen. Als ich mir über die Unterlippe lecke und dann daran nage, entfährt seiner Kehle ein Knurren.

„Du bist ein schreckliches Luder!"

Er fixiert mit seinen blauen Augen meinen Mund, bevor er seine Lippen auf meine legt und mich unglaublich sanft küsst. Die zarten Bewegungen stehen im krassen Kontrast zu dem groben Sex, den wir bis vor wenigen Minuten hatten. Als ich immer wieder sanft an seiner Unterlippe knabbere, entfahren ihm wohlige Seufzer. Er ist immer viel zu viel mit mir beschäftigt, als dass ich seinen Körper richtig erkunden könnte. Und auch jetzt versucht er, sich meinen Liebkosungen zu entziehen und lässt seinen Mund in Richtung meiner Brüste wandern, die er soeben aus den Körbchen befreit.

„Nein", sage ich. „Lass mich weitermachen. Bitte!"

Er sieht mich prüfend an, bevor er seinen Mund wieder auf meinen legt. Als ich seine vollen Lippen weiter necke, spüre ich deutlich, wie sein Schaft in mir wieder zum Leben erwacht. Heilige Mutter Maria – wie kann das sein? Ich wüsste wirklich gerne, wo dieser Mann seine Kraft hernimmt. Vorsichtig stöhnt er in meinen Mund, als er sich behutsam in mir zu bewegen beginnt. Stück für Stück beansprucht er mich wieder für sich. Zieht sich fast komplett aus mir hinaus, ohne den letzten Hauch unserer Berührung voneinander zu lösen, nur um sich dann wieder tief in mich zu schieben. Wir finden unseren Rhythmus. Er ist langsam und hat nichts Rohes an sich. Er ist leise und hauchzart. Er lässt abheben und weiter schweben, als uns der nächste Höhepunkt mitnimmt.

Diesmal ficken wir nicht, treiben uns nicht die Seelen aus dem Körper und bringen den anderen nicht an seine Grenzen. Diesmal ist es behutsam, wir halten einander, und vielleicht lieben wir auch einander.

Am nächsten Morgen wache ich eng umschlungen neben Jacks auf, der immer noch friedlich schläft. Ich fühle mich tatsächlich so, als wären mir heute Nacht Flügel gewachsen. Wahrscheinlich hätten sich die letzten sechs Jahre auch so angefühlt, wenn ich sie mit dem Richtigen verbracht hätte.

Der Richtige – eigentlich war das immer so ein Unding für mich. Total überzogen und realitätsfremd. Mir ging es immer darum, mit jemandem zusammen zu sein, mit dem es funktioniert. Mit Kevin tat es das, zumindest für ihn. Aber als den Richtigen oder den Einen hätte ich ihn nie bezeichnet. Mit Jacks fühlt sich dagegen alles unglaublich lebendig an. Vielleicht ist er tatsächlich dieser Eine und war es auch damals schon. Allerdings ist auch das keine Garantie dafür, dass es mit uns funktionieren wird. Ich versuche mich trotzdem auf das Hier und Jetzt zu konzentrieren und die ungewisse Zukunft beiseite zu schieben.

„Guten Morgen", flüstert er mir in mein Ohr und küsst meinen Nacken, bis sich die feinen Härchen aufstellen.

„Guten Morgen", flüstere ich zurück, während er viele weitere hauchzarte Küsse auf meinen Hals und Nacken verteilt. Es ist wirklich Wahnsinn, aber ich könnte schon wieder mit ihm schlafen. „Wir sollten uns fertig machen", stöhne ich.

„Oh, und ich dachte, ich hätte gerade eine deiner erogenen Zonen entdeckt."

Ich muss lachen. „Bei dir bestehe ich ausschließlich aus erogenen Zonen!"

„Gut so. Nichts anderes wollte ich hören."

„Aber jetzt lass uns bitte aufstehen." Ich winde mich geschickt aus seiner Umarmung und werfe ihm einen Luftkuss zu, als ich ins Bad gehe, um mich zu duschen. „Wir sehen uns beim Frühstück!"

Als ich mit einem Handtuchturban aus dem Bad komme, ist mein Zimmer bereits leer. Für den Vormittag haben wir heute wieder Sightseeing geplant: Wir fahren zur Burg von Little Hampton. Mr Rossi hat sogar eine Führung für uns gebucht – seiner Meinung nach unerlässlich, um die Geschichte des alten Gemäuers wirklich nachvollziehen zu können. Für den

Nachmittag hat er mich in seine Küche eingeladen, was ich definitiv in Anspruch nehmen werde.

„Guten Morgen, alle miteinander", begrüße ich die Runde, von der sich bereits alle eingefunden haben. Normalerweise bin ich ungerne die Letzte, allerdings ist mir das lieber, als gemeinsam mit Jacks zu erscheinen. Wenn ich mich im Spiegel betrachte, sehe ich ohnehin eine deutliche Veränderung an mir. Frisch gefickt, würde Molly jetzt sagen.

Jacks hebt seinen Blick kurz von seinem Handy. „Guten Morgen, Grace! Gut geschlafen?"

„Wie ein Stein!"

„Ich hoffe jedenfalls, dass wir heute nicht ganz so viel Fußmarsch vor uns haben. Ich spüre langsam wirklich meine Beine, dabei dachte ich, wir erholen uns hier auf dem Weingut", witzelt Brandon.

„Ich befürchte, dass wir heute nicht weniger laufen werden", antworte ich.

„Also ich für meinen Teil liebe solche Ausflüge! Seit ich aus den USA gekommen bin, kann ich gar nicht genug von Schlössern und Burgen bekommen", sagt Rosie. Wahrscheinlich, um ihren Verlobten auf Trab zu halten.

„Immer dieses Gelaufe", beschwert der sich. „Grace, verlangst du deinem Mann in der Ehe auch so viel ab?"

„O ja, allerdings! Das tut sie."

Beim Klang seiner Stimme fährt mir ein eiskalter Schauer über den Rücken. Das kann doch nicht sein! Ein Blick auf Jacks' Gesicht genügt, um zu wissen, dass ich nicht träume und tatsächlich Kevin hinter mir an unserem Frühstückstisch steht.

Wie in Zeitlupe drehe ich mich um, als er sich auch schon zu mir herunterbeugt, um mir einen Kuss auf die Wange zu drücken und seinen Arm um mich zu legen. Ich bin zu Eis erstarrt. Das kann einfach nicht wahr sein. Was in Gottes Namen macht dieser Vollidiot hier? „Na, was ist das denn für eine lahme Begrüßung?", fragt er. „Heißt man so seinen Ehemann willkommen?"

Rosie blickt irritiert zu Brandon, da sie meinen Unmut über seine Ankunft offenbar bemerkt.

„Welch eine Überraschung!", sagt Brandon. „Sehen Sie nicht, wie erstaunt unsere Grace ist? Ich habe gestern noch gefragt, ob sie Sie nicht schrecklich vermisst! Und da sind Sie nun!"

Genau – da ist er nun! Und ginge es nach mir, würde ich Kevin am liebsten zum Mond schießen. Ich bin immer noch unfähig, auch nur einen Ton zu sagen. Gerne würde ich jetzt eine ganze Flasche von Rossis edlen Tropfen herunterspülen. Wie kann man sich nur plötzlich in so einem schlechten Film befinden? Aus der prickelnden Romanze ist soeben ein Horrorstreifen geworden, und ich bin mittendrin.

Ich traue mich beinahe nicht, zu Jacks zu sehen. Und das nicht einmal aus Angst, dass Kevin etwas in meinem Blick entdecken könnte, das meine Gefühle offenbaren würde. Nein. Ich habe Angst vor dem, was ich in Jacksons Augen erkennen könnte. Als ich mich doch traue, trifft mich schiere Wut aus seinen Iriden, die jetzt wieder viel mehr Grau als Blau in sich tragen, und ich weiß, dass das hier nicht gut enden wird.

Mr Rossi nähert sich mit schnellen Schritten unserem Tisch. „Kevin, kommen Sie", sagt er in einem überfreundlichen Singsang. Entweder habe ich Mr Rossi komplett falsch eingeschätzt oder aber er weiß genau, wie er sich mit Kevin gutstellen kann. So gerne Kevin in fremde Ärsche kriecht, so gerne spürt er auch andere Köpfe in seinem Hinterteil. Kevin und Mr Rossi fallen in eine typisch männliche Umarmung und klopfen sich dabei gegenseitig auf die Schultern.

„Es freut mich, Sie endlich persönlich kennenzulernen, Stefano!"

„Die Freude ist ganz meinerseits! Ich hoffe, dieses Wochenende wird besonders fruchtbar für unsere Geschäfte."

„Das wird es mit Sicherheit", pflichtet Kevin ihm bei.

„Ich habe Ihr Gepäck bereits auf das Zimmer Ihrer Frau bringen lassen. Natürlich können Sie beide für diese Nacht auch in eine der größeren Suiten umziehen." Bei dem Gedanken daran, mit Kevin in einem Bett schlafen zu müssen, wird mir schlecht. Umso mehr, da es das Bett ist, in dem ich Sex mit Jackson hatte.

„Danke, aber das wird nicht nötig sein! Ich mache es mir mit meiner Grace schon gemütlich."

„Ich lasse Sie erst mal ankommen. Werden Sie sich gleich der Burgbesichtigung anschließen oder kommen Sie mit mir in den Weinkeller?"

„So sehr ich meine Frau auch vermisst habe, werde ich mich den Vormittag über gerne um das Geschäftliche kümmern, damit ich mich abends voll auf meine Grace konzentrieren kann." Mich überrollt eine weitere Welle der Übelkeit, sodass ich laut schreien will. Aber damit würde ich jetzt alles zerstören.

„Sehr gut! Dann sehen wir uns um zehn", verabschiedet sich Rossi von Kevin. „Und dem Rest wünsche ich eine lehrreiche Besichtigung!"

„Ich würde mich gerne kurz frischmachen", sage ich. „Kevin, würdest du mich bitte begleiten?"

Er zuckt mit den Schultern. „Ich wusste doch, dass sie mich vermisst hast!"

Das hier ist eine einzige Katastrophe! Kevin wird mir jetzt Rede und Antwort stehen müssen. Ich bin so unglaublich sauer auf ihn, dass ich kurz vorm Platzen bin.

Als wir in meinem Zimmer angekommen sind, schmeißt sich Kevin auf das frischbezogene Bett, als wäre seine Anwesenheit das Selbstverständlichste der Welt und zwischen uns nie etwas vorgefallen.

„Was tust du hier?", frage ich ihn aufgebracht.

Er zuckt gleichgültig mit den Schultern. „Nach was sieht es denn für dich aus?"

„Kevin, was soll das? Ist das für dich Abstand?" Meine Stimme wird immer lauter.

„Du hast nicht auf meine Nachricht geantwortet", sagt er, als würde das sein Fehlverhalten rechtfertigen.

„Hätte das etwas geändert? Ich habe dir gesagt, dass ich mich trenne!"

„Und ich habe dir gesagt, dass ich mich nicht trennen will!" Wir drehen uns im Kreis. Wie immer. Er denkt wirklich, er könnte das entscheiden.

„Schön! Du wirst es akzeptieren müssen. Ich sag es dir noch mal in aller Deutlichkeit: Ich will die Scheidung!" Je öfter ich es sage, umso besser fühle ich mich damit.

„Und ich werde keine Scheidungspapiere unterschreiben. Niemals! Du bist meine Frau, und jetzt reiß dich endlich am Riemen! Was ist eigentlich in letzter Zeit mit dir los? Du bist so widerspenstig!"

„Widerspenstig? Es läuft einfach nicht immer alles nach deinem Plan, Kevin! Und genau das ist einer der vielen Gründe, weswegen ich nicht deine Frau bleiben werde."

„Das letzte Wort ist noch nicht gesprochen, Grace!"

„Willst du mir etwa drohen?"

„Das ist keine Drohung, sondern eine Feststellung! Du wirst dich schon wieder damit arrangieren." Arrangieren? Wahrscheinlich ist es das, was Kevins Eltern ihrem Sohn in ihrer Ehe vorgelebt haben. Für mich kommt es nicht mehr infrage, mich mit jemandem bloß zu arrangieren.

„Das werde ich nicht! Und jetzt wirst du deinem Freund Rossi sagen, dass du ein eigenes Zimmer brauchst." Ich verschränke die Arme vor der Brust.

„Mir gefällt dieses Zimmer", sagt er und legt sich quer auf das Bett.

Die alles vernichtenden Worte liegen mir schon auf den Lippen. Wenn ich ihm jetzt sage, was bereits in diesem Bett passiert ist, wird ihm sein überhebliches Lachen vergehen. Ein wirklich großer Teil von mir will ihm genau das an den Kopf knallen, sich an seinem dümmlichen Gesichtsausdruck und dem Schmerz seiner Niederlage erfreuen. Es ist fast so, als würde eine innere Stimme mir zuschreien, dass er genau das verdient hat. Ich wusste gar nicht, dass so ein Monster tief in mir schlummert. Dieser Teil brodelt und kämpft, kommt immer weiter an die Oberfläche. Ein anderer Teil erinnert mich an meinen ursprünglichen Plan: noch zwei Wochen! Zwei Wochen in der Öffentlichkeit die heile Welt mimen, damit meine Buchbesprechung glatt läuft und die zwei Menschen, die vermutlich gerade noch eine schöne Tasse Kaffee auf der Terrasse genießen, die Hochzeitsfeier bekommen, die sie verdienen. Und vielleicht auch ein kleines bisschen, damit der Zwillingsbruder meiner verstorbenen besten Freundin weniger Schmerz erleiden muss, obwohl er es eigentlich verdient hätte. Der vernünftige Part in mir drängt den unbefriedigten Teufel zur Seite und beschwichtigt ihn, sich zu gedulden.

Ich atme tief durch und starre an die weiß gestrichene Decke des Zimmers. „Kevin", sage ich in ruhigerem Ton. „Wir haben besprochen, dass wir nach der Hochzeit alles weitere klären. Aber ich will dir keine falschen Hoffnungen machen: Für mich ist diese Ehe nicht zu retten. Und was ich auf gar keinen Fall dulden werde, ist mit dir in einem Zimmer zu schlafen. Ich bitte dich jetzt höflich, dass du dir ein anderes nimmst."

Kevins Blick gibt nichts von dem preis, was gerade in seinem Kopf vor sich geht. Er starrt wie gebannt ins Leere, bevor er sich endlich wieder fängt. „Scheiße! Grace, es tut mir leid!" Er massiert seine Nasenwurzel, als hätte er die Kopfschmerzen seines Lebens.

„Schon okay. Es ist hier für keinen leicht."

Kevin erhebt sich endlich von meinem Bett und greift nach seiner Reisetasche. „Ich werde ein separates Zimmer buchen. Ich will dich nicht auch noch verlieren." Bei seinen letzten Worten zieht sich meine Brust zusammen. Ja, wir wollten uns nicht auch noch verlieren, aber wir haben es bereits getan.

Ich kommentiere seinen Abgang nicht weiter. Meine Vorstellung, dass Kevin unsere Trennung friedlich ablaufen lassen würde, hat sich spätestens jetzt als Hirngespinst herausgestellt. Er wird kämpfen, und zwar auf seine Art. Seine Einsicht wird tatsächlich erst kommen, wenn ich aus dem Haus bin und er die Scheidungspapiere auf dem Schreibtisch hat.

Als wir die Burg betreten, lodert in Jacksons Augen ein Feuer. Doch sind die Flammen heute nicht voller Begehren und Lust, sondern voller Zorn und Wut. Er sieht dem Jackson von vor zehn Jahren damit ähnlich. Würden die anderen zwanzig Touristen, darunter seine Mutter und sein zukünftiger Stiefvater, sich nicht durch die alten Gemäuer der Burg schieben, hätte er mich vermutlich schon vor lauter Wut angesprungen. Bisher hatten wir noch keine Gelegenheit, unter vier Augen miteinander zu sprechen, seit Kevin beim Frühstück zu seinem Überraschungsangriff ausgeholt hat. Wahrscheinlich gibt er mir die Schuld an dieser ganzen Misere, und ich kann es ihm nicht mal verübeln.

Im Nachhinein betrachtet hätte ich mich nicht auf diesen überflüssigen Aufschub der offiziellen Trennung einlassen sollen. Auch wenn mein Lektor wahrscheinlich nicht erfreut über ein Scheidungsdrama zur Buchveröffentlichung gewesen wäre, hätte das meinem Buch auch nicht im Wege gestanden. Und auch Rosies und Brandons Hochzeit hätte beispielsweise Trish ausrichten können. Kevin hätte sich bestimmt kein Eigentor geschossen und die Feierlichkeiten abgesagt, weil es die Hochzeit von Jacks' Mutter ist. Dafür ist Brandon ein zu großer Stern am Gastrohimmel.

Hätte, hätte, hätte. Habe ich aber nicht! Wie so oft im Leben habe ich aus Bequemlichkeit und vielleicht auch Feigheit den falschen Weg gewählt, und nun sitze ich hier in dem riesen Schlamassel – hausgemacht, genau wie meine Törtchen. Wie immer habe ich den Weg des geringsten Widerstands gewählt und muss jetzt einsehen, dass das offenbar nicht der richtige war und ich eine Bruchlandung hinlege. Jetzt ist das Desaster wirklich perfekt!

Ich muss aufpassen, dass ich vor lauter Gedankenkarussel nicht vor eines der roten Absperrbänder der Ausstellung laufe und mich zu allem Überfluss auch noch bis auf die Knochen blamiere. Gerade als der Guide uns in den nächsten Raum führen will, fasst eine Hand grob meinen Arm. „Warte!", befiehlt Jacks mir mit eisigem Tonfall. Wir bleiben hinter der Gruppe zurück, und erst, als sich die hohe Flügeltür aus dunklem Massivholz hinter der Menge schließt und wir allein auf dem breiten Flur sind, lässt er endlich meinen Arm los. „Was hat dein Idiot hier zu suchen?"

„Erstens ist es nicht mehr *mein* Idiot, sondern nur *ein* Idiot. Und zweitens, meinst du allen Ernstes, dass ich davon wusste?"

Er betrachtet prüfend mein Gesicht und entspannt sich langsam. „Nein! Du hast natürlich recht." Er atmet tief durch. „Du gehst mir einfach so sehr unter die Haut, Grace. Schon wieder!"

„Ich versichere dir, ich bin nicht davon ausgegangen, dass er mich verfolgen würde. Kevin hat seinen Hintern in den letzten sechs Jahren kaum aus seinem Schreibtischstuhl bewegt." Selbst nach seiner Nachricht wäre ich nie auf die Idee gekommen, dass er dieses Wochenende hier aufkreuzen könnte.

Jacksons Blick fixiert mich wieder auf diese Art, die selbst die hintersten Winkel meines Inneren erreicht. „Liebst du ihn?"

„Was?" Eigentlich bin ich davon ausgegangen, dass Jackson meine Gefühle für Kevin mittlerweile klar sein müssten.

„Ich spreche jetzt nicht von so einem gemeinsamen Vergangenheitsding und auch nicht von Sarah. Ich spreche von dir und ihm. Also, ein letztes Mal: Liebst du ihn?"

„Nein!"

„Gut", sagt er einfach nur. Ich bin so eine schlichte Reaktion von Jacks nicht gewohnt. Bevor ich weiß, wie mir geschieht, hat er mein Gesicht zwischen seine großen Hände genommen und küsst mich mit voller Leidenschaft. „Ich will keine Spielchen und keine scheiß Geheimnisse mehr. Das, was damals gelaufen ist, habe ich dir verziehen. Aber eine Wiederholung davon steht für mich außer Frage."

„Jacks, wenn es das ist, was du willst und brauchst, dann werde ich heute noch alles aufklären!" Das ist mein voller Ernst. Irgendwie wird es sich schon so fügen, dass alle Parteien unbeschadet aus der Sache herauskommen.

Jacks fährt sich mit den Händen durch seine dunklen Haare und atmet tief durch. Hinter seiner Fassade brodelt es gewaltig. Auch wenn er es nicht zugeben will, ist er hin und hergerissen. „Hier geht es nicht nur um das, was ich brauche. Wir warten die Hochzeit ab", sagt er nach einer Weile.

„Sicher?"

„Ganz sicher! Die Hochzeit meiner Mutter und dein Buch – wir warten ab, und danach gehörst du mir!" Trotzdem tobt immer noch ein Feuersturm in seinen Augen. Ich weiß ganz genau, dass dieser Wartezustand für Jacks unerträglich sein muss und er innerlich total durchdreht. Er ist kein Mensch, der sich einfach so fügen kann. Dafür ist er viel zu impulsiv. Irgendwie muss ich seinen Emotionen schnellstmöglich ein Ventil bieten, bevor das Fass hier in Little Hampton überlaufen wird und wir alle zusammen mit ihm zugrunde gehen.

Ich gehöre ihm – also muss ich eine Möglichkeit finden, die ihm diese verworrene Situation leichter macht.

Kapitel Dreiundzwanzig

Jackson

Wie konnte ich nur so dämlich sein und mir diese Gelegenheit entgehen lassen?

Nicht nur, dass sie Kevin alles über uns offenbart und ich einen Platz in der ersten Reihe gehabt hätte, um sein dummes Gesicht zu sehen. Nein, ich und meine mittlerweile ernsthaften Absichten Grace gegenüber hätten auch von jetzt auf gleich freie Bahn gehabt. Aber nein! Seit ich wieder englischen Boden betreten habe, mutiere ich zum letzten Weichei, das jeden Scheiß mitmacht, einzig um diese Frau glücklich zu machen. Ich hätte die Gelegenheit einfach ergreifen und sie darauf festnageln sollen – so, wie ich sie sonst auch ständig festnagle. Vielleicht sollte ich sie jetzt sofort nageln, einfach damit es mir besser geht, aber da sich Kevin jetzt auch hier rumtreibt, werde ich mein Mädchen heute wahrscheinlich nicht ficken können, obwohl ich gerade das jetzt dringender bräuchte als alles andere.

Fuck!

Bevor ich mich komplett vergesse und dieses wunderschöne Zimmer in seine Einzelteile zerlege, wähle ich Haydens Nummer. Ausgerechnet heute geht er natürlich nicht an sein Telefon. In New York ist es vormittags; wahrscheinlich war er gestern wieder in einem der Clubs und kuriert gerade seinen Kater aus. Scheiße! In den vergangenen Tagen haben wir öfter telefoniert. Er ist über die ganze Situation hier voll im Bilde und hat mir zugesagt, doch noch zur Hochzeit meiner Mutter zu kommen. Wahrscheinlich will er sich das mit mir und Grace einfach nicht entgehen lassen und aufpassen, dass ich es nicht versaue. Die Chancen, es in den Sand zu setzen, stehen dank Kevin wieder ziemlich gut.

Ich gehe auf den kleinen Balkon meines Zimmers und krame in meiner Jackentasche nach einer Zigarette. Ich muss mich dringend beruhigen. Der dichte Rauch füllt meine Lungen und lässt das fiese Gefühl in meiner Brust kurzweilig besser werden. Mir wächst die ganze Sache total über den Kopf. Ich will Grace, und zwar ganz. Ich will sie für mich alleine, und ich will sie so, dass jeder auf dieser Welt weiß, dass sie mir gehört. So viel steht fest. Und ich glaube, das will sie auch. Zumindest hat sie zugegeben, dass sie es schon mal wollte. Und obwohl ich ihr die beschissene Nummer aus der Schulzeit verziehen habe und ihr wirklich vertraue, gibt es diesen einen Zweifel in mir, den sie selbst vor zehn Jahren gesät hat.

Ein Klopfen an der Tür zerrt mich aus meinen Gedanken. „Keiner da!“, schreie ich.

„Ich bin es, jetzt mach auf!“, höre ich Grace’ helle Stimme.

Sie klopft erneut.

„Ich komm ja schon!“

Grace steht in einer weißen Sportgarnitur, bestehend aus enganliegender Lauftight mit Mesh-Einsätzen an den Oberschenkeln und passendem Top vor mir. Das Outfit lässt der Fantasie eines Mannes wenig Spielraum. „Jetzt sieh mich nicht so an! Ich trage die Turnschuhe nicht umsonst. Zieh dich um, Jackson!“

„Solltest du nicht in Rossis Küche stehen und Pralinen rollen?“

Sie zieht einen Schmollmund. „Pralinen werden nicht gerollt, sondern hauptsächlich gegossen und gefüllt. Aber ja, sollte ich. Allerdings glaube ich, dass du gerade dringender einen Freund benötigst als ich Schokolade!“

„Einen Freund?“

„Ja.“

„Wir sind also Freunde?“, frage ich mit hochgezogener Augenbraue.

„Das eine schließt das andere nicht aus. Und jetzt komm, bevor ich mir es anders überlege.“

Ich weiß gar nicht, seit wann sie so unvorsichtig ist und riskiert, dass man uns zusammen sehen könnte, besonders jetzt, wo dieser Wurm hier residiert. „Und wenn dein Mann uns sieht?“

„Noch-Ehemann, bitte. Ehrlich gesagt ist mir das egal. Außerdem sitze ich ja nicht rittlings auf dir.“

„Schade eigentlich.“ Sie hat sich wirklich verändert, wenn es ihr egal ist. Grace war nie egal, ob jemand schlecht von ihr denken könnte – sogar bei Menschen, die sie gar nicht mochte, war es ihr nicht gleichgültig.

„Jetzt zieh dich um und komm!“

„Wo gehen wir hin? Joggen in den Bergen?“, frage ich, während ich hinter ihr her trotte.

„Nein.“

Ich folge ihr in eines der Nebengebäude des riesigen Anwesens. Wir durchqueren das Poolhaus, und hätte ich gewusst, dass Rossi hier eine richtige Wellnessoase im antik-römischen Stil gebaut hat, wäre ich hier bestimmt schon mit Grace gewesen. Sie öffnet eine

Seitentür, und wir kommen in einen vollständig ausgestatteten Fitnessraum. Während das Schwimmbad seine Nutzer an Italien erinnern soll, ist er sehr schlicht und modern gehalten. Das Parkett und eine große, verspiegelte Wand verraten, dass dies wahrscheinlich mal ein Tanzsaal gewesen ist. Der Raum ist komplett in Weiß gehalten, was nur hier und da von einer größeren Grünpflanze unterbrochen wird.

„Was wird das hier?", frage ich Grace überrascht, als sie auch schon auf den Boxsack deutet.

„Du sagtest, dass du dich dabei abreagierst." Sie boxt einmal gegen den Sandsack, der sich daraufhin nicht bewegt.

„Grace, ich glaube nicht, dass du mit mir boxen solltest!"

Ihre Augen werden riesig. „Das habe ich auch bestimmt nicht vor. Du kannst dich mit dem Boxsack beschäftigen, und ich gehe in der Zeit auf das Laufband."

Ich weiß nicht wirklich, was ich dazu sagen soll. Sie hat ihren Termin für mich verschoben und bietet mir eine Möglichkeit, mich in den Griff zu bekommen. So was kenne ich eigentlich nur von meinem besten Freund. „Danke, Grace."

„Nicht dafür. Und jetzt lasse ich dich in Ruhe. Wenn du mich brauchst, lass es mich wissen."

Als meine Fäuste das erste Mal auf den Boxsack treffen, spüre ich sofort die lindernde Wirkung auf meinen Geist. Es ist, als würde mit jedem Schlag grauer Dunst aus Wut und Verzweiflung aus mir getrieben werden. Grace ist so viel mehr als alles, was ich mir je vorgestellt habe. Und auch so viel mehr als die Grace von damals. Sie weiß einfach genau, wann ich was brauche. Und sie gibt es mir bedingungslos. Nicht nur im Bett, sondern in jedem gemeinsamen Moment.

Nie hätte ich gedacht, in einem dieser Augenblicke, wenn ich kurz davor bin zu explodieren, von jemand anderem als Hayden Verständnis erwarten zu können. Und ganz besonders nicht von jemandem, der so sehr in mein Gefühlschaos involviert ist. Auch wenn Grace maßgeblich an dieser ganzen Misere beteiligt ist, lässt sie mich mit dem drohenden Erdbeben tief in mir nicht allein. Sie reicht mir die Hand, bietet mir einen Weg, aus der Dunkelheit herauszufinden, und begleitet mich dabei.

Nach und nach beruhige ich mich wieder, was leider nicht bedeutet, dass die Bombe vollständig entschärft ist. Aber für den Moment komme ich klar und werde Kevin nicht den Kopf abreißen.

Ich betrachte Grace, die sich gerade auf dem Laufband verausgabt und über ihre kabellosen Kopfhörer Musik hört. Sie hat die Situation um sich herum komplett ausgeblendet und gibt sich einzig den Klängen und ihrer regelmäßigen Atmung hin. Ich kann deutlich ihr konzentriertes Gesicht in der Spiegelwand sehen. Ihr unverschämt heißes Sportoutfit gehört eher ins Schlafzimmer als in ein Fitnessstudio und bringt ihre unglaublichen Kurven voll zur Geltung. Für mich ist es immer noch ein Rätsel, warum eine Frau mit so einem Körper oft so unsicher ist. Grace ist die pure Weiblichkeit, ohne dabei in irgendeiner Weise unnatürlich zu wirken. Bei dem Gedanken daran, wie oft ich jetzt schon in den Genuss ihres anbetungswürdigen Körpers gekommen bin und ihr weiches Fleisch teilen durfte, werde ich unmittelbar wieder hart.

Sie stellt das Laufband noch eine Stufe höher und steigert ihre Geschwindigkeit. Obwohl sie einen Sport-BH trägt, wippen ihre vollen Brüste leicht bei jedem ihrer Schritte. Auf ihrem Dekolleté hat sich ein dünner Schweißfilm gebildet, der ihre makellose Haut sanft schimmern lässt. Das bauchfreie Top entblößt ihre schmale Taille, während sich ihre Lauftight eng an ihren Apfelpo schmiegt, der sich prall unter dem weißen Stoff abzeichnet. Je länger ich ihren Anblick genieße, desto mehr Blut fließt in meine Körpermitte. Statt intensiver Wut empfinde ich nun pure Begierde, die ich nur mit Grace' Körper stillen kann. Ich brauche diese Frau jetzt – hier – sofort!

Während Grace weiterläuft, pirsche ich mich von hinten an sie heran, schlinge einen Arm um ihre Taille und stelle das Laufband auf die niedrigste Stufe. Sie zieht die Kopfhörer ab.

„Möchtest du gehen?", fragt sie mich leicht außer Atem.

„Nein!" Ich schalte das Laufband ganz aus, stelle mich direkt hinter sie und presse meinen harten Schwanz an ihren Rücken.

„Oh", entfährt es ihr, als sie mich spürt und ich eine Hand unter ihr Top schiebe. „Wir sollten gehen."

Niemals schaffe ich es zurück bis zum Hotel. „Nein, ich will dich genau hier!"

„Es könnte jederzeit jemand hereinkommen. Außerdem brauche ich vorher eine Dusche."

Als Antwort darauf umschlinge ich sie mit beiden Armen, um sie an Ort und Stelle zu halten. Ich scheiße auf die Dusche, und ich scheiße auf Zuschauer. Im Spiegel erkenne ich, wie sie unsicher zur Tür blickt. „Entspann dich! Für mich sah hier bisher niemand wirklich sportlich aus."

„Du bist doch vollkommen wahnsinnig", sagt sie leise, und ich kann deutlich die Lust in ihrer Stimme hören. Sie tut so, als würde es sie stören, aber in Wahrheit erregt sie die Möglichkeit, dass wir erwischt werden könnten. Vielleicht erregt es sie sogar am meisten, dass Kevin uns erwischen könnte.

„Ein bisschen! Und jetzt halt still!", flüstere ich in ihr Ohr, als ich mich mit sanften Küssen zu ihrem Hals vorarbeite. Sie hat diesen eigenen, besonderen Geschmack, der durch ihre kleine Laufeinheit noch deutlicher auf ihrer Haut liegt. Ein Hauch von Vanille und Sommer und noch viel, viel mehr.

Da wir in dieser Situation nicht lange Zeit haben und ich auch nicht mehr warten kann, schiebe ich meine Hand von ihrem flachen Bauch hinab in ihren Slip und gleite mit meinen Fingern in ihre Spalte. Sie ist schon feucht für mich, was mir bestätigt, dass sie einem kleinen Abenteuer keineswegs abgeneigt ist. Ich reibe einige Male fest über ihre Klit, was sie aufkeuchen lässt. Sie hat sich gegen mich gelehnt, ihr Kopf ruht an meiner Brust. „Sieh dich an, Grace!", befehle ich ihr.

Sie sieht zu schön aus, wenn sie sich ihrer Lust hingibt. Es wäre eine riesige Verschwendung, wenn sie das verpassen würde. Als sie in den Spiegel blickt, beißt sie sich auf die volle Unterlippe. Ich liebe es, wenn sie das tut.

„Fuck, Grace!" Ich kann keine Minute mehr warten. Ich nehme ihren Zopf, schlinge ihn mir einmal um die Hand und drücke sie nach vorne, sodass sie sich auf den Haltegriffen des Laufbands aufstützen muss. Mit einem Ruck ziehe ich ihr die Sporttight und den Slip bis zu den Knien herunter. Mit einem einzigen Stoß dringe ich komplett in ihre heiße Mitte ein, und ihr vor Lust verzerrtes Gesicht im Spiegel gibt mir beinahe jetzt schon den Rest. Ich ficke sie so hart ich kann, und Grace fängt begierig jeden meiner Stöße auf. Immer und immer wieder bohre ich mich unnachgiebig in ihren weichen Körper, der mich bereitwillig in seiner Enge empfängt. Ich drücke sie ein Stück nach vorn, bis ihr Gesicht auf den Armaturen des Sportgerätes liegt. Grace geht automatisch ins Hohlkreuz und streckt mir ihren üppigen Hintern entgegen, wodurch ich noch tiefer in sie eindringen und die Grenzen ihres Inneren spüren kann.

Mein Schwanz füllt sie bis zum Rand aus, und durch die besonders tiefe Penetration muss alleine dieses Gefühl schon kaum auszuhalten sein. Ich bin kurz vorm Explodieren und schlinge meinen Arm um sie, damit ich zusätzlich ihre kleine, geschwollene Perle stimulieren kann. Nichts will ich mehr, als Grace jetzt sofort auf diesen wilden Trip des Orgasmus mitzunehmen.

„Jackson", stöhnt sie laut und presst sich den Handrücken vor den Mund. Als ich spüre, wie sich ihre inneren Muskelringe rhythmisch um mich zusammenziehen, lehne ich mich über sie und beiße ihr in die Schulter, was ihr den Rest gibt, sodass sie heftig kommt. Ich ergieße mich schwallartig immer und immer wieder in ihr und brandmarke ihren Körper als den meinen.

Kapitel Vierundzwanzig

Grace

„Scheiße, Süße! Ich schwöre dir, hätte ich irgendetwas mitbekommen, dann hätte ich dich vorgewarnt", sagt Molly durch die Freisprecheinrichtung meines Smartphones. Sie hat sich gefühlt tausendmal dafür entschuldigt, Kevins Abreise nicht mitbekommen und mich nicht vorgewarnt zu haben.

„Das weiß ich doch! Jetzt ist er hier und macht alles noch komplizierter."

„Und wenn du es aufklärst? Ich meine, du und Jacks, das ist doch jetzt eigentlich klar mit euch, oder?" Molly hat die gleiche Idee, die mir auch schon kam. Je länger ich dieses Spiel treibe, umso schlimmer wird es nur – so viel weiß ich mittlerweile auch.

„Das habe ich Jacks auch angeboten. Aber er will es durchziehen. Er will Rosie die Hochzeit nicht verderben, und er will mir und meinem Buch keine Steine in den Weg legen."

„Hm, ich glaube, seine Ängste sind nicht ganz unberechtigt. Es ist vielleicht doch besser, wenn ihr es noch so laufen lasst."

„Kevin würde sich niemals die Hochzeitsfeier von Brandon Scott entgehen lassen und schon gar nicht den Skandal in Kauf nehmen, dass sein Hotel den Termin zwei Wochen vorher cancelt." Es wird immer verlockender, ihm einfach eine öffentliche Abfuhr zu geben.

„Das vielleicht nicht, aber meinst du nicht, dass das für ganz schön viel Unruhe im Hintergrund sorgen könnte? Klar würde es das für dich und Jacks leichter machen, und wahrscheinlich wärst du Kevin dann wirklich los, aber das hätte eben seinen Preis. Ich glaube nicht mal, dass es sich auf dein Buch auswirken würde. Was interessiert es die Leser, ob du dich scheiden lässt? Aber sind wir ganz ehrlich, du hast dich auf dieses scharfe Geheimnis eingelassen und Jacks – na ja, er wusste ja wohl auch, welche Folgen das haben könnte. Ich denke, wenn ihr es jetzt allen die Wahrheit sagt und seine Mutter und ihr Verlobter darunter leiden müssten, wäre das irgendwie egoistisch, und damit macht ihr es nur noch schlimmer.“

Ich schließe die Augen und verdrücke eine bittere Träne. „Ich glaube, ich verliere am Ende alles.“

„Wie meinst du das, Grace?“

„So, wie ich es sage. Ich denke, durch all diese Geheimnisse werde ich am Ende nichts mehr haben. Der Verlag wird mich fallen lassen, Kevin wird nie wieder ein Wort mit mir wechseln und Jackson wird einsehen, dass er mich niemals lieben kann.“ Obendrein wird Trish meinen Ehebruch überall herumposaunen, und am Ende werde ich von allen in Little Kings Bay gemieden werden.

Molly seufzt. „Grace, jetzt hör mal zu! Das wird ganz bestimmt nicht so kommen. Warte einfach diese zwei Wochen ab. Was soll in der Zeit bitte noch Schlimmes passieren?“

„Ich weiß es nicht! Aber ich habe einfach so ein ungutes Gefühl.“ Und ungute Gefühle täuschen einen meistens nicht.

„Dann konzentrier dich auf die guten Gefühle! Davon solltest du im Moment mehr als genug haben. Ich hab dich lieb Süße. Bye!"

„Ich dich auch! Bye!"

Ich muss unweigerlich schmunzeln. Die guten Gefühle sind viel zu gut. Verboten gut, um genau zu sein. Noch vor einer guten Stunde hatte ich sensationellen Sex mit Jackson, wobei wir jederzeit hätten erwischt werden können. Auch von Kevin!

Heute Vormittag habe ich Jackson gesagt, dass es mir egal ist, ob Kevin uns sieht. Und wären wir noch mal an dem Punkt von vor zwei Wochen, dann würde ich die ganze Sache wirklich komplett anders angehen und mich klipp und klar trennen, bevor Jacks auch nur in meine Nähe gekommen wäre. Leider lässt sich die Zeit nicht zurückdrehen, und so sauer ich auch auf Kevin bin und es irgendwie genießen würde, ihm meine Affäre mit Jackson einfach ins Gesicht zu knallen, weiß ich doch, dass das nicht der richtige Weg wäre.

Er ist immer noch Sarahs Zwillingsbruder und wird mir nach allem, was wir gemeinsam durchgestanden haben, niemals ganz gleichgültig sein, egal wie sehr mich sein Verhalten auch auf die Palme bringt. Wir sind wie Familie füreinander, und auch wenn man manche Verwandte manchmal erwürgen könnte, so ist man doch immer irgendwie verbunden. Dabei geht es mir gar nicht so sehr um den Trauschein, der uns verbindet. Dieses Stück Papier bedeutet mir nichts. Es geht um die emotionale Verbindung, die wir seit Sarahs Tod miteinander haben. Egal, wie mies er mich oft in den letzten sechs Jahren behandelt hat, wie oft er mir das Gefühl gegeben hat, nicht zu genügen und ihm etwas schuldig zu sein, egal wie oft er wirklich ein Arschloch zu mir gewesen ist, meinen Körper und meine Fähigkeiten kritisiert und dann noch darüber gelacht hat – er bleibt trotzdem ein Familienmitglied für mich. Wir sind für immer durch Sarah verbunden, und ich bin es uns beiden schuldig, das vernünftig abzuschließen, damit wir beide neu anfangen können. Er muss und wird die Wahrheit erfahren. Aber in einem geeigneten Rahmen, den ich vorher genau abstecken werde. Molly und Jacks haben beide recht damit, dass wir in den zwei verbleibenden Wochen die Füße stillhalten müssen, so verworren die ganze Situation auch sein mag. Jetzt damit vorzupreschen, würde mehr Schaden als Nutzen anrichten und am Ende alles nur verschlimmern.

Ein Blick auf die Uhr verrät mir, dass nun Schluss mit Grübeln sein muss. Da ich heute Nachmittag mein Date mit der Küche abgesagt habe, da ich Jacks nicht alleine lassen wollte, nehme ich die Einladung direkt vor dem Dinner wahr. Ich brezle mich heute nicht zu sehr auf und entscheide mich für ein leichtes, dunkelblaues Kleid mit kleinen Schmucksteinverzierungen am Kragen und dazu bequemen, schwarzen Pumps, damit ich in der Küche nicht ganz nutzlos bin.

„Mrs Roberts, da sind Sie ja!", begrüßt Mr Rossi mich im Foyer, von wo aus wir gemeinsam in die Küche gehen. Nachdem er mich seinem Chefkoch Leonardo Conti vorgestellt hat, fangen beide auch schon aus voller Inbrunst an, mir von ihren traditionell italienischen Desserts zu erzählen.

„Und meine Nonna in Neapel hat jedes Jahr zum Karneval die traditionellen Chiacchiere gemacht, und dazu gab es diese eine, ganz spezielle Schokoladensoße. Ich habe ihr immer und immer wieder zugesehen, und doch hat es Jahre gedauert, bis meine Soße auch nur annähernd so war wie die von Nonna! Stellen Sie sich vor, ich bin ausgebildeter Koch, aber schaffe es nicht, diese eine Soße so zu hinzubekommen wie eine einfache Hausfrau!“

Für solche Erzählungen lebe und liebe ich meinen Job. Genau das ist es, was den Zauber ausmacht. Manche Menschen sind so besonders, dass sie selbst die wahre Geheimzutat eines Rezeptes sind. „Ich verstehe Sie ganz genau, Mr Conti! Und eben diese Geschichten sind so erzählenswert, dass ich sie in meinen Büchern festhalte!“

Er grinst mich an und reicht mir die Hand. „Ganz wunderbar! Aber nennen Sie mich bitte Leonardo.“

„Gerne, dann bin ich ab jetzt Grace.“ Er zieht mich an sich und gibt mir rechts und links einen Kuss auf die Wange. Macht man das in Italien so? Ich weiß es nicht, finde es aber auch keineswegs unangenehm. Hier in der Küche herrscht so ein vertrautes Betriebsklima, dass ich mich direkt wohl und keineswegs als Fremdkörper fühle.

„Darf ich meiner Ehefrau auch über die Schulter sehen?“ Natürlich muss Kevin mich hierher verfolgen, wo ich den Vor- und Nachmittag über Ruhe vor ihm gehabt habe. Er schiebt sich dicht hinter mich, obwohl in der Küche mehr Platz als nötig vorhanden ist, und starrt auf die kandierten Früchte, die vor mir auf dem Tisch liegen. „Was ist mit dem Obst passiert?“, fragt er und schiebt sich eine der Zitronenscheiben in den Mund.

„Hat Ihre Frau Sie noch nie mit in die Küche genommen?", witzelt Rossi.

„Nein. Grace ist bei der Arbeit lieber für sich." Lügner! Lügner! Lügner! In sechs Jahren hat meine Arbeit ihn noch nie wirklich interessiert. Weder die Herstellung meiner Kreationen noch die Abläufe in der Küche – und mein Buch schon gar nicht.

„Das ist so nicht ganz richtig. Kevin sitzt viel im Büro", korrigiere ich ihn viel zu sanft.

„Na dann haben Sie jetzt die Gelegenheit, uns gemeinsam mit Ihrer Frau etwas zu zaubern!", versucht Leonardo, die spürbar angespannte Situation zu entspannen.

Ich besinne mich wieder auf den Grund meines Besuchs und fertige den Teig für meine Zitronenwaffeln an – wie ich finde genau das richtige Dessert für einen krönenden Abschluss auf Rossis Weingut. Der Teig ist schnell gemacht, und gemeinsam mit Leonardo stelle ich cremiges Vanilleeis her, das perfekt zu den warmen, backfrischen Waffeln passen wird. Während die Eismaschine ihren Dienst erfüllt, zeigt Leonardo uns den Prozess des Kandierens, der in Italien aus mehreren Zuckerbädern besteht und am Ende eine ganz besondere Zuckerkruste ermöglicht. Außerdem bereitet er die spezielle Soße nach dem Rezept seiner Nonna zu. Schon nach kurzer Zeit ist die Kücheninsel vom Duft feinschmelzender Schokolade umgeben, der mir das Wasser im Mund zusammenlaufen lässt. Währenddessen rührt Kevin immer noch unbeholfen, wie der letzte Idiot, mit einem Schneebesen in der Schüssel mit dem Waffelteig herum, wobei ich mich unweigerlich frage, ob der arme Teig wohl mittlerweile seekrank geworden ist oder einfach noch mehr Alkoholgehalt durch Limoncello benötigt, um diese Prozedur zu verkraften.

„Hier seid ihr ja alle!“, höre ich Rosies Stimme hinter mir. Gemeinsam mit Brandon und Jackson kommt sie zu uns.

„Dürfen wir?“, fragt sie in unsere Richtung.

„Aber selbstverständlich! Hätte ich gewusst, dass so reges Interesse an unserer Küche besteht, so hätte ich Sie alle eingeladen. Leonardo hätte sicherlich nichts gegen eine richtige Vorführung seiner Kochkünste gehabt“, sagt Rossi. Es würde wohl auch niemand auf die Idee kommen, einen Restaurantkritiker aus seiner Küche zu verbannen. Für Brandon wird in den Küchen eher der rote Teppich ausgerollt als für die Queen.

„Was haben wir denn verpasst?“ Brandon deutet auf die Köstlichkeiten, die vor uns ausgebreitet sind.

„Wir tauschen nur Rezepte aus“, sage ich.

„Grace und Mr Roberts haben festgestellt, dass sie noch nie zusammen in der Küche standen. Das müssen wir dringend beheben. Liebe geht immerhin durch den Magen, und bei uns Italienern ganz besonders“, ergänzt Leonardo sehr zu meinem Leidwesen. Jacksons Miene verfinstert sich, und ich befürchte, dass unsere gemeinsame Sporteinheit heute Nachmittag völlig umsonst war.

Mit einem lauten Knallen lässt Mr Rossi den Korken einer Champagnerflasche hochgehen und schenkt der Runde nach und nach Gläser ein. „Bellissima! Wir alle in der Küche – das ist wie zuhause in Italien. Wir müssen anstoßen! Wer weiß, wann wir noch mal so zusammenkommen.“

Wir prosten uns gegenseitig zu, und ich leere meine Champagnerflöte in einem Zug. Hier hilft nur noch eine gute Betäubung und Zähne zusammenbeißen.

„Sehen Sie Grace, die Schokolade hat die perfekte Anzahl an Kristallen gebildet und der Glanz, den Sie jetzt im flüssigen Zustand sehen, wird auch beim Erkalten erhalten bleiben. Daraus werden wir jetzt Nonnas Soße zubereiten. Aber probieren Sie zuerst bitte", fordert mich Leonardo auf. Er reicht mir einen langstieligen Dessertlöffel mit Schokolade, die herrlich duftet und wunderschön glänzt. Das mehrmalige Erwärmen und Abkühlen hat sich definitiv gelohnt.

Als ich meine Lippen um den Löffel lege, schließe ich automatisch die Augen. Der Geschmack ist intensiv – voller unterschwelliger Aromen von Vanille und kräftigem Röstkaffee, vollendet in einem unglaublichen Schmelz, der sich wie Samt auf meiner Zunge ausbreitet. „Hmm – Leonardo, das ist fantastisch!"

„Darf ich?" Kevin kommt näher. „Du hast da etwas Schokolade." Noch bevor ich begreifen kann, was er vorhat, liegen seine Lippen auf meinen und küssen mir die Schokolade vom Mundwinkel, während er mich in eine feste Umarmung schließt und an seinen Körper zieht. Ich hänge wie eine schlaffe Marionette in seinen Armen, erstarrt durch diesen unerwarteten Übergriff, weil ich nicht weiß, wie ich mich verhalten soll. Als sich seine Zunge in meinen Mund drängt, spüre ich die Blicke aller Anwesenden auf mir ruhen. Ganz besonders aber den alles vernichtenden Blick von Jackson. Ich drücke Kevin so gut es geht von mir weg, ohne meine Verärgerung zu zeigen, und werfe ihm einen hasserfüllten Blick zu. Dieser verdammte Idiot taucht hier auf und macht alles noch schlimmer, als es ohnehin schon ist.

„Bellissima! Ich sagte doch, Liebe geht durch den Magen. Sie müssen sich nicht schämen, Grace. Wir Italiener leben immer so, haben uns hier aber den Briten angepasst. Aber für uns ist das *nessun problema* – kein Problem!"

Am liebsten würde ich Leonardo sagen, dass ich lieber mein Leben lang auf seine Schokolade verzichten würde, wenn sie mit Kevins Küssen verknüpft ist. Aber ich reiße mich zusammen.

„So ist es! Meine Sehnsucht nach meiner Frau war einfach zu groß, als dass ich es noch einen Tag in Little Kings Bay ohne sie ausgehalten hätte. Nach unseren Nachrichten gestern habe ich sofort den Entschluss gefasst, morgens aufzubrechen, um wenigstens das Wochenende mit ihr zu verbringen."

„Nachrichten? Also ich hatte gestern kaum Netz in den Weinbergen", sagt Jacks mit kontrolliert ruhiger Stimme.

„Na, sehen Sie sich meine Frau an. Meinen Sie etwa, da können mich so ein paar Berge aufhalten?" Kevin lacht fast hysterisch. „Ich erreiche sie immer und überall, wo ich will!"

Alle fallen mit in sein dämliches Gelächter ein. Alle außer Jacks und mir.

Scheiße!

Das schlechte Gefühl breitet sich wieder in meinem Bauch aus und wird stärker. Ich werde am Ende alleine zurückbleiben, denn solche Dinge wie mit Jacks und mir nehmen einfach nie ein gutes Ende.

Das Dinner verläuft glücklicherweise ohne weitere Vorkommnisse. Kevin schleimt sich bei Brandon ein und redet über das Hotel, während er sich einen Wein nach dem anderen gönnt, weswegen Jacks und ich größtenteils schweigen können. In Gedanken bin ich sowieso ganz woanders und will einfach nur so schnell wie möglich unter vier Augen mit Jacks sprechen. Kevins Aussagen und der unerwartete Überfall in der Küche haben uns zurückgeworfen, und ich muss das dringend wieder geraderücken.

Als das Dinner endlich vorüber ist und Kevin sich mir aufdrängen will, um mich auf mein Zimmer zu bringen, lasse ich ihn einfach an der Bar stehen und marschiere wütend die Treppen hinauf. Es benötigt eigentlich keiner Worte von mir, damit er versteht, warum ich ihn nicht mehr sehen will.

Jacks ist direkt nach dem Dessert, von dem er nichts angerührt hat, verschwunden. Vermutlich vertritt er sich draußen die Beine und raucht eine seiner Notfallzigaretten, was ich ihm nicht verübeln kann. Hätte ich jetzt eine Schachtel griffbereit, würde ich mich mit Glimmstängel und einer Flasche Wein auf den Balkon setzen.

Wie gebannt lausche ich, ob ich Schritte auf dem Flur oder Jacks' Zimmertür höre, doch auch nach einer halben Stunde ist da nichts. Ich ziehe mir ein Nachthemd an und streife mir vorsorglich den passenden Kimono über, falls Jacks kommt und ich schnell auf den Flur muss.

Ich hoffe, dass ich ihn gleich erwische und er mir zuhören wird. Sein Blick war so voller Wut und Hass, aber nicht allein auf Kevin oder die Situation – nein, er war an mich gerichtet und hat mein Herz wie ein Dolchstoß getroffen. Auf gar keinen Fall darf das mit uns so enden. Ich wollte ihn keineswegs verletzen, als ich Kevin bei dem Kuss nicht sofort in seine Schranken gewiesen habe, sondern bin schlicht und einfach komplett überrumpelt gewesen. Während unserer gesamten Beziehung hat Kevin nie körperliche Zuneigungen in der Öffentlichkeit ausgetauscht. Für Jacks muss es sich so anfühlen, als würde ich ihn erneut abservieren wollen und mir beide warmhalten. Dabei hat mir der Kuss nur das bestätigt, was ich schon lange weiß: Kevin und mich verbindet nichts, was über eine tiefverwobene, platonische Freundschaft hinausgeht.

Endlich höre ich Schritte draußen. Soweit ich es mitbekommen habe, haben nur Jackson und ich Zimmer auf diesem Flur, da er den Rezeptionisten bestochen hat. Die anderen Gäste sind alle auf derselben Etage wie Rosie und Brandon untergebracht. Es klopft dreimal an meiner Tür. „Komme schon!", rufe ich und binde meinen Kimono fest zusammen.

Noch bevor ich die Situation vollständig erfassen kann, werde ich auch schon mit voller Wucht in mein Zimmer gedrängt und hart gegen die Wand gepresst … von einem nach Alkohol riechenden, wütend funkelnden Kevin, der die Zimmertür hinter uns beiden zuknallt. „Was willst du hier?", fahre ich ihn an. Ich kenne Kevin, und ich kenne ihn auch seit meiner Jugend betrunken. Trotz seiner Anwandlungen als Riesenarsch gehört Gewalt gegenüber Frauen nicht zu seinem Repertoire, weswegen ich keine Angst vor ihm habe.

„Du wagst es zu fragen, was ich hier will? Ist das nicht offensichtlich?", lallt er.

„Kevin, ich bitte dich! Du bist total betrunken. Geh jetzt bitte in dein Zimmer und lass mich in Ruhe!"

Er lacht diabolisch. „Dich in Ruhe lassen? Du bist immer noch meine Frau, vergiss das nicht!"

„Auf dem Papier! Aber in der Realität ist es vorbei, uns das wissen wir beide. Also geh und lass mich in Ruhe schlafen!" Dieser Trottel schafft es wirklich immer wieder, mich noch mehr gegen sich aufzubringen und das Ende unserer Ehe immer unschöner werden zu lassen.

„Schlafen? Sag mir Grace, seit wann willst du schlafen?" Sein Blick wandert zu meinem Kimono.

„Was soll das jetzt?", frage ich scharf.

„Sonst wolltest du auch nicht schlafen, sondern gefickt werden! Hier bin ich also, und nun sagst du mir, du willst deine Ruhe und schlafen?" Jetzt hat er komplett den Verstand verloren.

„Kevin, es reicht!" Mit aller Kraft, die ich aufbringen kann, schubse ich ihn von mir weg und gegen die Wand.

„Seit wann bist du so kratzbürstig? Der Job als Hochzeitsplanerin bekommt dir nicht, Grace! Ich weiß gar nicht, woher du das plötzliche Selbstbewusstsein nimmst, um dich derart aufzuführen!" Er macht wieder einen Schritt auf mich zu und zieht an dem Knoten des Kimonogürtels, ehe ich seine Hände wegschlagen kann.

„Kevin, ich bitte dich jetzt noch mal im Guten, endlich das Zimmer zu verlassen", sage ich laut, aber beherrscht.

„Oder was?"

„Oder ich schreie um Hilfe und stelle dich vor allen bloß!"

Er lacht laut auf, und mir fährt ein kalter Schauer über den Rücken. Kevin ist geladen, so wie er es während unserer Schulzeit war, wenn ihm irgendetwas oder jemand in die Quere kam ... und heute bin ich das. „Du wirst nicht um Hilfe schreien! Du bist meine Frau, und genau deswegen wirst du jetzt mit mir an unserer Ehe arbeiten!"

„Den Teufel werde ich!" Ich dränge mich an ihm vorbei, um die Tür zu erreichen.

„Ach, und unser Kuss? Willst du mir sagen, dass du das nicht vermisst hast?"

„Kevin, merkst du eigentlich noch irgendwas? Ich habe mich von dir getrennt, und wenn die Hochzeit vorbei ist, mache ich das offiziell. Ich habe eine Maklerin und werde ausziehen."

„Ach, du vermisst Körperkontakt plötzlich nicht mehr? Bis vor wenigen Wochen hast du noch jede Gelegenheit ergriffen, um mir an die Wäsche zu gehen, und jetzt willst du nichts mehr von mir wissen?" In seinem Blick spiegelt sich eine Erkenntnis, die mir aus mehreren Gründen den Hals zuschnürt.

Er weiß es! Und deswegen ist er hier!

Ich hatte geplant, ihm in Little Kings Bay den Ehebruch zu gestehen, wo meine Eltern und Molly mich anschließend hätten unterstützen können. Stattdessen sind wir hier zu zweit in diesem Hotelzimmer und Kevin ist stockbesoffen und wütend. Scheiße!

„Ich habe euch gesehen, Grace! Meinst du, ich bin blind?", brüllt er mich an. Kevin Roberts hat meines Wissens nach nie eine Frau geschlagen. Weder damals in der Schule noch während des Studiums. Aber jetzt bekomme ich trotzdem Angst. „Meinst du, ich habe nicht gesehen, wie er dich in der Küche angeschmachtet hat? Wie er seine siffigen Pralinengriffel am liebsten in deine Muschi gesteckt hätte?" Pralinengriffel? „Dieser italienische Möchtegern-Gigolo! Meinst du, ich habe nicht gesehen, wie er dich zur Begrüßung geküsst hat?"

Leonardo! Scheiße, er denkt also, ich habe ein Verhältnis mit Leonardo!

„Du bist eine miese, kleine Schlampe, Grace! Ich weiß ganz genau, dass du den Koch fickst! Deswegen konntest du es gar nicht erwarten, hierherzukommen, oder?"

„Kevin, du reimst dir Dinge zusammen, die absolut nicht der Wahrheit entsprechen!" Auch wenn er mit der eigentlichen Vermutung ins Schwarze trifft.

„Ach? Ich will gar nicht wissen, für wen du noch alles die Beine breit gemacht hast! Aber jetzt Grace, wirst du die Beine für mich breit machen und mir die Chance geben, das zwischen uns wieder zu reparieren!" Meine Kehle wird staubtrocken.

„Es gibt nichts zum Reparieren! Und jetzt geh endlich!", versuche ich es noch mal im Guten. Ich dränge mich an ihm vorbei und drücke die Türklinke runter, als er mich packt.

„Grace, ich werde dir jetzt diese Chance geben, und dann wirst du mit mir zurück nach Little Kings Bay fahren und wir vergessen alles, was hier passiert ist!"

„Lass mich los, verdammte Scheiße!" Jetzt schreie ich richtig.

Ich stehe am ganzen Leib zitternd vor ihm. Im all den Jahren hatte ich nie Angst vor ihm, aber seine Mischung aus Alkohol und schierer Verzweiflung ist mit

Vorsicht zu genießen. Seine Blicke wandern über meinen bebenden Körper und bleiben an meinen Augen hängen, die ihn unergründlich anstarren, weil ich versuche, irgendwo in ihm den Mann zu finden, mit dem ich die letzten sechs Jahre verbracht habe.

„Scheiße, du hast wirklich Angst vor mir, oder?“, fragt er mit dünner Stimme. Anscheinend wird ihm jetzt erst bewusst, in welch eine schreckliche Situation er uns gebracht hat. „Okay Grace, es tut mir wirklich leid! Scheiße, ich dachte das wäre, was du willst. Ich bin ein Riesenidiot! Aber bitte, wir werden das jetzt klären. Du wirst jetzt mit mir sprechen, und dann raufen wir uns wieder zusammen.“ Seine Stimme bricht beinahe, so als wäre er kurz davor, loszuheulen. Normalerweise würde er mir leidtun, und irgendwo tief in mir verspüre ich auch Mitleid für ihn, nur gerade ist es mir nicht möglich, mich um Kevins Befindlichkeiten zu kümmern.

„Ich will, dass du gehst! Raus jetzt!“ Ich klinge beinahe hysterisch.

Mit einem lauten Knall fliegt die Tür auf, und Jackson steht im Raum. Seine Anwesenheit gibt mir ein Gefühl von Sicherheit. Gott sei Dank war die Tür nur angelehnt, wobei er wahrscheinlich auch kein Problem damit gehabt hätte, sie einzutreten. „Ich glaube, Grace hat gesagt, dass Sie gehen sollen!“, sagt Jacks in einem eiskalten, markerschütternden Ton. Sein Körper ist so angespannt, als würde er gerade eine Hundert-Kilo-Hantel stemmen und dürfte sich keinen Zentimeter bewegen.

In Kevins Gesicht erkenne ich die Zerrissenheit, mit der er abschätzt, ob er im Zweikampf mit Jacks auch nur eine Minute überleben würde und wie sich die Prügelei mit dem Sohn der Braut – gute zwei Wochen vor der Hochzeit – wohl auf seine Karriere auswirken würde.

„Kevin, bitte geh", flehe ich ihn an.

„Es tut mir leid, Grace", sagt er, bevor er sich umdreht und aus meinem Zimmer schleicht.

„Hat dieser Idiot dich angerührt?", fragt Jacks, der immer noch vor Wut bebt.

Ich schüttle den Kopf. „Nein. Nur ein weiterer verzweifelter Rettungsversuch. Danke, Jackson."

„Gut! Sein Glück, sonst wäre er im Leichenwagen zurück in sein verficktes Hotel gefahren!" Jackson dreht sich um und tritt auf den Flur. Gerade, als er die Tür von außen hinter sich schließen will, wird mir erst bewusst, was hier gerade passiert.

Jackson geht.

Ich eile zur Tür und halte sie fest, bevor sie ins Schloss fällt. „Jacks? Wohin willst du?"

„Meine Sachen packen, Grace", sagt er gleichgültig.

„Ohne ein Wort mit mir über das zu wechseln, was heute passiert ist?" Ich ziehe meinen offenen Kimono zu, weil mir plötzlich eiskalt wird. Als er mir in die Augen sieht, bemerke ich nichts als Kälte in seinen.

„Ich denke nicht, dass es sich lohnt, noch viel darüber zu sprechen. Immerhin hast du seit unserer Ankunft hier Nachrichten mit ihm ausgetauscht. Vielleicht solltest du lieber mit ihm sprechen als mit mir."

„Jackson, ich bitte dich! Nichts von dem, was heute passiert ist, war meine Idee. Das musst du mir glauben! Ich habe Kevin nicht hergebeten, und ich habe ihn heute Abend auch nicht in mein Zimmer eingeladen.

Und ganz bestimmt habe ich Kevin nicht geküsst!" Bei der Erwähnung des Kusses zuckt Jacks' Lippe, und auf seinem Gesicht erscheint noch eine weitere Emotion: endlose Enttäuschung.

„Du hast ihn um nichts gebeten, aber du hast alles davon zugelassen", sagt er leise, als er schon vor seiner Tür steht.

„Jackson, ich war selbst total überrumpelt! Niemals hätte ich damit gerechnet. Was sollte ich denn machen? Ihn vor versammelter Mannschaft ohrfeigen? Ich bin noch mit ihm verheiratet!" Er weiß doch, dass wir dieses Schauspiel noch zwei Wochen fortführen müssen. Er selber hat darauf bestanden.

„Wir sehen uns auf der Hochzeit, Grace!"

Ohne ein weiteres Wort knallt er mir seine Zimmertür vor der Nase zu.

Kapitel Fünfundzwanzig

Grace

„Massage, Kosmetiktermin, Friseur, Make-up, dann die letzte Anprobe deiner Outfits – ich denke, wir haben nichts vergessen, Rosie!" Ich gehe meine Liste noch einmal im Geiste durch und setze Häkchen hinter die Posten. „Die Friseurin wird ab Eintreffen der Gäste am Donnerstag täglich hier sein und dich frisieren. Und auf Wunsch an den Tagen vor und nach dem Event dein Make-up übernehmen." An besagte Friseurin mag ich eigentlich gar nicht denken, aber meine erste Wahl habe ich leider nicht engagieren können, weswegen ich auf meine persönliche Erzfeindin aus der Schule – Cecilia Thorne – zurückgreifen musste. Sie hat mich damals aus Eifersucht auf Kevin schikaniert. Das eine oder andere Mal hat ihr sogar Jackson deswegen die Hölle heiß gemacht.

„Wunderbar, Grace! Wie sieht der Tagesplan im Detail aus? Verzeih, aber langsam werde ich doch aufgeregt", sagt Rosie mit zittriger Stimme.

„Es sei dir verziehen, immerhin bist du die Braut, und es sind nur noch fünf Tage. Alle Blicke werden dieses Wochenende auf dich gerichtet sein, da ist ein bisschen Aufregung ganz normal!" Ich greife nach ihrer Hand.

Rosie und ich sind uns in den letzten Wochen menschlich so nahegekommen, dass so eine Berührung kein Tabu mehr ist. Obwohl ich vor Wochen noch die Organisation dieser Hochzeit verabscheut habe, bin ich jetzt tieftraurig, wenn ich daran denke, Rosie und Brandon nicht mehr täglich um mich zu haben. Sie werden mir schrecklich fehlen.

Ich lege ihr den genauen Plan vor und erkläre kurz die einzelnen Punkte – immerhin umfasst die Hochzeit ganze vier Tage, und die müssen perfekt durchgetaktet sein. Außerdem habe ich seit Jacksons Abreise meine gesamte Zeit in die Vorbereitungen und das kleine Cottage gesteckt, das ich jetzt tatsächlich angemietet habe. „Hast du noch weitere Fragen?"

„Nein, Grace! Du hast das ganz wunderbar geplant", sagt sie entzückt.

„Möchtest du die Einzelheiten der Trauung heute auch durchgehen?"

„Nein, nein! Das machen wir am Samstagmorgen noch mal." Rosie strahlt über beide Ohren und scheint mit dem Ablauf glücklich zu sein.

„Sonntag findet ein Abschiedsbrunch statt, und dann habt ihr es geschafft!", sage ich abschließend. Ein wahrer Hochzeitsmarathon.

„Grace, ich weiß gar nicht, wie ich dir danken soll! Du hast das alles ganz wunderbar organisiert!"

„Ehrlich gesagt gibt es da etwas", gestehe ich kleinlaut.

„Immer raus damit!"

„Am Freitagabend trifft Mr Weston, mein Lektor aus London, gemeinsam mit einem Fotografen vom Verlag ein. Ich habe eine Besprechung mit ihm, um die letzten Formalitäten für mein Buch zu klären, und Samstag begleitet mich sein Fotograf morgens in der Küche, um Impressionen für die Buchpromotion zu sammeln. Der Termin stand schon ziemlich lange fest, und ich

verspreche hoch und heilig, wortwörtlich auf beiden
Hochzeiten zu tanzen. Aber ich wäre dir und Brandon
sehr dankbar, wenn ich Mr Weston am Samstag mit zu
eurer Hochzeit bringen dürfte, damit er sich nicht vernachlässigt fühlt. Kevin würde ich nur ungerne damit
betrauen."

„Aber Grace, selbstverständlich! Kindchen, das ist
doch gar keine Frage, hier geht es um dein wunderbares Buch!" Sie lehnt sich über den Tisch und zieht mich
in eine innige Umarmung, die fast mütterlich ist. „Und
ich dachte schon, du wolltest mich wegen Jackson ausfragen!" Wie bitte? Ich spüre augenblicklich die Röte
auf meinen Wangen. Was weiß sie von mir und Jacks?
„Jetzt guck nicht so irritiert! Ich wusste es ab dem Moment, als wir unsere erste Unterredung hatten und ich
in das Gesicht meines Sohnes gesehen habe."

„Und du hast keinen Ton gesagt!"

„Nun, ihr seid beide erwachsen. Ihr wisst, was ihr tut,
und es geht mich nichts an", sagt sie ruhig.

„Eine sehr gesunde Einstellung für eine Mutter." Ganz
ähnlich hat es meine auch schon immer gehandhabt.
Alles kann, nichts muss – ihr Ohr ist stets für mich offen, aber sie hat genau wie Rosie nie etwas erwartet
oder aus mir herausgequetscht.

„Nun, mit einem Sohn wie Jackson lernt man das. Er
hat es uns oft nicht leicht gemacht." *Nicht leicht gemacht*
ist die Untertreibung schlechthin für das, was Jacks als
Jugendlicher getrieben hat.

„Ja." Ich nicke. Jackson war vieles, aber bestimmt kein
einfacher Teenager. Während andere über ihren Haus-
aufgaben saßen oder sich in Cafés trafen, lag er

betrunken beim Tätowierer oder hat am Hafen einen Joint geraucht.

„Ich weiß, dass es dir seit Jacksons Abreise nicht gut geht, und er spricht nur das Nötigste mit mir. Deswegen reime ich mir eins und eins zusammen und komme zu dem Ergebnis, dass etwas vorgefallen ist – wahrscheinlich hat es mit diesem grauenhaften Besuch deines Ehemannes auf dem Weingut zu tun. Also falls du mit jemandem reden möchtest, bin ich für dich da, Grace. Nicht als Jacksons Mutter und auch nicht, um über deine Ehe zu richten, sondern als Freundin!"

In diesem Moment kann ich die Tränen nicht mehr zurückhalten. Rosie kommt um den kleinen Tisch herum und schließt mich fest in ihre Arme.

„Pst – ist ja gut!", tröstet sie mich und gibt mir genau das, was ich gerade brauche. „Also, was ist vorgefallen?"

Ich erzähle ihr die Kurzfassung, angefangen von unserer Zeit in der Schule, wie gemein ich ihn abserviert habe und dass es alleine meine Schuld war, als er damals Hals über Kopf abgehauen ist. Dann erzähle ich ihr, wie meine Ehe verlaufen ist und dass ich mich nie richtige habe in meine Rolle einfinden können. Und dass eine Trennung schon längst überfällig war, aber mir dazu immer der letzte Funken Mut gefehlt hat, bis Jacks wieder aufgetaucht ist. Die pikanten Details unserer Affäre lasse ich natürlich aus, immerhin ist sie seine Mutter, und solche Dinge sind einfach unangebracht. Sie hört mir die ganze Zeit zu, ist an keiner Stelle wertend oder aufgebracht. Rosie ist einfach eine unglaubliche Persönlichkeit.

„Nun erhoffst du dir bestimmt, etwas zu der ganzen Geschichte zu hören?", fragt sie vorsichtig, als ich nach

einer guten Stunde schluchzender Erzählung endlich
am Ende angekommen bin.

„Bitte.“

„Als erstes muss ich als Mutter wohl etwas zu
Jacksons Aufbruch zurück in die USA sagen. Ich denke,
hier liegt das erste große Dilemma. Jackson hatte genug
Probleme. Er war ein sehr, sehr unglücklicher junger
Mann, nachdem sein Vater und ich geschieden waren.
Für mich war Little Kings Bay damals die Rettung. Für
Jackson dagegen war es das Ende. Ich war nicht in der
Lage, in New Orleans zu bleiben, nicht einmal für mein
eigenes Kind, was rückwirkend wohl mein größter
Fehler war. Jackson aus seinem gewohnten Umfeld zu
reißen und ihm buchstäblich den Boden unter den Fü-
ßen wegzuziehen, hat ihm wirklich nicht geholfen.
Ganz im Gegenteil! Ich war dumm zu denken, dass Eng-
land etwas Gutes für ihn bewirken könnte. Ich denke,
du hättest ihn nicht aufhalten können. Das hätte nichts
und niemand geschafft. Du solltest dir nicht mehr die
Schuld dafür geben.“

„Aber ich habe ihm das Herz gebrochen!“

Sie lacht auf. „In dem Alter ist das doch wohl nichts
Ungewöhnliches. Das gehört zum Leben dazu.“

„Leider ja.“

„Und zu dem aktuellen Desaster kann ich nur sagen,
dass ich es meinem Sohn sehr wünschen würde, dass
er dir vergeben kann. Anderenfalls ist er ein ziemlicher
Idiot. Vielleicht bin ich an dieser Stelle auch ein bisschen selbstsüchtig, weil ich dich unheimlich ins Herz
geschlossen habe.“ Sie drückt meine Hand.

„Ich werde euch beide auch schrecklich vermissen.“
Sie zieht mich wieder enger in ihre Umarmung, die mir

so geborgen und sicher vorkommt. Rosies Nähe fühlt sich wie warmer Kakao mit Keksen an.

„Aber unabhängig davon, was mit dir und Jackson geschehen mag und was ich mir wünsche, solltest du die Möglichkeit in Betracht ziehen, dass Alleinsein nicht zwangsläufig schlecht sein muss. Ich war nach der Scheidung von Jacksons Dad ziemlich lange alleine und muss sagen, dass ich diese Zeit niemals missen möchte.“

Auch wenn sich alles in mir nach Jacks verzehrt, verstehe ich die Bedeutung ihrer Worte. In den vergangenen Jahren mit Kevin habe ich mir oft gewünscht, lieber für mich zu sein und meine Entscheidungen ohne Rücksicht auf ihn treffen zu können.

„Ich denke auch, dass ich erst mal alleine bleiben werde. So wie ich Jacks kenne, wird er sich in den nächsten zehn Jahren nicht beruhigen.“

„Weißt du Grace, mein Sohn hat seine Fehler. Schon als Kind war er ein fürchterlicher Hitzkopf. Ich denke, das hat sein Vater ihm mit auf den Weg gegeben, aber nicht nur im negativen Sinne. Vielleicht ist dir aufgefallen, dass Jacks mit der gleichen Hingabe zerstört, mit der er eben auch liebt. Wenn er dir vergeben kann und du dich wieder auf ihn einlässt, dann musst du lernen, damit zu leben. In dieser Hinsicht wird er sich nie ändern, und es wird immer wieder diese Momente geben, in denen er dir Unrecht tun oder dich sogar verletzen wird.“

„Ich hatte nie vor, ihn zu ändern“, sage ich leise.

„Ich weiß.“

Kapitel Sechsundzwanzig

Jackson

„Wann reisen wir endlich ab?", schreit Hayden durch die Bässe, die der DJ am Mischpult des Clubs über die Anlage jagt. Er hasst es hier.

Obwohl wir im VIP-Bereich sitzen und es eigentlich noch gerade so möglich sein sollte, sich zu unterhalten, ist es einfach viel zu laut. Mittlerweile bettelt London geradezu darum, mein zweitverhasstester Ort auf der ganzen Welt zu werden, direkt hinter Little Kings Bay.

„Welches Problem hast du mit London?", frage ich monoton. Hayden kennt mich zu gut, als dass es ihm entgehen könnte, wie sehr mich diese Stadt nach zehn Tagen einfach nur noch anpisst.

„Mein Problem ist, dass du hier nicht das finden wirst, was du suchst, und wir einfach unsere Zeit verschwenden!"

Bisher hat er damit recht behalten. Weder die zweitklassigen Clubbesuche noch der gesteigerte Alkoholkonsum – ja selbst nicht unsere beinahe übertriebenen Trainingseinheiten – haben bisher die gewünschte Wirkung erzielt. Nicht mal unsere kleine Prügelei am Wochenende oder der Nervenkitzel des Verbotenen hat mich irgendwie weitergebracht. Egal wie Hayden sich anstrengt oder nach neuen Ideen sucht, um diese Frau aus meinen Gedanken zu vertreiben: Sie ist immer noch da!

Viel schlimmer ist allerdings die Tatsache, dass sie es wieder geschafft hat, sich in mein Herz zu schleichen und ich ihr mit Haut und Haaren verfallen bin. Und ich kann einfach nicht damit aufhören.

„Du weißt gar nicht, nach was ich suche." Spätestens am Donnerstag, also in zwei Tagen, müssen wir so oder so nach Little Kings Bay. Es sind nur noch vier Tage bis zur Hochzeit, und meine Mutter reißt mir den Kopf ab, wenn ich zum Empfang der Gäste nicht anwesend bin. Von daher soll Hayden mal den Ball flachhalten.

„Viel wichtiger ist doch, ob du es weißt." Er will mich wirklich reizen.

„Ich weiß es ganz genau!" Hayden versucht schon seit seiner Ankunft, mich davon zu überzeugen, zurück nach Little Kings Bay zu reisen und mich Grace vor die Füße zu werfen.

„Na dann, Jackson! Weih mich doch nach zehn Tagen Chaos-Urlaub in fucking London bitte ein, was diese Stadt dir noch zu bieten hat, um die Frau aus deinem Kopf zu bekommen? Ich bin ziemlich gespannt, was sich in zwei Tagen noch ändern soll, dass du als neuer Mann zurückfährst!" Mein Freund ist richtig wütend. Er hasst sinnlose Aktionen, und für ihn ist all das hier wirklich sinnlos.

Vor uns wird ein gackerndes Rudel junger Frauen in den VIP-Bereich gelassen, keine davon älter als Mitte zwanzig. Allesamt in viel zu kurzen Kleidern, aufgedonnert mit massig Make-up, hohen Schuhen und Handtaschen, die mehr kosten, als der Durchschnittsbürger in einem Monat verdient. Wahrscheinlich sind die meisten hauptberuflich reiche Töchter und toben sich ein paar Tage mit Daddys Kreditkarte in der Stadt aus. Wer könnte auch sonst unter der Woche in einem Club feiern gehen? Normale Frauen müssen morgen arbeiten und liegen um diese Zeit schon im Bett. Grace zum Beispiel. Grace wird jetzt in ihrem weichen Bett liegen, die Haare ein einziges Chaos und die Bettdecke ans Fußende gestrampelt. Sie wird sich immer umdrehen, sobald eine Brise durch das geöffnete Fenster weht, und würde ich neben ihr liegen, würde sie jedes Mal, wenn der Luftzug die cremige Haut ihrer Schenkel streift und sie eine Gänsehaut bekommt, ihr Bein zwischen meine schieben und sich an mir aufwärmen.

Fuck! Es ist immer nur Grace!

Im Vorbeigehen checken uns die Frauen von oben bis unten ab. Keine Frage, sie sind willig. In meinem Hirn braut sich die Idee zusammen, mit der ich Grace doch noch aus meinem System bekomme. Sie hat sich in mich reingefickt. Wieso sollte ich sie mir dann nicht wieder einfach rausficken können?

Ich nicke in Richtung der aufgedonnerten Frauen, die jetzt zwei Tische weiter ihr Lager aufgeschlagen und bereits einen Eiskübel mit Champagner geordert haben. Hayden blickt zwischen mir und dem Haufen Silikonmelonen hin und her. „Das ist jetzt nicht dein Ernst, Jackson?"

„Genau das hat London mir noch zu bieten", sage ich mit einem lässigen Grinsen und stehe auf.

Als ich vor dem Tisch der wild kreischenden Meute stehe, kommt mir der Gedanke, dass die Idee vielleicht doch nicht so gut ist. Jede von ihnen sieht aus, als wäre sie mindestens einmal unter dem Messer gewesen. Trotzdem verwerfe ich die Zweifel. Hier geht es einzig und alleine darum, Grace endgültig aus dem Hirn zu bekommen und nicht um die Qualität irgendwelcher chirurgischer Leistungen.

„Uhh Kimberly, sieh mal, wer sich an unseren Tisch verirrt hat!", bemerkt eine Blondine, deren Rock so unanständig kurz ist, dass ein String beinahe mehr verdeckt.

„Kommt ihr beiden von der Wahl zum Mr Universe?", gackert eine Brünette los, die zwar nicht weniger Haut zeigt, dafür aber an anderen Stellen. Ihre Möpse springen uns förmlich entgegen.

Hayden, der nun hinter mir steht, klopft mir auf die Schulter, bevor ihn eine Blondine in kurzem Jumpsuit zu sich auf die Bank zieht. „Nein, wir sind beruflich in der Stadt", sagt er.

Ich lasse mich ihm gegenüber zwischen zwei der Frauen gleiten und winke dem Kellner zu. „Bringen Sie uns bitte zwei Flaschen Wodka auf Eis, aber den Guten, und etwas zum Mixen für die Damen!"

Nach einer Stunde bin ich mir sicher, dass die Frauen mehr als trinkfest sind, und weiß, dass sie sich einmal im Monat eine gemeinsame Auszeit in London gönnen. Drei von ihnen sind zur Tarnung Studentinnen und ansonsten, wie bereits vermutet, hauptberuflich Töchter. Zwei andere haben es tatsächlich geschafft, einen Abschluss zustande zu bringen und haben bereits in Firmen Fuß gefasst – natürlich auch bei Daddy. Wahrscheinlich wurde ihnen schon eine gewinnbringende Hochzeit in Aussicht gestellt, wodurch alles andere sowieso egal ist.

Eine der Studentinnen – Shelly – rutscht bereits die ganze Zeit nervös neben mir auf der Bank hin und her. Sie sieht genauso nuttig aus wie ihre Freundinnen, hat sich aber gegen das Modell Wassermelonen entschieden und stattdessen nur Grapefruits gewählt, dafür hat sie sich aber eine neue Nase verpassen lassen, und in diesen pinken Glitzerlippen muss entweder Botox sein oder es handelt sich um zwei Cocktailwürstchen, die ihr der Doc ins Gesicht genäht hat. Ihr Kleid zeigt mehr, als es verdeckt, und die Schuhe sehen aus, als würde sie sich damit bei der nächsten Bewegung die Beine brechen. Nichts, aber rein gar nichts an ihr, könnte ich mit Grace in Verbindung bringen.

Meine Wahl ist getroffen.

Ich drehe mich zu ihr und streiche ihr die mit Haarspray zusammengeklebten Locken über die Schulter. Ich hasse Haarspray. Es fühlt sich an, als würde ich in einer Tüte ungekochter Tagliatelle wühlen. Sie dagegen scheint meine Berührung zu mögen. Deutlich erkenne ich die Gänsehaut, die sich auf ihrer Schulter bildet. Ich nähere mich ihrem Ohr und hauche auf dem Weg dahin einmal leicht auf ihren nackten Hals. Ihre mit Lipgloss beschmierten Lippen öffnen sich, was mir zeigt, dass sie mehr als empfänglich für mich ist. „Möchtest du vielleicht mit mir tanzen?"

„Liebend gerne, Jackson", säuselt sie mit ihren Glosslippen. Mein Name hört sich aus ihrem Mund wie billiges Rumgestöhne in einem drittklassigen Porno an, aber das ist mir gerade scheißegal. Ich will immerhin nicht mehr als nötig mit der Frau sprechen, sondern sie nur flachlegen.

Ich ziehe sie aus dem VIP-Bereich und führe sie die Treppe hinunter in den regulären Club. Unten angekommen, drängen sich bereits die Menschenmassen dicht um uns und es ist tatsächlich noch lauter als oben an den Tischen. Dieser Laden hat definitiv ein Problem mit der Akustik und sollte dringend in bessere Technik investieren. Shelly schiebt sich nun vor mich und zieht mich hinter sich auf die Tanzfläche. Ihr wohlgeformter Körper bewegt sich sofort zu der dröhnend lauten Musik. Tanzen scheint eines der wenigen Dinge zu sein, die sie neben Geld zum Fenster hinauswerfen und nuttig sein beherrscht. Vielleicht hätte ich doch einen Drink mehr nehmen sollen, aber dazu ist es nun zu spät. Sie greift nach meinen Händen und zieht mich näher zu sich heran, um ihren kaum verhüllten Körper an mir zu reiben. Normalerweise macht mich sowas bereits insofern an, dass mein Schwanz langsam wach wird. Heute passiert nichts.

„Sei nicht so schüchtern, Jackson! So habe ich dich gar nicht eingeschätzt!", schreit sie direkt in mein Ohr. Der Tinnitus ist mir die nächsten Tage garantiert.

„Ich bin nicht schüchtern!" Ich ziehe sie dichter an mich. Wahrscheinlich brauche ich nach dieser Geschichte mit Grace mehr Anreize als dieses rhythmische Rumgereibe an meinem Körper. Immer wieder streckt sie mir provokant ihr Hinterteil entgegen und presst sich gegen meine Körpermitte. Shelly macht das auf keinen Fall zum ersten Mal. Als sie endlich von mir ablässt und sich zu mir umdreht, wird es nur noch schlimmer, weil ihre Augen nun Blickkontakt suchen. Sie schreit beinahe danach, dass ich sie endlich küssen soll. Kurz gehe ich meine Optionen durch: Entweder überwinde ich meine Abscheu gegenüber dieser ganzen Scheiße hier und gehe aufs Ganze, um Grace aus meinem Hirn zu bekommen, oder ich belasse es dabei und suhle mich weiterhin jede Nacht in Selbstmitleid.

Ehe ich weiter darüber nachdenken kann, presse ich meine Lippen auf Shellys. Ihr Mund fühlt sich an wie eine dieser gelben, klebrigen Fliegenfallen, die man im Sommer unter die Küchendecken hängt. Sofort drängt sich ihre gierige Zunge in meinen Mund, so als hätte sie den ganzen Abend nichts anderes im Sinn gehabt, was vermutlich auch genau der Fall ist. Sie schmeckt nach künstlichem Erdbeeraroma – viel zu süß und irgend-wie plastikartig. Ich hasse Süßes, und mir dreht sich beinahe der Magen um, als ihre Zunge in meinem Mund herumrudert. Der Kuss hat rein gar nichts Schö-nes an sich. Ganz anders als Grace' butterweichen Lip-pen, die sich wie Seide angefühlt und tief in meiner Brust diese Ruhe ausgelöst haben.

Stopp! Jetzt nicht an Grace denken!

Bevor ich Shelly tatsächlich vor die Füße kotze, drü-cke ich sie ein Stück von mir weg, damit ihre Lippen sich endlich von meinen lösen.

„Was ist los?", fragt sie mich mit großen Augen.

„Lass uns gehen!"

Wieder ziehe ich sie hinter mir durch den Club, auf der Suche nach der nächstbesten Gelegenheit, um sie zu vögeln. Für gewöhnlich hätte ich mir die Mühe ge-macht und sie auf ihr Hotelzimmer begleitet, allerdings ist Shelly nur Mittel zum Zweck, und ich will diesen Scheiß einfach schnell hinter mich bringen und verges-sen.

„Da drüben sind weniger besuchte Toiletten!", rettet Shelly uns. Wie ich mir schon dachte: Sie zieht die Nummer nicht zum ersten Mal ab. Shelly hat es eben-falls eilig und scheint sich kein bisschen daran zu stö-ren, dass dies ein teilnahmsloser Fick auf irgendeinem versifften Klo wird. Sie schiebt mich in Richtung Toiletten, die nur geringfügig besucht sind. Die erste freie Kabine ist unsere, und ich verschließe den Riegel hinter mir.

„Komm her, mein Held!", summt Shelly, während sie versucht, ihre Grapefruittitten aus dem Kleid zu schälen. *Mein Held* – Hilfe, die Frau hatte entweder einen Drink zu viel und macht dem Klischee der betrunkenen Britin alle Ehre oder ist verbal noch unerotischer als ohnehin schon. Sie versucht, mich nah an sich zu ziehen, vermutlich um mir wieder ihre Zungenfertigkeiten zu zeigen.

„Dreh dich um und schieb dein Kleid hoch."

„Oh, du kommandierst gerne, was? Das ist ja wie bei Mr Grey! Da steh ich drauf", erwidert sie lasziv. Fuck! Ich habe mich in ihr getäuscht. Im direkten Vergleich zu ihren Freundinnen hat sie tatsächlich so gewirkt, als wäre sie im Besitz von etwas Hirnmasse. Offenbar hat sie diese aber auf dem Weg hierher verloren. Bestimmt könnte ich gerade alles mögliche von ihr verlangen, sie würde es mir geben.

Als sie ihr Kleid hochschiebt, entblößt sie zwei schlanke Beine, die im Vergleich zu ihren Titten wie Streichhölzer wirken, sowie einen winzigen, aber recht straff trainierten Hintern. Sie macht mindestens so viele Squats am Tag wie ich, und bei den Beinen wird sie sich bestimmt nur von Salatblättern ernähren. Zumindest wird sie keine Schokolade essen, so wie Grace.

Und da ist sie wieder, sogar pünktlich auf die Minute – Grace!

Grace, wie sie sich vor mir auf dem Bett rekelt und darauf wartet, dass ich sie endlich mit meinem Schwanz durchbohre. Grace, wie sie vor mir kniet und sich genüsslich über die Lippen leckt, bevor sie mich mit ihrem heißen Mund umschließt. Grace, wie sie rot wird, wenn ich meinen Kopf zwischen ihren Beinen vergrabe. Der Geschmack ihrer weichen Lippen, wenn sie diese schokolierten Kaffeebohnen gegessen hat. Grace, die neben mir sitzt und ihren ganz eigenen Duft verströmt. Grace, die lacht und sich kaum noch halten kann. Grace, die morgens neben mir im Bett liegt und döst, während ich sie beobachte. Grace, Grace, Grace.

Egal was ich mache, es wird immer Grace sein.

„Fuck", schreie ich so laut, dass man es wahrscheinlich bis in die VIP-Lounge hört.

„Was ist los, Süßer?" Shelly reckt mir noch immer ihren Mikrohintern entgegen.

„Nichts! Zieh dich wieder an!"

„Wie bitte? Was ist jetzt mit uns?" Sie sieht ziemlich angepisst aus.

„Gar nichts! Ich hab keine Lust mehr auf dich!" Ich entriegle die Tür und mich auf den Weg nach draußen.

„Du bist ein dummer Wichser, Jackson!", schreit sie mir hinterher.

Ich winke ihr zum Abschied und sprinte kurz darauf die Treppe zu Hayden hoch. „Wir gehen!"

„Woher plötzlich die Eile?"

„Der DJ hat das falsche Lied gespielt, und jetzt komm!"

Hayden fragt zum Glück nicht weiter und begleitet mich aus dem lauten Drecksloch raus. Draußen stecke ich mir direkt eine Zigarette an, die ich nach diesem Erlebnis dringend brauche, alleine schon, um Shellys Erdbeergeschmack loszuwerden.

Wortlos läuft Hayden neben mir durch die dunklen Straßen Londons. „Verrätst du mir jetzt, was passiert ist? War der Fick etwa so scheiße, dass du ihr nicht mehr unter die Augen treten willst?"

„Es gab keinen Fick!"

Hayden lässt sich meine Worte kurz auf der Zunge zergehen, bevor er laut lacht. „Hast du bei den schlecht gemachten Titten keinen hochbekommen?"

Ich werfe ihm über meine Schulter einen bösen Blick zu. Wir wissen beide, dass ich keinerlei Potenzprobleme habe. „Das Problem waren nicht ihre Möpse."

„Was war es dann?", fragt er jetzt so, als wüsste er die Antwort darauf nicht bereits.

„Sie war nicht *sie*!", blaffe ich ihn an und inhaliere den Rauch meiner Zigarette.

„Ach, London hat dir also auch heute nicht die Offenbarung gegeben, wie du dich von Grace entlieben kannst?" Ich könnte mich gerade wirklich mit ihm prügeln, weil er das viel zu sehr genießt.

„Findest du das noch lustig? Ich bin am Arsch, verdammt!" Manchmal bringt Hayden mich mit seiner Art wirklich zum Überkochen. Für ihn scheint nie irgendetwas unmöglich zu sein. Er ist immer so unbekümmert und zuversichtlich, als könnte man alles auf dieser Welt reparieren.

„Hey, hey, beruhig dich! Wenn ich das lustig finden würde, dann wäre ich bestimmt nicht die letzten Tage mit dir in fucking London geblieben."

„Und was mache ich jetzt? Ich habe keine Ahnung, wie ich jemals mit der Frau klarkommen soll. Ich weiß nicht mal, ob ich ihr das geben kann, was sie sich für ihr Leben wünscht." Meine letzte Beziehung liegt zwölf

Jahre zurück und war auf der Highschool, und da war ich quasi noch ein Kind. Was das angeht, stehe ich irgendwo bei null. Grace dagegen war sechs Jahre verheiratet und hat mit jemandem zusammengelebt, auch wenn es sich um einen dummen Troll handelt.

Hayden versperrt mir den Weg und hält mich an den Schultern fest. „Jetzt wirst du dich endlich mit den beiden Optionen befassen, die du hast! Es ist ganz einfach Jacks, denn jeder deiner Zweifel ist im Endeffekt irrelevant, wenn du dich nicht den eigentlichen Möglichkeiten stellst." Er atmet tief aus. Im Film wäre dies wahrscheinlich der Augenblick für einen Trommelwirbel. „Entweder wir ziehen jetzt die Hochzeit durch, du wechselst wirklich kein Wort mit ihr und direkt am Sonntagmorgen nehmen du und ich den ersten Flug nach New York. Dort angekommen wirst du nie wieder versuchen, Kontakt zu ihr aufzunehmen. Du lässt sie in Ruhe und streichst sie aus deinem Leben – für immer! Little Kings Bay ist Geschichte, und du lässt diese ganze Scheiße hinter dir!"

„Oder?", frage ich ihn monoton. Eigentlich weiß ich jetzt schon ganz genau, was kommen wird. Hayden predigt mir seit der Ankunft in London, dass ich wieder weggelaufen bin.

„Oder du lässt dir endlich Eier wachsen und regelst das wie ein erwachsener Mann! Lass diese alte Geschichte mit Grace endlich hinter dir. Lern ihr zu verzeihen, lern ihr zu vertrauen. Such nicht immer krampfhaft nach dem Moment, in dem sie dir das Herz aus der Brust reißen könnte, und bitte – verpiss dich nicht jedes Mal, wenn du das Gefühl hast, dass sie dich verletzen könnte. Stell dich der Scheiße, sprich mit ihr darüber. Die Wahrheit ist nämlich, dass jede Frau das mit dir machen könnte. Nur weil sie einmal diesen Fehler begangen hat, ist das keine Garantie dafür, dass sie es wieder machen wird. Jeder Mensch macht Fehler – eben auch *die Eine*!"

Sie vergessen ... bisher bin ich bei den Versuchen kläglich gescheitert. Wenn ich ehrlich zu mir selbst bin, würde wahrscheinlich auch der Abstand zu Little Kings Bay nichts mehr daran ändern. Grace hat mich komplett für sich vereinnahmt, vermutlich ohne dass sie es darauf angelegt hat. Genau wie vor zehn Jahren ist sie mir einfach unter die Haut gegangen und lässt mich nicht mehr los.

Die Eine – für mich ein mystischer Ausdruck und Sinnbild der Theorie, dass es ihn oder sie für jeden Menschen gibt. Eigentlich habe ich nie daran geglaubt. Ja, eigentlich habe ich nicht mal an Beziehungen geglaubt, zumindest nicht für mich.

Grace ändert aber einfach alles.

Die Vorstellung, dass sich ihr jemals wieder ein anderer Mann nähern könnte, sich in ihrem Körper vergräbt, mit ihr vor dem Fernseher sitzt und sie umarmt oder sie zum Lachen bringt, kotzt mich noch mehr an als Shellys Erdbeeratem. Und Hayden hat recht damit, dass ich keine halben Sachen mit ihr machen kann. Aber könnte ich es wirklich schaffen, mit der Vergangenheit Frieden zu schließen?

„Jackson?", reißt Hayden mich aus meinem Gedankenkarussell.

„Hm?"

„Was machen wir?" Offenbar erwartet er jetzt eine Entscheidung.

„Wie betrunken bist du?“

„Fast wieder nüchtern.“ Er tippt sich an die Stirn.

„Gut. Wir reisen ab!“

„Und dann?“, fragt er mich breit grinsend. Ich verdrehe die Augen, weil er es unbedingt aus meinem Mund hören will.

„Und dann hole ich mir Grace zurück!“

Kapitel Siebenundzwanzig

Grace

Als mein Wecker mich um sechs aus den Träumen reißt, fühle ich mich wie der Tod auf Beinen. Obwohl wir gestern Dienstag hatten und Mr Tanner unter der Woche eigentlich zeitnah schließt, ist der Pub so gut besucht gewesen, dass er länger als gewöhnlich geöffnet hatte. Molly und ich haben bis zur letzten Minute dort gesessen und Cider getrunken. Sie hat mindestens hundert Gefallen bei mir gut, weil sie wirklich alle Register zieht, um mich vom ständigen Grübeln abzuhalten. Das Gespräch mit Rosie hat noch einige Zeit in mir nachgehallt und ich habe ständig darüber nachgedacht, ob ich mit Jacksons Macken leben können würde – was im Endeffekt Quatsch ist, weil er mir ohnehin keine dritte Chance geben wird. Wenigstens hat Kevin mich seit seinem Totalausfall auf Rossis Weingut bis auf das Nötigste in Ruhe gelassen.

Ich schiebe meine Gedanken beiseite, denn ab heute ist Schluss mit dem Rumgeheule. Seit Jackson abgereist ist, bin ich wie ein Zombie durch Little Kings Bay gelaufen und habe mich total gehen lassen. Gestern Abend haben Molly und ich beschlossen, dass dies ab heute endet. Deswegen beginne ich meinen Tag nun mit einer Laufeinheit am Strand, damit ich danach fokussiert auf die finalen Hochzeitsvorbereitungen und den Termin mit Mr Weston hinarbeiten kann.

Aus meinen kabellosen Kopfhörern dröhnen die Bässe von *Thirty Seconds to Mars*, während ich direkt an der Brandung laufe und mein Blick über den Ozean schweift. Wenn sich das Wetter in den nächsten drei Tagen hält, steht Rosie und Brandon eine perfekte Sommerhochzeit bevor, was den beiden aus vollem Herzen zu gönnen ist. Als ich auf der Höhe von Jacks' Haus laufe, kann ich nicht widerstehen, einen Blick in die Richtung zu werfen. Eine kleine Dosis meiner Droge muss ich mir wohl doch noch gönnen, auch wenn ich ab heute den ernsthaften Entzug starte. Ich bin mir ganz sicher, dass gestern noch alle Jalousien der großen Fensterfront geschlossen waren, aber heute sind sie es nicht, und über der Dachterrasse ist ein Sonnensegel gespannt. Wenn nicht gerade der Hausmeister dort frühstückt, kann das nur bedeuten, dass Jackson zurückgekommen ist. Wie sollte es auch anders sein; die Hochzeit steht kurz bevor, und er wird nicht erst auf den letzten Drücker anreisen, nur um mir aus dem Weg zu gehen. Wie ich Jacks kenne, wird er sich bis auf die offiziellen Anlässe ohnehin komplett zurückziehen.

Vielleicht sollte ich zu ihm gehen und ihn ein letztes Mal um Verzeihung bitten, denn hätte ich ihm einfach direkt von Kevins Nachricht erzählt, hätte er mir Kevins Kussoffensive und meine ausbleibende Reaktion darauf vielleicht gar nicht so übel genommen. Gleichzeitig hätte ich nicht wenig Lust, ihm gehörig die Meinung über seinen Abgang zu geigen. Vielleicht hat er sich aber auch so weit in London ausgetobt, dass er ohnehin über mich hinweg ist und ich mich nur lächerlich machen würde.

Scheiße!

Ich drehe um und laufe zurück in Richtung meiner Noch-Behausung. Am besten lasse ich alles auf sich beruhen und Jacks in Frieden die Hochzeit seiner Mutter genießen. Dummerweise ist mein ursprünglicher Plan, ab heute wieder erhobenen Hauptes durch Little Kings Bay zu laufen, jetzt dahin.

Zurück im Haus nehme ich eine kalte Dusche, um mich von den Gedanken zu befreien, dass ich ihm vermutlich ab heute wieder täglich begegnen werde. Danach gönne ich mir heißen Toast mit Nuss-Nugat-Creme. Als die zerlaufende Creme meine Zunge benetzt, stöhne ich laut auf. Nichts ist so sehr Balsam für die Seele wie Schokolade. Und weil doppelt gemoppelt ja bekanntlich besser hält und ich heute wirklich viel Balsam benötigen werde, gibt es noch eine zweite Scheibe hinterher. Das morgendliche Joggen hat sich damit also wieder gelohnt.

Als ich am Kings Crown eintreffe, herrscht bereits reges Treiben als Vorbote des turbulenten Wochenendes. Für heute steht zunächst ein Meeting mit Kevin an, um die finale Planung zu besprechen. Noch bevor ich an die Tür seines Büros klopfe, höre ich schon Trishs schrille Stimme. Na toll, offenbar komme ich nicht um den Genuss einer letzten Familiensitzung.

„Oh, du erweist uns doch noch die Ehre?", begrüßt mich der Papagei mit gewohnter Ironie. Ich nehme mir fest vor, am Sonntagabend die Korken knallen zu lassen, wenn ich mich nie wieder mit dieser Frau abgeben muss.

„Als Ehre würde ich das nicht bezeichnen", gebe ich spitz zurück und nehme auf dem freien Sessel direkt unter Sarahs Foto Platz, so als würde sie bei dem drohenden Unheil über mich wachen.

„Fängt das schon wieder an?", fragt Kevin eher rhetorisch in Richtung seiner Mutter.

„Nun denn, wenn wir jetzt vollzählig sind: Grace, wie weit bist du mit der Planung?", mischt sich George ein.

„Es sind drei Tage bis zur Hochzeit. Was meinst du denn, wie weit ich damit bin?", antworte ich trocken. Wie immer bei diesen schrecklichen Familienzusammenkünften geben mir Trish und George das Gefühl, der unfähigste Mensch auf Erden zu sein.

Kevin lacht amüsiert in seinem Chefsessel. „Ich habe euch doch gesagt, dass Grace das locker packt! Sie hat sogar noch den Termin mit ihrem Lektor unter einen Hut mit der Hochzeit gebracht. Immerhin ist sie nicht umsonst meine Frau. Ihr unterschätzt sie immer wieder!"

Huch! Das sind ja ganz neue Töne. Würde man Kevin nicht so gut kennen wie ich, könnte man vermuten, dass er seine verkümmerten Hoden wiedergefunden hat. Ich blicke aber hinter seine Fassade und erkenne genau, wie er abgewogen hat, dass es ihm mehr bringt, mich zu unterstützen und sich dadurch von seinen Eltern die Nerven rauben zu lassen. Glücklicherweise bin ich darüber hinweg, mich von seinen kurzfristigen Sinneswandlungen blenden zu lassen.

„Deine Frau? Ihr wohnt ja aktuell nicht einmal mehr zusammen", sagt Trish gehässig. Ja, im Zweifel schießt sie auch auf ihren eigenen Sohn.

„Und das wird sich bald wieder ändern, Mutter! Nach der Hochzeit haben wir beide weniger Stress, und dann kümmere ich mich um meine Ehe.“

In mir schreit alles danach, die Wahrheit zu offenbaren. Genau jetzt. Zu viel Ehrgeiz liegt noch in Kevins Worten, und ich weiß genau, dass er es immer noch so meint und weiterhin versuchen wird. Trotzdem bin ich ihm irgendwie dankbar. Trish und George würden eine Trennung nicht einfach so hinnehmen. Besonders Trish traue ich zu, das Treffen zwischen Mr Weston und mir zu sabotieren.

„Die Torte, Grace?“, fragt Kevin, um das Gespräch in eine andere Richtung zu lenken. Das Thema ist ihm aus anderen Gründen ebenso unangenehm wie mir.

„Molly hat alles im Griff. Sie wird die Torte ohne mich anfertigen.“

„Sicher, dass diese schrille Person eine würdige Hochzeitstorte fertigen kann? Ihr Geschmack ist ja doch *speziell*!“, wendet George ein. „Sie sieht schon ein bisschen asozial aus mit ihren Tattoos und diesen bunten Haaren.“ Ich würde ihm gerade eben wirklich gerne an die Gurgel springen und ihn darauf aufmerksam machen, dass er sich beinahe täglich seinen fetten Wanst mit den Köstlichkeiten dieser *Asozialen* vollschlägt, als Kevin mir zuvorkommt.

„Vater, Ms Sullivan wäre nicht meine Angestellte, wenn sie keine erstklassige Konditorin wäre. Vertrau mir, auch wenn sie selbst eine eher schillernde Persönlichkeit ist, ist sie definitiv in der Lage, exquisiteste Naschereien herzustellen.“ Meine Güte! Schleimversuch Nummer zwei in nur einem Gespräch. Alle Achtung, Kevin bemüht sich wirklich, mich einzulullen.

„Wenn es aktuell nichts mehr gibt, würde ich jetzt gerne Ausschau nach Rosie und Brandon halten. In ungefähr dreißig Minuten trifft Ms Thorne ein, um Rosie ein letztes Mal die Brautfrisur zu zeigen."

„Cecilia hat den Auftrag?", fragt Kevin neugierig. Im Gegensatz zu mir kam er immer blendend mit ihr aus. Es war allerdings auch nie ein Geheimnis, dass Cecilia seit der Schule auf Kevin steht. Wer weiß, hätte Sarahs Tod uns nicht so aus der Bahn geworfen, wäre Cecilia heute vielleicht sein Frauchen. Passen würde es jedenfalls.

„Ja. Warum, wundert dich das?"

„Na ja, sie ist nicht gerade deine Freundin."

„Mein Friseursalon war nicht mehr verfügbar. Außerdem ist Little Kings Bay ein Dorf, und wir kommen miteinander aus. Kann ich jetzt Rosie und Brandon suchen? Ich möchte ungerne auf den letzten Drücker kommen."

„Du brauchst sie nicht zu suchen! Die zwei sitzen mit ihren beiden Kleiderschränken beim Kaffee im Garten und sind nicht zu übersehen."

Als ich die Tür zu Kevins Büro hinter mir schließe, atme ich tief aus. Mein Körper entspannt sich augenblicklich und verlässt den Kampfmodus, in den ich gehe, wenn diese Gespräche mit Kevin und seinen Eltern anstehen. Die Erleichterung hält nur kurz an, stattdessen macht sich ein flaues Gefühl in meinem Magen breit. Kevin hat im Plural gesprochen, was bedeutet, dass außer Jackson – ich gehe davon aus, dass er ihn mit *Schrank* meinte – noch jemand anwesend sein muss.

Aus dem Foyer dringt Rosies ausgelassenes Lachen. Als der Tisch in Sichtweite kommt, erkenne ich, dass neben Jackson ein Mann sitzt, der eng vertraut mit der Runde scheint. Den blonden Haaren nach zu urteilen, die er mit etwas Gel zurückgekämmt trägt, muss es sich um Jacks' besten Freund Hayden handeln. Anders als bei der Videokonferenz sieht er keineswegs verkatert aus.

„Da ist sie ja! Grace Liebes, komm, setz dich zu uns!", ruft Rosie und winkt mir aufgeregt.

„Du wurdest schon schmerzlich vermisst", sagt Brandon.

Alle Blicke richten sich nun auf mich, und unweigerlich spüre ich die mehr als auffällige Musterung, der mich Hayden unterzieht. Als er aufsteht, um mich zu begrüßen, verstehe ich, warum Kevin ihn als Kleiderschrank bezeichnet hat. Wenn man Jackson schon als überaus muskulös empfindet, dann hat man Hayden noch nicht kennengelernt. Er ist minimal kleiner als Jacks, aber die Zentimeter, die ihm zu Jacksons Körpergröße fehlen, übertrifft er ihn an Schulterbreite. Das hellblaue Hemd spannt sich bei jeder Bewegung. Seine Gesichtszüge sind offen und freundlich, und mit seinem herzlichen Lächeln könnte er Werbung für jede Zahnpasta machen. Die grünen Augen sind meinen sehr ähnlich. Ich kann kaum glauben, dass er Jacks' bester Freund sein soll, denn abgesehen von den durchtrainierten Körpern unterscheiden sich die zwei wie Tag und Nacht. Hayden umschließt meine Hand mit seiner und drückt sie leicht zur Begrüßung.

„Du hattest recht, Jackson! In natura ist sie noch weitaus schöner als via Videokonferenz." An Charme sowie

Direktheit fehlt es ihm offenbar auch nicht. „Ich bin Hayden Lawrence, Jacks' bester Freund und beliebtester Mitarbeiter!"

„Freut mich sehr. Grace Roberts."

„Noch", flüstert er mir zu und zwinkert auffällig. Ich fühle mich wie in einem schlechten Film. Hayden zieht alle Register seiner Charmeoffensive, während Jacks ihn böse anfunkelt. Entweder ist Hayden nicht über das Ende unserer Affäre im Bilde oder aber es interessiert ihn reichlich wenig.

Erst jetzt registriere ich Jackson richtig, und ein Kribbeln durchfährt meinen ganzen Körper. Danke, ihr lieben, verräterischen Hormone, dass selbst eine beinahe zweiwöchige Funkstille inklusive erniedrigendem Hinterherrennen meinerseits und gekonntem Ignorieren seinerseits seiner Wirkung auf meinen Körper keinen Abbruch getan haben. Ganz im Gegenteil: Am liebsten würde ich ihm an Ort und Stelle die Kleider vom Leib reißen und mich auf ihn stürzen. Das Bild von mir im rosafarbenen Plüschpyjama mit einer Schachtel Pralinen, einem Sixpack Bier und einer Taschentuchbox auf Mollys Sofa manifestiert sich vor meinem inneren Auge und zeigt mir die Pläne für den heutigen Abend auf.

„Grace", begrüßt Jackson mich kalt.

„Jackson", tue ich es ihm gleich. Immerhin hat er uns nicht total blamiert, in dem er mich gänzlich ignoriert.

„Nun, in ungefähr", ich sehe gespielt auf die Uhr an meinem Handgelenk, obwohl ich genau weiß, wie spät es ist, „fünfzehn Minuten trifft die örtliche Friseurin ein. Wir können uns also langsam auf den Weg in die Brautsuite machen, Rosie."

„Die örtliche Friseurin? Frisiert Mrs Thorne etwa immer noch?", fragt Jacks, als wäre zwischen uns nie etwas vorgefallen und als hätte ich mir die Kälte in seinem Blick nur eingebildet. Er kennt Cecilias Mutter noch von damals. Ich reiße mich zusammen, um ihm nicht die Fragen an den Kopf zu knallen, mit denen ich mich seit Tagen beschäftige.

„Nein. Ms Thorne hat mittlerweile den Salon ihrer Mutter übernommen. Die alte Mrs Thorne ist bereits in Rente."

„Cecilia?", fragt Jacks nun mit einem belustigten Grinsen. Er und Cecilia waren sich damals auch nicht grün. Hatte sie ihn die erste Zeit gekonnt ignoriert und allenfalls mit abschätzigen Blicken bedacht, so hatte sie es, nachdem er ihr einmal Gegenwind gegeben hatte, auf ihn abgesehen und kaum eine Gelegenheit ausgelassen, ihn zu piesacken. Dadurch war sie auf Kevins Sympathieskala um einiges aufgestiegen, was ihr letzten Endes aber nichts genützt hat, da Kevin sich lieber mit anderen Mädchen getroffen hat.

„Ja", antworte ich knapp.

„Dann würde ich sagen, wir gehen langsam los", sagt er.

„Du kommst mit?", fragt Rosie.

„Ich möchte doch sehen, welche Frisur du dir ausgeguckt hast. Einer muss die Generalabnahme machen. Außerdem kann Hayden in der Zeit Brandon Gesellschaft leisten!"

„Ich wollte schon immer Krocket spielen", sagt Hayden.

„Dann gehen wir." Rosie bedeutet mir, vorzugehen.

Dieser verdammte Jackson! Ich weiß nicht, woran ich bei ihm bin, und das macht mich fast genau so wahnsinnig wie seine plötzliche Nähe. Länger als dieses eine Wochenende könnte ich auf gar keinen Fall zu tun, als wären wir alte Freunde.

In der Brautsuite wartet Cecilia bereits auf uns und richtet den Schminktisch mit ihren Utensilien her. Bei der ersten Probefrisur war Rosie alleine im örtlichen Salon, und ich bin nicht im Bilde darüber, für welchen Look sie sich entschieden hat. Obwohl ich Cecilia nicht ausstehen kann, weiß ich, dass sie ihr Handwerk beherrscht und Rosie keinen schiefen Turm von Pisa auf den Kopf kämmt.

„Mrs Hide, wie schön, Sie wiederzusehen. Und heute haben Sie Verstärkung mitgebracht." Mit einem aufgesetzten Lächeln und Blicken, die töten könnten, mustert sie mich.

„Meine Hochzeitsplanerin, Mrs Roberts, kennen Sie ja bereits. Und das ist mein Sohn Jackson", sagt Rosie. Cecilias Blick bleibt kurz an Jacks' Gesicht kleben, so als würde sie versuchen, die Puzzleteile zusammenzusetzen, es allerdings nicht ganz schaffen.

„Freut mich", säuselt sie nur. Dank ihrer Tonlage bleibt es selbst einem totalen Trottel nicht verborgen, dass ihr Jacks gefällt. *Wem würde er auch nicht gefallen?*

Rosie nimmt vor dem großen Spiegel Platz, der ringsherum von hellen Lampen beleuchtet wird, und Cecilia macht sich direkt ans Werk. Ich setze mich in einen der Clubsessel im Wohnbereich der Suite und beobachte, wie Cecilia Rosies mittellanges, blondes Haar zu Locken aufdreht. Cecilia ist die Zeit nach der Schule körperlich weniger bekommen. Während sie früher zu den hübschesten und sportlichsten Mädchen der Little Kings School gehörte, hat sie über die Jahre einiges zugelegt – besonders um die Hüftgegend herum, was ihr einen netten Rettungsringlook beschert hat. Ich erwische mich bei dem Gedanken, dass es ihr ganz recht geschieht, so wie sie mich einst für meinen pubertierenden Körper gemobbt hat. Und obwohl sie eigentlich gute Arbeit leistet und die meisten ihrer Kundinnen nicht verunstaltet aus dem Salon kommen, hat sie bei sich selber offenbar kein Händchen in Sachen Make-up. Ihre Augenbrauen hat sie komplett entfernt und durch zwei dicke, schwarze Balken ersetzt. Leider auch ein ganzes Stück über der ursprünglichen Position der eigentlichen Brauen, wodurch sie dauerhaft erstaunt aussieht. Ich muss daran denken, wie Jackson mir damals immer sagte, dass Cecilia eines Tages wie ihre Mutter aussehen würde und ich ihm das nie abkaufen wollte. Allerdings hat er damit recht behalten, und ich würde lügen zu behaupten, dass es kein gutes Gefühl wäre.

Jackson, der eine Flasche Mineralwasser und zwei Gläser aus der Minibar geholt hat, setzt sich in den Sessel neben mich und stellt seine Ausbeute vor uns ab. Ich zücke mein Smartphone und fange an, Klatschnachrichten zu lesen. Alles ist besser, als seinen Blick auf mir zu spüren und nicht zu wissen, wohin ich meinen richten soll.

„Ganz schön unhöflich", raunt er mir zu.

„Was?"

Er lehnt sich vor und sieht auf mein Display. „Na, irgendwelche Klatschgeschichten über drittklassige

Stars lesen, während du hier mit mir sitzt und wir uns unterhalten könnten."

„Ist das jetzt dein Ernst?" Ich klinge eine Spur zu zickig, was ihn nur zu einem noch breiteren Grinsen animiert. „Jackson, du bist einfach abgehauen! Ich habe wie oft versucht, dich zu erreichen? Tausende Male? Und wie oft hast du mich weggedrückt? Oder bist gar nicht erst rangegangen? Oder hast mir zurückgeschrieben? Also stelle ich mir doch die Frage, was du jetzt von mir willst", flüstere ich ihm zu.

„Mich entschuldigen." In seinem Blick suche ich nach der versteckten Ironie hinter seinen Worten, aber vergeblich. Stattdessen blickt er mich mit seinen glasklaren, stahlblauen Augen an, die heute vergleichsweise hell sind.

„Dich entschuldigen?"

„Ich bin ein Idiot! Ich hätte mich nicht verpissen dürfen. Damit habe ich dir Unrecht getan!"

Die Versuchung ist riesig, ihm einfach zu verzeihen und mich auf seinen Schoß zu werfen. Allerdings traue ich seinen Worten noch nicht richtig, weswegen ich es lieber erst einmal dabei belasse. „In Ordnung. Dann kann ich ja jetzt weiterlesen." Die Zicke in mir hat gewonnen.

Jacks nimmt mir mein Smartphone aus der Hand. „Du wirst jetzt nicht weiterlesen, als würde es hier um irgendeinen scheiß Fauxpas gehen!"

„Dann frage ich dich jetzt noch mal: Was willst du von mir, Jackson?"

Ihm ist deutlich anzusehen, dass in seinem Inneren ein Kampf tobt, dessen Ausgang noch nicht ganz entschieden ist. „Ich will eine zweite Chance, oder zählt das schon als dritte? Egal! Triff dich heute Abend mit mir und lass uns reden.“

„Du willst reden? Mit mir? Seit wann treffen wir uns zum Reden?“

Sein Blick hellt sich auf, so als würde Hoffnung in ihm aufkeimen. „Dann triff dich mit mir zum Laufen, unten am Strand. Wir joggen ein bisschen und dann reden wir.“

„Danke, ich war heute schon laufen.“

Sein Grinsen wird noch breiter. „Aber nicht mit mir!“ Er wird ohnehin nicht lockerlassen, und wenn er mich so ansieht, kann ich auch nicht lange die Unnahbare mimen.

„Und das ist kein Trick?“ Unser letztes gemeinsames Training endete damit, dass Jackson mich von hinten auf dem Laufband genommen hat.

„Ich verspreche es dir hoch und heilig, Grace! Ich werde mit dir am Strand joggen und nicht über dich herfallen.“ Automatisch spielen sich in meinen Gedanken Bilder von Jacks und mir ab, wie wir leidenschaftlichen Sex miteinander haben und er mich immer und immer wieder kommen lässt. Deutlich spüre ich das verräterische Pochen zwischen meinen Beinen und die Röte auf meinen Wangen. Letzteres bleibt ihm nicht verborgen, weswegen er geradezu siegessicher grinst.

„In Ordnung. Du kannst mich um sieben abholen.“

„Grace, könntest du uns bitte den Fascinator aus dem Schrank holen?“, bittet mich Rosie.

„Ich komme sofort!“ Ich eile zum Kleiderschrank, in dem Rosies Kleider für die nächsten Tage ordentlich aufgereiht hängen. Ich öffne die längliche Schatulle und halte Cecilia den Fascinator entgegen. Gekonnt befestigt sie ihn auf Rosies klassischer Hochsteckfrisur. Sie sieht wunderschön aus.

„Du siehst unglaublich aus!", sagt Jacks, der hinter mir steht.

„Ich kann ihm nur zustimmen, du bist wunderschön, Rosie!" Rosalind steht auf, um sich in dem größeren Flurspiegel der Suite zu betrachten. Ich wende mich währenddessen Cecilia zu. „Cecilia, dir muss ich auch ein Lob aussprechen! Du beherrschst dein Fach in Perfektion." Ein bisschen Honig ums Maul kann jetzt nicht schaden, wo wir uns öfters sehen werden.

„Danke! Wenn deine Torten nur halb so ansehnlich und genießbar wären wie meine Frisuren schön sind, dann könnte man von einer perfekten Hochzeit sprechen."

Eins – zwei – drei – durchatmen! Und von vorne! Diese verdammte Bitch. Sogar Kevin hat es geschafft, sich in den letzten zehn Jahren zum Besseren zu wenden, wenn auch nicht vollkommen, aber er ist zumindest bemüht. Cecilia dagegen ist von einer bösartigen, pubertären Zicke zu einer bösartigen Frau geworden. Hinter mir lacht Jacks los. Irritiert sehe ich ihn an. Entweder amüsiert er sich gerade prächtig auf meine Kosten oder aber ich habe den Witz nicht verstanden.

„Offenbar haben Sie auch schon Bekanntschaft mit Mrs Roberts Horrortorten machen dürfen", sagt sie zu Jacks.

„Nein! Das heißt doch, ja! Ich habe Mrs Roberts hochgelobte und unglaublich erfolgreiche Kreationen schon sehen und schmecken dürfen. Aber darüber lache ich nicht."

„Was ist hier bitte so lustig, Jacks?"

„Ich frage mich nur, woher manche Menschen ihr Selbstbewusstsein beziehen. Ich kann wirklich nur hoffen, dass Sie meine Mutter nicht so bemalen, wie Sie sich selbst zukleistern, ansonsten verwechseln die Gäste die Hochzeit noch mit einer Zirkusgala. Ist das eigentlich Edding über Ihren Augen?"

Cecilias Gesicht spricht Bände. Es wechselt von kreidebleich zu hochrot, und ich erkenne deutlich, dass sie sich gerade zusammenreißen muss und abwägt, was ihr wichtiger ist: der dicke Auftrag oder aber komplett auszuflippen. Cecilia bekommt für das Hochzeitswochenende ein horrendes Sümmchen, immerhin geht es um Make-up und Haare für vier Tage, und ab Freitag sind es täglich mehrere Köpfe, die frisiert werden müssen. Als sich ihr schmaler Mund wieder zu dem aufgesetzten Lächeln verformt, sind die Würfel zugunsten des Geldes gefallen. Cecilia dreht sich ohne ein weiteres Wort um und räumt den Frisiertisch auf.

„Ich würde dich jetzt gerne für dein unverschämtes Benehmen gegenüber externen Dienstleistern des Kings Crown ermahnen", flüstere ich Jacks zu, als Rosie endlich wieder am Frisiertisch sitzt und Cecila beginnt, ihr den Fascinator sowie gefühlte einhundert Nadeln aus dem Haar zu ziehen.

„Aber?", fragt er mit einem frechen Grinsen auf den Lippen.

„Aber ich habe ihr dummes Gesicht nach deinem Spruch einfach viel zu sehr genossen, als dass ich es hätte stoppen können." Ich erwidere sein Grinsen. Wenn auch moralisch nicht ganz korrekt, so hat das doch unheimlich gutgetan.

Kapitel Achtundzwanzig

Grace

Unser großes Wiedersehen habe ich mir ehrlich gesagt ganz anders vorgestellt. Ich habe damit gerechnet, dass er mich gänzlich ignorieren würde. Dass er unverschämt mir gegenüber sein würde und eiskalt. Vielleicht sogar richtig fies und mir eine wutentbrannte Szene machen würde. Aber nie hätte ich damit gerechnet, dass er sich bei mir für seine Flucht entschuldigen und darüber reden wollen würde. Der Jackson, den ich kenne, entschuldigt sich nicht und will schon gar nicht reden. Aber offenbar hat ihm seine Auszeit zu einer anderen Sichtweise auf die Dinge verholfen, und ich bin mir ziemlich sicher, dass sein Freund Hayden daran nicht ganz unschuldig ist.

Als ich mich für unser Sportdate umziehe, bin ich mir immer noch nicht sicher, was ich von alldem halten soll. Jackson ist einfach wie eine gewaltige Gewitterwolke, die sich entweder durch den richtigen Luftstrom verflüchtigt und viele kleine Schäfchenwolken zurücklässt ... oder aber ihre Blitze schlagen mit voller Wucht heraus und treffen alles und jeden in einem riesigen Radius. Obwohl ich ihm glaube, dass er uns – was auch immer daraus wird – noch eine Chance geben möchte, bin ich mir nicht sicher, ob ihm oder vielmehr uns das am Ende wirklich gelingen kann.

Um sieben Uhr trete ich aus dem Hintereingang des Hauses, wo Jacks mich bereits erwartet. Lässig hat er sich gegen die Mauer gelehnt, die das Grundstück vom öffentlichen Strandbereich abgrenzt. Er trägt eine kurze, schwarze Jogginghose und ein graues Sportshirt, das sich wie eine zweite Haut um seinen muskulösen Oberkörper schmiegt. Bei seinem Anblick muss ich hart schlucken und bin wie immer aufs Neue fasziniert von seiner Makellosigkeit. Seine Augen schimmern nun wieder dunkler, als er mich von Kopf bis Fuß mustert und eine Spur kleiner Stromstöße in meinem Körper erzeugt. Um nicht zu provozieren, habe ich mich bewusst gegen mein weißes Sportoutfit vom Weingut entschieden und stattdessen zu einer sommerlichen Laufshorts gegriffen, die locker sitzt und Platz für Fantasie lässt. Dazu habe ich eines meiner Tanktops gewählt, das ebenfalls nicht zu eng anliegt. Mein langes Haar habe ich zu einem einfachen Zopf gebunden. Trotzdem habe ich fast das Gefühl, innerlich zu zerspringen, als er mit seiner Musterung fertig ist und sich sein Blick auf meine nackten Beine heftet.

„Lass uns gehen!"

Ich setze mich beim bloßen Klang seiner tiefen Stimme in Bewegung und folge ihm den schmalen Trampelpfad Richtung Strand. Sobald wir zwischen den hohen Dünen hervorkommen und den eigentlichen Strandabschnitt betreten, weht uns eine warme Abendbrise entgegen. Der Himmel ist immer noch klar, und uns steht die erste laue Sommernacht bevor. Einige Möwen fliegen über die Brandung, ansonsten ist der Strand um diese Zeit relativ leer. Die meisten späten Besucher sind Touristen, die sich aber eher am oberen Strandabschnitt aufhalten, da dieser über eine nette Strandpromenade mit allerlei kleinen Lokalen verfügt. Aber heute sind wir nicht hier, um den Strand zu genießen. „Du wolltest reden?", frage ich Jackson, der bisher keine Anstalten gemacht hat, ein Gespräch zu beginnen.

„Komm, wir setzen uns ein wenig in die Dünen, so wie früher!" Ich folge ihm zu einer Stelle, an der die Gräser spärlicher wachsen, und setze mich neben ihn in den leicht warmen Sand, der sich hell von Jacksons sonnengebräunten Waden absetzt.

„Ich bin ein riesiger Idiot, Grace!" Er blickt auf die Weite des Ozeans. „Irgendwie drehen wir uns im Kreis, und daran haben die vergangenen zehn Jahre kaum etwas geändert. Es war ein Fehler, wieder zu gehen und anzunehmen, dass es damit beendet wäre. In Wahrheit bin ich nur vor mir weggelaufen. Das damals zwischen uns war eine der schmerzhaftesten Erfahrungen in meinem Leben. Die Angst davor, dass sich so etwas wiederholen könnte, ist einfach tief in mir verankert." Er atmet tief durch, so als müsse er all seine Kräfte bündeln, um weiterzusprechen.

„Es sind natürlich auch ähnliche Variablen wie damals. Es ist derselbe Ort, obwohl ich Little Kings Bay viel schlimmer in Erinnerung hatte, dann Kevin, und natürlich bist du es, die mich damals diesen Schmerz hat spüren lassen. Aber wie gesagt, ich habe dir verziehen, und das ist mein voller Ernst. Aber Verzeihen ist nicht Vergessen, und die alte Geschichte spukt einfach in meinem Schädel herum und will mich nicht loslassen." Ich versteife mich neben ihm. Alles was er mir erzählt, klingt nach dem Ende für uns. „Das eigentliche Problem aber ist, dass ich es auch nicht schaffe, dich loszulassen! Die letzten zehn Jahre habe ich kaum

zurückgeblickt, aber in dem Moment, als ich zurückgekommen bin, konnte ich es wieder fühlen. Als ich dich
an diesem Tortenstand auf dem Schulfest gesehen
habe, wusste ich, dass ich dir wieder so verfallen würde
wie zu unserer Schulzeit. Und jetzt, wo ich so viel Zeit
mit dir verbringen durfte, ist es noch viel schlimmer,
als es damals gewesen ist."

Er sieht mich an und nimmt mein Gesicht zwischen
seine Hände. „Grace, ich habe mich wieder in dich verliebt! Und wenn du mir nach meinem Abgang noch die
Möglichkeit gibst, will ich diesmal alles richtig machen."

Jeder Zweifel und jedes ungute Gefühl, das sich in den
vergangenen anderthalb Wochen in meinem Bauch an-
gestaut hat, wird von abertausenden kleiner Schmetterlinge vertrieben, die sich wild flatternd in meiner
Magengegend sammeln und mit ihren Flügeln krib-
belnde Wellen durch meinen Körper schicken. Mein
Hirn schaltet auf Standby, und sämtliche grauen Zellen
weichen für einen Moment rosaroter Zuckerwatte, als
mein Blick seinen kreuzt und ich mich darin verliere.
Mein Hals wird trocken, aber so, wie Jacks nicht jedes
Mal davonlaufen kann, kann ich nicht weiter machen
und ihn im Ungewissen lassen, indem ich ihn weiter
hinhalte.

„Ich habe mich auch wieder in dich verliebt, Jacks",
flüstere ich. Er zieht mein Gesicht zu sich heran, bis
sich unsere Nasenspitzen berühren – eine beinahe un-
schuldig-kindliche Geste –, bevor sich seine Lippen
drängend auf meine legen. Meine Mund gewährt ihm
sofort Einlass, und unsere Zungen beginnen, miteinander zu spielen. Die Schmetterlinge in meinem Bauch

werden durch das Feuerwerk ersetzt, das Jackson jedes Mal in mir entzündet. Zum Teufel mit allen Zweifeln! Ich bin diesem Mann mit Haut und Haaren verfallen und werde ihn nicht noch mal gehen lassen.

Als sich seine Lippen von meinen lösen, atmet er schwer, so als wäre er einen Marathon gelaufen. „Grace, ich muss das von damals hinter mir lassen können, sonst wird das niemals funktionieren. Ich verspreche dir, dass ich in der Beziehung an mir arbeiten werde. Aber ich kann mich nicht von heute auf morgen ändern. Und ich brauche dich dazu!"

„Du trägst diese Wut schon so lange mir dir herum, wie könnte ich da erwarten, dass du ab heute ein anderer Mann bist. Und ich bin nicht fehlerfrei, dass wissen wir beide. Wir müssen beide, jeder für sich, an uns arbeiten." Insbesondere meine Vermeidungstaktik muss ich dringend ablegen. „Vielleicht sollten wir ab jetzt einfach miteinander sprechen – über alles." Ein weiteres Drama zwischen mir und Jackson würde ich vermutlich nicht unbeschadet überstehen. Er hat den Abstand genutzt und sich ernsthafte Gedanken gemacht, wie das mit uns funktionieren könnte.

„Ich gebe mein Bestes, ab jetzt ein offenes Buch zu sein."

„Was brauchst du?"

„Keine Versteckspielchen mehr. Kein Platz mehr für Zweifel. Ich will dich ganz, Grace!" Er will mich ganz! Jackson ist in mich verliebt und will wirklich mit mir zusammen sein. Ein Mann, der mein Feuer zu entfachen weiß, empfindet etwas für mich und will exklusiv mit mir zusammen sein – für die meisten Frauen wäre das jetzt wohl der Punkt, an dem die Sache klar ist. In mir dagegen tun sich hundert neue Fragen auf, deren Antworten ich erst im Laufe der Zeit erhalten werde.

„In Ordnung. Allerdings gibt es da eine Sache, auf die ich nicht verzichten kann!"

Sein Blick durchbohrt mich. „Und die wäre?"

Ich hole tief Luft. „Ich will Kevin die Wahrheit sagen. Nicht nur über den Ehebruch und unsere Affäre, sondern auch über das, was jetzt zwischen uns ist. Ich will reinen Tisch in Little Kings Bay haben. Und *ich* will es sein, die mit ihm darüber redet – alleine, nur er und ich." Jackson sieht alles andere als glücklich aus und verengt die Augen zu Schlitzen. „Bevor du jetzt ausflippst", fahre ich fort, um seine Worte im Keim zu ersticken. „Ich weiß, dass ich dir damit genau das abverlange, das ich dir gerade versprochen habe nicht mehr zu tun. Und ich weiß auch, dass Kevin ein rotes Tuch für dich ist. Aber wenn du meinen Fehler von damals hinter dir lässt, solltest du auch Kevins Fehler hinter dir lassen, um mit mir neu anzufangen. Das würde ich dir nie zur Bedingung machen, aber dazu rate ich dir. Ich für meinen Teil muss Kevin als meinen Mann hinter mir lassen. Und wahrscheinlich hältst du mich für total bescheuert deswegen, weil du einige Details unserer verkorksten Ehe mitbekommen hast. Aber ich bin mir das schuldig. Und ihm. Und Sarah!" Mir stockt der Atem bei dem Gedanken an sie. „Ich muss auch etwas loslassen, Jacks. Und dazu brauche ich dieses Gespräch mit Kevin."

Seine Augen sind immer noch verengt und er mustert mich streng, bevor er sie ganz schließt und laut ausatmet. „Ich halte dich nicht für bescheuert. Okay, ein bisschen vielleicht!" Er grinst. „Aber ich denke, ich verstehe, warum dir das so wichtig ist."

„Wirklich?"

Er zögert. „Ja, wirklich. Aber ich will keinen Aufschub mehr. Sonntag nach dem Abschiedsbrunch wirst du das mit ihm klären. Dann ist die Hochzeit gelaufen, dein Lektor ist weg und Kevin kann ausrasten, ohne dabei Schaden anzurichten. Und dann will ich, dass du ab Sonntagabend mir gehörst!" Bei seinen Worten bekomme ich eine prickelnde Gänsehaut. Die meisten emanzipierten Frauen dieser Welt würden spätestens jetzt wohl beide Beine in die Arme nehmen und laufen. Ich weiß allerdings genau, was Jackson damit meint. Nach all den Irrungen und Wirrungen braucht er einfach die Bestätigung, dass er der Einzige für mich ist und ich keinen Rückzieher mehr mache. Und genau das bin ich bereit, ihm zu geben. „Einverstanden!"

Er dreht sich ohne Umschweife zu mir und begräbt mich unter seinem harten Körper. Seine Lippen finden wieder die meinen, und ich kann nicht anders, als leise in seinen Mund zu stöhnen, als er sich zwischen meine angewinkelten Schenkel gleiten lässt. Trotz mehrerer Kleidungsschichten spüre ich deutlich seine Erektion an meiner Mitte und werde direkt feucht. Ich habe mich in den vergangenen Tagen so sehr nach Jacksons Berührungen gesehnt, dass mich allein sein Körpergewicht auf mir schon in Ekstase versetzt. „Hatte ich doch recht damit, dass das Joggen ein bloßer Vorwand war", necke ich ihn.

„Nein! Wir werden jetzt joggen gehen", flüstert er in mein Ohr. „Ich habe versprochen, dass wir zusammen laufen und ich dabei nicht über dich herfalle." Er schiebt sich von mir, und über seine Lippen huscht dieses mir nur zu gut bekannte Jackson-Grinsen, das – gepaart mit seinen dunklen Augen –meistens nichts Gutes verheißt. Als er steht, streckt er mir eine Hand entgegen, um mir beim Aufstehen zu helfen.

„Ist das jetzt dein Ernst, Jacks?" Ich bin so verrückt nach diesem Mann, dass ich nach unserer Pause keine Minute mehr warten will, ohne ihn tief in mir zu spüren.

„Später! Du solltest dringend an deiner Selbstbeherrschung arbeiten, Grace."

„Ich bitte dich! Du bist hart und mindestens genauso gierig wie ich!" Fassungslos deute ich auf die Beule in seiner Hose.

„Später!" Er zieht mich auf die Füße. „Aber erst gehen wir am Strand laufen!" Ich verdrehe die Augen. Das ist wieder so typisch Jackson. Man weiß nie, was als nächstes kommt. Gerade, als ich an ihm vorbeigehen will, hält er mich auf.

„Eine Sache fehlt da noch." Ich sehe ihn fragend an, als er um mich herumschleicht, sich von hinten an mich drückt und ich die Bartstoppeln seiner Wange an meiner spüre. Er fummelt in der Tasche seiner Jogginghose und zieht ein kleines Fläschchen mit einer durchsichtigen, dicken Flüssigkeit hervor. Er öffnet den Deckel und lässt etwas davon auf seine Fingerspitzen tropfen.

„Was ist das?", frage ich ihn unsicher. Ich habe wirklich keine Ahnung, was das nun wieder werden soll. Bisher hat alles, was er aus seinen Taschen gezogen hat, damit geendet, dass ich zwei Tage nicht mehr richtig laufen konnte.

„Pst", raunt er in mein Ohr. „Genieß das einfach." Gerade als ich schon glaube, dass er mich unter Drogen setzen will, zieht er den Bund meiner Shorts und meines Slips nach vorne und findet mit der anderen Hand den Weg zu meiner Spalte.

„Jackson!" Er gleitet mit den beiden gelbehafteten Fingern durch meine feuchte Mitte, und als ich mich frage, wofür er Gleitgel braucht, beginnt die Flüssigkeit auf meiner intimsten Stelle zu wirken. Ich weiß nicht, ob es sich wie Feuer oder Eis anfühlt. Es ist kalt und heiß zugleich und zusammen mit Jacksons Fingern einfach viel zu viel. Er verteilt das Gel auf meinen inneren Schamlippen, umkreist mit seinen Fingern meine Klitoris, um auch dort die heiße Kälte zu verreiben, und lässt dann seine beiden Finger tief in meine pochende Mitte hinein und wieder herausgleiten. Dann zieht er seine Hand komplett zurück und lässt mich mit Sternchen vor den Augen stehen. Meine Pussy steht wortwörtlich in Flammen und wird dabei von zarten Schneeflocken geküsst. Ein Prickeln, das so intensiv und einnehmend ist, dass ich kaum klar denken kann, durchzieht meinen Unterleib. Noch immer spüre ich Jacksons Finger auf jeder Stelle, die er berührt hat. „Und jetzt werden wir laufen!", sagt er bestimmend. Seine Augen sind dunkel, woran ich erkennen kann, wie sehr er sich beherrschen muss.

Als ich den ersten langsamen Schritt wage, geben meine Beine beinahe unter mir nach. Jackson schafft es gerade noch, mich zu stützen, bevor ich auf den feinen Sand zusammensacke. Die durch den Schritt entstandene Reibung zwischen meinen Beinen erzeugt noch mehr Hitze und lässt mich fast zerspringen. „Ich kann so auf gar keinen Fall laufen!"

Seine Augen werden noch dunkler. „Doch, du kannst."

Jeder meiner Schritte treibt das Feuer in mir an. Ich bin so nass zwischen den Beinen, dass ich Angst habe, es könnte sich ein Fleck auf meiner Shorts bilden. Jede Erschütterung auf dem hellen Sand bringt mich an den Rand des Wahnsinns. Und immer, wenn ich denke, dass meine Pussy in Flammen steht, entsteht dieses eiskalte Gefühl an einer anderen Stelle. Kribbeln und Pochen lösen sich wieder und wieder ab und verlangen so sehr nach mehr. Es kostet mich alles, nicht bei jeder Eruption in mir laut aufzustöhnen. Mein Tempo ist moderat. Laufe ich langsam, verlangt das Gefühl zwischen meinen Beinen nach einer stärkeren Reibung. Laufe ich viel schneller, ist das Gefühl kaum noch zu ertragen und wird beinahe unangenehm. Jacks hat sich meinem Tempo voll angepasst, obwohl das offenbar viel zu langsam für ihn ist, da er nicht mal schwitzt. Immer wieder sieht er zu mir und scheint mein lustverzerrtes Gesicht zu genießen. „Siehst du mein Haus?"

Ich habe total die Orientierung verloren. Nicht mal das Meer neben mir kann ich richtig wahrnehmen, weil ich mich nur noch auf meine pochende Mitte konzentrieren kann. Ich bestehe nur noch aus Muschi, die um Erlösung bettelt. Hinter den Dünen erkenne ich die dunklen Umrisse von Jacks' Haus.

„Ja", stöhne ich gequält.

„Wir laufen jetzt zum Haus, und dann werde ich dich erlösen", sagt er mir mit seiner rauen Stimme, die mir verrät, wie sehr er sich selber danach sehnt. Endlich!

Noch nie kam mir die Strecke zwischen den Strandvillen so lang vor. „Aber wir werden das Tempo steigern!“

„Ich kann nicht schneller“, wimmere ich.

„Und ob du das kannst, Grace! Ich will das du kommst – jetzt! Ich will, dass du mich anflehst, dich zu nehmen. Ich will, dass du nie wieder denkst, es könnte einen anderen als mich geben. Und jetzt lauf!“

Alleine seine dominante Art lässt die Flammen zwischen meinen Beinen noch mehr lodern. Kaum Herrin über meinen Körper, steigere ich mein Tempo, worauf ein wahrer Feuersturm in mir ausbricht. Ohne mich auch nur zu vergewissern, ob jemand in unserer Nähe ist und mich vielleicht hören könnte, komme ich laut stöhnend beim Joggen. Meine Beine geben komplett nach. Mein Körper fühlt sich an, als wäre er aus Gummi, und trotz des gewaltigen Orgasmus toben Feuer und Eis immer noch in mir.

Jackson fängt mich auf und wirft mich über seine Schulter, so wie er auf dem Schulfest schon die komatöse Molly getragen hat. Mit schnellen Schritten erreichen wir das Tor zu seinem Grundstück, und ebenso schnell schließt es sich hinter uns, als wir auch schon durch die Garage sein Haus betreten.

„Es tut mir leid Grace, aber ich kann keine Sekunde mehr warten!“ Er stellt mich auf dem Boden ab und drückt meinen Bauch auf die Motorhaube des parkenden Wagens. Ich weiß genau, was jetzt kommt, und strecke ihm mein Gesäß entgegen. Mit einem festen Ruck zieht Jacks mir die Shorts und den Slip herunter, und ich spüre, wie sich sein Schwanz vor meiner Öffnung platziert und hart dagegen drückt. Jackson stößt fest zu und gleitet mit seiner vollen Länge in mich. Laut keuche ich auf, und kurz wird das Feuerwerk zwischen meinen Beinen von Schmerz durchzogen. Es ist fast zwei Wochen her, dass wir zuletzt Sex hatten, und ich muss mich erst wieder an Jacks' Größe in mir gewöhnen. So schnell der Schmerz gekommen ist, so schnell weicht er der puren Lust, als er sich immer wieder komplett aus mir herauszieht, nur um dann erneut hart zuzustoßen. Zusätzlich macht mir das Zusammenspiel aus Reibung und Jacksons Zaubermittel zu schaffen, das einen Feuersturm in mir entfacht, sodass ich beinahe schon wieder komme. Auch Jackson spannt sich bereits spürbar hinter mir an. „O ja, Grace! Zeig mir, wie sehr du mich vermisst hast." Seine Stöße werden jetzt schneller und fester, dringen immer tiefer in mich vor. Als seine Finger meine geschwollene Perle finden, die immer noch von der Wirkung des Gels kribbelt, kann ich die anrollende Sturmflut in mir nicht mehr aufhalten. Es ist, als wäre Jackson überall auf und in mir gleichzeitig. Es ist in gewisser Weise genau, wie er gesagt hat. Er ist der Einzige. Der Einzige, der mich so viel empfinden lassen kann. Es wird nie wieder einen anderen geben. Ich komme mit so einer Wucht, dass ich glaube, zu zerspringen. Nur einen Moment später folgt Jackson tief in mir und lässt seinen Oberkörper auf meinen sinken.

„Ich glaube, so langsam finde ich doch noch Gefallen an dem Wagen", sage ich völlig außer Atem.

Ein kehliges Lachen entfährt ihm. „Das trifft sich gut. Ich musste ihn kaufen!"

Ich frage lieber gar nicht nach, warum Jacks gezwungen war, dieses Auto zu kaufen. Als er sich aus mir zurückzieht, durchfährt mich wieder ein Kribbeln, was bestimmt auf dieses Teufelszeug zurückzuführen ist. Ich muss mich kurz sammeln, bevor ich mein Gleichgewicht wiederfinde und meine Shorts hochziehe, was Jacks mit einem Grinsen bemerkt. „Na, kitzelt es noch?", fragt er und deutet auf meine Mitte.

„Was in Gottes Namen war das?"

„Das war ein Stimulationsgel für Frauen."

Ich reibe mir mit dem Handrücken über meine verschwitzte Stirn. „Und das hattest du zufällig zum Joggen dabei?"

Als Antwort zuckt er nur mit den Schultern und zieht mich mit in seine Höhle.

Kapitel Neunundzwanzig

Grace

Es ist Freitagmorgen, und langsam geht es in die heiße Phase, was die Hochzeit und meinen Buchtermin angeht. Im Kings Crown begrüße ich Rosie und Brandon, die bereits mit ihren Gästen beim Frühstück sitzen. Jacks wirft mir Blicke zu, die mich beinahe erröten lassen, während Hayden uns beide beobachtet und sich sichtlich amüsiert. Seit Jackson zurück ist, verbringen wir jede freie Minute miteinander, und diesmal habe ich wirklich das Gefühl, dass das zwischen uns gut ausgehen kann.

Um elf warte ich an der Rezeption auf Mr Davis, der die kleine Tanzschule im Nachbarort betreibt. Obwohl Rosie und Brandon meiner Meinung nach die Standardtänze perfekt beherrschen, haben sich mich um eine finale Tanzstunde mit Lehrer gebeten, um das Lampenfieber so gering wie möglich zu halten.

„Grace, du wirst von Tag zu Tag schöner!", begrüßt Mr Davis mich auf seine gewohnt charmante Art. Durch meinen Dad kenne ich ihn schon mein ganzes Leben und habe kein Problem damit, von ihm geduzt zu werden. Als Kind wurde ich sogar von meinen Eltern dazu genötigt, Tanzunterricht bei ihm zu nehmen. Auch wenn die Stunden eigentlich Spaß gemacht haben, hätte ich lieber im örtlichen Fußballverein mitgekickt. Meine Eltern konnten dem Tanzen aber mehr abgewinnen, und im Nachhinein hat mir der Tanzunterricht für mein weiteres Leben wahrscheinlich auch mehr gebracht als das Fußballspielen. Und auch als meine Hochzeit mit Kevin anstand, hatte Mr Davis das Vergnügen mit meinen Tanzkünsten und Kevins zwei linken Füßen. Damals war er fast am Ende seiner Geduld bei der Kombination aus meiner Unwilligkeit, mich führen zu lassen, und Kevins Unfähigkeit, sich die Tanzschritte zu merken.

Wir betreten den großen Saal im hinteren Bereich des Kings Crown. Die Feier findet zwar im Freien statt, allerdings wird das Festzelt, das auch die Tanzfläche beherbergt, erst heute Nachmittag im Garten aufgestellt. Rosie und Brandon warten bereits auf uns, und auch Brandons Schwester und ihr Mann sowie Rachel, Hayden und Jackson haben sich eingefunden. „Das ist Mr Davis, der Tanzlehrer", stelle ich ihn vor.

„Guten Tag alle miteinander! Wir sind ja doch einige mehr als eigentlich gedacht", sagt Mr Davis.

„Ich hoffe, es bereitet keine Probleme?" Rosie sieht in die Runde. „Meine Schwester ist meine Brautjungfer, und da sie alleinstehend ist, wird Hayden auf der Hochzeit ihr Tanzpartner für den Eröffnungstanz sein. Die beiden haben allerdings noch nie miteinander getanzt."

Brandon räuspert sich. „Und meine Schwester und ihr Mann haben schon oft zusammen getanzt, wollen es sich aber doch nicht nehmen lassen, noch mal in den Genuss einer Privatstunde zu kommen."

„Das sollte kein Problem sein. Ich habe Zeit mitgebracht", sagt Mr Davis lächelnd. „Und nun Musik ab, wir wollen anfangen. Beginnen wir ganz einfach mit einem langsamen Walzer."

Als Rosie und Brandon loslegen, erkenne sogar ich, dass die beiden regelmäßig miteinander tanzen. Sie beherrschen die Schritte wie im Schlaf und machen einen sehr souveränen Eindruck. Julia und Rick – Brandons Schwester und ihr Mann – wirken noch etwas steif, können sich aber trotzdem sehen lassen. Hayden dagegen fühlt sich sichtlich unwohl und wirkt relativ unsicher beim Führen, obwohl er die Schritte kennt. „Ich tanze halt mehr in den New Yorker Nachtclubs", sagt er entschuldigend.

„Du wirst in diesem Leben kein Fred Astaire mehr! Tut mir leid, Tante Rachel", ruft Jacks.

„Und was ist mit Ihnen?", fragt Mr Davis ihn. „Sie können mit Grace tanzen und Ihr Können beweisen. Grace war eine sehr gute Schülerin, obwohl sie sich immer dagegen gesträubt hat, sich führen zu lassen." Mr Davis zwinkert.

Jacks und ich haben bereits auf dem Schulfest miteinander getanzt, allerdings eher notgedrungen, um nicht wie zwei sexsüchtige Monster vor allen Anwesenden übereinander herzufallen. Das kam also eher rhythmischem Aneinandergereibe und Gewackel gleich, was vermutlich niemand bemerkt hat, da zu später Stunde bereits ganz Little Kings Bay kollektiv betrunken gewesen ist. Jacks sieht nicht so aus, als ließe er sich das zweimal sagen, kommt zu mir und hält mir eine Hand hin. „Darf ich bitten?" Er verbeugt sich leicht. Ich lege meine Hand in seine und lasse mich von ihm auf das alte Parkett ziehen. „Du hast also ein Problem damit, die Führung abzugeben?", fragt er mich mit lüsterner Stimme. Jackson weiß genau, wie ich auf seine

Nähe reagiere und genießt es, mich zu provozieren. Ganz besonders, wenn Zeugen in der Nähe sind.

„Beim Tanzen ja!" Seine Hand liegt fest an meinem Rücken und hält mich an Ort und Stelle, während seine andere die meine in Position drückt, sodass ich automatisch eine kerzengerade Haltung einnehme. So nah vor ihm muss ich meinen Kopf beinahe ganz in den Nacken legen, um ihm ins Gesicht sehen zu können, obwohl ich Pumps mit Absatz trage.

„Den Eindruck hatte ich bisher nämlich nicht von dir." Damit spielt er natürlich auf unsere gemeinsamen Stunden im Bett an, bei denen meist er das Kommando übernimmt, was mir erstaunlicherweise sehr gut gefällt. Eigentlich ist er durch und durch das Gegenteil von Kevin. Während Kevin sechs Jahre alles dafür gegeben hat, mein komplettes Leben zu dominieren, hat er mich im Bett total hängen lassen. Jackson dagegen lässt mir jeden erdenklichen Spielraum, um meine Entscheidungen zu treffen, während er im Bett den Ton angibt.

Sein Griff wird noch fester, als wir uns langsam zu den Takten von *My Love* von Sia bewegen. Bei Jackson kann ich entspannen. In der Tanzschule und auch danach kam ich mir immer wie eine Marionette vor, wenn ich mich beim Tanzen habe führen lassen. In Jacksons Armen fühle ich mich dagegen gut aufgehoben und auf besondere Weise weiblich. Ich beschließe, nicht auf seine Anspielungen einzugehen, und stattdessen den gemeinsamen Tanz zu genießen.

„Du bist selber Fred Astaire!", grölt Hayden herüber.

„Gar nicht mal schlecht", bemerkt auch Mr Davis, der sich eigentlich auf ein Debakel mit der *steifen Grace* - so hat er mich damals immer genannt – gefreut hat.

Als das Lied verstummt, setzt *Breakaway von* Kelly Clarkson ein. „Aber nun genug aufgewärmt! Schneller bitte", fordert Mr Davis uns auf.

Wir drehen uns im Takt der Musik, und mir wird beinahe schwindelig, weil Jacks es auch beim Tanzen maßlos übertreibt und mich mit sich reißt. Selbst wenn ich mich dagegen sträuben würde, hätte ich keine Möglichkeit, seinem Griff zu entkommen. Ich bin heilfroh, die Tanzschritte immer gut beherrscht zu haben, weil meine Beine mir nicht so gehorchen wollen wie sonst.

„Es scheint noch Wunder auf dieser Welt zu geben", sagt Mr Davis. „Offenbar hat sich endlich ein Tanzpartner gefunden, der es schafft, die steife Grace graziös über das Parkett zu führen!"

Na danke! Hayden hustet laut, während er sich mit Rachel im Takt der Musik bewegt. „Die *steife Grace*?", fragt Jacks mich mit hochgezogenen Augenbrauen.

„Sei leise! Du bist hier nicht der Einzige mit einem Kindheitstrauma."

„Tss."

„Wo hast du überhaupt so tanzen gelernt?"

Ein Lächeln umspielt seine Mundwinkel. „Das willst du nicht wirklich wissen. Lass das lieber mein kleines Geheimnis bleiben."

Eine Zeit lang bewegen wir uns einfach zu der Musik, bis Mr Davis im Programm weitermachen will. „Sehr gut! Wollen Sie auch die Lateintänze durchgehen oder belassen wir es bei dem Notwendigen?"

„Oh, ich denke doch, das Notwendige sollte reichen!“ Hayden sieht sich hilfesuchend im Saal um.

„Hayden, ich dachte, die Tänze mit mehr Körpereinsatz würden dir leichter fallen“, ruft Jackson.

So sehr ich das Tanzen mit ihm genieße, wie jede Art von Körperkontakt, wird es für mich trotzdem Zeit, mich von der Runde zu verabschieden. Die Mittagszeit ist schon fast vorbei, und auch wenn das Lunch ohne das Brautpaar oder meine Organisation planmäßig stattfinden kann, sollte ich mich langsam für die Ankunft von Mr Weston vorbereiten. „Ich muss leider passen, da ich gleich einen wichtigen Termin habe. Aber ich wünsche euch noch ganz viel Spaß!“ Für Rosie und ihre Freundinnen geht es heute ins Spa, während Brandon für seinen Junggesellenabschied unter anderem ein Angelseminar besucht.

„Du willst wirklich keine Rumba mit mir tanzen?“, fragt Jackson mit einem anzüglichen Grinsen. Aus der Tanzschule weiß ich noch genau, dass Rumba sehr viel Körperkontakt erfordert, und ich kann mir nur zu gut vorstellen, dass es einer der Tänze ist, für die Jackson so gut tanzen gelernt hat.

„Heute nicht“, sage ich leise und zwinkere ihm zum Abschied zu.

Mr Weston wartet in der Lobby auf mich und nimmt mich mit einem kräftigen Händedruck in Empfang. Wir haben bisher immer nur telefonischen oder schriftlichen Kontakt gehabt. Obwohl mein erstes Buch auch schon beim Home & Kitchen Verlag erschienen ist, arbeite ich zum ersten Mal mit Mr Weston zusammen. Bei meinem ersten Buch wird er wahrscheinlich noch studiert haben oder Praktikant gewesen sein. Mit seinem schokobraunen, modernen Kurzhaarschnitt und seinem gutsitzenden Anzug sieht er eher aus wie ein schnittiger Banker als jemand aus der Verlagsbranche – zumindest im direkten Vergleich mit meinem früheren Verlagslektor.

„Mrs Roberts, wie schön, Sie persönlich zu treffen", begrüßt er mich freundlich.

„Die Freude ist ganz meinerseits, Mr Weston. Ich hoffe, Sie hatten eine angenehme Fahrt?" London ist nicht wirklich weit entfernt, und jeder normale Mensch legt die Strecke mit dem Auto zurück. Einzig Kevin und sein Vater nehmen für jede sich bietende Gelegenheit den Flieger von Exeter aus, weil sie das besonders geschäftsmäßig finden.

„Ja, ich bin gut durchgekommen, und gerade für den Küstenabschnitt lohnt sich die Zeit im Auto." Er begleitet mich zur Terrasse, wo ich ihn zu dem für uns reservierten Tisch bitte. Wir nehmen einander gegenüber Platz. „Wahrscheinlich wollen Sie erst mal in aller Ruhe ankommen, bevor wir uns später zum Dinner treffen?"

„Ehrlich gesagt nein." Ein Lächeln zeichnet sich auf seinem Mund ab, der von einem leichten Dreitagebart umrahmt wird. „Bei Ihrem ersten Buch hat Mr Murphy Sie noch betreut. Er ist ein Mann der alten Schule und hat alles sehr geschäftsmäßig abgewickelt. Ich betreue die mir anvertrauten Autoren lieber persönlich."

„Das hört sich nach einer sehr guten Strategie an!"

Er mustert mich eindringlich mit seinen grauen Augen. „Sie wollen doch an Ihren Erfolg anknüpfen?"

„Natürlich! Mr Weston, ich weiß, dass zwischen meinem ersten Erfolg und diesem zweiten Titel eine viel zu lange Pause gelegen hat. Aus privaten Gründen hat es sich so ergeben. Aber seien Sie sich bitte ganz sicher, dass – sollte mein Buch an den ersten Erfolg anknüpfen können – ich keinesfalls noch mal Jahre bis zum nächsten Band warten werde!"

Seine Augen blitzen. „Das wollte ich hören! Und Sie können sich sicher sein, dass Ihr neuer Titel ein Erfolg wird."

„Wo wir gerade beim Thema sind. Ihnen ist Brandon Scott doch bestimmt ein Begriff?"

Das Blitzen seiner Augen verstärkt sich. „Der Restaurant und Hotelkritiker, der für mehrere Zeitungen schreibt? Selbstverständlich!"

„Er feiert morgen seine Hochzeit hier im Kings Crown. Mir wurde im Rahmen meiner Tätigkeit die Aufgabe zuteil, alles auszurichten. Da wir das Shooting ohnehin für die Morgenstunden arrangiert hatten, hoffe ich, dass ich mich danach weiter darum kümmern kann, unter anderem natürlich auch um das Menü. Es wird sämtliche Dessertvariationen geben, die ich auch im Buch vorstelle. Sie sind deshalb herzlich eingeladen, an den Feierlichkeiten und der Fertigung der Süßspeisen teilzunehmen."

Die kleinen Denkfalten auf seiner Stirn glätten sich wieder. „Einverstanden! Auch wenn es anders geplant war, bin ich doch spontan und passe mich gerne den Gegebenheiten an. Vielleicht bekomme ich sogar die Chance, einen Blick auf Ihre tägliche Arbeit zu werfen!"

„Genau!"

Er nickt und lächelt mich freundlich an. „Und jetzt eine Bitte: Können wir nicht das Sie weglassen? Ich bin erst dreiunddreißig, und wir werden ab jetzt regelmäßig miteinander zu tun haben, so wie Arbeitskollegen."

„In Ordnung! Dann bin ich für dich ab jetzt Grace." Ich strecke ihm meine Hand hin, die er ergreift.

„Samuel, aber meine Freunde nennen mich Wes."

„Okay, Wes. Dann auf eine gute Zusammenarbeit."

„Wo warst du dieses Jahr schon überall?", frage ich Wes, als wir später beim Dinner auf die Termine mit seinen vielen Autoren zu sprechen kommen.

„Ich war Anfang des Jahres in Frankreich unterwegs. Danach in einer Whisky-Destillerie in Glasgow, und dieser Aufenthalt hatte es wirklich in sich!" Er lacht. „Anschließend war ich viel in London und Umgebung unterwegs. Im Herbst werde ich mit einem Sommelier Deutschland besuchen. Ach ja, aber davor bin ich natürlich noch mit dir in Italien." Auf meinem Gesicht muss sich offenbar Überraschung ausbreiten. Von einer Begleitung wusste ich bis dato nichts. „Du hattest keine Ahnung, oder?", fragt er mich.

„Um ehrlich zu sein, nein."

„Ich hoffe, das ist jetzt kein Problem für dich? Die meisten Autoren sind froh, solche Termine nicht alleine meistern zu müssen." Wenn ich an die Fragen denke, die mir bei der Präsentation von der Presse gestellt werden könnten, und da ich bereits jetzt Lampenfieber spüre, ist eine Begleitung vielleicht gar nicht schlecht.

„Nein, kein Problem. Ich war nur überrascht." Und obwohl ich mir geschworen habe, mir nie wieder von einem Mann Steine in den beruflichen Weg legen zu lassen, kann ich mir sehr gut vorstellen, dass Jackson die Vorstellung von mir und Wes am Gardasee ganz und gar nicht schmecken wird. Andererseits haben wir uns bisher noch nicht darüber unterhalten, wie es für uns nach der Hochzeit weitergeht. Was ist, wenn er sofort nach New York zurückmuss? Ich habe diesen Sommer noch einige Verpflichtungen in England, aber eben auch die kleine Werbereise nach Italien.

„Nichts anderes konnte ich mir vorstellen", antwortet Wes sichtlich zufrieden.

Nach dem Dinner ist mir weder danach, nach Hause zu fahren, noch mich sofort bei Jacks zu melden. Es ist schon zweiundzwanzig Uhr durch und die Küche des Kings Crown längst geschlossen und geputzt. Ich schleiche mich in den Aufenthaltsraum des Küchenpersonals und klaue mir aus Mollys Fach Zigaretten und ihr Feuerzeug. Mit einem gekühlten Glas Weißwein und den Glimmstängeln in der Tasche schiebe ich die schwere Tür zum Personaleingang auf und setze mich draußen auf die Treppenstufen. Ich denke darüber nach, dass Wes mich nach Italien begleiten wird und wie Jacks darauf reagieren könnte. Auf gar keinen Fall kann ich es riskieren, Jackson noch einmal zu verlieren, weswegen ich ihm unbedingt davon erzählen muss. Bisher hat er jeden meiner Schritte auf der Karriereleiter befürwortet und ist trotz seines hitzigen Gemüts mit Sicherheit in der Lage, professionell damit umzugehen.

„Ich hatte schon befürchtet, schlechten Einfluss auf dich zu haben", kommt seine vertraute Stimme aus der

Dunkelheit. Ich drehe mich um und sehe Jacks über die Wiese auf mich zukommen.

„Komisch, ich hatte das Gefühl, du genießt es, schlechten Einfluss auf mich zu haben."

Er setzt sich neben mich auf die Treppe, und ich biete ihm eine von Mollys leichten Zigaretten an. „Nur weil ich es genieße, heißt es nicht automatisch, dass es das Richtige für dich ist!" Er zündet sich eine Zigarette an und greift nach dem Glas Wein in meiner Hand.

„Und zum Glück weiß ich mittlerweile ganz genau, was das Richtige für mich ist."

„Wie lief es mit deinem Lektor?"

„Gut! Er ist sehr nett und sieht Potenzial in mir. Ich glaube, ihm ist daran gelegen, dass ich direkt nach der Veröffentlichung am nächsten Teil arbeite, und ich glaube, dass ich so jemanden bei Home & Kitchen sehr gut gebrauchen kann."

„Du hast Potenzial und wirst es diesmal voll ausschöpfen! Noch besser wäre es, wenn dein Lektor in Brandons Alter ist und eine dicke Hornbrille trägt, aber man kann nicht alles haben."

„Du hast ihn gesehen? Ich dachte, du warst den ganzen Tag mit Brandon am Hafen unterwegs?"

„Ich musste kurz mit meinem derzeitigen Stellvertreter in New York sprechen. Jetzt, wo Hayden auch hier ist, ist es erforderlich, öfter Kontakt zu halten. Ich bin froh, wenn Haye nächste Woche wieder in seinem Büro sitzt und die Sachen für mich regelt."

Er fliegt nicht sofort zurück? Ich bin mir unsicher, ob jetzt der richtige Zeitpunkt ist, um über die Zukunft zu sprechen, aber ich nehme meinen ganzen Mut zusammen und entschließe mich, das Thema endlich anzuschneiden. Unbequemes hinauszuzögern, hat mich bisher in die schlimmsten Situationen gebracht. Es ist endlich an der Zeit, das abzulegen. „Du fliegst nicht sofort zurück?"

Er sieht mich irritiert an. „Willst du das?"

„Nein!" Anscheinend hat er die Unsicherheit in meiner Frage komplett falsch gedeutet. „Ich will nicht, dass du gehst! Wir haben bisher nicht darüber gesprochen. Und ich war mir unsicher, ob du sofort zurück in deine Firma musst und wir uns erst mal nicht sehen."

„Es wird keine Fernbeziehung geben. Falls es dir bisher entgangen sein sollte, gehöre ich zu den sehr körperbetonten Menschen." In seiner Stimme liegt ein warmes Lachen. Er entspannt sich und legt eine warme Hand auf meinen Rücken. Durch die körperliche Verbindung komme auch ich innerlich zur Ruhe.

„Grace, ich bin kein komplettes Arschloch. Ich weiß, dass du hier den Sommer über nicht wegkannst. Mir dagegen ist es sehr wohl möglich hierzubleiben, zumindest die meiste Zeit. Okay, ich werde vielleicht ein oder zweimal für einige Tage nach New York müssen. Aber das meiste dort kann Haye erledigen, und alles andere mache ich von hier aus."

„Danke", flüstere ich.

„Wofür?"

„Dass du meine Arbeit ernst nimmst und dich mir nicht in den Weg stellst. Und das, obwohl du offenbar viel mehr zu verlieren hast als ich!"

„Es ist bitter, dass es bisher so für dich gelaufen ist. Nur weil du keinen Millionendeal mit deinen Büchern machst, heißt es doch nicht automatisch, dass deine Arbeit weniger wert ist. Ich denke gerne praktisch und lasse es auf gar keinen Fall zu, dass wir lange voneinander getrennt sind. Zumindest für den Sommer kann ich sehr einfach hierbleiben."

„Da gibt es noch etwas." Ich spreche die Reise mit Wes lieber jetzt sofort an, bevor sich das Ganze durch mein Schweigen aufbauscht und mir nachher um die Ohren fliegt. „Wes – Mr Weston, mein Lektor – wird mich nach Italien begleiten, um mein Buch vorzustellen."

Er zieht an seiner Zigarette, bevor er sie auf der Steintreppe ausdrückt und vor sich in die Dunkelheit des Gartens schnippt. Hörbar atmet er den Rauch aus, und ich rechne jeden Moment damit, dass Jackson explodiert und das ganze Hotel aus seinem Dornröschenschlaf weckt. „Ihr duzt euch schon?"

„Er will nur für gute Stimmung zwischen uns sorgen, wie mit meinen Kollegen in der Küche", versuche ich, ihn zu besänftigen. Ich spüre deutlich, dass Jackson mit sich ringt.

Er lacht leise. „Du warst die Frau vom Boss! Du hättest wahrscheinlich nackt deinen Teig rühren können, und es hätte sich niemand an dich rangemacht."

„Ich will mich nicht streiten, deswegen habe ich es dir sofort gesagt."

„Es ist okay."

„Wirklich?"

„Ich hatte ohnehin nicht vor, dich alleine nach Italien reisen zu lassen und hätte dich begleitet. Es ist dein Job, und das gehört nun mal dazu. Ich werde lernen, damit zu leben."

Ich hätte meinen Hintern darauf verwettet, dass wir uns schrecklich streiten. Stattdessen händelt er es total nüchtern und unterstützt mich. Und das, obwohl ihm die Nähe zwischen mir und Wes ganz und gar nicht passt. Ich kann nicht anders, als ihn zu küssen. Jacks kommt meiner Einladung nach und packt mich an der Taille, um mich auf seinen Schoß zu ziehen. Obwohl uns mehrere Kleiderschichten trennen, spüre ich deutlich seine Erektion. „Wenn das jetzt immer so läuft, lohnt es sich, dich mit anderen Männern auf Reisen zu schicken", flüstert er.

„Lieber nicht", antworte ich, als er eine Hand unter den Saum meines Kleides schiebt und auf Wanderschaft gehen lässt.

„Jacks, wir können es unmöglich hier draußen tun!"

„Dann gehen wir eben rein."

„Es kann uns jederzeit jemand erwischen!"

Er schiebt seine Arme unter meinen Po und steht mit mir auf. Ich kann nicht anders, als meine Beine um ihn zu schlingen. In der Küche setzt er mich auf der silbernen Arbeitsplatte ab. Ehe ich michs versehe, hat er meinen Rock bis zur Hüfte hochgeschoben und reibt über den bereits feuchten Stoff zwischen meinen Beinen.

„Jackson, ich bitte dich! Es könnte jeden Moment jemand reinkommen", stöhne ich ihm gequält ins Ohr. Ich brauche es jetzt sofort genau so sehr wie er, vielleicht sogar noch mehr. Trotzdem will ich nicht wenige Stunden vor der Hochzeit alles riskieren.

„Und wie oft kommt es vor, dass mitten in der Nacht jemand die Küche benutzt?" Er schiebt den dünnen Stoff zur Seite, der eben noch meine Mitte bedeckt hat. Allein die kühle Luft an meiner erregten Scham lässt mich fast kommen.

„Selten", stoße ich hervor. Als er mit seinen Fingern durch meine nasse Spalte streicht und sein Daumen meinen Kitzler findet, habe ich bereits kapituliert. Der Abschluss meiner Arbeit im Kings Crown wird daraus bestehen, dass ich mich in der Küche ficken lasse.

Jetzt selbst angeturnt und auf der Suche nach Erlösung, öffne ich seine Hose, um endlich seine Härte zu spüren. Als er sich zwischen meinen Beinen positionieren will, unterbreche ich ihn. Auch, wenn ich eigentlich schnell aus der Küche verschwinden will, überkommt mich plötzlich das Verlangen, unser Vorspiel zu erweitern. Ich lasse mich von der Kücheninsel gleiten und knie mich auf den gefliesten Boden. Bevor er weiß, wie ihm geschieht, lecke ich von seinen prallen Eiern über die volle Länge seines Schaftes bis hin zu seiner feucht glänzenden Spitze. Ich sehe ihm tief in die Augen und genieße die Lust in seinem Blick, als ich seine zuckende Eichel in meinen Mund gleiten lasse.

„Grace", stöhnt er, und ich merke deutlich, dass es ihm gerade schwerfällt, stehenzubleiben. Sein Schwanz in meinem Mund erregt mich so sehr, dass ich noch feuchter werde. Kurz habe ich das Gefühl, würgen zu müssen, als er eine bestimmte Stelle in meiner Kehle berührt. Dann bewege ich meine Zunge zur Seite, und das Gefühl verflüchtigt sich. Immer wieder nehme ich ihn tief in meinen Mund auf und massiere mit meiner Zunge die empfindliche Unterseite seines Schaftes.

„Wenn du nicht willst, dass ich in deinem Mund komme, hörst du jetzt besser auf." Ich ignoriere ihn und sauge noch etwas stärker an seinem pochenden Schwanz. So sehr er es genießt, zieht er sich aus meinem Mund zurück und packt meine Schultern, um mich auf die Beine zu ziehen. „Scheiße, ich verspreche dir, dass ich heute Nacht noch deinen Mund nehmen werde, aber in dieser verdammten Küche will ich dich richtig!" Er drückt mich auf die Arbeitsplatte, bis meine Brüste sich gegen das kühle Aluminium pressen. Dann dringt er mit einem einzigen, festen Stoß tief in mich ein. Bevor er sich aus mir zurückzieht und wieder hart in mich stößt, greift er in meine Haare und drückt mein Gesicht auf die Arbeitsplatte.

„Sag mir, dass dich das hier genauso anturnt wie mich, Grace!" Er fickt mich hart und umklammert meine Hüfte. „Ich spüre es genau, Grace! Ich weiß genau, dass es dich so richtig anmacht, hier von mir gefickt zu werden!"

Er hat recht. Obwohl ich jahrelang in dieser Küche gearbeitet habe und es respektlos gegenüber dem Kings Crown und Kevin ist, macht mich diese Situation unglaublich an. Nicht nur, weil wir jeden Moment erwischt werden könnten, sondern auch, weil das Hotel über die Jahre zum Ausdruck dessen geworden ist, was Kevin mir mit unserer Beziehung verwehrt hat. Und irgendwie ist es ein krankhaft berauschendes Gefühl, genau hier etwas Verbotenes, etwas Grenzwertiges zu tun. Als würde ich Kevin für all die Jahre der Unterdrückung den Mittelfinger zeigen.

Jedes Mal, wenn sich Jacks tief in meinem weichen Fleisch vergräbt, reiben meine harten Nippel durch die dünnen Stoffschichten über die kühle Arbeitsplatte und reizen mich zusätzlich, sodass ich bereits kurz vor dem Orgasmus bin. Als Jacks meine Pobacken auseinanderzieht, um noch tiefer in mich einzudringen, ist es komplett um mich geschehen, und ich muss mir die Hand vor den Mund pressen, um nicht das gesamte Hotel zusammenzuschreien. Jackson stößt noch einige

Mal tief in mich hinein, bevor er sein Gesicht in meinem Nacken vergräbt und ebenfalls heftig kommt. Wie so oft mit ihm war es auch dieses Mal einfach zu viel. Zunächst war es schlicht die Anziehungskraft, die uns immer zueinander hinzieht. Doch es im Kings Crown miteinander zu treiben, hat noch ein anderes Gefühl als bloße Begierde in mir erzeugt. Es war eine Genugtuung, dort mit Jacks zu schlafen, und er hat meine Emotionen genau gespürt. Und obwohl er mich schon in jeder erdenklichen Weise genommen hat und jedes Stück meiner Haut kennt, hat er mich heute zum ersten Mal ganz nackt gesehen.

Als wir eine Stunde später in seinem Bett liegen und vom schwachen Mondlicht eingehüllt werden, während er sich erneut tief in mich schiebt und mein ganzes Gesicht mit Küssen bedeckt, hält er plötzlich inne. „Wir sind uns viel ähnlicher, als du zugeben willst, Grace. Aber das ist in Ordnung so." Überwältigt von dem, was heute zwischen uns passiert ist, läuft mir eine Träne über die Wange. „Soll ich aufhören?", fragt er.

„Nein! Niemals!" Ich verschränke meine Beine hinter seinem breiten Oberkörper.

Und in diesem Augenblick wird mir klar, dass ich niemals auch nur einen Teil von mir vor ihm verstecken muss, egal wie schlecht und miserabel er auch ist.

Weil ich Jackson liebe.

Kapitel Dreißig

Grace

Am Morgen der Hochzeit komme ich zum Glück vor Wes und dem Fotografen in der Küche an. Molly ist bereits da und weist die restliche Crew an, das Frühstück nur in ihrem Bereich zu fertigen, um uns bloß nicht zu stören.

„Guten Morgen, Schönheit! Du siehst frisch gevögelt aus", begrüßt sie mich mit einem strahlenden Lächeln.

„Psst, nicht so laut! Weder das Küchenpersonal noch Wes muss wissen, was ich nach Dienstschluss mache. Und besonders nicht mit wem!"

Während Molly sich bemüht, nicht zu lachen, schnappe ich mir den Küchenreiniger und ein sauberes Tuch und wische über die Arbeitsplatte. Obwohl ich gestern nach unserem kleinen Ausflug alles gereinigt habe, will ich das unmittelbar vor dem Termin mit Wes noch mal tun. Ich bin nach wie vor schockiert über mein Verhalten von gestern, kann aber nicht verhindern, dass sich mein Puls beim Anblick der Küchenzeile verräterisch beschleunigt.

„Schon gut", flüstert sie mir zu.

„Ich schulde dir neue Zigaretten", sage ich, falls sie im Laufe des Tages bemerkt, dass die Schachtel fehlt, und jemand anderen verdächtigt.

Sie betrachtet mich neugierig. „Wann warst du denn an meinem Vorrat?"

„Gestern, nach dem Dinner mit Wes."

„Alleine?“ Sie zieht eine ihrer perfekt in Form gezupften Brauen hoch.

„Frag nicht“, sage ich, während mein Blick über die Arbeitsplatte vor uns gleitet und ich rot werde.

„Nein! Das ist nicht dein Ernst?“ Molly lässt ihren Blick wissend über die silberne Fläche vor uns gleiten. „Grace, ich schwöre dir, dass ich spätestens morgen alles wissen will! So langsam machst du mir echt Konkurrenz.“

Zum Glück kommt in diesem Moment Wes in die Küche, dicht gefolgt vom Fotografen, und Molly kann mich nicht weiter ausfragen. Sie hilft mir, alle Utensilien und Zutaten auf der Kücheninsel zu verteilen, die wir für die gewohnten Arbeiten brauchen. Da Wes natürliche Bilder möchte, ist Molly auch auf einigen zu sehen. Nach ungefähr anderthalb Stunden haben er und der Fotograf genug Bildmaterial zusammen, und das Shooting ist beendet.

„Na los, geh schon hoch zu Rosie“, sagt Molly nach getaner Arbeit.

„Nein, Blödsinn! Es war mein Shooting und ich räume auf.“

Molly schüttelt den Kopf. „Grace, jetzt schwing deinen hübschen Arsch hoch! Ich glaube, die Braut braucht dich jetzt dringender als ich.“

„Danke!“ Ich umarme sie. „Für alles in den vergangenen Wochen.“

„Ehrensache.“ Sie löst sich von mir. „Scheiße! Papagei im Anmarsch!“

„Anstelle euch in den Armen zu liegen wie zwei pubertierende Mädchen, solltet ihr lieber endlich an die Arbeit gehen“, höre ich die schrille Stimme hinter mir, die ich so ganz und gar nicht vermissen werde. „Ms Sullivan, wie ich hörte, haben Sie genug mit der Torte zu tun? Ich rate Ihnen, unsere Kunden nicht zu enttäuschen, das könnte Sie Ihren Job und guten Ruf kosten!“

„Ihre Torte ist perfekt und schon fertig, Trish“, nehme ich meine Freundin in Schutz.

„Und du, hast du nicht heute schon genug Zerstreuung mit deinem kleinen Fotoshooting gehabt? Du kannst froh sein, dass mein Sohn das mitmacht. Aber jetzt solltest du dich wirklich schleunigst um deinen richtigen Job kümmern und zusehen, dass diese Hochzeit glatt über die Bühne geht!“

„Mutter!“ Kevin funkelt sie vom Türrahmen aus fuchsteufelswild an. „Was genau hast du nicht daran verstanden, als ich dir sagte, dass du dich von den Hochzeitsvorbereitungen fernhalten sollst?“

„Ich sorge hier nur für Ordnung! Offenbar bist du nicht in der Lage, deine Frau im Griff zu haben.“ Trish ist definitiv zu weit gegangen. Kevins Kopf ist hochrot – ähnlich dem von George, wenn er einen seiner cholerischen Anfälle bekommt. Seine Hände ballt er zu Fäusten und er neigt seinen Oberkörper vor, als würde er jeden Moment zum Angriff übergehen. Ich befürchte, dass er seine Mutter gleich vor der gesamten Crew zusammenstaucht. Bis vor wenigen Wochen wäre das genau mein Wunsch gewesen. Doch heute fühlt es sich nur halb so gut an wie in meiner Vorstellung, und irgendwie merke ich, dass es mir gleichgültig geworden ist.

„Komm!“ Ich ziehe ihn hinter mir aus der Küche. Auch wenn es mir egal ist, ob er sich mit seiner Mutter streitet, habe ich Mitleid mit meinen Kollegen, und heute ist nicht der richtige Tag für Zwischenfälle. „Nicht hier und nicht jetzt." Wir durchqueren den Servicebereich und ich schiebe ihn zu seinem Büro.

„Danke! Ich hätte sie rausgeworfen!", sagt er immer noch wild schnaubend, aber auf bestem Wege, sich wieder zu beruhigen.

„Ich gehe jetzt zu Rosalind in die Brautsuite."

„Warte!" Er hält mich am Handgelenk fest. „Werden wir morgen noch mal über alles sprechen?" Der Teil in mir, der es gerne jedem recht machen möchte, will mit einem Ja antworten. Der Teil in mir, der Jackson liebt, ist aber gewachsen.

„Wir reden morgen, aber aus uns wird kein Paar mehr." Kevin nickt nur, bevor er mich loslässt und in sein Büro geht. Zum ersten Mal habe ich das Gefühl, dass er mich wirklich verstanden hat und ernst nimmt.

Ein letztes Mal gehe ich jeden Bereich der Hochzeitsfeierlichkeiten durch, bevor ich mich auf den Weg zu Rosie in die Brautsuite mache. Das Personal im Kings Crown besteht aus Profis, die den Garten innerhalb kürzester Zeit in den perfekten Ort für eine Hochzeit verwandelt haben. Der kleine Pavillon ist über und über mit Josephinas Blumen geschmückt, und weiße Stühle sind in Reihen davor aufgebaut. In der Mitte führt ein weißer Teppich zum Pavillon, in dem heute Nachmittag der Standesbeamte die Trauung vollziehen wird.

Die Stunden bis dahin vergehen wie im Flug. Bis zur letzten Minute sitze ich bei Rosie und leiste ihr Gesellschaft. „Ich danke dir Grace, für alles! Ohne dich wäre dieser Tag wahrscheinlich nicht mal halb so perfekt!"

Ihre Worte rühren mich wirklich, weil sie ehrlich sind. Diese ganze Hochzeit war ohnehin so viel mehr als einfach nur ein Job. Ich drücke ein letztes Mal ihre Hand, bevor ich die Brautsuite verlasse und mich zu Brandon, seinem Schwager und Jacks in den Wintergarten stelle, von wo aus Brandon Rosie zum Pavillon in den Garten führen wird.

Ich beobachte Jackson, der sich gerade noch rechtzeitig auf einen Stuhl in der ersten Reihe setzt. Mir gegenüber steht Kevin, der mir Blicke zuwirft, die ich absolut nicht deuten kann. Kevin gehörte nie zu den sonderlich tiefsinnigen Menschen, aber ich habe seine Stimmung immer in seinen Augen erkennen können, und wenn es nur seine maßlose Überheblichkeit war.

Die Trauung ist einfach perfekt. Obwohl man Standesbeamten gerne eher unterkühlte und formale Trauungen nachsagt, hat Mr Barnaby es geschafft, die Zeremonie mit Leben zu füllen. Ich persönlich finde diese Hochzeit sogar weitaus emotionaler als die ein oder andere kirchliche Trauung.

Erst fliegen die Korken der Champagnerflaschen und dann die weißen Tauben – wir haben in den letzten Wochen wirklich an jedes Detail gedacht, um diesen Tag unvergesslich zu machen. Überglücklich und strahlend wie zwei frisch Verliebte Teenager nehmen die beiden die Glückwünsche eines jeden einzelnen Gastes entgegen, während ich hinter den beiden stehe und jedes Geschenk auf den dafür vorgesehenen Tisch lege.

Am späten Nachmittag schneiden die beiden die überdimensionale Torte an, die von drei Servicemitarbeitern unter Mollys und meinen wachsamen Blicken in den Garten gefahren wird. Rosie schafft es tatsächlich, die Hand zum Schluss oben auf dem Messer zu halten, wobei ich glaube, dass Brandon ihr gerne den Vortritt gelassen hat.

Obwohl ich keine Freundin von Eigenlob bin, bin ich stolz auf mich. Innerhalb weniger Wochen habe ich es geschafft, ein wunderbares Fest zu organisieren. Als Wes mir am Nachmittag ebenfalls sein größtes Lob ausspricht und nochmals beteuert, wie wichtig ihm unsere Zusammenarbeit ist, kann der Tag auch für mich kaum noch perfekter werden.

Bevor das Dinner losgeht, mache ich mich auf, um mich in der Brautsuite in meine Abendgarderobe zu werfen. „Soll ich dich begleiten?", höre ich plötzlich Jacksons raue Stimme dicht an meinem Ohr.

„Lauerst du mir etwa auf?"

„Könnte sein!"

Ich vergewissere mich, dass uns niemand beobachtet, und hauche ihm einen Kuss auf die Lippen. „Später!"

Ich drehe mich noch mal zu ihm um und zwinkere ihm zu, ehe ich in den Aufzug steige.

In meinem langen, silbernen Abendkleid betrete ich das großzügige Festzelt, das einen großen Teil des Gartens einnimmt. Mehrere runde Tische sind um eine einladende Tanzfläche aufgebaut, auf der das Brautpaar später den Tanz eröffnen wird. Die Band spielt langsame Musik, während die Gäste ihre Plätze einnehmen.

Da ich offiziell immer noch Kevins Frau bin und er als Hotelier natürlich auch dieser wichtigen Hochzeit beiwohnt, bin ich bei der Sitzordnung leider gezwungen, neben ihm zu sitzen. Links von mir habe ich Wes untergebracht, der bisher relativ wenig Interesse an meinem Ehemann bekundet hat.

Kevins Gesichtsausdruck hellt sich durch Wes' Anwesenheit natürlich ganz und gar nicht auf, und ich bete inständig, dass Kevin nicht den eifersüchtigen Ehemann raushängen lässt. Allerdings bin ich glücklich darüber, dass weder Rosie noch Brandon das Bedürfnis gehabt haben, Trish oder George einzuladen. Mit Kevin und seinen Eltern an einem Tisch hätten mir nicht nur alle weiteren Sitznachbarn leidgetan, sondern ganz besonders Wes.

Nachdem ich Kevin und Wes miteinander bekannt gemacht habe, beginnt Kevin eine lebhafte Unterhaltung mit seinem direkten Sitznachbarn, einem Hotelkritikerkollegen von Brandon, den ich bewusst neben Kevin platziert habe. Ich riskiere einen Blick zum Brauttisch. Jackson sitzt neben Hayden, der sich lebhaft mit Rachel unterhält, und starrt in meine Richtung. Als sich unsere Blicke treffen, sehe ich trotz der Distanz ein Feuer in seinen dunklen Augen auflodern, das mich erröten lässt. Wes folgt meinem Blick, senkt seinen aber direkt wieder und lässt sich nichts weiter anmerken.

Wir schlemmen uns durch vier Gänge, die natürlich von meinen Dessertkreationen beendet werden. Als Wes mich als Schöpferin der Rezepte outet, bekomme ich von allen Seiten Zuspruch, und das allgemeine Tischgespräch dreht sich schnell um mein Buch. Während Wes aus dem Schwärmen gar nicht mehr herauskommt, wird Kevins Blick immer eisiger, bis er sich entschuldigt und die Runde verlässt.

„Gehe ich zu weit, wenn ich dich frage, was mit deinem Mann nicht stimmt?", fragt Wes mich flüsternd.

„Lange Geschichte."

„Es geht mich auch gar nichts an, entschuldige, aber eins muss ich wissen, Grace. Wird er dir karrieretechnisch Probleme machen?"

Ich habe Wes komplett falsch eingeschätzt und bin mir mittlerweile sicher, dass ihm mein Privatleben gleichgültig ist, sofern sich nichts davon negativ auf meine Karriere auswirkt. „Würde er, ja. Aber ich versichere dir, dass ich mich morgen um dieses Problem kümmern werde und es dann ohne Belang sein wird."

Er mustert Jackson, der sich am Brauttisch locker unterhält und seiner neuen Tante quer über den Tisch ein unglaubliches Lächeln zuwirft, das Knie nicht nur weich, sondern regelrecht zu geschmolzener Butter werden lässt. Das Schlimme daran ist, dass er sich dieses Lächeln nicht einmal abringen muss. So sieht Jacks einfach immer aus, wenn er lächelt. „Du wirst dich scheiden lassen. Ich verstehe", flüstert Wes.

„Ja, aber es ist noch nicht offiziell."

„Mein Mund ist versiegelt", sagt er und tut so, als würde er einen Reißverschluss an seinen Lippen zuziehen.

Als Rosie und Brandon zu klassischer Musik mit einem langsamen Walzer die Tanzfläche eröffnen, fällt der Druck des Tages von meinen Schultern, und ich kann den Abend endlich genießen. Nach einigen Drehungen steigen Brandons Schwester und ihr Mann sowie Rachel und Hayden zum Tanz mit ein. Hayden wirkt nicht ganz so deplatziert wie in der Tanzstunde, aber trotzdem nicht wirklich glücklich über die

Aufmerksamkeit, die ihm zuteilwird. Die klassischen Klänge werden von Musik abgelöst, die deutlich ungezwungener ist.

„Möchtest du?", fragt Wes.

Kevin ist bisher nicht wieder aufgetaucht. Ich hätte ohnehin keine Lust gehabt, mehr Zeit als nötig mit ihm zu verbringen, aber um den Schein die letzten Stunden zu wahren, hätte ich ihm natürlich den ersten Tanz geschenkt. Wobei man mit mir als Tanzpartnerin nicht von einem Geschenk sprechen kann.

„Gerne! Allerdings sollte ich dich vorwarnen. Meine Talente auf dem Parkett kommen nicht ganz an mein Können in der Küche heran."

„Kein Problem. Ich kann führen", sagt er, als er mich schon auf das die Tanzfläche zieht. Wie sehr eben das doch ein Problem ist, merkt er spätestens nach unserer zweiten Drehung. Zu meinem Glück drehen sich mittlerweile so viele Gäste im Takt, dass ich kaum in der Menge auffalle. „Du bist wirklich eine schöne Frau, aber du lässt dich führen wie ein Brett!"

„Danke! Dieses Kompliment höre ich oft!"

Wir drehen noch einige Runden, und mit jedem Schritt gewöhnt sich Wes mehr und mehr an den stocksteifen Besenstiel, den er in den Armen hält. Gerade, als ich ihn schon um eine Pause bitten möchte – okay, vielleicht auch, um das Ende meines Martyriums – sieht er über meine Schulter. „Ich glaube, dein heißer Typ will mit dir tanzen, und so unglaublich attraktiv dieser Mann ist, macht er mir mindestens genau so viel Angst!" Spätestens jetzt fallen alle Bedenken wegen unserer gemeinsamen Reise nach Italien.

Er legt meine Hand in die von Jackson, und wir drehen uns gemeinsam im Takt der Musik. Es ist genau wie in der Tanzstunde, und irgendwie schafft Jackson es, meinen widerspenstigen Körper zu bändigen. „Ein anderer Lektor käme für dich nicht infrage?" Er meint es natürlich nicht ernst, aber Jacks würde bestimmt lieber den alten Mr Murphy an meiner Seite sehen.

„Wes ist nicht interessiert an mir."

Jacksons Kehle entfährt ein leises Knurren. „Ich kann mir kaum vorstellen, dass irgendein Mann mit funktionsfähigem Schwanz dich nicht ficken will, und die, die keinen mehr hochkriegen, träumen davon, dich zu ficken!"

Ich muss ein Lachen unterdrücken. „Jackson, er ist schwul!"

Seine Gesichtszüge entspannen sich von jetzt auf gleich. „Du wirst diesen Lektor bis an das Ende deiner Karriere behalten!"

Ich schüttle den Kopf. „Du bist unmöglich, weißt du das?"

„Und weißt du, dass dieses Kleid absolut unmöglich ist? Wie soll ich es die ganze Nacht mit dir aushalten, ohne dich anzurühren?"

„Es gefällt dir also?"

„Und wie!" Er presst mich beim Tanzen gegen seine harte Mitte. „Wir könnten jetzt gleich verschwinden!"

„Das ist die Hochzeit deiner Mutter. Wir bleiben zumindest bis Mitternacht."

„Abgemacht. Aber ab morgen werde ich dich nicht mehr aus dem Bett lassen!" Ich hoffe, er macht seine Drohung wahr.

Nachdem wir noch einige Runden getanzt haben, setze ich mich wieder zu Wes. Kevin ist offenbar in der Zwischenzeit zurückgekommen, da sein Jackett über der Stuhllehne hängt. „Der Platzhirsch ist wieder da." Wes deutet auf Kevins leeren Stuhl. „Und die Stimmung hat sich nicht gebessert."

„Danke für die Vorwarnung."

Einen Moment später räuspert sich Kevin neben mir, ehe er sich mit einem Glas Whisky neben mich setzt. „Es wird gleich Zeit für meine Rede", bemerkt er trocken, so als wäre er mir eine Erklärung dafür schuldig, überhaupt wieder hier zu sein.

Kevins Rede habe ich den ganzen Tag erfolgreich verdrängt. Wenigstens hat er sich von seiner Idee abbringen lassen, seine Glückwünsche gesondert vorzutragen, weswegen er jetzt direkt nach Brandons Schwager sprechen darf.

„Denk daran, fass dich bitte kurz", erinnere ich ihn. Seine Ansprache dient ohnehin nur dazu, das Kings Crown vor allen Anwesenden in den Himmel zu loben. Und da unter Brandons Freunden jede Menge Gourmets und andere wichtige Persönlichkeiten aus der Branche sind, wird es Kevin ein Vergnügen sein, die Gesellschaft fünf Minuten zu Tode zu langweilen.

Nachdem Rick, Brandons Schwager und Trauzeuge, uns gute vier Minuten von Brandons Single-Leben und Rosies Rettungsversuchen erzählt hat, betritt Kevin in seinem Smoking die Tanzfläche und nimmt das Mikro entgegen. Er steht dort mit so einer Souveränität, dass ihm jeder den erfolgreichen Hotelier abnimmt. Das ist eine der Fähigkeiten, für die ich ihn seit unserer Schulzeit beneide. Er kann mit so einer Ruhe und Sicherheit vor vielen Menschen sprechen, und selbst wenn er sich verhaspelt oder etwas vergisst, wird er nicht nervös.

„Guten Abend. Ich möchte Sie gar nicht lange vom Tanzen abhalten, aber als Besitzer des Kings Crown ist es mir eine ganz besondere Ehre, Sie im Namen der gesamten Familie Roberts und des kompletten Teams als frisch getrautes Ehepaar beglückwünschen zu dürfen." Der Saal applaudiert, und eigentlich könnte Kevin genau jetzt die Klappe halten. „Das Kings Crown brennt für diese Art von Anlässen, und es war uns eine Ehre, dass wir Sie bei der Planung und Ausrichtung Ihrer Hochzeit betreuen durften. Speziell meine wundervolle Frau Grace ist in den letzten Wochen über sich hinausgewachsen, um die Angelegenheiten des Kings Crown und ihren Bucherfolg unter einen Hut zu bekommen." Wieder applaudieren die Gäste, als Kevin eine Sprechpause einlegt. Wahrscheinlich könnte er auch Zeitschriftenabonnements an Blinde verkaufen. „Allerdings ist uns in den letzten Wochen auch die Kehrseite der Medaille bewusst geworden: Das wichtigste im Leben ist der sichere Hafen der Familie, und an einer Ehe muss man stetig arbeiten, sie pflegen und hegen. Deswegen haben meine Frau und ich entschieden, dass sie sich ab jetzt aus dem Geschäft zurückzieht und wir uns um die nächste Familiengeneration kümmern wollen. Auf das Brautpaar – auf die Familie!" Er prostet mit seinem Champagnerglas den Gästen zu, die auf das Brautpaar und die Familie anstoßen. Ich dagegen sitze erstarrt neben Wes und würde Kevin am liebsten erwürgen. Was sollte das?

„Kannst du mir das erklären, Grace?", fragt Wes mich irritiert.

„Er muss mir das in erster Linie erklären! Nichts davon entspricht der Wahrheit. Er weiß genau, dass ich die Scheidung will", sage ich und muss meine Wut zurückhalten.

„Vielleicht ein letzter, verzweifelter Versuch! Klär das, und dann kümmern wir uns um dein Buch" murmelt Wes.

Ich möchte mir nicht vorstellen, was jetzt in Jackson vor sich geht. Aber erst muss ich mir Kevin schnappen. Ich sehe, wie er das Zelt verlässt und auf das Herrenhaus zusteuert.

„Entschuldige mich bitte kurz, Wes."

„Warte", rufe ich Kevin hinterher, der sich von mir nicht aufhalten lässt. Mit meinen High Heels habe ich Mühe und Not, nicht bei jedem Schritt im englischen Rasen steckenzubleiben, aber gerade sind mir meine neuen Schuhe wirklich egal. „Jetzt warte, verdammt noch mal!", schreie ich ihm gerade so laut hinterher, dass die Hochzeitsgesellschaft nichts davon mitbekommen dürfte. Als meine Füße den Weg mit dem feinen Kies erreichen und ich nicht mehr bei jedem Schritt wegknicke, schaffe ich es, ihn einzuholen. Als ich sein Handgelenk packe, reißt er sich direkt wieder los.

„Was sollte diese verdammte Scheiße, Kevin?" Ich bin wirklich außer mir vor Wut.

Sein Gesicht gleicht immer noch einer Maske, auf der sich langsam ein ekelhaftes, bösartiges Lächeln breitmacht. „Du hast mich beschissen, Grace! Und niemand, wirklich niemand, bescheißt Kevin Roberts! Soweit solltest du mich kennen!"

„Ich bitte dich! Es ist jetzt nicht der richtige Zeitpunkt, um auszuflippen. Wir klären morgen alles!"

„Ja natürlich klären wir morgen alles, wenn niemand hier mitbekommt, dass die perfekte kleine Grace doch eine wahrhaftige Schlampe ist", schreit er. „Weißt du, als Cecilia mir am Donnerstag die Haare geschnitten hat, hatten wir ein interessantes Gespräch. Erst wusste ich gar nicht, was ich mit ihrer Warnung anfangen soll, als sie mir sagte, sie an meiner Stelle würde dich nicht wieder mit ihm alleine lassen!" Mir dämmert, was jetzt kommt. „Und ich habe ihn wirklich nicht erkannt, ohne den Dreck aus Metall in der Fresse und diese abgefuckten Klamotten. Vielleicht habe ich ihn aber auch einfach vergessen, so wie es eben mit Pennern passiert. Man vergisst die Gesichter der Unbedeutenden. Natürlich war ich seiner Visage auch nie so nah wie du damals. Die ganze Stufe hat ja über dich getuschelt, weil du Gott weiß was mit diesem Freak getrieben hast! Und obwohl du mir wochenlang verschwiegen hast, dass du tagtäglich mit diesem Abschaum unterwegs bist, habe ich Cecilia versichert, dass da nichts läuft. Weil ich dachte, dich zu kennen und weil *sie* uns verbindet!" Er zeigt zum dunklen Nachthimmel. „Ich habe ihr gesagt, dass du Sarah niemals verraten würdest. Aber als ich euch heute beim Tanzen beobachtet habe, wusste ich, dass du mich bescheißt!"

„Bitte, lass mich dir morgen alles in Ruhe erklären. Bitte, zerstöre dem Brautpaar jetzt nicht diesen Abend", flehe ich ihn an.

„Du ganz alleine hast alles zerstört! Du hattest alles, was sich jede Frau wünscht! Jeder Rock in Little Kings Bay war voller Neid, weil du alles hattest, Grace! Aber dir hat das ja nie gereicht, und am Ende hast du alles weggeschmissen für diesen wertlosen Abschaum! Mit wem man sich umgibt, zu dem wird man selber, Grace. Und mit ihm bist du zu nichts anderem als einer kleinen miesen Schlampe geworden! Und wenn Sarah uns jetzt zusieht, dann verflucht sie es, jemals mit dir befreundet gewesen zu sein!"

Obwohl ich darauf gefasst war, dass Kevin, wenn es hart auf hart kommt, die Sarah-Karte ausspielen würde, schießen mir die Tränen in die Augen. In dieser Hinsicht bin ich einfach verwundbar, auch wenn ich genau weiß, dass er es eigentlich ist, der dadurch ihr Andenken beschmutzt.

„Ich an deiner Stelle würde ganz genau aufpassen, wie du mit ihr sprichst!" Jacks ist uns durch den dunklen Garten gefolgt und steht nun Kevin gegenüber. Sein Blick ist so voller Wut, dass es beinahe schmerzt, ihn anzusehen.

„Oh, immer noch der edle Ritter in Rüstung, der angaloppiert kommt, um dich aus deiner Scheiße zu retten, Grace! Oder musst du ihm diesmal wieder den Arsch retten?" Kevins Worte sind voller Häme. Obwohl Jackson ihn nicht nur deutlich überragt, sondern auch muskulöser ist, lässt er es sich nicht nehmen, ihn aufs Blut zu reizen.

„Jackson, bitte geh zurück zur Hochzeitsgesellschaft! Ich kläre das schon." Jacks macht nicht mal Anstalten, über meine Bitte nachzudenken.

„Wusste ich es doch, dass sie dich wieder retten will! Hörst du, sie schickt dich zurück zu Mama! Aber vielleicht will sie dir auch nur noch mal den Laufpass geben, genau wie damals, damit du wieder deinen erbärmlichen Schwanz einziehen und dich ans andere Ende der Welt verkriechen kannst!"

Meine Wut auf Kevin wird mit jedem Wort größer, und ich muss mich wirklich beherrschen, ihm keine Ohrfeige zu verpassen. „Kevin, es reicht! Fahr nach Hause, und ich verspreche dir, wir klären das morgen."

„Fick dich, Grace!"

Der Ausdruck in Jacks' Gesicht wechselt von unglaublicher Wut zu einer ausdruckslosen Maske, die weitaus angsteinflößender ist. „Du hast dich in zehn Jahren wirklich kaum geändert! Selbst in deinem teuren Anzug und mit deinem Prunkhotel kannst du dein wahres Gesicht kaum verstecken. Ich würde ja jetzt wirklich gerne sagen, dass du vor mir auf die Knie gehen und meinen Schwanz lutschen sollst, damit wir quitt sind, aber deine Frau konnte das in den letzten Wochen weitaus besser! Du glaubst gar nicht, wie oft ich mir deine dumme Fresse vorgestellt habe, wenn ich mit Grace zusammen war."

Der Schmerz, der sich wie ein quälend langsamer Dolchstoß in meiner Brust anfühlt, ist kaum zu ertragen. Ich glaube, nicht mehr atmen zu können, und alles vor meinen Augen verschwimmt mit der Dunkelheit der Nacht. Es ist, als würde ich in einen Abgrund stürzen – jeden Moment rechne ich mit dem Aufprall, doch er kommt einfach nicht.

Jacks hat mich nur benutzt, um sich nach all den Jahren an Kevin zu rächen! Mir wird eiskalt. Die Erkenntnis wiegt fast genau so schwer wie die Tatsache, dass er das Einzige übergeht, um das ich ihn gebeten habe. Auch wenn Kevin sich unsere Affäre bereits selbst zusammengereimt hat und ein totales Arschloch ist, so wäre es trotzdem meine Aufgabe gewesen, ihm von mir und Jackson zu erzählen.

Und gerade, als ich kurz vor dem Zusammenbruch bin und mir denke, dass es eigentlich nicht mehr schlimmer werden kann, gehen die beiden wie wilde Tiere aufeinander los.

Kapitel Einunddreißig

Jackson

In seinen Augen sehe ich kurz Wut aufblitzen, und dann stürmt er auch schon auf mich zu. Ich lasse ihm den Vortritt, als er mit einem Fausthieb auf mein Gesicht zielt. Ich hätte diesem untrainierten Sesselfurzer gar nicht zugetraut, so schnell zu sein. Trotzdem bin ich schneller und kann ihm ausweichen, sodass seine Faust haarscharf an meinem Gesicht vorbeizieht. Bevor ich seinen Arm zu packen bekomme, holt er zum nächsten Schlag aus und trifft dabei meine Kinnpartie. Ich schmecke Blut auf meiner Lippe und werde das jetzt schnell beenden, obwohl ich den Typen eigentlich gerne windelweich schlagen würde. Mit einer einzigen Bewegung ramme ich meinen Kopf gegen seinen und spüre deutlich, wie sein Nasenbein nachgibt. Kevin geht wie ein weinendes Baby vor mir zu Boden und hält sich seine blutüberströmte Nase. Ich beobachte mit Genugtuung, wie sich sein weißes Hemd rot färbt.

„Scheiße, Jackson! Was hast du getan?" Hayden taucht hinter uns auf. Er funkelt mich böse an und zieht Kevin auf die Beine.

„Alles in Ordnung hier?", fragt Grace' Lektor aus London, der Hayden gefolgt ist und auch unbeabsichtigt Zeuge dieses Dramas wird. „Scheiße!", sagt er und stellt sich zu Grace, als er den blutüberströmten Kevin bemerkt.

„Nichts ist hier in Ordnung! Fuck! Das war noch nicht das Ende“, sagt Kevin, der sich allmählich wieder sammelt und zum Hotel schleppt.

„Du blutest! Auch wenn du es nicht verdient hast: Ist es schlimm?“, fragt Hayden mich.

„Nichts Dramatisches!“

„Grace, ist alles okay mit dir?“ Wes wendet sich ihr zu.

Sie steht wie erstarrt ein Stück neben mir und wirkt plötzlich in ihrem langen Kleid und den hohen, glitzernden Schuhen wie eine verkleidete Puppe und gar nicht mehr wie eine Prinzessin. Ihr Gesicht ist von Tränen überströmt, durch die schwarze Mascara haben sie Linien auf ihre Wangen gezogen. Als sich unsere Blicke treffen, wird mir eiskalt. Da ist rein gar nichts mehr von meiner Grace. Mir war bis heute nicht bewusst, dass grüne Augen jemals kalt wirken können. Aber das können sie, denn Grace’ Blick ist komplett leer, so als wäre mit diesem Abend jedes Gefühl für mich in ihr erloschen.

„Grace?“ Ich mache zwei Schritte auf sie zu. Sie weicht vor mir zurück wie ein in die Enge getriebenes Reh. Scheiße, Scheiße, Scheiße!

„Grace?“

„Grace, stehst du unter Schock?“, fragt dieser Typ vom Verlag sie nun.

„Ich will gehen“, antwortet sie endlich.

Ich strecke meine Hand nach ihr aus. „Komm!“

Sie blickt angewidert darauf, als würde ich ihr ein Glas mit Essig anbieten.

„Nein“, sagt sie bestimmt. Leben kehrt auf ihre Gesichtszüge zurück. „Nein! Geh zurück zur Hochzeit oder sonst wohin. Und nimm am besten direkt den ersten Flug zurück nach New York! Ich will dich nie wiedersehen!"

„Tu das nicht! Es tut mir leid! Fuck, ich habe total die Beherrschung verloren. Ich verspreche dir, das passiert nie, nie wieder!"

„Lügner! Das wird immer wieder passieren! Du bist einfach so, und ich kann dich weder ändern noch ertragen!"

Ich bin eigentlich niemand, der vor anderen winselt und um Verzeihung bittet. Trotzdem weiß ich, dass jetzt der Moment dafür gekommen ist. „Doch! Du hast mich schon geändert, seit ich wieder hier bin. Bitte, Grace. Beende das zwischen uns nicht wieder, bevor es richtig angefangen hat. Ich bin ein riesiger Idiot und weiß, dass ich es wieder versaut habe. Ich hätte das eben niemals sagen dürfen und schwöre dir, dass ich dich nicht einfach nur aus Rache an Kevin benutzt habe!"

Ihre großen, glasigen Augen sind noch immer eiskalt. Sie wischt sich die Tränen aus dem Gesicht, und irgendetwas an ihr reißt mir in diesem Moment das Herz aus der Brust. „Zwischen uns ist gar nichts!" Sie fängt bitterlich an zu weinen.

„Komm, wo soll ich dich hinbringen?", fragt dieser Lektor und legt einen Arm um sie. Sie flüstert ihm etwas zu, und die beiden verschwinden über die Wiese in Richtung Parkplatz. Ich blicke ihr hinterher, bis sie sich in der Dunkelheit verliert.

„Du hast es so was von versaut!", sagt Hayden und klopft mir auf die Schulter.

„Ich weiß."

Er seufzt laut. „Ich gehe noch mal rein und sage deiner Mutter, dass wir einen Notfall in der Firma haben und dringend telefonieren müssen."

Ich nicke ihm zu, starre aber in die Dunkelheit, wo Grace gerade verschwunden ist. „Gute Idee." Sie hat fast dieselben Worte benutzt, mit denen sie mich vor zehn Jahren weggeschickt hat. Ich habe damit gerechnet, dass sie sauer ist – ja, sogar fuchsteufelswild –, aber nicht, dass sie Schluss macht. Fuck! Ich schlage gegen die alten Steine des Herrenhauses, und der Schmerz lässt mich kurz etwas anderes fühlen als die Leere, die Grace hinterlassen hat. Leider löscht er dieses Gefühl nur kurz aus, das weitaus schlimmer ist und sich noch übler anfühlt als ihre Abfuhr damals.

Der Unterschied ist, dass ich jetzt weiß, nie mehr zurückkommen zu können.

„Du hast so was von verschissen bei ihr!", sagt Hayden am nächsten Morgen und wirft mir mein plattgesessenes Paket Zigaretten von gestern zu.

„Danke, das wäre mir ohne dich gar nicht aufgefallen." Ich nehme eine aus der Schachtel und zünde sie im Haus an. Eigentlich rauche ich lieber auf der Terrasse, aber im Moment ist mir sowieso alles egal. Die Nacht war die reinste Katastrophe. Haye ist irgendwann um vier Uhr morgens ins Gästezimmer verschwunden, aber ich war durchgehend wach. Jedes Mal, wenn ich meine Augen geschlossen habe, ist ihr tränenverschmiertes, leeres Gesicht vor mir aufgetaucht, und ich hatte das Bedürfnis, irgendetwas zu zerschmettern.

„Ich weiß ehrlich nicht, ob ich dich trösten oder auseinandernehmen soll! Das war das Beschissenste, was du dir hättest erlauben können!“

„Du kannst mir gerne die Fresse polieren. Vielleicht hält der Schmerz lange genug an, um mich von dem Gefühl, in tausend Teile zerbrochen zu sein, zu befreien.“ Soll er doch einfach machen. Vielleicht geht es uns beiden dann besser, denn er ist auch ganz schön ramponiert von der langen Nacht.

„Was hast du jetzt vor?“, fragt er.

„Ist das eine ernstgemeinte Frage?“ Ich drücke den Zigarettenfilter auf einem dreckigen Teller in der Spüle aus.

„Nein. Es interessiert mich einen Scheiß, was du jetzt vorhast! Es hängt ja nur die Zukunft der Firma an deinen Launen. Und dein Geisteszustand ist mir ohnehin egal!“ Hayden ist richtig sauer auf mich, und seine Aussagen triefen vor Ironie. So läuft das immer. Hayden warnt mich. Ich eskaliere trotzdem. Hayden räumt hinter mir auf. Hayden ist sauer – zu Recht. Er ist in dieser Hinsicht der Klügere von uns, und ich sollte dringend auf ihn hören. Ich will sogar auf ihn hören und wünschte, ich könnte es, aber wenn ich so wütend bin, kann ich einfach nicht.

„Was soll ich schon machen? Du hast sie doch gehört. Es ist vorbei!“ Wenn ich an ihre Worte denke, muss ich mit mir selber kämpfen, um nicht sofort loszuheulen. War ich vor zehn Jahren am Boden, dann bin ich jetzt direkt bis tief in den Keller gefallen.

„Ist das dein Ernst? Waren die ganzen letzten Wochen umsonst?“

„Sie will mich nie wiedersehen!“

Hayden verschränkt seine Arme vor der Brust. „Und dir ist nicht die Idee gekommen, um sie zu kämpfen?“

Jetzt lache ich. Vielleicht werde ich verrückt, weil ich ohne sie keinen Tag überleben kann. Aber sie hat es selbst gesagt. Zwischen uns ist nichts. Um was sollte ich also noch kämpfen, wenn sie das nicht einmal will? Wenn nur einer kämpft, ist der Kampf ohnehin verloren. „Um was?“ Der zynische Unterton in meiner Stimme kotzt mich regelrecht an. Ich kotze mich an.

Ich hole mir eine Tasse Kaffee aus der Küche. Mein Blick schweift zu der halb leeren Zuckerdose, mit deren Inhalt Grace gestern Morgen noch ihren Kaffee in Sirup verwandelt hat. Ein stechender Schmerz durchfährt meinen Brustkorb. In diesem Haus erinnert mich zu viel an sie. Sie hat es total infiziert. Überall finde ich Erinnerungen an sie und unsere gemeinsame Zeit. Hierbleiben ist keine Option. „Sie hat dieselben Worte benutzt wie damals, Hayden.“

Er blickt auf, und sein Gesicht wird weicher. „Das tut mir sehr leid. Aber nach deiner Nummer würde ich an ihrer Stelle auch denken, dass du sie nur benutzt hast. Ich habe dich gewarnt.“

„Wir nehmen den nächsten Flug zurück nach New York!“

Ich schmettere die verfickte Kaffeetasse samt Inhalt gegen die graue, kahle Wand des Wohnzimmers. Der Kaffee rinnt in Strömen nach unten und bildet kleine Pfützen auf dem gefliesten Boden. Ich drehe in diesem Haus durch. Und in dieser verdammten Küstenstadt erst recht. „Es ist vorbei, Hayden. Wir fliegen! Wenn möglich noch heute.“

Hayden beäugt mich kritisch, bevor sein Blick zu dem Kaffeekunstwerk an der Wand gleitet. „Okay. Ich buche uns gleich Tickets, aber erst werden wir zum Brunch deiner Mutter gehen und uns verabschieden. Du wirst ihr dieses Wochenende nicht noch mehr versauen! Sie wird früh genug merken, dass du es wieder verschissen hast."

Ich nicke ihm zu und marschiere Richtung Badezimmer.

„Eins noch!", ruft er mir hinterher. „Hat es sich wenigstens gut angefühlt?"

„Was?", frage ich teilnahmslos.

Ein diabolisches Lächeln umspielt seine Lippen. „Roberts unter die Nase zu reiben, dass du es mit Grace getrieben hast, und ihm die Fresse zu polieren?"

Seit dem Vorfall gehe ich immer wieder jedes Detail durch, und Haydens Frage trifft einen wunden Punkt in mir. „Nicht halb so gut, wie ich dachte", antworte ich wahrheitsgemäß, und Hayden nickt mir zu, während ich in seinen Augen beinahe so etwas wie Mitleid erkennen kann.

Eine Stunde später sitzen wir im Festzelt. Meine Mutter und Brandon haben mich bisher weder gefragt, woher meine aufgeplatzte Lippe stammt, noch haben sie sich nach Grace' Verbleib erkundigt. Wahrscheinlich zählen sie eins und eins zusammen und wollen keinen Eklat vor allen Gästen provozieren.

„Hayden, wie lange wirst du noch bleiben?", fragt Tante Rachel.

Er blickt kurz zu mir. „Wir fliegen noch heute."

„Ihr? Jackson, du reist ab?" Meine Mutter wirkt geschockt.

„Ja. Wir müssen kurzfristig zurück nach New York." Natürlich lüge ich sie an. Es ist ihr Hochzeitswochenende, und ab morgen sind die beiden in den Flitterwochen. Außerdem hat sie sich meine komplette Kindheit mit meinen Problemen herumschlagen müssen.

„Würdest du mich bitte kurz begleiten, Jackson?" Es ist mehr ein Befehl als eine Bitte. Bevor ich antworten kann, hat sie sich schon erhoben und sieht mich erwartungsvoll an. Ich folge ihr aus dem Zelt, und wir gehen einige Minuten durch den Garten, bis wir uns auf eine der gemütlichen Bänke außer Hörweite der Gäste setzen. „Was hast du mit Grace gemacht? Und wie siehst du überhaupt aus?"

Ich verdrehe die Augen. „Schön, dass du sofort davon ausgehst, dass ich Grace irgendetwas getan haben könnte!"

„Jackson!" Sie schnaubt laut. „Ich habe dich auf die Welt gebracht. Glaub mir, ich kenne dich! Also, was hast du mit dem Mädchen gemacht? Ihr seid gestern beide verschwunden, heute habe ich sie noch nicht gesehen, und du sitzt mit einer ramponierten Lippe bei meinem Hochzeitsbrunch und ziehst ein Gesicht, als wäre jemand gestorben!"

„Wir hatten eine Meinungsverschiedenheit. Also ich und ihr Mann. Ich reise heute noch ab, dann ist hier wieder alles in Ordnung."

Meine Mutter springt auf und stellt sich mit verschränkten Armen vor mich. „Du hältst mich für total grenzdebil, oder? Meinst du, ich habe eine so rosarote Brille auf, dass ich in den vergangenen Wochen nichts mitbekommen habe? Ich weiß von euch! Und ich weiß von damals. Und jetzt wirst du mir sagen, was du getan hast.“

Grace und meine Mutter haben ihre gemeinsamen Stunden offenbar besser genutzt, als ich dachte. Kurz überlege ich, ihr einfach irgendeine Geschichte aufzutischen, aber sie hat es nicht verdient, belogen zu werden. „Ich habe ihrem Mann von uns erzählt, obwohl ich ihr versprochen hatte, das ihr zu überlassen“, rassle ich die Kurzversion herunter. Ich erzähle ihr nichts davon, dass ich Grace dabei auf die schlimmste Art behandelt habe.

Sie setzt sich wieder neben mich. „Oh, Jackson!“ Sie schüttelt den Kopf. „Das hättest du nicht tun dürfen. Das stand dir nicht zu.“

„Das weiß ich auch. Ich hatte mich nicht mehr unter Kontrolle. Ich bin einfach geplatzt!“ Und natürlich habe ich dann alles noch schlimmer gemacht. Im Zerstören bin ich ein wahrer Meister.

„Mal wieder.“

„Ja, mal wieder.“

Eine Weile sitzen wir nur so da und beobachten die Fische im Teich, die immer wieder an die Oberfläche kommen und Bläschen auf dem Wasser hinterlassen „Sie wird mich nicht zurücknehmen. Es ist vorbei. Sie denkt, ich habe sie einzig dazu benutzt, um mich an Roberts zu rächen. Immerhin habe ich es in dem Moment so gesagt.“

Sie nickt langsam.

„Wir fliegen am Nachmittag. Du kannst den Sommer über das Haus haben, wenn ihr noch hierbleiben möchtet.“

Sie atmet tief durch. „Danke, das ist sehr lieb von dir!"

Kapitel Zweiunddreißig

Grace

Es ist einer dieser lauen Sommerabende, und ich sitze mit einem Glas Wein und einer von Mollys Notfallzigaretten auf der Terrasse meines Häuschens, wie öfter in letzter Zeit. Zum einen beruhigen die Dinger tatsächlich meine Nerven. Zum anderen schweife ich dabei in meiner Fantasie immer wieder zu dem Abend, an dem ich vor zehn Jahren mit Jackson unten am Hafen meine erste Zigarette geraucht habe. Jackson, Jackson, Jackson – nach wie vor beherrscht er täglich meine Gedanken, ob ich will oder nicht. Aber es wird besser. In letzter Zeit kann ich hin und wieder an ihn denken und breche dabei nicht in Tränen aus.

Rosie und Brandon sind letzte Woche aus Südfrankreich zurückgekehrt, und ich habe mich bereits zwei Mal mit ihnen im Tanner's getroffen. Das Kings Crown habe ich dagegen zur persönlichen Sperrzone ernannt, auch wenn Kevin mich nie rauswerfen würde.

In einer Woche fahre ich zu Wes nach London, wo ich auf einer feierlichen Präsentation im Hauptsitz des Home & Kitchen Verlages mein neues Buch vorstellen werde. Er hat mir versprochen, die Gelegenheit zu nutzen und mir ein paar seiner Lieblingsboutiquen in London zu zeigen, damit wir gemeinsam Garderobe für unsere Reise nach Italien shoppen können. Von London aus nehmen wir den Flieger nach Verona und steuern von dort aus den Gardasee an, wo meine zweite

Buchpräsentation in einem Café in Limone sul Garda stattfindet.

Bevor ich abreise, will ich zumindest den Versuch starten, mit Kevin zu reden. Irgendwie fühlt sich die Vorstellung schrecklich an, Little Kings Bay zu verlassen und dieses Päckchen mit auf Reisen zu nehmen. Ich habe mir immer eingeredet, auf den richtigen Moment zu warten. Allerdings hat mich diese Macke überhaupt erst in diese Situation gebracht und war stets der Auslöser für sämtliche Miseren in meinem Leben. Die verkorkste Geschichte mit Jackson während unserer Schulzeit, die Beziehung mit Kevin, in die ich mehr oder weniger hineingeschlittert bin. Und auch das Ende unserer Ehe und das Ende meiner Affäre mit Jackson sind Ergebnis meiner Feigheit.

Bevor ich es mir anders überlegen kann, schnappe ich mir meine Handtasche und einen leichten Cardigan und fahre zu Kevins Haus. Es ist schon spät, aber an den meisten Wochenenden ist er ohnehin lange im Kings Crown. Wie ich erwartet hatte, steht sein Mercedes noch nicht in der Auffahrt. Je länger ich im Auto auf ihn warte, umso nervöser werde ich, und in mir tun sich Zweifel auf, ob diese Idee so gut war. Bevor ich den Schlüssel im Zündschloss drehen kann, fährt Kevin vor. Er lässt das Fenster seines Wagens runter und sieht mich an. Zögerlich steige ich aus und lächle ihm verlegen zu. Mir wird schlagartig bewusst, dass es für das hier wahrscheinlich nie den richtigen Zeitpunkt geben wird.

„Hey.“

„Selber hey! Was willst du, Grace?" Seine Stimme ist schroff, aber nicht mehr ganz so abweisend oder cholerisch wie am Abend der Hochzeit.

Ich nehme meinen ganzen Mut zusammen. „Ich weiß, du bist vermutlich müde, aber hättest du vielleicht Zeit für mich?"

Er atmet tief durch. „Auf kurz oder lang lässt es sich ohnehin nicht vermeiden, also komm!"

Ich folge ihm zum Haus, in dem wir die letzten Jahre gemeinsam gelebt oder aneinander vorbeigelebt haben – je nachdem, wie man es sieht. Innen hat sich kaum etwas verändert. Einzig die Unordnung zeigt, dass ich nicht mehr hier lebe.

„Möchtest du etwas trinken?", fragt er mich.

„Vielleicht ein Glas Wasser, danke."

Er geht in die offene Küche und holt eine Flasche kühles Wasser und zwei Gläser. Ich mustere die Wand mit unseren Fotos. Sie alle hängen dort in Reih und Glied, so als wäre nie etwas vorgefallen. „Ich habe gedacht, du hättest sie abgenommen."

Auf seinem Gesicht erscheint ein trauriges Lächeln. „Nein. Sie zeigen doch auch mein Leben, und egal was vorgefallen ist, du warst ein Teil davon." So gesunde Worte hätte ich nicht von ihm erwartet. Eher habe ich damit gerechnet, eine leere Wand mit tausend Scherben und einen Kamin voller verbrannter Fetzen vorzufinden. „Setzen wir uns", schlägt er vor.

Ich nehme ihm gegenüber im Sessel Platz. Er fühlt sich sichtlich mindestens so unwohl wie ich. Eine ganze Weile herrscht zwischen uns eine gespenstische Stille. Aber ich weiß, dass ich den Anfang machen sollte. „Es tut mir leid. Ich will dich nicht weiter anlügen."

Er nickt mir zu. „Wie lange lief das?"

„Seit dem ersten Treffen mit Rosie und Brandon im Hotel."

„Du wusstest natürlich sofort, wer er ist."

Ich nicke. „Ja. Ich habe ihn schon auf dem Schulfest gesehen und direkt erkannt. Ich wusste aber nicht, dass er der Sohn der Braut ist."

„Nur er oder gab es noch jemanden?" Kevin hält gebannt die Luft an. Ich kann es ihm nicht verübeln, dass er jetzt so von mir denkt.

„Nein! Es gab nur ihn, und ich hatte all die Jahre davor auch nie einen Fehltritt."

Er sieht nicht mehr ganz so verkrampft aus. „Irgendwie macht es das erträglicher", sagt er.

„Ich bin keine notorische Fremdgängerin!"

„So habe ich dich auch nie gesehen." Er denkt kurz nach. „War es, weil ich dich vernachlässigt habe?"

„Nein! Das heißt, ich sehe den Grund dafür nicht in deinem Verhalten. Ich habe nicht mit ihm geschlafen, um dir eins auszuwischen, falls du das meinst."

Kevin fährt sich mit den Fingern durch die Haare und entspannt sich sichtlich. „Wieso dann? Und bitte, sei ehrlich."

Ich überlege genau, wie ich es am besten erklären soll. Getrennt hätte ich mich so oder so, aber Jacks wollte ich, weil er eben Jacks ist. Und da ich Kevin nicht mehr weiter anlügen möchte, bleibe ich bei der Wahrheit. „Ich glaube, ich kann kaum einen spezifischen Grund nennen. Am ehesten war es wohl, weil ich damals unsterblich in ihn verliebt war, und in dem Moment, als er hier aufgetaucht ist, plötzlich alle Gefühle wieder da waren."

„Irgendwie ist das jetzt wenig tröstlich."

„Ich weiß."

„Hast du mich jemals geliebt?" Er sieht mir direkt in die Augen.

Ich muss an eines der Gespräche mit Molly denken. „Ja, aber nicht so, wie ich sollte. Ich glaube mittlerweile, dass es verschiedene Arten von Liebe gibt. Und ich glaube, dass uns durch unsere gemeinsame Vergangenheit eine Form von Liebe zusammenschweißt, aber eben nicht die Art von Liebe, die eine Frau für ihren Mann empfinden sollte. Es tut mir schrecklich leid!"

„Was tut dir leid? Dass du mich geheiratet hast, ohne mich zu lieben? Grace, ich würde dir sogar jetzt noch vergeben. Ich vermisse dich!" In diesem Moment tut er mir einfach nur leid.

„Kevin, bitte. Das mit uns ist vorbei. Du willst doch nicht weiterhin mit jemandem verheiratet sein, der dich nicht so liebt, wie du es verdient hast. Das kannst du dir selbst nicht antun wollen!"

„Und wenn ich mehr Zeit für dich aufbringen würde? Und du müsstest nicht zwingend im Crown arbeiten. Ich habe begriffen, dass du das nur mir zuliebe getan hast. Du könntest weitere Bücher schreiben und trotzdem mit mir verheiratet bleiben."

So leid er mir tut und so gerne ich ihm nach all den Jahren etwas anderes sagen würde, schüttle ich den Kopf. „Nein. So funktioniert das nicht. Ich liebe dich nicht so, wie ich sollte, und ich habe Gefühle für einen anderen Mann."

„Und der andere Mann ist wo? Ach ja richtig, er ist weg! Genau wie damals ist er von heute auf morgen verschwunden. Ich dagegen bin noch hier! Und das, was ich auf der Hochzeit gesagt habe, war mein Ernst. An einer Ehe muss man arbeiten, und ich bin jetzt bereit dazu." Dass er immer noch an unserer Ehe festhalten will, obwohl ich ihn belogen und betrogen habe, wundert mich wirklich und passt auch kaum zu seinem Ego. Vielleicht verwechselt Kevin unsere Verbundenheit mit purer, leidenschaftlicher Liebe. Ich kann mir kaum vorstellen, dass er mich wirklich liebt.

„Warum liebst du mich?", frage ich ihn.

Er sieht mich irritiert an, so als würde ich das Offensichtliche übersehen. „Was ist das für eine Frage?"

„Eine ganz einfache! Sag mir, warum du mich liebst."

„Weil du meine Frau bist. Weil wir unser ganzes Leben miteinander verbracht haben. Du warst seit Sarahs Tod immer für mich da, du hast mich getröstet und mich wieder ins Leben gebracht." Er zählt genau die Punkte auf, die ich tagtäglich in unserer Vernunftsehe aufgesagt habe, um sie vor mir selbst zu rechtfertigen.

„Du liebst mich für Dinge, die für eine Beziehung nicht ausschlaggebend sind. Wir haben uns nie ineinander verliebt, so wie es normale Paare tun. Wir waren nie zusammen aus oder haben stundenlang im Bett gelegen und sind übereinander hergefallen. Wir haben beide getrauert und sind dann im Bett gelandet. Hast du dich nie gefragt, ob es nicht mehr geben könnte?"

Er steht auf und läuft auf und ab, sichtlich hin- und hergerissen, so als habe sich ihm gerade ein Mysterium offenbart. „Doch, habe ich", gibt er schließlich zu. „Vor

Sarahs Tod habe ich nie wirklich eine feste Freundin gehabt."

„Du warst ein verdammter Playboy!"

„Das ist niemandem entgangen, was?" Er lacht, und ich kann sein Spiegelbild in der dunklen Glasscheibe sehen. „Als sie starb, habe ich in irgendeiner Schlampe gesteckt. Als dann der Anruf kam – Gott, ich hab mir das nie verziehen! Ich hätte sie auf diese beschissene Party begleiten sollen. All die Jahre habe ich mir gesagt, dass ich deswegen nicht mehr so versessen auf Sex bin." Er mustert mich. „Versteh das nicht falsch, du bist eine wunderschöne Frau und wirklich jeder hat mich um dich beneidet. Aber irgendwie sind nie wirklich die Funken zwischen uns geflogen, so sehr ich mich auch bemüht habe. Und immer, wenn mir dieser Gedanke kam, habe ich es auf Sarahs Tod geschoben oder meine Unerfahrenheit in Sachen Beziehungen."

„Vielleicht wäre das mit einer anderen Frau ganz anders", sage ich. Ich für meinen Teil glaube, es wäre so.

„Vielleicht. Ich denke, ich wäre mit keiner anderen besser oder schlechter dran als mit dir."

Ich zucke mit den Schultern. „Eines Tages wirst du es herausfinden."

„Denkst du noch oft an sie?", fragt er mich plötzlich.

„Jeden Tag!" Ich brauche ihn nicht fragen, ob er noch an sie denkt. Ich weiß, dass es so ist.

„Das werden wir beide für immer teilen", flüstert er. „Niemand vermisst sie so sehr wie wir." Ich erinnere mich noch gut an die Zeit unmittelbar nach dem Unfall. Trish und George hatten mehr oder weniger wieder in den Alltag gefunden. Kevin hat lange gebraucht, um halbwegs wieder klarzukommen und bekam Vorwürfe von den beiden, dass sie sich im Gegensatz zu ihm keine lange Trauer leisten könnten, da sie das Hotel leiten müssten.

„Ich glaube, sie wird von vielen vermisst, aber wir haben einfach am längsten gebraucht", erkläre ich ihm.

„Wir waren immer zusammen. Bis zu Sarahs Tod war ich nie wirklich alleine. Und als sie dann weg war, habe ich versucht, ihren Platz mit der Person zu ersetzen, die uns am nächsten stand, und das warst du." Endlich gibt er zu, was ich schon lange vermutet habe.

„Wir mochten uns erst gar nicht", erinnere ich ihn.

Er lacht. „Nein! Ich habe dich nie gehasst, aber es stimmt! Du warst eine Streberin, und meine Schwester hat dich abgrundtief geliebt. Mir war lange nicht bewusst, wofür." Er setzt sich wieder mir gegenüber auf das Sofa. „Ich muss mich auch entschuldigen, Grace. Sarah hätte das Crown mit mir führen sollen, und irgendwie hat ich es mir in den Kopf gesetzt, dass du das für sie übernehmen müsstest. Und obwohl ich gemerkt habe, wie unglücklich du bist, habe ich dich weiter dazu gezwungen. Außerdem tut es mir leid, dass ich dich mit der Rede in Erklärungsnöte vor deinem Lektor bringen wollte."

„Du musst dich nicht entschuldigen. Jeder Mensch ist für sich und sein Glück verantwortlich. Ich habe oft gemerkt, dass unsere Ehe eigentlich nicht das ist, was ich will. Trotzdem habe ich es immer weiterlaufen lassen. Ich bin eben ein Feigling." Ich atme tief durch. „Okay, für die Rede nehme ich deine Entschuldigung allerdings an."

„Der Feigling und das Arschloch – aber immerhin merken wir es zwischendurch noch!"

Wir müssen beide lachen, so ehrlich, wie wir seit langer Zeit nicht mehr miteinander gelacht haben. „Ich glaube wir haben noch nie so geredet wie heute.“

„Du willst immer noch die Scheidung?“, hakt er nach.

„Ja, ganz sicher“, sage ich, ohne zu zögern.

„In Ordnung. Ich kümmere mich darum und verspreche, dass das friedlich laufen wird. Du bekommst natürlich deinen Anteil dafür, dass du es sechs Jahre mit mir ausgehalten hast. Und davon drei mit Trauschein.“

„Nein. Ich will kein Geld.“ Es würde sich falsch anfühlen, etwas von ihm anzunehmen. Besonders, weil ich nicht darauf angewiesen bin. Ich will einfach nur frei sein.

Er zieht ein grimmiges Gesicht. „Dir steht aber etwas zu, Grace. Sei nicht dumm! Willst du das Haus?“

„Nein. Ich will nichts.“ Zu keiner Zeit habe ich mich mit dem Reichtum der Roberts so richtig wohl gefühlt, und jetzt, wo ich in dem kleinen Cottage mit buntem Garten und Fensterrahmen aus Holz wohne, merke ich, wie sehr mir in den vergangenen Jahren ein gemütliches Zuhause gefehlt hat.

„Was willst du dann, Grace?“, fragt er weiter.

Kurz überlege ich, doch dann fällt mir tatsächlich etwas ein, was nur er mir geben kann. Seine Diskretion. „Es wäre schön, wenn ich durch Little Kings Bay laufen kann und nicht überall als Ehebrecherin gebrandmarkt bin.“

„Ich werde es niemandem erzählen, versprochen.“

„Und deine Mutter?“ Auch wenn Kevin nicht mit den Details unserer Trennung hausieren geht, so kenne ich Trish nur zu gut.

„Sie hat bis jetzt nichts davon erfahren und wird es auch nicht!“ Er blickt mir tief in die Augen, und in seinen sehe ich ehrliche Entschlossenheit. Er wird mir das Leben hier nicht zur Hölle machen.

„Danke, das ist mehr, als ich verdient habe.“

„Ich denke, wir sind quitt!“ Er lächelt mich wieder an. „Was hast du jetzt vor?“

„Nächste Woche fahre ich nach London, zu meinem Lektor. Danach geht es nach Italien.“

„Etwa in dieses Nest, in dem wir damals Urlaub gemacht haben?“, fragt er entsetzt.

„Dieses *Nest* ist eine der beliebtesten Ortschaften rund um den Gardasee“, belehre ich ihn.

„Schon gut! Ich meinte aber eigentlich etwas ganz anderes. Was hast du jetzt mit *ihm* vor?“

Ich senke meinen Blick, weil ich auf alles gefasst war, aber nicht darauf. Nicht darauf, dass dieser Abend so friedfertig, einsichtig und irgendwie freundschaftlich verlaufen würde. „Nichts. Er ist weg, Kevin. Ich habe ihn weggeschickt, und das nicht zum ersten Mal. Er hätte mich nicht dazu benutzen dürfen, sich wegen eures alten Disputs zu rächen.“

„Dann war meine gebrochene Nase also ganz umsonst?“, fragt er mit einem Grinsen auf den Lippen, das mich an den jungen Kevin erinnert, der sich öfter mal geprügelt hat.

„Du bist ein Idiot!“

Kapitel Dreiunddreißig

Jackson

„Der Deal mit Sam steht übrigens. Du hättest dich gestern Abend ruhig im Vision blicken lassen können! Ich hab verdammt lange auf ihn einreden müssen, bis er in das Geschäft eingewilligt hat." Hayden ist hörbar angefressen.

Ich starre auf mein vibrierendes Smartphone. Ein Teil von mir hofft jedes Mal, dass sie doch noch eine Nachricht schickt, und immer, wenn ich einen anderen Namen als ihren auf dem Display lese, zieht sich ein dumpfer Schmerz durch meine Eingeweide. Diesmal ist es eine Nachricht von meiner Mutter, die mir ein Bild vom Ozean schickt. Es wurde definitiv von der Dachterrasse der Villa aus aufgenommen. Die Perspektive hat sich genau in mein Gehirn eingebrannt.

Wir vermissen dich! :)

Mit *wir* meint sie sich und Brandon – niemanden sonst. Ich weiß genau, dass sie Kontakt mit ihr haben. Sie lieben Grace, und ich kann es ihnen nicht verdenken. Wie könnte man Grace auch nicht lieben? Fuck! Trotzdem verlieren beide kein Wort über sie, und ich bin viel zu feige, um nach ihr zu fragen, und irgendwie steht es mir auch nicht zu.

Hayden fährt mit seinem Vortrag fort. „Jedenfalls habe ich das Gefühl, dass ich diesen riesigen Bau hier alleine führen muss, seit wir zurück in New York sind. Ich habe nicht mal mehr Zeit, eine dieser süßen Modelmiezen zu ficken, so ernst ist die Lage. Du bist ein beschissener CEO, Jackson! Ich sollte dir deinen Schwanz abschneiden, wo du ihn ohnehin nicht mehr brauchst." Seit einer Stunde versucht er, mich zu den neuesten Entwicklungen zu briefen.

„Ja, genau. Wir machen das so."

„Du hörst mir nicht einmal zu!" Er ist sauer. Richtig sauer.

Ich seufze laut. „Es tut mir leid."

„Es tut dir leid?" Er kommt um den Tisch herum und packt mich am Kragen. „Dir wird es gleich noch mehr leidtun! Du lässt mich seit Wochen alleine mit diesem verdammten Laden. Als du in England warst und nur im Homeoffice gearbeitet hast, warst du präsenter und nützlicher als jetzt! Und nun verschwendest du meine kostbare Zeit noch mehr, indem du bei unserem Termin in deine armselige Gedankenwelt aus Selbstmitleid abtauchst!"

„Ich habe doch gesagt, dass es mir leidtut! Ich bemühe mich ja."

„Einen Scheiß tust du! Seit fünf Wochen hängst du hier rum wie eine verkackte Marionette und lässt dich von mir mitschleifen! Bekomm endlich dein Leben auf die Reihe", brüllt er mich an.

Ich knurre wütend. So spricht niemand mit mir, und schon gar nicht in meiner Firma. „Nenn mich nie wieder eine Marionette! Mir ist bewusst, dass ich im Moment nicht ganz ich selbst bin, aber das ist nur noch eine Frage der Zeit!" Dass die Zeit vermutlich noch mehrere Jahre andauern wird, verschweige ich ihm lieber.

„Oh, ja, natürlich! Es ist eine Sache, ob du privat am Arsch bist, Jackson. Aber du riskierst hier alles, was du dir aufgebaut hast, und ich hänge mittendrin. Das geht langsam zu weit!“ Seine Wut ist berechtigt.

„Was soll ich denn deiner Meinung nach tun? Ich bemühe mich, allmählich wieder zum Alltag zurückzukehren. Ich stelle mir einen Wecker, treibe Sport, komme hierher … entschuldige, wenn im Moment nicht mehr als das drin ist und ich nicht abends mit dir losziehe und irgendwelche Nutten klarmache!“

Hayden lacht so sehr, dass er sich den Bauch halten muss. „Du fragst mich ernsthaft, was du machen sollst? Du hast es nicht einmal versucht! Du hast dich nicht im Griff und haust ab – sie ist immer wieder ein verdammter Feigling und hält alle hin, bis sie es dann lieber ganz beendet! Bekommt beide eure Psychosen in den Griff und am besten zusammen und ganz weit weg von mir!“

„Kündigst du mir jetzt die Freundschaft?“

„Nein! Aber deine Scheiße fuckt mich langsam total ab! Und jetzt fahr in dein Penthouse und denk darüber nach, was du eigentlich willst! Wenn du es rausgefunden hast, kannst du dich wieder bei mir melden“, sagt er und knallt die Tür hinter sich zu.

Ich weiß ganz genau was ich will. Das Problem ist nur, dass ich das nicht haben kann. Ich klappe mein Notebook auf und betrachte das Hintergrundbild: die Steilklippen der Jurassic Coast. Zuhause wechsle ich stets auf das Foto, dass ich heimlich von der schlafenden Grace gemacht habe.

Nie hätte ich gedacht, Little Kings Bay mal zu vermissen, aber die Zeit dort war eine der besten meines Lebens. Schnell schicke ich meiner Mutter ein zwinkerndes Emoji als Antwort. So ungerne ich es zugeben mag, aber ich vermisse die beiden auch. Ich habe lange nicht mehr so viel Zeit mit meiner Mutter verbracht. Mit Brandon dazu hat es sich wie eine Familie angefühlt, und Grace hat die Illusion perfekt gemacht. So hätte es für mich immer weitergehen können. Mit ekelhaftem Sirupkaffee und klebrigen Keksen am Morgen, dem Duft von Kuchen im Haus, auch wenn ich gar keinen Kuchen mag. Mit aufgezwungenen Familienaktivitäten, die sich dann gar nicht mehr so gezwungen anfühlen, sondern eher nach einem Zuhause. Je mehr ich darüber nachdenke, umso fremder und einsamer kommt mir New York vor. Ironischerweise war es genau das, was ich vor zehn Jahren von Little Kings Bay gedacht habe.

Ich öffne den Browser. Selbstzerstörerisch und befreiend zugleich und vielleicht auch ziemlich nah an Haydens Theorie von der Psychose, schreibe ich eine Nachricht und sende sie an ihre alte E-Mail-Adresse unserer Schule.

Von:Jackson Hide–jacksonhide@littlekingsschool.com
An: Grace York – graceyork@littlekingsschool.com

Betreff: Ich bin das größte Arschloch auf diesem Planeten

Ich glaube, Hayden könnte mich umbringen, aber selbst das hätte ich wohl verdient. Irgendwie bin ich wohl zu bescheuert, um es einmal richtig mit dir hinzubekommen, und ich merke es immer erst dann, wenn es zu spät ist. Ich vermisse Little Kings Bay. Ich vermisse sogar meine Mutter

Ich klicke auf den Senden-Button. Irgendwie gibt es
mir einen Kick zu wissen, dass sie die Nachricht jederzeit lesen könnte. Gleichzeitig weiß ich, dass sie das niemals tun wird, und das wiegt mich in der nötigen Sicherheit, weil ich ein feiges Arschloch bin. Ein drittes
Mal überlebe ich eine Abfuhr von Grace nicht, so viel
steht fest. Auf der anderen Seite ist ein Leben ohne sie
kein richtiges Leben, und das wird mir jeden verschis-
senen Tag mehr bewusst.

Als ich später am Nachmittag nach Hause in mein
Penthouse komme, merke ich abermals schmerzlich,
wie leer die letzten zehn Jahre meines Lebens waren.
Ich habe eine erfolgreiche Firma, kann mir kaufen, was
ich will, und trotzdem habe ich auf einmal das Gefühl,
gar nichts erreicht zu haben. Ich sehe auf die Uhr. In
England ist es jetzt Zeit für den Nachmittagstee. Brandon sitzt bestimmt mit seinem ersten Craft Beer draußen in der Sonne, während meine Mutter einen Kaffee
schlürft und ein Buch liest. Ich scrolle in meinem
Smartphone bis zu ihrem Namen und drücke das grüne
Symbol.

„Jackson, wie schön, von dir zu hören", begrüßt sie
mich. Der Klang ihrer Stimme tut mir gut. Ich schließe
die Augen und genieße die süße Vorstellung, jetzt auf
der Terrasse zu sitzen und dem Ozean zu lauschen.

„Wie geht es euch beiden?", frage ich sie.

„O Liebling, ganz wunderbar! Danke noch mal für
dein Angebot mit dem Haus. Wir genießen die Zeit hier

wirklich!" Sie macht eine kurze Pause. „Und wie geht es dir?"

„Es wird erträglicher", sage ich nur. Sie weiß ohnehin genau, was los ist.

„Du hörst dich nicht gut an, Jackson." Ihre Stimme ist leise und voller Sorge.

„Ich weiß nicht, was ich noch machen soll. In Little Kings Bay ging es mir deutlich besser", gestehe ich.

„Dann komm doch zurück", sagt sie sehnsüchtig.

„So einfach ist das nicht, und das weißt du ganz genau." Auf gar keinen Fall will ich Grace das Gefühl geben, sie zu verfolgen. Little Kings Bay ist ihr Zuhause, und die Geborgenheit dieses Ortes steht ihr mehr zu als mir.

„Meinst du nicht, Hayden schafft es alleine? Er kam mir vor wie ein großer Junge!" Hayden würde es wahrscheinlich aktuell sogar besser ohne mich schaffen. Wenn ich weg bin, hat er freie Hand und muss sich nicht für den Kleinkram mit mir abstimmen, wozu ich in den letzten Wochen ohnehin kaum in der Lage gewesen bin.

„Es geht nicht um Hayden."

„Hmm", sagt sie. Ich höre Schritte, dann wird eine Tür geschlossen. „Weißt du, ich habe Brandon versprochen, dass wir nicht mit dir über sie reden. Aber vielleicht solltest du wissen, dass sie im Moment ohnehin nicht in der Stadt ist. Und so schnell wird sie nicht zurückkommen."

„Es geht nicht. Noch nicht."

„In Ordnung. Jackson?"

„Ja?"

„Wenn du es dir anders überlegst, kannst du jederzeit kommen. Ich liebe dich, und für Brandon bist du auch der Sohn, den er selber nie hatte. Ich will nur, dass du das weißt." Ihre Worte sind tröstlich und schmerzhaft zugleich.

„Danke."

„Bye, Jackson."

„Bye, Mum."

Ich streife durch die viel zu große Wohnung und lande letztendlich wieder in meinem kleinen Fitnessstudio. Ich schnappe mir den Boxsack und ziehe bewusst keine Handschuhe über. Ich brauche den Schmerz, um mich wieder halbwegs lebendig zu fühlen. Nichts hier befriedigt mich – nichts von alldem macht es besser. Nicht einmal ansatzweise hilft mir hier irgendetwas.

Nach stundenlangem Gedankenkarussell und blutigen Knöcheln lege ich mich nach einer kochendheißen Dusche in mein Bett. Das hasse ich am allermeisten – alleine einschlafen zu müssen. Bis vor wenigen Monaten war das Gegenteil für mich ein totales No-Go, und auch in der ersten gemeinsamen Nacht mit Grace habe ich mich davongestohlen. Wie sehr ich es jetzt bereue, diese Nacht vergeudet zu haben. Sie lag nur einen Raum weiter, und ich hätte einfach zu ihr gehen und ihr beim Schlafen zusehen können. Stattdessen war ich ein Idiot, und jetzt werde ich nie wieder neben Grace einschlafen und aufwachen, dabei brauche ich sie so dringend. Grace ist wie eine Droge.

„Fuck", brülle ich in die einsame Dunkelheit meines Schlafzimmers.

Ich springe aus dem Bett und knipse das Licht wieder an. In meinem Ankleidezimmer zerre ich meinen Koffer aus dem Schrank und schmeiße wahllos Kleidungsstücke hinein.

„Verdammte Scheiße!" Jetzt geht es wirklich los mit mir. Selbstgespräche.

In der Tiefgarage schmeiße ich den Koffer in den silbernen Lamborghini, bevor ich den Wagen Richtung Flughafen manövriere. Unterwegs wähle ich Haydens Nummer über die Freisprechanlage.

„Ich höre!", nimmt er unfreundlich das Gespräch entgegen.

„Du hast vorerst das Kommando!"

Er knurrt. „Was hast du vor, Jackson?"

„Ich fliege zurück nach Little Kings Bay."

„Ist das dein Ernst?"

„Ja. Ich sitze quasi schon im Flieger nach Exeter!"

„Weiß sie, dass du kommst?", stöhnt er gequält. Ihm geht die ganze Sache mehr an die Nieren, als er zugeben will. Ich würde für ihn genau so empfinden.

„Nein. Sie ist nicht da."

„Jackson, hältst du das für eine gute Idee?"

„Du hast es selbst gesagt: Ich muss meine Psychosen loswerden. Und hier kann ich das ganz bestimmt nicht."

Einen Moment schweigt er. „Verstehe. Melde dich!"

Ich bekomme spontan leider nur einen Flug nach London, was aber auch nicht weiter tragisch ist. Dort leihe ich mir wieder einen schnittigen BMW, immerhin habe ich es eilig. Die dichten Bauwerke um mich herum weichen nach und nach Feldern und Wäldern, und je näher ich Richtung Küste komme, umso mehr kann ich mich entspannen.

Es kommt mir wie eine Ewigkeit vor, dass ich dieselbe Strecke mit Haye gefahren bin, um mich bei Grace zu entschuldigen, dabei ist es erst einige Wochen her. Als ich den Ozean neben mir erblicke, halte ich an und steige aus, um mir die salzige Brise ins Gesicht wehen zu lassen. Ich schließe die Augen und fühle mich zum ersten Mal seit fünf Wochen wieder heimisch.

Little Kings Bay erfüllt seinen Zweck, und meine Laune hat sich in den letzten zwei Wochen deutlich verbessert. Irgendwie hat mir dieser seltsame Ort geholfen, wieder richtig atmen zu können. Als ich mit meinem Wagen die Stadtgrenze passiert habe, fühlte es sich an wie nach Hause zu kommen. Und das, obwohl Grace nicht hier ist – in diesem Sinne hat sich nichts für mich verändert. Trotzdem ist es irgendwie tröstlich, hier zu sein und die Zeit mit meiner Mutter und Brandon zu verbringen.

Obwohl ich es als den persönlichen Tiefpunkt meines Erwachsenenlebens sehe, quasi wieder bei meiner Mutter zu wohnen, auch wenn es eigentlich mein Haus ist, geht es mir trotzdem um einiges besser als in New York. Hayden hat Hide Real Estate voll im Griff, und seit einigen Tagen ist mein Kopf wieder so klar, dass ich alles von hier aus regeln kann. Seitdem ist Haye auch wieder deutlich besser auf mich zu sprechen und konnte am Wochenende sogar endlich wieder seinem Lieblingshobby nachgehen: irgendeine Plastiktussi flachlegen.

Ich dagegen genieße die Vorteile, den Blicken meines besten Freundes nicht mehr ausgeliefert zu sein und mich meinem Kopfkino mit Grace hinzugeben. Einige Punkte sehe ich jetzt viel deutlicher, was ich ihr regelmäßig schreibe. Natürlich a die alte E-Mail-Adresse, was sie also niemals lesen wird. Jede Facette ihrer Wut und Enttäuschung über mich habe ich immer wieder durchleuchtet. Beispielsweise, wie ich sie ermutigt habe, ihr eigenes Ding durchzuziehen, sich nicht mehr von ihrem Ehemann bevormunden zu lassen und meine ganze Aussage dann ad absurdum geführt habe, indem ich ihr die Möglichkeit genommen habe, ihre Beziehung zu Kevin so aufzulösen, wie sie es für richtig gehalten hätte, und sie dabei noch wie Dreck behandelt habe. Aufgrund meiner Hitzköpfigkeit habe ich viel von ihr verlangt, während ich ihr das Einzige verwehrt habe, um das sie mich gebeten hat.

Meine Impulsivität steht auf der Liste ganz weit oben. Immerhin ist sie Knotenpunkt fast all meiner Probleme. Und egal wie sehr ich mit Hayden in den letzten zehn Jahren daran gearbeitet habe, bin ich doch wieder schwach geworden und total ausgeflippt. Ich habe Grace nicht nur übergangen, um Kevin zu verletzten, sondern mich auch noch mit ihm geprügelt. Ursprung dieser ganzen Scheiße ist meine Unfähigkeit zu verzeihen und Dinge auf sich beruhen zu lassen. Auch das habe ich jetzt verstanden. Zehn Jahre lang hat Hayden mir das immer und immer wieder gesagt, und am Ende musste ich es doch so versauen, um diese einfache Logik zu verstehen. Wenn ich also irgendwann normal leben will – und zwar unabhängig davon, ob ich Grace jemals wiedersehe oder nicht – muss ich das hier abschließen und hinter mir lassen. Eine andere Wahl habe ich gar nicht.

Deswegen ziehe ich heute unbewaffnet in den Krieg. Als ich das Foyer des Kings Crown betrete, habe ich tatsächlich das Gefühl, in feindliches Sperrgebiet vorzudringen. Ich will Kevin nicht unnötig provozieren, aber woanders als hier ist er kaum anzutreffen, und nachts vor seinem Haus will ich ihm auch nicht auflauern.

Ich setze mich in den Wintergarten, und als der Kellner kommt, bestelle ich einen Kaffee und frage nach dem Geschäftsführer. Gerade, als ich an meinem Kaffee nippen will, sehe ich ein mir nur allzu bekanntes Gesicht. Ihre Mimik entgleitet ihr total, als sie mich erkennt.

„Was machst du hier?", zischt Molly mich wütend an.

„Dir auch einen wunderschönen guten Morgen!"

„Hast du nicht genug angerichtet?" Sie verschränkt die Arme vor der Brust, wobei ein Ärmel nach oben rutscht und einen Teil ihres volltätowierten Unterarmes freilegt. Sofort zieht sie den Ärmel wieder runter. Vermutlich haben die Roberts sie angehalten, sich hier bedeckt zu halten. Das lässt Molly auf meiner Sympathieskala schon wieder einen Punkt steigen, weil sie es irgendwie schafft, in Little Kings Bay und ungeachtet der Meinung anderer ihr Ding durchzuziehen.

„Ich besuche meine Eltern", antworte ich ihr.

Ohne zu fragen, setzt sie sich zu mir an den Tisch. „Hör mir mal zu! Mag ja sein, dass du bei dir in New York ein hohes Tier bist und dir alles erlauben kannst, aber hier in Little Kings Bay bist du nur ein Gast! Und Grace ist meine beste Freundin. Sie ist ohnehin nicht da, aber ich lasse so eine Scheiße nicht noch mal zu!"

Noch ein Punkt für sie auf meiner Sympathieskala. Sie beschützt ihre Freunde. Sie beschützt Grace. Sie holt tief Luft. „Und wenn Kevin dich hier sitzen sieht, wird er dich hochkant rauswerfen!"

„Ich bin hier, um mit ihm zu sprechen."

Sie sieht mich irritiert an. „Ts. Was willst du bitte mit Kevin besprechen?" Sie streicht sich eine Strähne ihrer regenbogenfarbigen Haare hinter das Ohr. Irgendwie passt diese Frau ganz und gar nicht zu Grace, und doch ist sie genau das, was diese zu brauchen scheint. Interessant.

„Mir ist klar geworden, dass ich das klären muss! Und das kann ich nur hier vor Ort, sonst verfolgt mich diese Scheiße mein ganzes Leben lang."

„Grace wird es auch ihr Leben lang verfolgen, dass du sie dazu benutzt hast, um dich an Kevin zu rächen, und das für eine Sache, die über Jahre zurückliegt!" Mollys blasses Gesicht wird hochrot. „Du bist wirklich das Letzte, Jackson!"

„Es tut mir leid!", sage ich. „Das ist wirklich nicht so gewesen. Ich habe das nur gesagt, weil Kevin mich in dem Moment so dermaßen provoziert hat, und habe nicht darüber nachgedacht, was ich Grace damit antue."

Molly schnaubt verächtlich. „Vollidiot!"

„Schuldig im Sinne der Anklage." Sie wendet sich ab und will gehen. „Warte."

„Was willst du noch? Es ist mir egal, ob du dich bei Kevin entschuldigst."

„Ich habe mich in sie verliebt und sie wirklich nicht ausgenutzt." Irgendwie will ich das klarstellen.

Sie nickt. „Wenn das wirklich die Wahrheit ist, warum kämpfst du nicht um sie?"

Was ist das denn für eine Frage? Als würde sie es nicht mit am besten wissen. „Weil sie das nicht wollen würde!"

„Was Grace sagt und was Grace will sind zwei verschiedene Paar Schuhe!"

„Sie war sehr deutlich."

Molly lehnt sich über den Tisch zu mir herüber. „Wie wäre es denn einfach mal, wenn du ihr schreibst?" Ihre blauen Augen funkeln mich herausfordernd an.

„Ms Sullivan, ich denke, es ist Zeit für Sie, in die Küche zu gehen und sich für Ihre Schicht umzuziehen! Sie sind Hauptverantwortliche für unsere Konditorei, bitte verhalten Sie sich vorbildlich!" Unbemerkt ist Kevin hinter uns aufgetaucht. Nach einem Nicken in Mollys Richtung wendet er sich an mich. „Mr Hide, wie überaus unerfreulich, Sie wieder in Little Kings Bay zu sehen! Sie wollten mich sprechen?"

„Wollte ich."

Er blickt über die Tische im Wintergarten, die zu dieser Jahreszeit mit Gästen belagert sind. „Kommen Sie, gehen wir in mein Büro und bringen – was auch immer – hinter uns."

Bevor ich ihm folge, wende ich mich noch mal Molly zu. „Ich schreibe ihr fast jeden Tag."

Kevins Büro ist exakt so, wie ich es mir vorgestellt habe: altbacken. Die Einrichtung passt irgendwie zum Herrenhaus, steht aber im starken Kontrast zu der modernen Note des Kings Crown und einem jungen

Hotelier. Wahrscheinlich hat er das Büro eins zu eins von seinem Vater übernommen.

„Was willst du?", fragt Kevin, nun hörbar angepisst. Außer Hörweite seiner Mitarbeiter geht er direkt wieder zum Du über, was doch so viel mehr Spielraum für einen Angriff bietet.

Wahrscheinlich kommt jetzt das Schwerste auf meinem Weg zum Frieden, und wahrscheinlich werde ich mir dafür noch ziemlich oft in den Arsch beißen wollen. Trotzdem führt kein Weg daran vorbei, wenn ich irgendwann wieder richtig klarkommen will. Ich tue das nicht nur für Grace, sondern in erster Linie für mich selber. Längst habe ich eingesehen, dass ich mein Leben durch meine Wut nur verderbe und nichts dauerhaft halten kann, wenn ich immer wieder dem Monster in mir die Oberhand gebe. „Ob du es glaubst oder nicht Kevin, ich bin hier, um dich um Vergebung zu bitten."

Kevin dreht sich in seinem Schreibtischstuhl und lacht. Er lacht aus vollem Herzen, und der Klang ist scharf an der Grenze zwischen Normalität und Wahnsinn. Mir war natürlich klar, dass er so reagieren könnte. „Du willst mich um Vergebung bitten?"

„Ja! Ich will mich gar nicht lange hier aufhalten. Es tut mir leid, dass ich dir den Ehebruch unter die Nase gerieben und sie dir dann auch noch gebrochen habe!"

Kevin nickt und reibt sich über besagten Nasenrücken, der jetzt wieder ganz normal aussieht. „Hut ab. Du hast Eier, dass muss man dir lassen." Er pausiert einen Moment und betrachtet mich eindringlich. „Und dass du meine Frau gefickt hast? Tut dir das auch leid?"

„Nein. Ich bin weder hier, um dich anzulügen, noch um dir die Eier zu kraulen. Ich bereue keineswegs, dass ich mit Grace geschlafen habe. Keine einzige Sekunde davon!" Eine ganze Weile sitzen wir uns schweigend gegenüber. Als ich schon aufstehen und gehen will, räuspert sich Kevin. „Nun gut. In Ordnung."

Ich erhebe mich von dem schweren Lederstuhl und gehe zur Tür. Das ist es also gewesen. Irgendwie war die Entschuldigung mindestens so befreiend, wie ihn mit der Wahrheit zu Fall zu bringen. Vielleicht sogar befreiender.

„Warte", sagt er, als ich gerade die Klinke berühre. „Ich war ein verschissener Wichser auf der Schule. Ich wäre wahrscheinlich genau so wütend gewesen, wie du es gewesen bist. Du sollst wissen, dass es mir leidtut. Wäre ich Vater eines solchen Sohnes, wie ich einer gewesen bin, hätte ich ihn wahrscheinlich einem Erziehungscamp übergeben."

„Ich war in einem dieser Erziehungscamps. Außer tanzen habe ich dort auch nicht viel gelernt! Aber danke für deine Entschuldigung", sage ich und trete aus dem Raum. Gerade, als ich die Tür hinter mir schließen will, fällt mir noch etwas ein. „Eins noch, Kevin."

„Ja?", fragt er mit hochgezogener Braue.

„Habe ich noch Hausverbot im Crown?"

„Nein. Du kannst ruhig wieder mit deiner Mutter zum Frühstück kommen. Außerdem weiß auch sonst niemand von dir und Grace. Ich habe ihr versprochen, dass ich ihr Gesicht wahre, und damit dann wohl auch deins." Ich nicke ihm zu und wende mich ab. „Jackson? Sie wird nicht ewig weg bleiben. Little Kings Bay ist ihr Zuhause. Du solltest dir gut überlegen, was du tust."

„Keine Sorge." Als ich die Tür endlich hinter mir schließe, fühle ich mich wie neugeboren. Kevins Entschuldigung war vielleicht sogar das, was mir am Ende meinen Frieden zurückgebracht hat.

Kapitel Vierunddreißig

Grace

Ich starre wie so oft in den letzten Tagen auf Mollys Nachricht und zerbreche mir den Kopf darüber, ob sie mir in einem Fieberwahn geschrieben hat oder eventuell mit Paul eine Flasche Wein zu viel hatte.

O mein Gott, Grace! Du wirst nicht glauben, was passiert ist!!!
Gerade, als ich auf dem Weg in die Küche war, saß er plötzlich einfach im Wintergarten, so als wäre nichts gewesen, und hat seinen scheiß Kaffee getrunken!
Ich habe ihn natürlich sofort zur Rede gestellt, warum er nicht auf seiner Seite der Weltkugel sitzt. Trommelwirbel: Er wollte tatsächlich Kevin sprechen!
Jedenfalls sagte er mir zum Schluss, dass er dir fast jeden Tag schreibt.
Hast du mir das etwa mit Absicht verschwiegen?
Lieb dich, XOXO Molly

Ich habe seit ihrer Nachricht täglich mit Molly gesprochen und sie immer und immer wieder gefragt, ob sie ihn wirklich richtig verstanden hat. Und jedes Mal versicherte sie mir, dass seine Worte klar und deutlich gewesen sind. Wenn es sich also um kein Missverständnis handelt, dann kann es nur eins von Jacksons kranken Spielchen sein.

Ich habe mein Smartphone kontrolliert, mehrfach die SIM-Karte entfernt und neu eingesetzt, mich mit WLAN und mobilem Netz eingewählt – doch durch all das kam keine verlorene Nachricht und schon gar nicht mehrere davon zum Vorschein. Ich habe meine SMS-Postfächer kontrolliert, meine Mails gelesen und in sämtlichen sozialen Medien nachgesehen, aber da ist absolut nichts. Molly war bei mir im Cottage und hat den Briefkasten kontrolliert. Ich habe sie sogar gebeten, alle Briefe von unbekannten Absendern zu öffnen – so paranoid bin ich schon. Auch da war rein gar nichts. Wes musste auf mein Drängen im Verlag in London anrufen, und auch dort ist keine einzige Nachricht für mich angekommen.

Immer und immer wieder bin ich alles durchgegangen, aber es ist, wie es ist. Jackson hat nicht versucht, mich zu erreichen, sondern wollte sich wahrscheinlich einfach nur vor Molly rausreden. Das ist die bittere Wahrheit, und ich muss sie akzeptieren. Schlimmer noch, ich muss mich erneut der Tatsache stellen, dass ich diesen Idioten immer noch liebe und schmerzlich vermisse. Nach Mollys Nachricht hatte ich dummerweise Schmetterlinge im Bauch und die kurze Illusion, dass es vielleicht noch eine Chance geben würde. Mein einziger Trost ist, dass ich in sicherer Entfernung in Italien sitze und meine Wunden lecken kann.

„Bist du endlich so weit?", ruft Wes und klopft an die Tür meines Zimmers. Obwohl ich wenig motiviert bin – sogar noch weniger als in den letzten Wochen –, habe ich zugestimmt, mit ihm einen der örtlichen

Nachtclubs zu besuchen. Nicht, dass Wes sonst Ruhe gegeben hätte.

„Moment, ich komme!" Ich kontrolliere noch mal den Inhalt meiner Clutch.

„Baby, ich würde es dir so von Herzen gönnen!", schreit er durch die geschlossene Tür, und ich verdrehe die Augen. Wes entpuppt sich Tag für Tag als noch unmöglicher, als ich je vermutet hätte. Nie hätte ich gedacht, jemanden kennenzulernen, der auf positive Art noch obszöner ist als Jacks. Aber Wes belehrt mich eines Besseren, und das lenkt mich tatsächlich von meinem Elend ab.

„Na endlich", stöhnt er, als ich meine Tür öffne. „Wenigstens hast du dich in Schale geworfen und nicht optisch deiner Stimmung angepasst." Bewundernd mustert er mich von oben bis unten. Für unsere wilde Partynacht, die Wes mir angedroht hat, habe ich ein schulterfreies, korallfarbenes Minikleid angezogen, dessen leichter Stoff mir genügend Luft zum Atmen lässt. Dazu hohe Riemchensandalen in einem glänzenden Goldton, eine passende Clutch und dezenten Schmuck.

„Wie schön, dass ich dich zufriedenstelle", sage ich sarkastisch.

„Vielleicht triffst du heute jemanden, der dich mal wieder richtig zufriedenstellen kann. Wenn du weiter so schmollst, wird das nächste Buch eher deprimierend als inspirierend", neckt er mich.

„Ich verspreche dir, dass es das nicht wird! Aber kümmern wir uns doch bitte erst mal um das Buch, wegen dem wir überhaupt hier sind."

„Ja, ja! Schon gut. Und jetzt lass uns irgendwo einen Cocktail trinken, eine Kleinigkeit essen, dann in einen dieser heißen italienischen Clubs gehen und wenigstens mir einen feurigen Gigolo suchen!"

„Herrgott, Wes!" Seit wir in Italien sind, bin ich nicht sicher, ob ich ihn für seine Art noch etwas mehr ins Herz schließen oder hassen soll, aber er lenkt mich definitiv ab.

„Was denn? Nicht jeder steht auf Dörrobst!", sagt er, nimmt meine Hand und zieht mich mit sich.

Wir feiern bis in die frühen Morgenstunden, und für eine Weile vergesse ich tatsächlich meinen Kummer. Als wir zurück am Hotel sind, ist es schon hell draußen, und von dem kleinen Balkon meines Zimmers aus kann ich die aufsteigende Sonne über dem glitzernden Wasser beobachten. Wes ist direkt ins Bett gefallen, während ich noch viel zu aufgedreht und betrunken zum Schlafen bin. Sobald ich auch nur versuche, die Augen zu schließen, setzt bei mir direkt die Seenot ein, und alles dreht sich. Ich hasse das!

Ich scrolle durch mein Smartphone und erwische mich dabei, wie ich bei Jacksons Nummer hängen bleibe. Dass er zurück in England ist, zeigt vielleicht, dass er nach all den Wochen noch Interesse an mir hat, und obwohl ich es nicht wollte, ärgert es mich, dass er kein einziges Mal versucht hat, mich zu kontaktieren und persönlich bei mir zu Kreuze zu kriechen. Was diese seltsame Nummer mit den angeblichen Nachrichten soll, lässt mir absolut keine Ruhe. So ein mieses Arschloch, im Nachhinein alles durch Spielchen noch schlimmer zu machen! Irgendwann schleppe ich mich in mein Bett.

Das laute Vibrieren meines Handys weckt mich aus meinem Dornröschenschlaf. Der Wecker auf dem Nachttisch zeigt zehn Uhr morgens. Ich habe gerade mal vier Stunden geschlafen und nehme mir fest vor, den Anrufer wegzudrücken. Als ich allerdings Mollys Namen auf dem Display lese, nehme ich ab.

„Ich hoffe, ich habe dich nicht geweckt, Grace!"

„Doch hast du!", stöhne ich gequält. „Ich war das erste Mal seit – o Gott – sechs Jahren wieder in einem Club tanzen."

„Sorry Süße, ich dachte, du bist auf Geschäftsreise", sagt Molly mit einem Kichern in ihrer Stimme. „Ich hoffe, ihr habt euch gut amüsiert?"

„Allerdings!" Ich drehe mich vorsichtig auf die Seite.

„Grace, ich bin gerade bei dir, die Post reinholen. Ich habe vorhin eine Nachricht vom Crown bekommen, dass Kevin der Little Kings School für eine weitere Spendenaktion zugesagt hat. Kann es sein, dass du die Unterlagen vom Sommerfest im Cottage hast?"

„Erster Wohnzimmerschrank im oberen Fach ... da müsste eine Mappe mit dem Schulwappen sein."

„Ich sehe sie!" Im Hintergrund höre ich das Rascheln von Papier. „Sicher, dass das die richtige Mappe ist?"

Meine Ablage ist wirklich eine Katastrophe. Bevor ich mit dem nächsten Buch anfange, muss ich unbedingt Ordnung in meinen Papierkram bringen. Seit der Schule habe ich nichts mehr entsorgt und sammle jeden noch so unwichtigen Kram in dicken Mappen und vielen kleinen Kartons.

„Was ist denn sonst so in der Mappe?"

„Ähm, deine Zeugnisse und ein Klassenfoto. O Gott, ist das wirklich Kevin?" Sie lacht. „Dann sind hier noch

Zugangsdaten für den Schulserver und dein Bibliotheksausweis. Meine Güte Grace, nimmst du seit zehn Jahren Anti Aging oder alterst du einfach nicht?"

Plötzlich bin ich hellwach. „Der Schulserver, das ist es!"

„Auf dem Server sind die Unterlagen für Kevin?", hakt Molly irritiert nach.

„Nein! Seine Nachrichten. Mein alter Mailaccount ist das Einzige, was ich nicht kontrolliert habe!"

„Was, Jackson? Du meinst, er hat dir an eine E-Mail-Adresse, die du seit Jahren nicht mehr nutzt, Nachrichten geschrieben? Wieso sollte er das tun?"

„So ist er eben."

„Ich erinnere dich nur ungerne, aber ich brauche die Unterlagen."

„Da muss noch eine zweite Mappe mit dem Schulemblem sein. Tob dich aus! Ich muss Schluss machen, bye!" Dann beende ich den Anruf.

Kann das wirklich sein? Es ist die letzte Möglichkeit, die wirklich Sinn ergeben würde. Ich schnappe mir mein Notebook und schmeiße es aufs Bett. Das Mailsystem meiner alten Schule öffnet sich im Browser, und nachdem ich meine Zugangsdaten eingegeben habe, erscheint mein überquellendes Postfach. Er hat mir etliche Nachrichten geschrieben!

Ich scrolle runter bis zur ersten. Sie ist fünf Tage nach der Hochzeit datiert.

Von: Jackson Hide, jacksonhide@littlekingsschool.com
An: Grace York, graceyork@littlekingsschool.com
Betreff: Vollidiot

Ich bin der größte Schwachmat unter der Sonne, und dir hier zu schreiben, wo du die Nachrichten ohnehin niemals lesen wirst, lässt wahrscheinlich noch mehr Zweifel an meinem Geisteszustand zu.
Du hast mir gesagt, dass du mich nie wiedersehen willst, und dir hier zu schreiben ist meine einzige Möglichkeit, deinen Wunsch zu respektieren und irgendwie trotzdem in Kontakt mit dir zu treten.
Es tut mir unglaublich leid, Grace!

Obwohl mir die Tränen über die Wangen laufen, muss ich bei einigen seiner Nachrichten sogar lachen, einfach weil sie so typisch Jackson sind.

Von: Jackson Hide, jacksonhide@littlekingsschool.com
An: Grace York, graceyork@littlekingsschool.com

Betreff: Little Kings Bay
Ich sitze im Flieger!
Es fühlt sich an, als wäre ich auf dem Weg nach Hause.

Irgendwann komme ich bei den neuesten Nachrichten an. Irgendwie ist es tröstlich, seine Mails zu lesen. Auf der anderen Seite geht es mir dadurch kein bisschen besser. Es macht den Schmerz sogar noch realer. Es ist jetzt acht Wochen her, und ich heule immer noch wie ein kleines Mädchen, wenn ich an ihn denke.

Von: Jackson Hide, jacksonhide@littlekingsschool.com
An: Grace York, graceyork@littlekingsschool.com

Betreff: Scheiße, Scheiße, Scheiße

Ich bin so ein verdammter Idiot, Grace!
Ich war nicht einfach nur verliebt in dich.
Ich glaube, ich liebe dich.

Ich knalle mein Notebook zu. Die ganze Zeit war ich wie besessen davon, seine Nachrichten zu finden. Jetzt, wo ich sie lese, kann ich plötzlich noch weniger mit der Situation umgehen als zuvor.

Kapitel Fünfunddreißig

Jackson

„Du musst nicht zurück, wenn du nicht willst! Ich meine, es läuft die ganze Zeit relativ gut von hier aus, und Hayden hat das Geschäft vor Ort im Griff." Natürlich will sie mich hierbehalten. Mum hatte mich in den letzten Jahren nicht wirklich für sich, und im Moment läuft es so entspannt wie noch nie zwischen uns.

„Ich kann nicht ewig weglaufen!" Die Hochzeit liegt neun Wochen zurück, und langsam wird es für mich Zeit, wieder mein geregeltes Leben aufzunehmen.

„Ich glaube ja, wenn du jetzt zurück nach New York fliegst, läufst du wieder weg." Meine Mutter und ich sehen die Dinge unterschiedlich.

„Bullshit! Ich laufe nicht vor Grace weg, aber das hier ist ihr Zuhause, und sie will mich nicht mehr sehen."

Meine Mutter stellt ihre Tasse mit feinstem englischem Tee ab und berührt meine Hand. „Das ist jetzt aber auch dein Zuhause, Jackson!"

Auf gar keinen Fall werde ich zugeben, wie goldrichtig sie damit liegt. Little Kings Bay ist wirklich zu meinem Zuhause geworden, und ich fühle mich hier viel wohler und lebendiger als in New York. Seitdem ich mit Kevin gesprochen habe und wieder ins Crown kann, ist es sogar noch besser. Meine Mutter ist mir dafür um den Hals gefallen. Und sie hat es sich nicht nehmen lassen, heute im Crown zu frühstücken.

„Und du hast wieder gar nichts zu sagen, Brandon?",
fragt sie ihren frisch gebackenen Ehemann, der wider-
willig hinter seiner Tageszeitung hervorblickt.

„Herrgott Rosie, der Junge ist alt genug und wird
schon wissen, was er tut. Sieh ihn dir doch an: Er ist
dreißig und hat eine millionenschwere Firma. Meinst
du wirklich, das fliegt ihm so zu? Wenn er geschäftlich
nach New York muss, dann muss er nach New York!"

„Noch bin ich hier." Ich will meiner Mutter keine falschen Hoffnungen machen. Irgendwann muss ich zumindest zeitweise zurück. Und ich sollte den Platz räumen, damit sich Grace hier wieder wohlfühlen kann.

Meine Mutter sieht traurig aus. „Bleib doch zumindest bis zum Herbstfest. Das darfst du auf gar keinen
Fall verpassen, Jackson!"

„Wir werden sehen." Ich will mich nicht auf einen fixen Punkt versteifen. Sobald Grace wieder auftaucht,
bin ich weg – unabhängig davon, ob hier das Herbstfest, das Wein- oder Winterfest, der Weihnachtsmarkt
vor der Kirche, die große Silvesterparty auf dem Rat-
hausplatz das Frühlingsfest oder eines der unzähligen
Dorffeste stattfindet. Diese Stadt feiert immer irgendetwas.

Eine halbe Stunde später sitze ich alleine an dem kleinen Terrassentisch im Kings Crown und gehe Haydens
Mails durch, während ich meinen Kaffee trinke.

„Du verirrst dich neuerdings oft hierher", höre ich
Molly hinter mir.

„Mag sein! So übel ist es hier gar nicht."

„Hast du ihr Buch gelesen?"

Bisher habe ich es vermieden, es mir zu kaufen, obwohl der kleine Buchladen im Ortskern sein

komplettes Schaufenster mit Exemplaren dekoriert hat – inklusive lebensgroßem Pappaufsteller von Grace.

Ich schüttle den Kopf. „Nein."

„Wieso nicht? Ich hätte gedacht, du schläfst damit unter dem Kopfkissen!"

„Vermeidungstaktik."

Molly nimmt wieder ohne zu fragen mir gegenüber Platz. „Ein paar Minuten habe ich noch. Was machst du hier eigentlich, Jackson?"

„Keine Angst. Ich verkrieche mich rechtzeitig wieder in meinem Loch in New York."

Sie verdreht ihre großen, grauen Augen. „Sag mir nicht, dass das dein Ernst ist? Du kommst zurück und schreibst ihr tagtäglich diese E-Mails, und dann willst du abreisen, wenn sie zurückkommt?"

Ruckartig setze ich mich auf. „Sie hat die E-Mails gefunden?" Scheiße!

Molly lacht. „Sag mal, hältst du uns eigentlich für bescheuert? Es hat zwar seine Zeit gedauert, aber ja, Grace hat deine Nachrichten gelesen. War das nicht deine Absicht, als du mir davon erzählt hast? Denn wenn nicht, dann ups! Ich wusste nicht, dass ich es meiner besten Freundin verheimlichen sollte."

„Ist sie sauer?", frage ich vorsichtig.

„Weil du ihr Nachrichten geschrieben hast, die sie von alleine nie gefunden hätte? Nein, als sauer würde ich sie nicht beschreiben."

„Aber darauf reagiert hat sie auch nicht", sage ich leise. Es war natürlich eine total überzogene und aussichtlose Hoffnung, dass sie auf die E-Mails stoßen und zurück zu mir kommen würde. Trotzdem habe ich

mich diesem Tagtraum immer wieder gerne hingege-
ben.

„Also, wirst du nun noch mal mit ihr reden, oder ist
sie dir jetzt scheißegal?" Sie beäugt mich kritisch.

„Ganz im Gegenteil. Ich gehe, damit sie sich hier wieder wohlfühlen kann."

„Schade, du bist mir eigentlich gar nicht so dumm
vorgekommen", meint sie schnippisch und steht auf.
„Grace wird sich glaube ich nirgendwo mehr richtig
wohlfühlen. Auch wenn sie es nicht zugeben will – etwas fehlt ihr immer!"

„Sie wird mir nicht verzeihen, und selbst wenn sie es
könnte, würde sie mir keine Chance mehr geben."
Molly sollte doch am besten wissen, in welche aus-
sichtslose Lage ich mich katapultiert habe.

Sie lässt sich wieder mir gegenüber auf den Stuhl fallen. „Hör zu, du hast etwas gut bei mir, weil du mich
quer durch unser Kaff geschleppt hast. Deswegen breche ich jetzt mal ausnahmsweise den Beste-Freundin-
nen-Kodex. Grace geht es genauso schlecht wie unmittelbar nach der Hochzeit. Sie mimt die starke, unab-
hängige Frau und muss das auch. Sie hat einen Vertrag
mit dem Verlag über mindestens zwei weitere Bücher
unterschrieben, und sie wird das durchziehen." Sie
sieht sich um. „Glaub mir, Grace braucht diesen kleinen
Exkurs in das Leben einer alleinstehenden Frau, der
alle Tore weit offenstehen. Trotzdem weiß ich ganz genau, dass sie dich liebt. Und wärst du nicht so bescheuert gewesen und hättest ihr einen wirklich triftigen
Grund geliefert, dann würdest du jetzt mit ihr am Gardasee liegen und Amore machen!" Sie nimmt ihre überdimensionale Handtasche vom Boden und kramt darin

rum. „Moment!" Auf dem Tisch landen eine Schachtel Zigaretten, ein bunter Parfumflacon, einzeln verpackte Tampons, ein Schlüsselbund mit einem riesigen rosa Plüschbommel.

„Danke, ich weiß, wie man verhütet!", sage ich sarkastisch und deute auf die Packung Gummis.

„Sorry, es war ganz unten", sagt sie und zieht Grace' Buch hervor. „Hier! Lies es und mach nicht den gleichen Fehler, den Kevin über sechs Jahre gemacht hat!"

Ich schnaube. „Ich bezweifle, dass sie Kevins Fehlverhalten zwischen die Rezepte geschrieben hat."

„Dummkopf! Er hat sich nicht für sie interessiert. Lies ihr Buch und iss ihre Kreationen."

„Ich esse nichts davon!" Ich will keinen Kuchen, ich will Grace.

Ihre Augen weiten sich. „Du willst mir doch jetzt nicht sagen, dass du noch nie eines von Grace' Desserts probiert hast?"

„Mit neunzehn habe ich mal einen Haschischkeks von ihr gegessen. Zählt das?"

„Was stimmt eigentlich nicht mit dir? Na ja, ich habe jetzt keine Zeit mehr. Du hast ja was zu lesen." Sie steht auf und geht zügig Richtung Küche.

Ihr Buch liegt auf dem Tisch. Vom Cover aus strahlt mich eine glückliche Grace in einer karierten Bluse und einer weißen Schürze an und rührt in einer Teigschüssel. Die Autorenbiografie auf der Innenseite des Einbands ist nicht mehr aktuell. Sie wird noch als Mitarbeiterin ihres Ehemannes beschrieben. Ich streiche über das Porträtbild und wünschte, ich könnte noch mal ihre zarte Haut unter meinen Fingern spüren und den Vanilleduft ihrer Haare inhalieren.

Ich blättere durch die Kapitel, und als ich den Teil über ihre Italienreise finde, nehme ich mir die Zeit, die Geschichte zu den Zitronenwaffeln zu lesen. Sie hat ein Talent, den Ort und die Geschmäcker so zu beschreiben, als wäre man wirklich mittendrin. Ich fühle mich, als säße ich in Italien, obwohl ich noch nie in meinem Leben dort gewesen bin.

„Entschuldigung, Mr Hide." Ich blicke auf. Vor mir steht ein Kellner mit einem Teller in der Hand. „Ich wollte Sie nicht stören, aber Ms Sullivan lässt Ihnen einen Gruß aus der Küche zukommen."

Als hätte Molly das dritte Auge oder eine Überwachungskamera, hat sie mir eine Portion Zitronenwaffeln bringen lassen. Auf dem übergroßen, weißen Teller liegen zwei dampfende, gelbliche Waffeln, die mit Puderzucker und kleinen gelben Sprenkeln – Zitronenschale – bestäubt sind. Ich fühle mich auf einmal fürchterlich, dass ich nie eines von Grace' Meisterwerken probiert habe, obwohl ich den Rest meines Lebens mit ihr hatte verbringen wollen.

Ich teile ein Stück der warmen Waffel ab. So schlimm kann es schon nicht sein. Der intensive Duft von prallen Zitronen steigt mir in die Nase. Es ist, als würde ich mitten in einer der von ihr beschriebenen Plantagen stehen. Ich schiebe mir die Kuchengabel in den Mund und kann nicht anders, als die Augen zu schließen. Es schmeckt wie ewiger Sommer und Wärme. Wie Urlaub und ein leichtes, beschwingtes Lebensgefühl. Aber auch nach Tradition und Familie. Bei jedem Bissen habe ich das Gefühl, Grace wieder näher zu sein.

„Was ist das schon wieder?" Als ich die Waffel beinahe aufgegessen habe, kommt ein kleiner, sorgfältig gefalteter Zettel zum Vorschein. Ich bin mir ziemlich sicher, dass das nicht zu der üblichen Weise gehört, wie hier Waffeln angerichtet werden, und es sich hier ebenfalls nicht um die britische Variante eines Glückskeks handelt. Ich falte das fettige und mit Zucker verklebte Papier auseinander. In sauberer Handschrift steht das morgige Datum, eine Uhrzeit und eine italienische Adresse darauf. Das muss von Grace' Freundin sein. Will diese Verrückte etwa, dass ich nach Italien fliege? Das ist doch Wahnsinn. Absoluter Wahnsinn sogar. Andererseits bin ich in letzter Zeit auch ein bisschen wahnsinnig.

„Scheiß drauf", sage ich so laut, dass mich meine Tischnachbarn anstarren, als wäre ich irgendein Irrer. Ich lege ein saftiges Trinkgeld auf den Tisch, schnappe mir Grace' Buch und stürme hinaus zu meinem Wagen.

Laut Navigationssystem sind es noch zwanzig Minuten bis Limone – zwanzig Minuten, in denen ich mir überlegen kann, was ich eigentlich vorhabe. So ganz sicher bin ich mir nämlich selbst noch nicht. Ich weiß nur, dass sie um siebzehn Uhr bei dieser Adresse sein wird. Als ich die Stadtgrenze passiere, ist alles genau so, wie Grace es in ihrem Buch beschrieben hat. Einladend, gemütlich, herzlich – ein perfekter Ort, um vom hektischen Alltag zu entspannen, obwohl auch hier Trubel herrscht.

Um kurz vor fünf bin ich an der angegebenen Adresse: ein größeres Straßencafé, vor dem sich eine kleine Menschenschlange gebildet hat, die auf Einlass wartet. Ich parke in einer Seitenstraße und pirsche mich an das Café heran. Vor lauter bunt gefüllten

Hörnchen, diversen Keksen und allerlei Gebäck in der Auslage des Schaufensters kann man kaum ins Innere des Ladenlokals blicken. Mein Blick fällt auf ein Poster an der offenen Ladentür.

Fuck! Das hier ist ihre verdammte Buchpräsentation.

Ich könnte draußen warten und sie abpassen, wenn sie sich später auf den Weg in ihr Hotel macht. Allerdings bin ich nicht die ganze Strecke gefahren, um jetzt einen Rückzieher zu machen. Also stelle ich mich einfach in die kurze Schlange und warte darauf, eingelassen zu werden. Wenn ich Grace zurückerobern will, muss ich so oder so aufs Ganze gehen.

Die Veranstaltung hat bereits begonnen. Ich nehme rasch an einem der runden Tische an der Tür Platz, an dem bereits ein rundlicher Mann hockt und sich Notizen auf einem Spiralblock macht.

Grace sitzt mit ihrem Lektor am Ende des Raumes an einem länglichen Tisch, auf dem neben ihren Büchern auch allerlei Küchenkram aufgestellt ist, und liest aus ihrem Buch. Grace hasst es nach wie vor, vor so vielen Menschen im Mittelpunkt zu stehen. Und trotzdem wirkt sie total souverän. Ich liebe es, wenn sie sich Dingen stellt, von denen sie glaubt, sie nicht bewerkstelligen zu können, und es dann mit Bravour schafft.

Das Servicepersonal des Lokals drängt sich mit Tabletts voller Gläsern und Miniaturausgaben ihrer Zitronenwaffeln zwischen den Tischen hindurch und verteilt Grace' bekannteste Spezialität an die geladenen Gäste. Der dicke Typ neben mir schnappt sich begierig drei Waffeln von dem Tablett der Kellnerin. „Presse oder Handel?", fragt er mich schmatzend.

„Presse", sage ich, ohne groß zu überlegen.

„Ah! Ein Kollege! Ich bin Peter Dorson vom Classic Food Magazin.“ Ich nicke ihm freundlich zu. Ich bin nicht hier, um Small Talk zu halten, was Peter aber wenig zu interessieren scheint. „Ich dachte schon, Sie sind einer dieser Sesselfurzer vom Buchhandel. Von welcher Zeitschrift kommen Sie?“ Er schiebt sich dabei eine weitere Mini-Waffel in den Mund, die Puderzuckerspuren in seinem Schnäuzer hinterlässt.

Verdammt, ich lese kaum Magazine. Welche mit Rezepten schon gar nicht. „Men’s Health!“, nenne ich das Erstbeste, was mir neben dem Playboy in den Sinn kommt.

Er reißt seine kleinen, runden Augen weit auf. „So sehen Sie auch aus! Bezahlt die Redaktion Ihnen die Trainingsstunden?“

Scheiße, was stimmt mit diesem Typen nicht? „Nein“, antworte ich und hoffe, dass er endlich den Rand hält.

Grace kommt jetzt zum Waffelrezept und deutet auf die Zutaten vor sich auf dem Tisch, während sie etwas über den Limoncello aus der Region erzählt. Obwohl ich ihr den Erfolg gönne, bin ich trotzdem froh, wenn sie bald fertig ist und ich sie endlich sprechen kann.

„Ist mir jedenfalls neu, dass die Men’s Health auch Rezepte für Desserts druckt. Ich dachte immer, es ginge nur um Low Carb oder Eiweißshakes“, sagt Peter und reibt sich seinen Bauch. „Oder geht es etwa um die Kleine an sich?“ Er beugt sich vor. „Das ist noch inoffiziell, aber ich habe gehört, ihr Mann lässt sich scheiden. Bekommt sie ein Nackt-Cover bei euch? Falls ja, bin ich der Erste, der die Ausgabe kauft!“

Ich balle meine Hände unter dem Tisch zu Fäusten und muss mich wirklich zusammenreißen, während

Grace vorn Waffelteig zubereitet. Scheiße! Gerade, als ich ihn zumindest verbal in seine Schranken weisen will, ertönt Applaus, und Grace nimmt wieder auf ihrem Stuhl neben Mr Weston Platz.

„Wir fangen jetzt mit den Fragen an", ruft dieser in den Raum.

Grace' Gesicht wird plötzlich um einiges ernster und auch blasser. Jetzt kommt der Teil, vor dem es ihr wohl am meisten graut. Fragen sind spontan und unberechenbar – zwei Dinge, die sie abgrundtief hasst.

„Am besten gehen wir der Reihe nach durch – hier vorne dann bitte als erstes", sagt Weston.

„Planen Sie noch weitere Bände?", fragt eine Frau aus der ersten Tischreihe.

„Ja. Es folgen mindestens noch zwei weitere Bücher, aber genaue Termine kann ich noch nicht nennen", beantwortet Grace die Frage ruhig.

„Was ist die Quelle Ihrer Inspiration? Wie kommt man beispielsweise auf Pralinen mit Parmesanfüllung?", fragt eine andere Frau.

„Es gibt keine spezielle Quelle. Die Ideen ergeben sich meistens im Alltag. Für mich sind zwei gegensätzliche Geschmäcker nicht automatisch inkompatibel, nur weil es auf den ersten Blick so scheint. Ich probiere grundsätzlich alles aus, und mit probieren meine ich schmecken, auch wenn es erst verrückt erscheint. So entsteht der Grundgedanke meiner Rezepte. Aber nicht alles muss außergewöhnlich sein, wie zum Beispiel die Zitronenwaffeln."

„Der Nächste!" Weston wählt einen Mann aus dem mittleren Sitzbereich aus.

„Könnten Sie sich eine eigene Kochshow vorstellen?"

„Nein!“ Grace wird rot. „Das ist nichts für mich. Ich schreibe lieber und bin in der Küche.“

„Warum sind Sie nicht mehr im Kings Crown tätig?“

Grace wirkt deutlich angespannt. „Nun, wie ich schon sagte, sind noch zwei weitere Bücher in Planung, und diese Projekte werden meine ganze Zeit und Aufmerksamkeit in Anspruch nehmen.“

„Das Kings Crown ist im Familienbesitz Ihres Mannes. War es schwer für ihn, seine Frau beruflich ziehen zu lassen?“

Weston nickt ihr aufmunternd zu. „Kevin Roberts und ich haben uns beruflich wie auch privat getrennt“, lässt sie die Bombe platzen. Leises Getuschel zieht durch die Reihen, und ich merke wieder, warum ich die meisten Menschen eigentlich hasse.

„Hören Sie? Ich hatte also Recht!“, zischt mir Peter zu.

„Ihr aktueller Beziehungsstatus ist also Single?“, fragt eine kleine Frau, die am Rand sitzt.

„Genau!“

Ehe ich weiter darüber nachdenke, hebe ich eine Hand, und als Weston mich entdeckt, klappt sein Mund kurz auf. „Bitte“, sagt er und deutet auf mich.

Grace’ Blick trifft mich, und sie starrt mich an, als säße der Geist ihrer verstorbenen Großmutter vor ihr und würde sie zum Tee einladen. Ich könnte sie jetzt noch mal um Verzeihung bitten. Sie anflehen, zu mir zurückzukommen. Ihr meine Liebe gestehen, vor all diesen Leuten. Aber alles davon wäre ihr nicht recht und zu viel Offenbarung vor diesem ungewohnten Publikum. Stattdessen stelle ich eine einfache Frage.

„Haben Sie vor, noch lange alleinstehend zu bleiben?“

Kurz denke ich, dass sie gleich vor allen Anwesenden die Beherrschung verliert, losheult oder auf mich zuspringt, um mir die Augen auszukratzen. Stattdessen fängt sie sich. „Ich war sechs Jahre in einer Beziehung. Es ist jetzt an der Zeit, mich um mich selbst und meine Bücher zu kümmern." Es klingt absolut sachlich.

„Weiter bitte!", ruft Weston.

Als nach einiger Zeit alle Fragen abgearbeitet sind, erhebt sich Grace und verschwindet durch die schmale Tür hinter ihrem Tisch. Wahrscheinlich ist sie auf der Flucht vor mir. Ich will ihr folgen, aber Mr Weston hält mich natürlich auf.

„Ich bin gerade nicht in der Lage zu sagen, ob sie es gut oder schlecht findet, dass du gekommen bist. Aber meinen Respekt hast du für die Aktion!", Er deutet auf die Tür. „Soweit ich weiß, gibt es keinen Hinterausgang."

„Danke!" Ich betrete die Küche des Cafés.

Grace wendet mir den Rücken zu. „Was tust du hier, Jackson?", fragt sie mich, sobald ich den Raum betrete, so als hätte sie ein zweites Paar Augen an ihrem Hinterkopf.

Tja, was tue ich hier? Ganz genau weiß ich das selber noch nicht.

Kapitel Sechsunddreißig

Grace

„Grace, dreh dich um!"

Ich stehe wie angewurzelt vor der kahlen Küchenzeile im Café. Zu tief sitzt der Schock darüber, dass er mich tatsächlich bis nach Italien verfolgt hat. Nach seinem Abgang aus Little Kings Bay hätte ich nicht mit so viel Initiative gerechnet. E-Mails an einen Ghostaccount schreiben ist eine Sache, quer durch Europa reisen allerdings eine ganz andere Hausnummer.

Zögerlich drehe ich mich um. Er sieht wie immer blendend aus. Zu schön, um wahr zu sein, und beinahe so verführerisch, dass ich mich am liebsten ohne ein Wort in seine Arme stürzen würde. Aber so ist das jetzt nicht mehr zwischen uns, und daran ändert auch sein plötzliches Auftauchen nichts.

„Also, was willst du, Jackson?", frage ich ihn noch mal.

„Ich liebe dich, Grace."

Am liebsten möchte ich ihn ohrfeigen für die Frechheit, mir nach allem, was er sich geleistet hat, zu folgen und mir dieses Geständnis an den Kopf zu knallen. Die verräterischen Schmetterlinge in meinem Bauch beginnen nach neun Wochen wieder wie wild zu flattern, und dieses Kribbeln kehrt zurück, nach dem ich mich die ganze Zeit so gesehnt habe.

„Nein", antworte ich. „Würdest du mich wirklich lieben, hättest du uns nicht benutzt, um dich an Kevin zu rächen!" Ich atme schwer. „Und jetzt stehst du hier und sagst diese magischen drei Worte, als wäre damit alles zwischen uns geklärt. Wir sind keine achtzehn mehr, Jackson!"

„Ich weiß." Er geht einen Schritt auf mich zu. „Ich weiß, dass ich mich wie ein Idiot verhalten habe. Ich liebe dich und habe es trotzdem versaut! Und ich bitte dich, mir zu verzeihen und mit mir nach Hause zu kommen."

„Nach Hause?"

„Little Kings Bay – dein und jetzt auch mein Zuhause. Und wenn du mir verzeihst, dann vielleicht unser gemeinsames."

Er sagt so ziemlich alles, was ich mir bis vor neun Wochen noch fiebrig herbeigesehnt habe. Jedes seiner Worte beflügelt die Schmetterlinge gleichermaßen, wie es den Dolch in meiner Brust tiefer in mein wundes Fleisch schiebt. Man sagt immer, es sei nie zu spät, und suggeriert damit, dass es für nichts im Leben eine wirkliche Deadline gibt, aber so ist das nicht. Für manche Dinge kann es sehr wohl zu spät sein. Und Jackson ist zu spät.

„Bitte, Grace!", fleht er mich an. „Bitte komm zurück. Ich verspreche dir hoch und heilig, mich zu mäßigen. Ich habe mit Kevin gesprochen, und wir haben unseren Frieden geschlossen. Du und ich, wir könnten in Little Kings Bay glücklich werden. Wir ziehen in das Haus am Strand – natürlich ohne meine Mutter. Versprochen! Wir könnten sogar heiraten, sobald du auf dem Papier geschieden bist. Ich mache alles, Grace. Nur bitte, verzeih mir!"

Ich weiß gerade nicht, ob ich in schallendes Gelächter ausbrechen, wie ein Schlosshund heulen oder ihm einfach eine runterhauen soll. Jackson hat offenbar total den Bezug zur Realität verloren und würde mir so ziemlich alles erzählen, damit ich mit ihm zurückkehre, einfach nur, damit er seinen Willen bekommt.

„Nein, Jackson!" Ich stoße den Atem aus, den ich zu lange angehalten habe. „Du schnappst vollkommen über!"

„Warum nicht?" Er fährt sich durch die dunkelbraunen, vollen Haare. „Warum sagst du nein?"

„Das fragst du mich nicht wirklich, oder?" Gleich fange ich wirklich an zu lachen.

„Ich bin noch nie vor jemandem zu Kreuze gekrochen, aber für dich tue ich es gerade. Bitte! Es muss doch eine Möglichkeit geben, damit du mir verzeihst."

Ich schüttele den Kopf. „Ich sehe keine."

„Sag mir, dass du mich nicht liebst, Grace!"

Ich senke den Kopf. Ich kann ihm jetzt unmöglich in die Augen sehen. „Jackson, lass mich bitte allein!"

„Sag es Grace, dann siehst du mich nie wieder! Ich nehme den nächsten Flieger nach New York und setze nie mehr einen Fuß nach Little Kings Bay. Aber ich muss es hören!"

Das Muster des Fußbodens brennt sich langsam auf meine Netzhaut, während ich weiter vor mich hin schweige. Tausend Gedanken schwirren durch meinen Kopf und gehen sowohl in die eine als auch in die andere Richtung. Ich will beides. Ich will nichts. Ich weiß es nicht. Jacksons Anwesenheit überfordert mich gerade maßlos, und in diesem Moment wünschte ich einfach nur, ganz für mich alleine zu sein.

„Scheiße, du kannst mir ja nicht einmal in die Augen sehen!", schnaubt er wütend, dreht sich um und schlägt die Küchentür hinter sich zu.

Als er endlich weg ist, entweicht sämtliche Luft aus meinen Lungen, und ich gleite weinend zu Boden. Ich wusste es schon bei meiner allerersten Begegnung mit ihm. Ich wusste von der ersten Sekunde an, dass er nur Ärger machen würde. Einfach weil solche Dinge zwischen zwei so unterschiedlichen Menschen, wie wir es sind, eben nie gut enden. Einer von beiden bleibt stets mit gebrochenem Herzen zurück. Ich wusste es mit achtzehn und ich weiß es auch heute, mit achtundzwanzig. Und dennoch habe ich es wieder probiert. Nach einigen Minuten kommt Wes in die Küche.

„Lass uns nach Hause fahren! Ich denke, wir hatten genug Urlaub", flüstert er mir ins Ohr und gibt mir einen freundschaftlichen Kuss auf den Haaransatz, um dann die Hand auszustrecken und mir vom Boden aufzuhelfen.

Es ist September, und von der Sonnenterrasse aus beobachte ich die vielen Erntehelfer, die Mr Rossi aktuell beschäftigt, um die Traubenlese zu bewältigen. Der Sommer in Südengland war dieses Jahr überdurchschnittlich warm, weswegen die Ernte deutlich üppiger ausfällt. Der Herbstbeginn ist ebenfalls goldener als sonst, und so können wir heute in Bikinis in der Mittagssonne liegen und es uns nach ein paar arbeitsintensiven Tagen, in denen wir mit Rossis Weinen experimentiert haben, gut gehen lassen. Obwohl Molly weiterhin für das Kings Crown tätig ist, werden wir das nächste Buch gemeinsam mit Rezepten füllen, weshalb sie einen Teil ihres Herbsturlaubes mit mir hier verbringt.

„Was gibts da zu gucken?", fragt Molly und zieht ihre riesige Sonnenbrille ein Stück herunter, um einen besseren Blick auf die Weinberge und das hektische Treiben vor uns zu erhaschen.

„Nichts."

Sie schiebt die Brille zurück auf Position. „Ich dachte schon, du hättest ein neues Schmachtobjekt zwischen den Trauben gesichtet."

Molly ist jetzt fest mit Paul zusammen. Trotzdem bleibt sie sich und ihrer lockeren Art treu. „Du kannst es einfach nicht lassen, was?"

Sie zuckt mit den Schultern. „Ich weiß gar nicht, was du meinst!" Hastig trinkt sie einen großen Schluck ihrer Weinschorle, bevor sie sich wieder tief in den Liegestuhl zurücklehnt und sich die Sonne auf ihren für eine Konditorin wirklich unverschämt flachen Bauch scheinen lässt. „Außerdem kannst du es doch auch nicht lassen und verkriechst dich weiter in deinem Loch, sonst wärst du gestern auf Leonardos Angebot eingegangen und nicht rot angelaufen wie eine verschüchterte Tomate!"

Leonardo, der uns teilweise bei unseren Rezeptideen unterstützt, hat mich gestern zu sich eingeladen, um einige Ideen durchzugehen. „Das war geschäftlich!"

„Hat dich auf Klassenfahrt nie jemand gefragt, ob er dir mal seine Briefmarkensammlung zeigen soll?", fragt Molly und zwinkert mir zu.

„Das ist doch ganz was anderes." Natürlich weiß ich, dass sie recht hat. Leonardo hat mich nicht als Kollegin eingeladen, sondern indirekt um ein Date gebeten. Aber ich kann das nicht. Das ist die bittere Wahrheit.

„Erst hattest du eine Ehe, die an eingeschlafene Füße erinnerte, und jetzt bist du eine alte Jungfer", sagt sie und prostet mir dabei mit ihrem Glas zu.

„Bin ich nicht."

„Es ist jetzt wie viele Wochen her?"

„Fünfzehn Wochen und sechs Tage", antworte ich wie aus der Pistole geschossen.

Meine Freundin zieht eine ihrer hellen Brauen hoch und sieht mich wissend an. „Dass du es auf den Tag genau weißt, sollte dir Antwort genug sein!"

„Pah!" Ich richte mich auf und befreie meine Oberschenkel von den Überresten meiner Illustrierten, die dank Sonnenmilch auf mir kleben geblieben sind. Ich muss schnell weg, wenn sie nun wieder davon anfängt.

„Und jetzt haust du ab, damit ich dich nicht weiter damit behelligen kann. Interessant, dass du zusätzlich zu deinen Macken auch noch seine annimmst, wo du ihn in Italien doch zum Teufel geschickt hast." Immer, wenn ich an den Vorfall in dem Café denke, zieht sich alles in mir zusammen. Ich bin nach wie vor sauer. Natürlich bin ich sauer, denn Jackson hat sich wirklich wie der letzte Idiot verhalten. Dennoch kann ich mich einfach nicht entlieben und hänge seit der Hochzeit in einer Art Schwebezustand zwischen meiner Wut auf ihn und meiner Liebe zu ihm. Ich kann mich weder auf die eine, noch auf die andere Seite des Ufers ziehen, um dort von vorne anzufangen. Und dann sind da diese Abende, wenn weder Wes noch Molly bei mir sind und ich einzig meinen Gedankengängen lausche. Da ist diese Stimme in mir, die mir zuschreit, dass ich ihm einfach hätte vergeben sollen, weil dieser Schwebezustand niemals aufhören wird. Das Schlimmste daran ist, dass ich weiß, diese Stimme wird damit recht behalten. Nur dafür ist es jetzt zu spät.

„Mach du dich nur lustig."

„Grace." Ihr Tonfall ist jetzt ernst. „Ich will dich nicht ärgern, das weißt du doch. Ich sage nur, dass es langsam Zeit wird, weiterzuleben, und zwar nicht alleine. Leonardo ist ein netter Typ, er ist vom Fach und sieht auch noch blendend aus. Eigentlich ist er ein Jackpot. Du sollst ja nicht direkt über ihn herfallen, aber ein platonisches Kennenlernen wäre ja wohl drin gewesen."

„Ich will aber niemanden kennenlernen." Ich klinge wirklich wie eine alte Jungfer.

„Und da sind wir beim eigentlichen Punkt: Du willst nicht, weil du nach wie vor in Jackson verliebt bist. Ich sage ja nicht, dass er es nicht verdient hätte, dass du ihn schmoren lässt. Das Problem dabei ist nur, dass du selbst ebenfalls schmorst, und das seit fünfzehn ewig langen Wochen."

„Es dauert eben seine Zeit", sage ich ausweichend. Ich weiß selber, dass ich nicht ewig so weitermachen – oder eben nicht weitermachen – kann.

„Ja? Wie lange denn? Zehn Jahre?", fragt sie. „Komm schon, kehr mit mir zurück nach Little Kings Bay. Zuhause vermissen dich alle schrecklich." Ich war seit der Italienreise nicht mehr dort, und zwar aus gutem Grund, denn alles wird mich nur an ihn erinnern. Diese kleine Küstenstadt war immer mein Zuhause, aber jetzt fühlt es sich einfach nicht mehr danach an. Es fühlt sich an, als wäre ich heimatlos. Little Kings Bay ist durchtränkt von der Geschichte zwischen Jacks und mir. Es schmerzt zu sehr. Genauso habe ich es gemieden, mit Rosie über ihn zu sprechen.

„Und wenn es zwanzig Jahre dauert, Molly. Es ist vorbei.“

Molly richtet sich auf und schiebt sich mit der Brille ihre bunten Haare nach hinten. „Wieso denkst du, dass es einfach so vorbei ist?“

„Einfach so?“, frage ich. „Von einfach so kann keine Rede sein. Jacks hat Scheiße gebaut!“

„Weiß ich!“

„Und als er dafür angekrochen kam, habe ich ihn ziemlich deutlich abserviert.“ Er hatte es verdient, und in dem Moment ging es einfach nicht anders. Andererseits weiß ich nicht, wer mich freiwillig über mehrere Landesgrenzen hinweg verfolgen würde, um elendig vor mir zu Kreuze zu kriechen, wenn er es nicht ernst meinen würde. Ich glaube ihm mittlerweile sogar, dass er mich nicht benutzt hat und mich wirklich liebt. Im Nachhinein ärgere ich mich oft darüber, dass ich ihm nicht doch hinterhergegangen bin, obwohl er mir mein Herz gebrochen hat. Zumindest ärgert mein irrationales Ich sich. Das rationale Ich dagegen hat Beifall für meine Härte geklatscht. „Jackson hat Scheiße gebaut, aber Jackson hat auch seinen Stolz. Er läuft mir nicht weiter hinterher.“

„Willst du mir etwa sagen, dass du nachgegeben hättest, wenn er noch mal bei dir angekrochen wäre?“

„Möglich.“

„Grace!“

Ich seufze laut. „Als er in Italien vor mir stand, konnte ich ihm einfach nicht verzeihen. Es war wie eine Blockade. Es ist egal, ob ich beim nächsten Mal oder rückwirkend anders reagiert hätte, denn das habe ich nicht. Es ist vorbei. Er ist weg, und irgendwann werde ich das auch akzeptieren können.“

„Und was, wenn ich dir sage, dass er nicht weg ist?“, fragt sie leise.

Ein Sturm zieht in mir auf. „Wieso sollte Jacks noch in Little Kings Bay sein?“

„Vielleicht weil er die gleichen Probleme wie du damit hat, all das einfach loszulassen. Vielleicht, weil er auch nicht weitermachen kann. Aber wir werden es wohl nie herausfinden.“ Molly schenkt sich die letzten Tropfen aus der Karaffe ein, die sie bis auf ein Glas komplett alleine geleert hat. „Aus sicheren Quellen weiß ich nämlich, dass er morgen früh abreist.“

„Er ist noch da?“ Nach seinem Auftauchen in Italien bin ich davon ausgegangen, dass er sofort zurück nach New York geflogen ist. Jetzt, wo ich aber weiß, dass er noch zum Greifen nah ist, aber eben haarscharf davor abzureisen, ist da plötzlich wieder diese Option, dass es doch noch nicht alles verloren ist.

„Er ist noch da“, wiederholt Molly und trinkt ihr Glas aus. „Also, was machen wir jetzt? Bleiben wir wie geplant bis Sonntag hier und verpassen Little Kings Bays legendäres Herbstfest, oder meinst du, wir sollten doch vorzeitig abreisen?“

„Pack deine Sachen, Molly!“

Da meine Freundin eine ganze Karaffe Weinschorle intus hat und unmöglich in der Lage ist zu fahren, sitze ich nun hinter dem Steuer ihres kleinen Fiat 500e. Normalerweise würde mir dieser Wagen mehr als ausreichen. Normalerweise fahre ich auf der Landstraße auch nicht mehr als fünfzig Stundenkilometer und treibe alle anderen Fahrer in den Wahnsinn. Normalerweise habe ich es auch nicht eilig.

Heute ist das anders.

„Warum hast du auch nur ein Auto, dass maximal achtzig fährt?" Im Normalfall dauert die Fahrt gute drei Stunden. Mit Mollys Auto ist es eine gefühlte Tagesreise, und mir läuft wirklich die Zeit davon.

„Der Wagen ist pink."

„Pink und lahmarschig." Ich trete das Gaspedal voll durch und überhole einen Lastwagen, der noch mehr tuckert als wir. Ich weiß gar nicht, wann ich zuletzt überhaupt jemanden überholt habe.

„Grace!", kreischt Molly und hält sich die Augen zu, als ich einen SUV überhole, der sich einen Spaß daraus macht und beschleunigt. „Er wird wohl kaum ohne seinen Flieger abreisen können, also entspann dich mal!"

Ich bin alles andere als entspannt. Ich bin so unentspannt, wie ich es noch nie beim Fahren gewesen bin, und ich wünschte, ich müsste den Wagen gerade nicht selbst lenken. Allerdings überwiegt meine Panik davor, Jacks zu verpassen, und ganz realistisch gesehen weiß ich auch, dass ich noch lange keine Raserin bin.

Nach einer gefühlten Ewigkeit erreichen wir endlich die Küste und passieren das Ortschild, das heute mit Girlanden aus buntem Herbstlaub und Plastiktrauben geschmückt ist. Das Herbstfest findet wie jedes Jahr auf dem am Wochenende ohnehin verwaisten Schulhof der Little Kings School statt.

Anstatt den Lehrerparkplatz zu benutzen, fahre ich unverschämterweise direkt auf den seitlichen Bereich des Hofes, auf dem ich sonst die Gebäckteilchen des Hotels abgeladen habe.

„Platz da!", rufe ich aus dem geöffneten Fenster. Zwei Schüler springen kopfschüttelnd zur Seite und geben mir meinen Stammplatz frei. Es sind die beiden Jungen, die mir auf dem Sommerfest beim Abladen geholfen haben.

„Heute sind Sie ja eine echte Rakete, Mrs Roberts", ruft der Größere der beiden und pfeift anerkennend. Ich nicke ihm beim Aussteigen zu, warte gar nicht erst auf Molly und laufe schnurstracks in das Gedränge der Besucher.

Es ist bereits Abend, und das Fest wird in die warmen Farben der untergehenden Sonne getaucht. Ich scanne die Menschenmenge nach einem bekannten Gesicht, bis ich irgendwann Brandon und Rosie erspähe, die zu zweit an einem der kleinen Stehtische vor der Bühne Wein trinken. Aber da ist kein Jackson.

Ich schiebe mich durch die Besucherscharen, bis ich bei den beiden ankomme. Mein Herz schlägt wie wild. „Grace, du bist zurück", sagt Rosie und zieht mich in ihre Arme.

„Wo ist er?", frage ich, um Sauerstoff ringend.

„Sprichst du von Jackson?" Brandon scheint bereits den gleichen Pegel zu haben wie damals auf dem Sommerfest. „Ihr habt euch knapp verpasst!" Seine Worte dringen zu mir durch und verwandeln die Umgebungsgeräusche in ein Rauschen.

„Verpasst. Wir haben uns verpasst." Deutlich spüre ich, wie meine Körperspannung nachgibt, ich meine Schultern sinken lasse und meine Augen glasig werden.

„Du siehst aus, als wäre das der Weltuntergang", stellt Brandon fest.

„Er ist weg", sage ich in die Runde und setze mich direkt wieder in Bewegung. Ich muss hier weg, bevor ich heulend auf dem Herbstfest zusammenbreche.

„Warte, Grace", ruft Rosie mir noch hinterher, aber ich schiebe mich schon wieder in Richtung des Autos, das jetzt natürlich von Molly verlassen und verriegelt ist. Sie wird mich auf dem Fest suchen.

Ich stütze mich mit den Händen an der Motorhaube ab und versuche, ruhig zu atmen und mich zu beruhigen. Er ist weg. Ich bin zu spät. Das ganze Hin und Her, zehn Jahre, meine Tränen, seine Wutausbrüche, unsere Versprechen – alles umsonst.

„Grace?" Das kann nicht sein. Wahrscheinlich verliere ich jetzt ganz den Verstand und bilde mir schon seine Stimme ein. „Grace, dreh dich um."

Langsam folge ich der Aufforderung und wende mich von dem Auto ab. Und da steht er einfach, lässig in Jeans und Pulli, mit diesen durchdringend stahlblauen Augen, ganz so wie immer. „Du bist noch hier."

„Sollte ich das lieber nicht sein?", fragt er und fährt sich durch seine chaotischen Haare, die seit Italien etwas gewachsen sind.

„Brandon sagte, wir haben uns verpasst."

Über seine Lippen huscht der Anflug eines Lächelns. „Ja, ich habe den verliebten Rentnern und mir gerade Nachschub am Weinstand geholt. Es ist gar nicht so einfach, plötzlich mit Eltern unter einem Dach zu leben, die sich wie Teenager benehmen."

Ich nicke. „Jacks, ich weiß auch nicht", beginne ich einen Satz, von dem ich gar nicht weiß, wie er weitergeht, weil die Rückfahrt so turbulent war, dass ich mir nichts Passendes zurechtlegen konnte.

Er macht zwei Schritte auf mich zu. „Es tut mir so, so leid.“

„Ich weiß. Tu das nie wieder.“

„Nie wieder?“ Er sieht mir direkt in die Augen. „Also bekomme ich noch mal eine Chance, alles richtig zu machen?“

Ich nicke stumm, denn ich bringe einfach keinen Ton über meine Lippen.

Er überbrückt die Distanz und zieht mich in seine Arme. Sein vertrauter Duft umströmt mich, und mit einem Mal ist da nicht mehr dieser Schwebezustand, in dem ich mich seit fast sechzehn Wochen befinde. Auf einmal sind da nur noch Jacks und Grace, so wie früher auf der Schule. Als sich unsere Lippen finden und wir uns in einem leidenschaftlichen Kuss verlieren, fühlt es sich an, als könnte ich endlich wieder richtig atmen. In diesem Moment ist es egal, was alles passiert ist. Es ist egal, dass es zehn Jahre gebraucht hat, um hierherzukommen. Es ist egal, in wie vielen Dingen wir uns unterscheiden, denn auf all das kommt es gar nicht wirklich an. Es fühlt sich an, als wäre ich endlich wieder zuhause. Nicht weil ich in Little Kings Bay bin, sondern weil zuhause gar nicht immer ein Ort sein muss.

Epilog

Grace

Neun Monate später

Der raue, aber sommerlich warme Wind spielt mit meinem Zopf, während ich an der Wasserlinie über den feinen Sand jogge. Ich inhaliere tief das vertraute Aroma des Ozeans.

Die Sonne blendet mich und kitzelt meine Nase. Ich laufe noch etwas schneller. Es fühlt sich an, als würde ich über die Brandung fliegen, und das Gefühl grenzenloser Freiheit kribbelt in meinem Bauch. Ich liebe das alles hier – und für das, was man wirklich liebt, ist es einfach nie zu spät.

„Hab dich!", schreit Jacks, als er mich von hinten überholt, packt und mit sich herumwirbelt. Ehe ich mich wehren kann, landen wir beide in den starken Wellen des Ozeans, die hier auf den hellen Sand treffen.

„Du bist unmöglich!" Mein Körper bebt von der Abkühlung, und meine Haut brennt beinahe unter dem durchnässten Material meines Sport-Outfits.

„Ich wollte dir nur behilflich sein!", säuselt er in mein Ohr, sodass ich fast vergesse, wo ich eigentlich bin und dass mein Körper vor Kälte zittert. „Mir kam es vor, als wäre dir etwas heiß!"

„Ich war noch nicht fertig für heute!"

Er trägt mich aus den rauen Wellen und setzt mich auf trockenem Boden ab. Er mustert mein am Körper klebendes Top – nicht, dass es vorher unbedingt weiter gesessen hätte –, und sein Blick bleibt gierig an meinen harten Nippeln hängen.

„Du bist so was von fertig für heute!", sagt er bestimmt und führt mich in Richtung des Cottages. Nur zu gerne folge ich ihm, und meine Mitte zieht sich freudig bei dem Gedanken daran zusammen, was er gleich mit mir anstellen wird.

Sobald die Tür des Häuschens hinter uns ins Schloss fällt, reißen wir uns die nassen Kleider vom Leib. Wir sind wie zwei hungrige Tiere auf der Suche nach etwas Essbarem. Und Jacks stillt den Hunger, der sich mein ganzes Leben über in mir gesammelt hat, wie es kein anderer könnte.

„Wir sollten duschen", erinnere ich ihn, als er stürmisch meine Unterlippe zwischen seine Zähne zieht. Ich bin mir sicher, dass sich neben einer Menge Sand auch ein paar Algen in meine Kleidung verirrt haben.

„Ich scheiße auf die Dusche, Grace!", stöhnt er mir verlangend ins Ohr. Mit einem Ruck reißt er den Slip von meiner Hüfte. Er schiebt mich quer durch den Raum, bis ich das Holz der Tischplatte unter meinen nackten Pobacken spüre und er sich zwischen meine Beine drängt. Als seine Finger in meine bettelnde Öffnung eindringen, bin ich bereits nass und bereit für ihn und erwarte ihn mit pochenden Wänden meiner Mitte.

„Jacks, bitte", flehe ich, als er mit zwei Fingern in mich pumpt. Es ist wie immer zu viel und gleichzeitig nie genug. Als wäre er ein begnadeter Künstler, der wie kein anderer auf seinem Instrument spielen kann. Immer wenn man denkt, das Stück könnte nicht mehr besser werden und hat seinen Höhepunkt erreicht, setzt er noch eins drauf.

„Bitte mich, Grace!", sagt er mit zitternder Stimme. Sein harter Schwanz presst sich gegen meinen Bauch, und ich weiß genau, dass er sich kaum noch beherrschen kann. Aber er tut es, weil er diese Spielchen zwischen uns liebt. „Ich will, dass du mich anbettelst, dich zu ficken!"

Ich lecke mir sanft über die Lippen und sehe ihm tief in die Augen. „Bitte, fick mich!"

„Noch mal", befiehlt er mir, wobei sein Schwanz deutlich zuckt und seine Spitze sich mit den ersten Tropfen seiner Lust befeuchtet.

„Bitte, Jackson. Fick mich!"

Er zieht seine Finger zurück und dringt mit einem einzigen, harten Stoß tief in mich ein, dass ich laut aufschreie, weil ich das Gefühl habe, jeden Moment in tausend kleine Teile zu zerspringen. Es gibt für mich kein besseres Gefühl auf dieser Welt, als mit Jackson vereint zu sein. Mit harten Stößen nimmt er mich, drängt die weichen Wände meines nach Erlösung bettelnden Fleisches auseinander und zieht sich wieder zurück, nur um noch viel tiefer in mich einzudringen. Mit Jackson ist alles wie eine Achterbahnfahrt. Ob wir gemeinsam reisen, kochen, laufen, ficken oder uns liebend in den Armen liegen – es ist nie vorhersehbar oder genug, denn Jackson bringt mich jedes Mal über meine Grenzen.

Seine Lippen finden meine, drängen sich hart dagegen, und seine Zunge nimmt Besitz von mir, um mein letztes, lautes Stöhnen auf der Welle zum Orgasmus zu ersticken. Er fickt mich so hart und reizt unnachgiebig immer wieder diesen einen kleinen Punkt in mir, der mich mit schnellem Anlauf über die Klippe springen lässt. Er packt mich, dreht mich um und drückt mich mit dem Bauch auf die Tischplatte, um mich dann tief von hinten zu nehmen. Gemeinsam mit ihm komme auch ich noch ein weiteres Mal. Er hält sich noch einen Moment fest und küsst die Haut meiner empfindlichen Schulterpartie, bevor er sich langsam aus mir zurückzieht und mich in seine Arme schließt.

Die Mittagsstunden verbringen wir im Garten und genießen den Sommertag. Jackson wollte ursprünglich mit mir in seine Strandvilla ziehen, allerdings habe ich ihm schnell den Wind aus den Segeln genommen. Ich habe lang genug in einer großen Festung gewohnt. Irgendwie war mit alles zu viel. Hier im Cottage mit seinen Räumen voller verwinkelter Ecken und dem typisch britischen Charme, wo einfach nichts so richtig zusammenpasst und beinahe jede Wand krumm und schief ist, fühle ich mich viel, viel wohler. Es brauchte keine großen Überredungskünste, bis Jacks bei mir eingezogen ist. Rosalind und Brandon bewohnen jetzt dauerhaft das Haus am Strand und fahren nur sporadisch in ihr anderes Haus in Richmond, einem der Londoner Vororte.

Jackson sitzt mit seinem Notebook und hochgelegten Beinen in einem unserer Rattansessel und tut so, als würde er arbeiten. Aus dem Augenwinkel erkenne ich allerdings genau, dass er eingeschlafen ist. Ich schleiche leise zu ihm, um ein Foto von ihm zu machen. Einen großen Teil unserer Beziehung macht jugendlicher Charme aus, der vermutlich daher kommt, dass wir uns schon als Teenager ziemlich nah gewesen sind. Ich schicke ihm das Foto mit dem Text *Was bekomme ich dafür?* auf sein Smartphone.

„Scheiße“, murmelt Jacks, als er aus dem Tiefschlaf hochschreckt. „Wie spät ist es?“

„Viertel vor zwei.“

„Fuck! Ich habe meinen Call mit Hayden verpasst“, stöhnt er verschlafen.

„Er wird es überleben.“ Jackson regelt die meisten Angelegenheiten von Little Kings Bay aus, aber noch in diesem Jahr werden wir eine Weile nach New York gehen, damit sich Hayden eine Auszeit nehmen kann. Außerdem war ich noch nie in den Staaten und bin gespannt auf Jacksons eigentliche Heimat.

Das Abendessen verbringen wir bei Rosie und Brandon, die uns anlässlich ihres ersten Hochzeitstages zum Dinner eingeladen haben. Das Einzige, um was ich sie an diesem Haus beneide, ist die Aussicht über den Strand und Ozean, den die Dachterrasse bietet.

Den Rückweg zum Cottage nutzen wir für einen langen Strandspaziergang. Die untergehende Sonne taucht das Meer in wohlig-warme Farben, und der laue Sommerwind umspielt uns.

„Ungefähr vor einem Jahr haben wir getanzt!“, sage ich.

„Du schuldest mir bis heute eine Rumba, weißt du das eigentlich?“ Er spielt auf unsere gemeinsame Tanzstunde an, von der ich vorzeitig geflohen bin.

Ein Grinsen huscht über meine Lippen. „Machen wir nicht genug Sport zusammen?“

„Ich will die Rumba trotzdem“, sagt er und versperrt mir den Weg.

„Jetzt?“, frage ich irritiert, als er mir einladend seine Hand hinhält.

„Bevor du wieder abhaust, klar!“

„Jacks! Wir haben gar keine Musik.“ Ich bin nach wie vor kein großer Freund vom Tanzen.

„Brauchen wir nicht“, sagt er und zieht mich in seine Arme. „Das wird eine Desaster-Rumba, aber Hauptsache, wir tanzen!“

Die Rumba ist auf dem Sand, der bei jedem unserer Schritte nachgibt, und ohne Musik eher dürftig – was wenigstens nicht an meiner Unfähigkeit liegt. Trotzdem tanzen wir weiter. Bei einer der endlosen Drehungen schiebt Jackson mir etwas in die Hand. Panik steigt in mir auf, weil ich den kleinen Gegenstand genau spüre und mir relativ sicher bin, worum es sich dabei handelt.

„Jackson“, sage ich leise.

„Ich habe dir in Italien etwas versprochen.“

„Du musst das nicht tun“, flüsterte ich.

Er nimmt meine Hand und drängt meine Finger auseinander, bis ein kleiner Ring aus Weißgold mit einem einzelnen, schlichten Diamanten zum Vorschein kommt.

„Ich will das aber tun“, sagt er. „Ungefähr vor einem Jahr habe ich alles versaut, was man nur versauen kann, und heute will ich diesen Fehler endgültig beheben.“

Er kniet sich langsam vor mich in den Sand und sieht mir in die Augen. „Werde meine Frau, Grace!“ Er stellt mir nicht diese eine Frage, sondern formuliert es als Aufforderung – typisch Jackson!

Ich gehe vor ihm auf die Knie, um ihn aus dieser ungünstigen Situation zu erlösen. Ich will jetzt nicht heiraten, ich will ihn aber noch viel weniger abweisen. Immer, wenn ich davon gesprochen habe, kein zweites Mal heiraten zu wollen, ist das mein voller Ernst gewesen. Ich brauche keine Ehe, um glücklich zu sein. Aber ich brauche Jackson.

„Jacks, ich liebe dich über alles, und wenn du das wirklich willst, werde ich deine Frau. Aber bitte bedenke, dass du eventuell mit einer längeren Verlobungszeit leben musst!“

„Ein einfaches Ja hätte auch gereicht!“, neckt er mich, während er mir den kleinen Ring an den Finger steckt und mich für einen stürmischen Kuss an sich zieht. „Wie lange gedenkst du, bis zur Hochzeit zu warten?“

„Hm!“ Ich lasse mir Zeit mit der Antwort. „Ich könnte mir gut vorstellen, zu heiraten, wenn ich im Alter deiner Mutter bin!“

Er verdreht die Augen. „So lange werde ich nicht warten. Ich kann hartnäckig sein, wie du weißt.“

Der kleine Pavillon aus luftigen, weißen Leinentüchern ist am breiten Strandabschnitt aufgebaut. Efeuranken mit Eukalyptus, Gebinde von Pampasgras und dicke Rosen umrahmen die Pfeiler zu beiden Seiten. Genau so habe ich es mir vorgestellt, als ich Jospehina um die Dekoration für die Trauung gebeten habe, und genau wie vor zwei Jahren, als Rosie und Brandon geheiratet haben, hat sie sich selbst übertroffen. Hier ist wirklich alles so, wie ich es mir ausgemalt habe. Wer hätte gedacht, dass ich noch eine dritte Hochzeit organisieren würde? Mittlerweile fühle ich mich richtig sicher dabei, werde aber trotzdem lieber bei meinen Torten und Büchern bleiben.

Als die Musik einsetzt und ich mit dem locker gebundenen, kleinen Strauß in der Hand auf den Pavillon zulaufe, erheben sich die Gäste von ihren Stühlen. Ich nehme meine Position ein und warte auf Molly, die in ihrem bodenlangen, cremefarbigen Kleid aus Spitze und dem üppigen Strauß in der Hand auf Paul zuläuft, der bereits mit dem Standesbeamten auf sie wartet. Sie ist wunderschön und sieht aus wie eine verträumte Elfe aus einem dieser tollen Fantasy-Filme.

Nie im Leben hätte ich damit gerechnet, dass Molly Sullivan irgendwann heiraten könnte, und noch weniger, dass ihre Last-Minute-Hochzeit so unglaublich schön werden würde. Paul hat ihr den Antrag vor zwei Wochen gemacht, und innerhalb von vierzehn Tagen haben sie und ich diese Feier am Strand aus dem Boden gestampft.

„Du siehst wunderschön aus", flüstere ich ihr zu, als sie meine Hand drückt, bevor sie sich neben Paul stellt.

Ich blicke zu Jackson, der grinsend wie ein Honigkuchenpferd in der ersten Reihe neben Wes sitzt und sich wahrscheinlich gerade innerlich überschlägt, weil ich wieder mitten in der Hochzeitsthematik stecke. In seinem dunkelgrauen, lockeren Anzug und dem weißen Hemd, dessen obere Knöpfe geöffnet sind, sieht er wie ein Liebesroman-Titelheld aus.

„Ja, ich will!", schreit Molly beinahe, und als der Standesbeamte sie und Paul zu Mann und Frau erklärt, fällt sie mehr oder weniger über Paul her. Die Gäste applaudieren und brechen in Jubel aus, während das Brautpaar Hand in Hand durch den Mittelgang zu dem Festzelt läuft, in dem der Empfang und die Feier stattfinden.

„Wie kann es sein, dass deine Freundin ihren Liebsten heiratet und du mich immer noch vertröstest?“, flüstert Jackson mir ins Ohr, als wir ihnen Arm in Arm folgen. Anders als Kevin, der Molly eher ungerne als meine Freundin gesehen hat, hat Jacks von Anfang an keine Vorbehalte ihr gegenüber gehabt, wobei sich das Verhältnis zwischen Kevin und Molly auch deutlich verbessert hat, seit sie meine alte Stelle im Crown übernommen hat und die beiden sich besser kennengelernt haben.

„Ich weiß auch nicht! Vielleicht ist Hinhalten einfach mein Ding“, antworte ich frech. „Ehrlich gesagt habe ich bei Molly auch nie damit gerechnet, und ich glaube, sie selber sogar noch viel weniger.“

„Du könntest jetzt direkt weiterplanen. Alle Dienstleister, die wir bräuchten, sind heute da. Oder willst du lieber spontan nach Vegas?“

„Keines von beidem! Heute genießen wir es einfach, Gäste auf Mollys Hochzeit zu sein. Und nun komm!“

Die Hochzeit ist durch und durch ein tolles Fest. Alles ist locker und ungezwungen. Niemand beklagt sich über schmerzende Füße oder zu warme Kleidung. Molly hat bereits auf den Einladungen vermerkt, dass man zwar schick, aber nicht zu formell oder gar unbequem erscheinen solle. Es gab sogar einen Hinweis, dass High Heels unerwünscht sind. Die Band wird nach dem Dinner von einem DJ abgelöst, der die neusten

Hits spielt, und die Hochzeit verwandelt sich in eine ausgelassene Party.

„Danke für deine Hilfe", ruft mir Molly über die Tanzfläche zu.

„Nicht dafür! Du bist meine beste Freundin – es war mir also ein Vergnügen, auch wenn zwei Wochen mehr Zeit nicht schlecht gewesen wären!" Ich zwinkere ihr zu.

Irgendwann nach Mitternacht verabschieden Jacks und ich uns und machen uns auf den Weg nach Hause.

„Und wieder haben wir keine richtige Rumba getanzt", sagt er.

„Wir können uns die perfekte Rumba für unsere Hochzeit aufsparen!"

„Meinst du, mit sechzig kann ich noch tanzen?", fragt er mich mit sarkastischem Unterton. Ich weiß, dass es ihn ärgert, dass ich das Thema Hochzeit seit unserer Verlobung vermieden habe. Andererseits drängt er mich auch nicht. Mehrfach habe ich ihm zugesichert, ihn sofort am nächsten Tag zu heiraten, sollte er nicht mehr länger warten können.

„Vielleicht lasse ich dich nicht bis sechzig warten", sage ich.

Jackson lacht lauthals los. „Das sind ja ganz neue Töne!"

Ich nehme meinen ganzen Mut zusammen, um mit ihm über diese eine Sache zu sprechen, die mir seit Veröffentlichung meines vierten Buches im Kopf umherspukt. „Weißt du noch, als wir mal darüber gesprochen haben, dass ich mit Kevin nie das Gefühl gehabt habe, dass der richtige Zeitpunkt gekommen ist, um einen nächsten Schritt zu wagen?"

Jackson bleibt abrupt stehen und zieht scharf die Luft ein. Wir haben nie wirklich über das Familienthema gesprochen, aber ich bin davon ausgegangen, dass ihm das bei seiner Euphorie zu heiraten nur recht wäre. „Entschuldige! Ich wollte dich nicht überrumpeln. Mir kam nur der Gedanke, aber ich will nichts überstürzen, und ich bin glücklich mit dir, so wie es ist." Auf gar keinen Fall will ich Jacks mit irgendetwas unter Druck setzen.

„Nein! Meine Reaktion war daneben. Ich habe nur nicht damit gerechnet, dass vor meinem sechzigsten Geburtstag etwas in dieser Art zur Sprache kommen wird!"

Ich boxe ihn sanft in die Seite. „Du bist fürchterlich!"

Wir laufen einige Minuten schweigend nebeneinander und hören dem Rauschen der Wellen zu. Als wir in der Ferne die Lichter der Stadt sehen, räuspert er sich. „Hast du das Gefühl, dieser Zeitpunkt könnte jetzt sein?" Es beschäftigt ihn also doch!

„Ja, ich denke, es wäre jetzt gut möglich."

Er zieht mich in seine Arme und küsst mich. „Dann sollten wir jetzt schnell nach Hause gehen und dich aus diesem Kleid holen", flüstert er mir ins Ohr und übersät meinen Körper mit Gänsehaut. „Wie das funktioniert, beherrsche ich im Schlaf!"